LA PROIE DE L'OMBRE

DU MÊME AUTEUR
CHEZ POCKET

John Sandford

John Sandford est le pseudonyme d'un journaliste américain lauréat du prix Pulitzer de la presse écrite. Auteur d'une dizaine de romans, son nom est attaché à celui de son héros Lucas Davenport, dont il a fait l'un des officiers de police les plus originaux du thriller américain. Les aventures de son célèbre personnage sont retracées dans une série de romans, parmi lesquels *Une proie en hiver* (1994), *La proie de l'ombre* (1995), *La proie de la nuit* (1996), *La proie de l'esprit* (1996), et plus récemment, *La proie secrète* (1999), qui gagnent un public toujours plus nombreux.

JOHN SANDFORD

LA PROIE DE L'OMBRE

BELFOND

Titre original de l'ouvrage :
Shadow prey

Traduit de l'américain
par Alain Defossé

ISBN : 2-266-07275-7

PROLOGUE...

Ils s'étaient garés dans une ruelle de service, entre deux bennes à ordures. Carl Reed, une boîte de bière à la main, faisait le guet. Sur la banquette arrière, Larry Clay déshabillait la fille, une Indienne ivre, jetant ses vêtements sur le sol de la voiture, et s'introduisait entre ses cuisses.

Elle se mit à geindre.

« Putain, on dirait un terrier qui a trouvé un raton laveur, déclara Reed, un gars du Kentucky.

— Elle est étroite, grogna Clay.

— Magne-toi », répondit Reed en riant, lançant sa boîte de bière vide vers une des bennes. Elle ricocha bruyamment contre la paroi métallique, et retomba dans l'impasse.

Comme Clay s'activait, la plainte de la fille se fit plus forte, jusqu'à atteindre le hurlement. Il posa une lourde main sur son visage.

« Tais-toi, salope », fit-il. Mais il aimait bien ça. Une minute plus tard, il en avait fini, et s'extirpait de la voiture.

Reed dégrafa son ceinturon, avec le revolver dans son étui, et le déposa sur le toit de la voiture, derrière le gyrophare. Clay demeurait immobile, les yeux baissés sur son sexe.

« Regarde, elle a pissé le sang, dit-il.

— Bon Dieu, tu t'es fait une vierge. » Il pénétra à son

tour dans la voiture de police. « Voilà Papa qui arrive... », ajouta-t-il.

Leur radio captait uniquement la fréquence de la police, et Clay et Reed s'étaient munis d'un transistor, que Reed avait acheté au magasin du camp, au Viêt-nam. Clay le prit, l'alluma, cherchant quelque chose de correct. Une station d'informations permanentes ne cessait de bassiner le monde avec la rivalité entre Robert Kennedy et Lyndon Johnson. Clay continua de chercher, trouvant finalement un programme de musique country. C'était Ode to Billy Joe.

« T'as bientôt fini ? demanda-t-il, tandis que la chanson de Bobbie Gentry résonnait doucement dans la ruelle.

— Attends, je... putain... une seconde... »

L'Indienne s'était tue.

Le temps que Reed termine, Clay avait réajusté son uniforme. Ils prirent encore quelques secondes pour lui passer ses vêtements.

« On l'emmène, ou on la laisse ? » demanda Reed.

La fille était assise au milieu de la ruelle, complètement abrutie, entourée de publicités que le vent avait balayées hors de la benne.

« Oh, merde, on la laisse », répondit Clay.

C'étaient des petites nénettes bourrées, des Indiennes, voilà tout. C'était ce que tout le monde disait. Pas de mal à ça. Ça ne les bousillait pas. Elles aimaient ça, bon Dieu.

C'est pourquoi, quand un appel était lancé pour une Indienne, toutes les voitures de patrouille de Phoenix étaient prêtes à intervenir. Une petite Indienne bourrée. A raccompagner chez elle. Quelqu'un s'en occupe ?

Un Indien bourré à ramener chez lui ? Silence radio. A croire que toutes les voitures de la ville s'étaient jetées dans un ravin. Mais une Indienne ? L'embouteillage, tout de suite. Beaucoup étaient vieilles, grosses. Mais pas toutes.

Lawrence Duberville Clay était le fils cadet d'un

homme riche. Les autres garçons s'étaient lancés dans l'affaire familiale : produits chimiques, plastiques, aluminium. Larry, lui, en quittant l'université, entra dans la police de Phoenix. Toute la famille trouva cela scandaleux, à part son père, qui avait bâti leur fortune. « Voyons d'abord ce qu'il sait faire », disait-il.

Larry Clay commença par se laisser pousser les cheveux jusqu'aux épaules et par traîner en ville au volant d'une Ford 56. En deux mois, il s'était fait des amis dans toute la communauté hippie. Le temps qu'on commence à le connaître dans le milieu, cinquante enfants de Dieu à la chevelure fleurie se retrouvaient à l'ombre pour trafic de drogue.

Après quoi, ce fut la patrouille, les cafés, les night-clubs, les bars de nuit; les petites Indiennes bourrées que l'on ramasse. On pouvait ne pas s'ennuyer, dans ce boulot de flic. Larry Clay ne s'ennuyait pas.

Il finit par s'attirer des ennuis.

Il prit une raclée si sévère qu'en le découvrant ses collègues le crurent mort. On le transporta dans un service de traumatologie, où les toubibs le remirent sur pied. Qui avait fait cela ? Des dealers, disait-il. Des hippies. Par vengeance. Devenu un héros, Larry Clay fut promu au rang de brigadier.

En sortant de l'hôpital, il demeura dans les services de police assez longtemps pour prouver qu'il était un homme, un vrai, puis donna sa démission. En travaillant l'été, il finit ses études de droit en deux ans. Il passa ensuite deux années au cabinet du procureur, avant de créer sa propre étude. En 1972, il se présentait aux élections sénatoriales de l'État, et gagnait.

Sa carrière prit véritablement son essor quand un joueur invétéré se trouva en délicatesse avec les Impôts. En échange d'un peu de compréhension, le type fournit à l'Administration une liste de flics haut placés qu'il avait achetés, au cours des années passées. Ça puait sérieusement. Les pairs de la cité, un peu nerveux, cherchèrent quelqu'un pour nettoyer tout ça, et trouvèrent enfin un type avec la tête sur les épaules. Et d'une bonne famille. Ancien flic, homme de loi, homme politique.

Il faut faire le ménage dans les services de police, dirent-ils à Lawrence Duberville Clay. Mais sans forcer...

Ce qu'il fit, exactement comme ils le souhaitaient. Et ils surent s'en montrer reconnaissants.

En 1976, Lawrence Duberville devenait le plus jeune responsable qu'on eût jamais connu dans l'administration municipale. Il donna sa démission au bout de cinq ans, pour devenir procureur général adjoint, à Washington.

Un pas en arrière, affirmaient ses frères. Attendez, laissez-le faire, déclara son père. Il est vrai que celui-ci était là pour l'aider : les relations utiles, les clubs qui convenaient. Et de l'argent, si besoin était.

Lorsque le scandale frappa le FBI de plein fouet — sombre affaire de pots-de-vin et de marché captif —, l'Administration sut vers qui se tourner. Ce type de Phoenix jouissait d'une certaine réputation. Il ferait le ménage au FBI, comme il l'avait fait dans la police de Phoenix. Sans forcer.

A quarante-deux ans, Lawrence Duberville Clay était nommé directeur du FBI, le plus jeune depuis J. Edgar Hoover. Il devenait l'homme numéro un de la lutte contre la criminalité. Il rendit le FBI populaire, utilisant la presse à fond. Au cours d'une descente des Stupéfiants à Chicago, un photographe de l'AP prit un cliché montrant un Lawrence Duberville Clay épuisé, les manches de chemise roulées au-dessus du coude, le visage creusé, un énorme pistolet semi-automatique Desert Eagle glissé dans un étui, sous son bras. La photo fit de lui une célébrité.

Rares étaient ceux qui se souvenaient de ses débuts, à Phoenix, quand il passait la nuit à traquer les petites Indiennes bourrées.

Au cours de ces nuits-là, Larry Clay avait acquis le goût de la chair fraîche. Très fraîche. Et peut-être certaines gamines n'étaient-elles pas si ivres que cela. Et peut-être qu'elles n'avaient pas toutes forcément envie de passer un quart d'heure à rigoler sur la banquette arrière. Mais qui aurait cru une petite Indienne, à Phoenix, au milieu des années 60 ? Les droits civiques étaient faits pour les Noirs, dans le Sud, pas pour les Indiens ni pour les Chicanos dans le Sud-Ouest. Le concept de harcèlement sexuel était tout bonnement inconnu, et le féminisme pointait à peine à l'horizon.

Mais cette fille, dans l'impasse... Elle avait douze ans, et si elle était un peu ivre, ce n'était pas au point de ne pas pouvoir dire non, ni de ne plus savoir qui l'avait fait monter en voiture. Elle en parla à sa mère. Sa mère y réfléchit pendant deux jours, avant de tout raconter à deux hommes qu'elle connaissait, à la réserve.

Ils coincèrent Larry Clay au sortir de son appartement et le dérouillèrent avec une authentique batte de base-ball de Louisville. Une jambe et deux bras cassés, plus pas mal de côtes. Le nez aussi, et quelques dents.

Ce n'étaient pas des dealers qui avaient massacré Larry Clay. C'étaient deux Indiens, qui vengeaient un viol.

Lawrence Duberville Clay ne sut jamais qui ils étaient, mais il n'oublia pas ce qu'ils lui avaient fait. Au cours des années qui suivirent, il ne devait cesser de s'en prendre aux Indiens, en tant que procureur, sénateur de l'État, chef de la police et adjoint au procureur général.

Il leur mena la vie dure.

Et il ne les oublia pas non plus, quand il devint directeur du FBI. Un poing d'acier s'abattit sur toutes les réserves indiennes du pays.

Mais certains Indiens avaient également bonne mémoire.

Ceux qui l'avaient tabassé à Phoenix, par exemple.

Les Corbeaux.

1

Ray Cuervo était installé dans son bureau, en train de compter son argent. Chaque vendredi, de 5 à 6, il comptait son argent, et n'en faisait pas mystère.

Cuervo possédait six immeubles disséminés dans le quartier indien de Minneapolis, au sud du boulevard périphérique. L'appartement le moins cher se louait trente-neuf dollars par semaine. Le plus cher, soixante-quinze. Pour le paiement des loyers, Cuervo n'acceptait ni chèque ni excuse. Si le vendredi, à 2 heures, vous n'aviez pas la somme due, en liquide, vous dormiez sur le trottoir. Les affaires sont les affaires, comme il le répétait à nombre de pauvres types dans la dèche.

Cela dit, les affaires, ce n'était pas sans danger. Cuervo emportait un Charter Arms calibre 38 Special chromé glissé dans son pantalon, quand il ramassait les loyers. Une vieille arme. Le canon était piqué de rouille, la crosse d'une taille ridicule aujourd'hui. Elle fonctionnait cependant, et les munitions étaient toujours renouvelées. On voyait le cuivre étinceler. Et ce n'était pas pour l'esbroufe, disaient ses locataires, mais bien pour tirer. En encaissant le loyer hebdomadaire, Cuervo gardait l'arme posée sur son bureau, à portée de sa main droite.

Le bureau de Cuervo n'était guère qu'un réduit perché au troisième étage. Le mobilier était rare et minable : un téléphone noir à cadran, un bureau de métal, un classeur en bois, un fauteuil de chêne pivotant, à roulettes ; et un calendrier des *Sports illustrés*, vieux de quatre ans, accroché au mur de gauche... Cuervo n'était jamais allé au-delà du mois d'avril, qui proposait une paire de tétons bruns dans la transparence d'un T-shirt mouillé. Face au calendrier, un tableau d'affichage en liège, sur lequel étaient punaisées une douzaine de cartes professionnelles, ainsi que deux badges décolorés. L'un disait : C'EST LA MERDE, et l'autre : JE CONDUIS MAL ? APPELEZ LE 1800 MANGE-MERDE. L'épouse de Cuervo, une maraîchère du Kentucky, dotée d'un vocabulaire aussi délicat que du barbelé, qualifiait son bureau de trou-du-cul. Ray Cuervo n'y accordait aucune importance. Il *était* propriétaire de ces taudis, après tout.

Cuervo rangeait l'argent en piles bien ordonnées de billets de un, cinq ou dix dollars. Les rares billets de vingt filaient dans sa poche. Puis il comptait les pièces, notait la somme, et les fourrait dans une boîte de café Maxwell. Cuervo était gras, avec de petits yeux noirs. Lorsqu'il levait son menton épais, trois bourrelets se formaient sur sa nuque rougeaude. Lorsqu'il se penchait, trois autres bourrelets surgissaient sous ses aisselles. Et lorsqu'il pétait, c'est-à-dire souvent, il soulevait machinalement une fesse obèse du fauteuil, pour alléger la pression. Il n'imaginait pas que cela pût être grossier, ou simplement malvenu. Si une femme se trouvait dans son bureau, il disait : « Hop là ! » En présence d'hommes, il ne disait rien. Les hommes, ça pète.

Le 5 octobre, à 5 heures et quelques minutes, par une journée étonnamment chaude pour la saison, la porte claqua au bas de l'escalier, et un homme gravit les marches. Cuervo avait déjà la main posée sur son Charter Arms calibre 38. Il se dressa à demi pour voir qui était son visiteur. L'homme releva la tête, et Cuervo se détendit.

C'était Leo Clark. Un vieux client. Comme la plupart de ses locataires indiens, Leo passait la moitié de son temps à la réserve. C'était un dur, ce Leo, avec un visage semblable à une bûche carbonisée, mais Cuervo n'avait jamais eu le moindre problème avec lui.

Leo fit une pause au deuxième palier, reprenant son souffle, puis gravit la dernière volée de marches. C'était un Sioux d'une quarantaine d'années, un célibataire, hâlé par le soleil de l'été. De longues tresses noires sinuaient dans son dos, et un éclat d'argent navajo étincelait à sa ceinture. Il venait de quelque part dans l'Ouest : Rosebud, Standing Rock, quelque chose comme ça.

« Salut Leo, comment ça va ? » s'enquit Cuervo, sans lever les yeux. Il comptait toujours son argent, il en avait les deux mains pleines. « Il te faut une piaule ? demanda-t-il.

— Pose tes mains sur les genoux, Ray. »

Cuervo leva les yeux. Leo dirigeait une arme vers lui.

« Ah, mon vieux, tu ne vas pas faire ça, fit Cuervo d'une voix geignarde, se redressant. Si tu as besoin de deux ou trois dollars, je peux te les prêter. » Il ne regardait pas le pistolet, mais il savait qu'il était là.

« Un peu, que tu vas me les prêter, et plutôt deux fois qu'une. »

Cuervo jouait les usuriers à l'occasion, outre ses loyers. Les affaires, c'est les affaires.

« Allons, Leo, fit-il, posant lentement une liasse de billets sur le bureau pour libérer sa main droite. Tu veux passer tes vieux jours en taule ?

— Si tu bouges encore, je te fais des trous dans la tête. Je ne plaisante pas, Ray », dit Leo. Cuervo leva les yeux vers lui, scrutant son visage. Il était aussi froid, aussi sombre que celui d'une statue maya. Cuervo ne bougea plus.

Leo contourna doucement le bureau. Un mètre à peine les séparait ; mais le canon de l'arme, dans la main de l'Indien, demeurait obstinément pointé vers le nez de Ray Cuervo.

« Tu restes assis, dit Leo. Pas de panique. Je vais te passer des menottes, Ray, ajouta-t-il, se glissant derrière le fauteuil. Tends les mains. »

Cuervo obéit, tournant la tête pour voir ce que l'autre faisait.

« Regarde devant toi », dit Leo, et il lui donna un petit coup de crosse derrière l'oreille. Cuervo obtempéra. Leo fit un pas en arrière, rangea l'arme dans la ceinture de son pantalon, et tira de sa poche de devant un poignard d'obsidienne, dix-sept centimètres de roche volcanique magnifiquement sculptée, arrachée à une falaise du parc national de Yellowstone. La lame cannelée était aussi tranchante qu'un scalpel.

« Dis, Ray ? » demanda Leo, s'approchant du propriétaire. Cuervo péta, que ce fût de terreur ou de rage, et l'odeur infecte emplit la pièce. Il ne se donna pas la peine de dire « Hop là ! ».

« Ouais ? » Cuervo gardait le regard fixé droit devant lui. Il réfléchissait. Il avait les genoux coincés sous le bureau ; difficile de bouger, de bondir. Attendons un peu, se dit-il, encore deux ou trois minutes. Peut-être, pendant que Leo lui passerait les menottes, parviendrait-il à... Le pistolet miroitait sur le bureau, à quarante centimètres de ses yeux.

« Je t'ai menti, pour les menottes, Ray », dit Leo. Il saisit Cuervo par les cheveux, juste au-dessus du front, lui tirant brutalement la tête en arrière. Puis il lui trancha la gorge d'une oreille à l'autre, d'un seul geste puissant, précis.

Cuervo se libéra. Il se redressa à demi, porta une main à sa gorge, l'autre tâtonnant fébrilement sur le bureau, à la recherche du Charter Arms calibre 38. Cependant, c'était inutile, il le savait. Le sang giclait de sa carotide comme d'un tuyau d'arrosage, et trempait les liasses de billets verts, la pouffiasse des *Sports illustrés*, avec ses tétons bruns, le linoléum également brun.

Ray Cuervo se débattit, tourna sur lui-même, tomba, renversant le pot de café Maxwell. Les pièces de monnaie rebondirent bruyamment sur le sol et roulèrent partout dans le bureau. Quelques-unes dévalèrent l'escalier, bondissant de marche en marche. Cuervo gisait sur le dos ; son champ de vision se rétrécit, pour se réduire à un trou de plus en plus flou, où s'encadrait le visage de Leo Clark, immobile, impassible au milieu des ténèbres croissantes. Puis Ray Cuervo cessa de vivre.

Au moment où les sphincters et la vessie de Cuervo l'abandonnaient, Leo se détourna. Sur le bureau, il y avait deux mille trente-cinq dollars. Leo ne leur accorda aucune attention. Il essuya la lame sur son pantalon, remit le poignard dans sa poche, et tira sa chemise hors de sa ceinture pour dissimuler le pistolet. Puis il descendit l'escalier et rentra chez lui, à six rues de là. Il était éclaboussé de sang, mais personne ne semblait le remarquer. Les flics ne purent obtenir que des descriptions très vagues. Un Indien avec des tresses. A Minneapolis, il y avait cinq mille Indiens avec des tresses.

Nombre d'entre eux furent ravis en apprenant l'assassinat de Ray Cuervo.

Ces putains d'Indiens.

John Lee Benton les haïssait. Pires que les nègres.

Quand vous dites à un nègre de se pointer et qu'il ne vient pas, il a une excuse. Une bonne raison. Même si c'est de la foutaise. Avec les Indiens, c'est différent. Vous dites à un type de venir pour 2 heures. Personne. En revanche, il arrive à 2 heures le lendemain, et il trouve ça parfait. Et il ne fait pas *semblant*. Il trouve *réellement* ça normal.

Les psys parlaient d'anomalie culturelle. John Lee Benton, lui, appelait ça emmerder les gens. Les psys prétendaient que la seule solution passait par l'éducation. John Lee Benton avait une tout autre approche du problème, très particulière.

Il avait sept Indiens dans ses dossiers. S'ils ne se montraient pas à l'heure dite, il passait le temps qu'il aurait normalement consacré à une entrevue avec eux à rédiger les papiers qui les ramèneraient tout droit à la prison centrale de Stillwater. En deux ans, il en avait baisé neuf, comme ça. A présent, il s'était fait une certaine réputation. Les Indiens changeaient de trottoir quand ils le croisaient. « Si tu attends ta libération conditionnelle, arrange-toi pour ne pas avoir affaire à John Lee

Benton », voilà l'information qui circulait entre eux. Sinon, on était sûr d'y retourner, à tous les coups.

Benton aimait bien cette réputation.

C'était un petit homme doté d'un nez important et de cheveux gris souris, qu'il peignait en avant, dissimulant ses yeux d'un bleu délavé. Il portait une moustache couleur de paille, taillée en carré. Lorsqu'il se regardait dans le miroir, le matin, il se disait qu'il ressemblait à quelqu'un, mais il n'arrivait pas à savoir à qui. Quelqu'un de célèbre. Tôt ou tard, il trouverait.

John Lee Benton haïssait les Noirs, les Indiens, les Mexicains, les Juifs et les Jaunes, plus ou moins dans cet ordre. Sa haine des Noirs et des Juifs était d'origine familiale, héritée dès l'enfance de son papa, dans les taudis ouvriers de St. Louis. Il avait en revanche cultivé personnellement son aversion envers les Indiens, les Mexicains et les Jaunes.

Chaque lundi après-midi, il s'installait dans un bureau étouffant du Centre indien, derrière Franklin Avenue, pour discuter avec ces trous-du-cul. Il était censé les considérer comme des clients, mais à ses yeux c'étaient des trous-du-cul. Et des criminels. Tous.

« Mr. Benton ? »

Benton leva les yeux. Betty Sails, la réceptionniste, se tenait debout sur le seuil. Une Indienne également, timide, le teint gris, avec un chignon en forme de ruche.

« Il est là ? » s'enquit John Lee d'un ton coupant, impatient. Cet homme-là transpirait la haine.

« Non, mais il y a une autre personne pour vous. Un Indien, aussi.

— Je n'avais pas d'autre rendez-vous aujourd'hui, déclara Benton, fronçant les sourcils.

— Il dit qu'il vient de la part de Mr. Cloud. »

Dieu soit loué, une excuse, pour une fois.

« Très bien. Donnez-moi deux ou trois minutes, et faites-le entrer. »

Betty Sails s'éloigna, et Benton se pencha de nouveau sur le dossier de Cloud. Il n'avait nul besoin de le relire, mais l'idée de faire attendre l'autre lui plaisait bien.

Deux minutes plus tard, Tony Bluebird apparaissait sur le seuil. Benton ne l'avait jamais rencontré.

« Mr. Benton ? » Bluebird était un type trapu, aux yeux rapprochés, aux cheveux coupés court. Il portait une chemise de coton, ouverte sur une lanière de cuir. Un poignard d'obsidienne pendait au bout de celle-ci, dont Bluebird sentait la lame se balancer et frôler sa peau, juste sous le sternum.

« Oui ? fit Benton, sans dissimuler son hostilité.

— Posez les mains sur les genoux, Mr. Benton », dit Bluebird en pointant un revolver.

Trois personnes aperçurent Bluebird. Betty Sails le vit entrer et sortir. Un gosse qui quittait le gymnase fit tomber son ballon de basket, et Bluebird le bloqua du pied, le ramassa et le lui renvoya, au moment où Betty Sails se mettait à crier. Sur le trottoir, Dick Yellow Hand, dix-sept ans, à la recherche d'un peu de crack, le vit sortir du bâtiment et l'appela :

« Hé, Bluebird ! »

Bluebird s'arrêta. Yellow Hand s'approcha discrètement de lui, grattant sa barbe d'adolescent.

« Tu as l'air dans un sale état, mon vieux », dit Bluebird.

Yellow Hand hocha la tête. Il portait un T-shirt sale, avec un portrait décoloré de Mick Jagger imprimé sur la poitrine. Son jean trois fois trop large était serré à la taille par un morceau de corde à linge. La peau rugueuse de ses coudes et de ses bras évoquait un trognon de maïs. Il lui manquait deux dents, devant.

« Ouais, ça ne va pas fort. Deux ou trois dollars, ce ne serait pas de refus, tu sais...

— Désolé, mon vieux, je suis à sec, répondit Bluebird, retournant ses poches de pantalon vides.

— Bon, d'accord, fit Yellow Hand, déçu.

— J'ai croisé ta mère, la semaine dernière. A la réserve.

— Comment va-t-elle ?

— Pleine forme. Elle était en train de pêcher le brochet. »

Comme quelqu'un ouvrait une porte du Centre indien, les cris hystériques de Betty Sails leur parvinrent.

« Je suis bien content, pour maman, déclara Yellow Hand.

— Bon, il faut que je file, dit Bluebird, et il s'éloigna lentement.

— Okay, mon vieux. A la prochaine. »

Bluebird marchait d'un pas tranquille, l'esprit ailleurs. Comment s'appelait-elle ? Cela faisait des années. Anna ? Une jolie femme, avec une poitrine bien marquée, des yeux d'un brun chaud, noisette exactement. Il lui plaisait bien, il le croyait, mais ils étaient tous deux mariés, et rien n'était jamais arrivé ; rien qu'une attirance chimique, au-dessus de la clôture d'un jardin, quelque part au fond du quartier indien de Minneapolis.

L'époux d'Anna, un Indien chippewa originaire de Nett Lake, était incarcéré à la prison de l'État. Une nuit, tard, ivre mort, il avait vu, derrière la vitrine d'une station-service, un distributeur de Coca lui faire signe, flamboyant, rouge et blanc. Il avait balancé un bloc de ciment dans la vitrine, puis s'était attaqué à l'appareil. Un millier de pièces de vingt-cinq *cents* s'était répandu sur le sol, avait-on dit à Bluebird. Le mari d'Anna était toujours en train de les ramasser laborieusement, une par une, quand les flics étaient arrivés. Il était alors en liberté conditionnelle, et l'effraction lui avait valu six mois de taule en plus du temps qui lui restait à faire.

Anna et son époux n'avaient jamais eu d'argent. Il le buvait, pour l'essentiel, et peut-être l'aidait-elle un peu. La nourriture était rare. Les vêtements inexistants. En revanche, ils avaient un fils de douze ans, un gamin trapu, renfermé, qui passait ses soirées devant la télévision. Un samedi soir, quelques semaines après que son père eut été envoyé en prison, le gamin descendit jusqu'au pont de Lake Street et se jeta dans le Mississippi. Beaucoup de gens avaient assisté à la scène, et un quart d'heure plus tard les flics l'avaient repêché. Mort.

Bluebird, qui était un homme de cœur, s'était rendu sur la berge du fleuve. Anna était là, étreignant le corps de son fils, et elle avait levé vers lui un regard noyé de douleur, et... et quoi ?

Être indien, c'était aussi cela, pensait Bluebird. Mourir. Mourir, c'était une chose qu'ils faisaient mieux que les Blancs. Plus, en tout cas.

En quittant le bureau, après avoir égorgé Benton, il avait jeté un regard sur son visage, et lui avait trouvé quelque chose de familier. Comme si c'était quelqu'un de célèbre. Et à présent, tandis qu'il s'éloignait sur le trottoir après avoir quitté Yellow Hand, en repensant aux yeux d'Anna, le visage de Benton flottait dans son esprit.

Hitler. John Lee Benton ressemblait exactement à Adolf Hitler jeune.

Adolf Hitler jeune, et *mort*.

2

Lucas Davenport était étendu sur un divan de brocart, dans l'arrière-boutique d'une librairie d'occasion, en train de manger un sandwich au rosbif, avec, sur les genoux, un exemplaire bon marché et défraîchi de la biographie de Huey Long, par T. Harry Williams.

Lucas se disait que T. Harry avait fait du bon travail. L'homme en costume blanc surgissant parmi les militants rassemblés devant les bureaux du gouverneur. Le coup de feu. Long touché, les cris, la débandade. Les flics déchaînés.

« Roden et Coleman tirèrent presque en même temps, et c'est sans doute la balle de Coleman qui atteignit l'homme, écrivait T. Harry. Plusieurs autres gardes du corps avaient dégainé et tiraient sans cesse. L'individu s'effondra face contre terre près du mur, dans le couloir par lequel il était arrivé. Il demeurait là, le visage contre un bras replié, immobile, visiblement mort. Mais cela ne suffit pas à contenter certains des gardes. Fous de rage ou de douleur, ils s'approchèrent du corps, et vidèrent leur chargeur sur le cadavre. On devait dénombrer plus tard trente impacts de balle dans le dos, et vingt-neuf dans la poitrine (dont beaucoup avaient été causés par la même balle, à l'entrée et à la sortie), ainsi que deux dans la tête. Son visage avait été en partie emporté par un coup de feu, et son costume blanc réduit en charpie détrempée de sang. »

Un meurtre, ce n'était jamais aussi propre qu'à la télévision. Si sauvage fût-il sur l'écran, la réalité se révélait toujours pire. La réalité, c'était toujours un corps privé de vie, gisant là, sans âme, la chair inerte, les yeux en bille de loto. Et il fallait s'en occuper. Il fallait quelqu'un pour ramasser cela, pour éponger le sang. Quelqu'un pour arrêter l'assassin.

Lucas se frotta un sourcil, là où la cicatrice le traversait. Cette cicatrice provenait d'un accident de pêche. Sa ligne d'acier s'était brutalement décrochée d'une souche immergée et était venue le frapper au visage, s'incrustant dans sa chair. Il n'était nullement défiguré : les femmes qui le connaissaient prétendaient que cela lui donnait l'air plus gentil. La cicatrice lui allait bien ; c'était son sourire qui faisait froid dans le dos.

Il se frotta le sourcil et revint au livre. Il n'avait rien du lecteur-né, ainsi installé sur son divan, plissant les yeux dans la faible lumière. Non, il sentait la rue. Ses mains, couvertes d'un duvet sombre qui remontait largement au-dessus des poignets, paraissaient trop grandes, trop puissantes pour tenir un livre de poche. Son nez portait les traces de fractures multiples, et son cou solide s'enracinait dans de lourdes épaules. Il avait les cheveux noirs, avec une pointe de gris.

Il tourna la page d'une main, et plongea l'autre sous sa veste pour ajuster son étui de revolver.

« "Que se passe-t-il, Kingfish ?

— Jimmy, mon garçon, je suis blessé", gémit Huey... »

Le téléphone portatif de Lucas se mit à vibrer. Il le prit et régla du pouce le volume sonore.

« Inspecteur Davenport ? fit une voix de femme.

— Oui, je vous écoute.

— Lucas, Jim Wentz a besoin de vous, dans le quartier indien. C'est à propos du type qui s'est fait égorger. Il a un témoin, et il voudrait que vous passiez le voir.

— D'accord. Dans dix minutes. »

C'était une journée magnifique, l'une des plus belles d'un bel automne. Un meurtre allait tout gâcher. Le meurtre, c'était en général le résultat de la bêtise agressive mêlée à l'alcool et à la colère. Pas toujours. Mais presque toujours. Quand il en avait le choix, Lucas préférait demeurer à l'écart.

Il sortit de la librairie et resta un moment immobile sur le trottoir, laissant son regard s'habituer au grand soleil et terminant son sandwich. Quand il en eut avalé la dernière bouchée, il jeta l'emballage dans une corbeille et traversa la rue pour prendre sa voiture. Un mendiant qui traînait sur le trottoir vint vers lui. « J'ai surveillé la voiture, hein ? » fit-il en tendant la main. Il était toujours là. C'était un habitué, un schizophrène que l'hôpital de l'État avait mis à la rue. Il ne pouvait pas vivre sans ses médicaments, mais refusait de les prendre tout seul. Lucas lui donna un dollar et se laissa tomber sur le siège de la Porsche.

Le centre de Minneapolis est un agglomérat d'architecture moderne, cubes de verre, d'acier et de marbre blanc, au milieu duquel le vieil hôtel de ville demeure tapi comme une grosse verrue de brique rouge. Lucas secoua la tête en le longeant ; puis il prit à gauche, et à droite pour traverser la route inter-États. La cité étincelante avait fait place à un paysage désolé de vieilles maisons de bardeaux divisées en appartements, d'épaves de voitures et de boutiques en faillite. Le quartier indien. Une demi-douzaine de voitures de police étaient garées sur le parking du Centre, et Lucas abandonna la 911 le long du trottoir.

« Trois témoins », lui dit l'enquêteur des Homicides. Wentz avait un visage plat, pâle, scandinave. Ses dents inférieures avaient été cassées au cours d'une bagarre, et il portait des couronnes, dont la base argentée scintillait quand il parlait. Il compta sur ses doigts : trois témoins, comme si Lucas n'avait pas su compter jusqu'à trois. « D'abord, la réceptionniste, ajouta-t-il. Elle l'a vu deux fois, et déclare qu'elle pourrait l'identifier. Ensuite, un gosse du voisinage. Il jouait au basket, et il dit que le type avait plein de sang sur son pantalon. Tu m'étonnes. Le bureau est une vraie piscine.

— Le gosse aussi pourrait l'identifier? s'enquit Lucas.

— C'est ce qu'il dit. Il dit qu'il l'a bien regardé, droit dans les yeux. Il l'avait déjà vu dans le quartier.

— Et le troisième?

— Un autre gosse. Un camé. Il a croisé l'assassin juste à la porte, il a discuté avec lui. A notre avis, ils se connaissent, mais il ne veut pas parler.

— Où est-il?

— Dans une voiture de patrouille.

— Comment l'avez-vous repéré?

— Sans problème, répondit Wentz avec un haussement d'épaules. La réceptionniste — celle qui a découvert le corps — a appelé la police, et elle est allée à la fenêtre pour prendre l'air. Elle avait la gerbe. Elle a vu l'assassin qui parlait avec ce gosse, sur le trottoir. Lorsque nous sommes arrivés, il était un peu plus loin dans la rue. Il restait là, comme ça. Peut-être défoncé. On l'a mis dans la voiture. »

Lucas hocha la tête et s'engagea dans le corridor qui menait au bureau de l'avocat. Benton gisait sur le dos, sur le sol carrelé, dans une mare de sang brun. Ses bras étaient étendus de chaque côté de son corps, comme s'il eût été crucifié. Ses jambes également, ses chaussures à deux tons formant un angle de quarante-cinq degrés. Sa chemise, sa veste de sport étaient trempées de sang. Il y avait des traces de pas et de genoux autour de lui, là où les auxiliaires médicaux avaient piétiné pour l'examiner; mais nul autre signe de leur passage. En général, on voyait traîner des emballages de seringues, d'éponges, de pansements, de compresses. Dans le cas de Benton, ce n'était plus la peine.

Lucas reniflait l'odeur cuivrée du sang quand l'enquêteur vint le rejoindre.

« On dirait bien que c'est le même type qui a descendu Ray Cuervo, remarqua-t-il.

— Possible, répondit Wentz.

— Vous feriez mieux de mettre la main dessus, sinon les journaux vont commencer à vous emmerder, déclara Lucas à mi-voix.

— C'est peut-être encore pire, répliqua le flic des Homicides. On a eu une description sommaire du gars qui a descendu Cuervo. Il portait des tresses. Et tout le monde dit que celui-ci avait les cheveux courts.

— Il a pu se les faire couper. La trouille...

— J'aimerais bien, mais je ne le sens pas comme ça.

— S'il s'agit de deux types différents, gros, gros problème... » Lucas commençait à trouver l'affaire intéressante.

« Je sais, putain, je sais. » Wentz ôta ses lunettes, passa une main épaisse sur son visage. « Bon Dieu, je suis fatigué, reprit-il. Ma fille a bousillé la voiture samedi dernier. En plein centre, juste devant le building de l'IDS. C'était sa faute, elle a grillé un feu. Je suis en train d'essayer de me dépatouiller avec la compagnie d'assurances et le carrossier, et voilà cette connerie... Encore deux heures, et j'avais fini ma journée...

— Elle n'a pas de mal ?

— Non, non, affirma-t-il en reposant ses lunettes sur son nez. C'est la première chose que j'ai demandée : "Tu n'as pas de mal ? — Non", qu'elle me dit. Alors, je lui ai dit que j'arrivais et que j'allais la massacrer.

— Du moment qu'elle n'a rien... » Lucas avait posé l'extrémité de son mocassin droit dans la mare de sang. Il recula de quelques centimètres. Il observait le visage de Benton, à l'envers. Il lui faisait penser à quelqu'un de célèbre mais, à l'envers, il n'arrivait pas à trouver qui.

« ... la prunelle de mes yeux, poursuivait Wentz. S'il lui arrivait quoi que ce soit... Vous avez un gosse, maintenant, n'est-ce pas ?

— Ouais. Une fille.

— Mon pauvre vieux. Vous verrez, d'ici quelques années. Elle foutra votre Porsche en l'air, et l'assurance vous tiendra par la peau du cul. »

Wentz secoua la tête. Les filles, cette plaie. Il était à peu près impossible de vivre sans elles, et parfaitement impossible de vivre avec.

« Écoutez, reprit-il, vous connaissez peut-être le gamin qu'on a dans la voiture. Il nous a dit de ne pas l'emmerder, parce que Davenport était son ami. C'est sans doute un de vos indics.

— Je vais voir.

— Tout ce qui peut aider, hein...

— Évidemment. »

Dehors, Lucas demanda à un flic de garde où se trouvait le camé. Celui-ci lui désigna la dernière voiture. Un autre agent était assis au volant et, sur la banquette arrière, séparée de lui par un écran d'acier, une petite silhouette sombre. Lucas se pencha par la vitre baissée, côté passager, salua le flic d'un signe de tête et jeta un coup d'œil derrière. Le gamin s'agitait, nerveux, en triturant d'une main sa chevelure sombre. C'était Yellow Hand.

« Salut, Dick, fit Lucas. Comment ça se passe, au K. Mart ?

— Oh, Davenport, tirez-moi de là ! Je n'ai rien fait, je vous jure. Rien de rien. »

Yellow Hand avait les yeux écarquillés de frayeur. Il continuait de s'agiter sur la banquette.

« Pourtant, les gens du K. Mart aimeraient bien te voir. Ils disent que tu voulais filer avec un lecteur de CD...

— Oh non, mon vieux, ce n'était pas moi...

— Bon. Mais je vais te dire une chose : tu me donnes un nom, et je te fais relâcher.

— Je ne sais pas qui c'était, affirma Yellow Hand d'une voix aiguë.

— Foutaises », grogna le flic en uniforme, qui, assis au volant, manipulait son cure-dents avec ardeur. Il regarda Lucas. Il avait une large face d'Irlandais, un teint de pêche. « Vous savez ce qu'il m'a dit, inspecteur ? ajouta-t-il. "Tu ne tireras rien de moi, tête de nœud." Voilà ce qu'il m'a dit. Il sait qui c'était.

— C'est vrai ? questionna Lucas, se tournant de nouveau vers le gamin.

— Merde, mon vieux, je ne le connaissais pas, fit Yellow Hand d'un ton geignard. C'était juste un type, comme ça...

— Un Indien ?
— Ouais, un Indien, mais je ne le connais pas...
— Foutaises », répéta le chauffeur.
Lucas s'adressa à lui.
« Vous le gardez ici, d'accord ? Si quelqu'un veut l'embarquer, vous répondez que j'ai demandé qu'il reste.
— D'accord, pas de problème. Comme vous voudrez. »
Le flic en uniforme s'en moquait. Il était assis au soleil, avec des cure-dents mentholés plein la poche.
« Je serai de retour dans vingt minutes », conclut Lucas.

Elwood Stone s'installa à trois cents mètres environ du centre de désintoxication pour drogués. C'était un bon coin ; les pensionnaires pouvaient ainsi prendre leur cocaïne en rentrant à la maison. Certains d'entre eux avaient un emploi du temps très serré : on les libérait à une heure précise, et ils avaient tant de minutes pour rentrer chez eux, ce qui leur interdisait de traîner en route pour trouver un peu de dope.

Lucas repéra Stone à l'instant même où Stone reconnaissait la Porsche. Le dealer commença de descendre la rue au pas de course, mais il n'y avait là que des maisons particulières et des petits immeubles d'un ou deux étages alignés, sans aucune ruelle où disparaître. Lucas le suivit, roulant lentement, jusqu'à ce que Stone abandonne enfin, hors d'haleine, et s'assoie sur les marches d'un perron. Il se dit aussitôt qu'il aurait dû jeter son tube de crack dans le caniveau, mais c'était trop tard, à présent.

« Comment ça va, Stone ? s'enquit Lucas d'un ton affable tandis qu'il contournait le capot de la 911. Tu n'as pas l'air trop en forme.
— Va te faire foutre, Davenport, je veux un avocat », répondit Stone. Il le connaissait bien.

Lucas prit place sur les marches à son côté et se pencha en arrière, le visage levé vers le ciel pour jouir du soleil.

« Tu courais le quatre cents, au collège, pas vrai ?
— Va te faire foutre, Davenport.
— Je me souviens de cette rencontre avec Sibley ; ils avaient ce type, un Blanc, comment s'appelait-il déjà ? Turner ? Il avait quelque chose dans les jambes, ce gars-là. C'est vrai, on ne voit pas beaucoup de Blancs qui...
— Va te faire foutre, je veux un avocat.
— D'ailleurs, son père était friqué, non ? continuait Lucas d'un ton détaché. Il avait offert une Corvette au môme. Tu sais qu'il l'a pliée contre une pile d'échangeur, dans le Nord ? Il a fallu ramasser les morceaux et les faire tenir avec du ruban adhésif, pour l'enterrement.
— Tu m'emmerdes. J'ai droit à voir un avocat. »
Stone commençait de suer. Davenport était un type redoutable. Lucas secoua la tête, avec un soupir exagéré.
« Je ne sais pas, Elwood. Je peux t'appeler Elwood ?
— Va te faire voir...
— La vie est injuste, parfois. Tu sais d'où je viens ? Du même milieu que le petit Turner. Et prends un type comme toi, Elwood. A la commission des peines, il n'y a que des ronds-de-cuir. Tu sais ce qu'ils ont inventé ? De relever le niveau des condamnations pour la possession de drogue et le deal. Tu as une idée de ce que ça peut représenter aujourd'hui, pour un pauvre type qui tombe pour la troisième fois ?
— Je ne suis pas un putain de juge...
— Six ans, mon petit ami. Au minimum. Et un gars mignon comme toi, tu auras le trou de balle comme le tunnel de la I-94, en sortant. Dommage, hein, ça aurait été il y a deux mois, tu t'en tirais avec deux ans.
— Va te faire voir, mon vieux, je veux un avocat. »
Lucas se pencha tout près de lui et découvrit les crocs.
« Il me faudrait un peu de dope. Tout de suite. Tu m'en passes deux ou trois morceaux, et je m'en vais.
— Toi ? fit Stone, éberlué. Toi, tu veux de la dope ?
— Ouais. Il faut que je coince un type. »
L'éclat qui brillait dans les yeux de Stone s'éteignit. Du chantage. Normal. Davenport en train de fumer, ça ne collait pas.

« Et je pourrai me tirer ?

— Tu pourras. »

Stone réfléchit quelques secondes, puis hocha la tête. Il se redressa, plongea la main dans sa poche de chemise, et en sortit un tube de verre, avec un bouchon de plastique noir ; qui contenait cinq morceaux de crack.

« Il t'en faut combien ? demanda-t-il.

— Tout, répondit Lucas, et il lui prit le tube des mains. Et reste à l'écart du centre de désintoxication. Si je te trouve à traîner dans le coin, je te baise, cette fois. »

Quand Lucas revint au Centre, les auxiliaires médicaux sortaient le cadavre de Benton. A reculons, un cameraman de la télévision qui précédait la civière avec le corps recouvert d'un drap effectua une volte-face habile pour balayer les visages des badauds. Lucas contourna le groupe et se dirigea vers la dernière voiture de police. Yellow Hand l'attendait avec impatience. Il demanda au flic de lui ouvrir la portière arrière et monta à côté du gamin.

« Et si vous alliez faire une petite balade jusqu'au snack, pour vous offrir un beignet ? suggéra Lucas à l'adresse du flic.

— Naaaan. Trop calorique, répliqua celui-ci en se carrant bien sur son siège.

— Bon, vous allez faire un tour, d'accord ? insista Lucas, d'un ton sans appel.

— Ah... Ah ouais, pas de problème. Bon, ben... je vais me chercher un beignet, alors », répondit le flic, qui venait de saisir. Des rumeurs circulaient, sur Davenport...

Lucas observa le flic qui s'éloignait, puis il se tourna vers Yellow Hand.

« Alors, qui était-ce ?

— Mais, Davenport, je ne connais pas ce type... » Sa pomme d'Adam tressautait furieusement.

Lucas tira le tube de verre de sa poche et le fit rouler entre ses doigts, de manière que le gosse pût bien voir les morceaux de crack, d'un blanc sale. Yellow Hand passa la langue sur ses lèvres, comme Lucas ôtait lentement le bouchon de plastique et faisait glisser la drogue au creux de sa main.

« C'est de la bonne dope, déclara Lucas d'un ton détaché. Je l'ai prise à Elwood Stone, devant le centre de désintoxication. Tu connais Elwood ? C'est sa mère qui la prépare. Ils se fournissent auprès des Cubains, dans le quartier ouest de St. Paul. C'est vraiment de la saloperie de première.

— Non, mon vieux. Non, ne faites pas ça. »

Lucas saisit un des morceaux de crack entre le pouce et l'index.

« Qui était-ce ?

— Non, je ne peux pas... » Yellow Hand était au supplice. Il se tordait les mains. Lucas écrasa la dose de drogue entre ses doigts et, ouvrant la portière d'un coup de coude, laissa la poudre s'éparpiller sur le sol comme une pincée de sable.

« Je vous en prie, ne faites pas cela, répéta Yellow Hand, horrifié.

— J'en ai encore quatre, répondit Lucas. Tout ce que je veux, c'est un nom, et tu pourras filer.

— Oh, non... »

Lucas prit un nouveau morceau de dope, l'approcha du visage de Yellow Hand, commença de l'écraser entre ses doigts.

« Attendez, fit le gamin d'une voix étranglée.

— Qui ? »

Yellow Hand détourna la tête, regarda au-dehors par la vitre. Il faisait chaud à présent. Mais la nuit, on sentait la fraîcheur tomber. L'hiver arrivait. Mauvaise saison, pour un Indien qui traîne dans la rue.

« Bluebird », marmonna-t-il.

Ils venaient de la même réserve. Il l'avait vendu pour quatre morceaux de crack.

« Qui ?

— Tony Bluebird. Il habite du côté de Franklin Street.

— Où exactement ?

— Merde, je ne connais pas le numéro », gémit-il. Son regard fuyait. Un regard de traître.

De nouveau, Lucas brandit le morceau de crack devant son visage.

« Allez, allez...

— Vous voyez cette maison où le proprio a repeint les piliers du perron avec des petites taches ? demanda Yellow Hand d'une voix précipitée, impatient d'en finir

— Ouais.

— C'est deux maisons plus loin. En allant vers le magasin de télé.

— Il a déjà eu des ennuis, ton Bluebird ?

— Oh oui. Il a fait un an à Stillwater. Braquage.

— Et quoi encore ?

— Il est de Fort Thompson, dit Yellow Hand en haussant les épaules. Il passe l'été là-bas, et l'hiver il bosse ici. Je ne le connais pas très bien, on s'est rencontrés à la réserve, comme ça. Il a une femme, je crois. Je sais pas, mec. C'est surtout ma famille qui le connaît. Il est plus âgé que moi.

— Il possède une arme ?

— Je n'en sais rien. Ce n'est pas un ami à moi. Jamais entendu parler de bagarre ni rien, en ce qui le concerne.

— Très bien. Où habites-tu ?

— Dans le Point. Au dernier étage, avec d'autres types.

— L'immeuble appartenait bien à Ray Cuervo, avant qu'il ne se fasse descendre ?

— Ouais. » Yellow Hand ne quittait pas des yeux les morceaux de crack, dans la paume de Lucas.

« Bon. » Lucas versa les quatre morceaux restants dans le tube, le lui tendit. « Planque ça dans ta chaussette, et rentre au Point. Si je passe te voir, tu as intérêt à être là.

— Pas de problème », répondit Yellow Hand avec empressement.

Lucas hocha la tête. La portière était dépourvue de poignée, et il avait pris soin de ne pas la refermer. Il la poussa et sortit de la voiture. Yellow Hand se glissa sur le siège, puis demeura immobile à côté de lui.

« J'espère pour toi que tu ne m'as pas entubé. Pour ce Bluebird.

— C'était lui, affirma Yellow Hand avec un hochement de tête. Je lui ai parlé.

— Bien. Tire-toi. »

Le gamin s'éloigna en hâte. Lucas le suivit un moment des yeux, puis traversa la rue et se dirigea vers le Centre indien. Il trouva Wentz dans le bureau du directeur.

« Et alors, ce témoin ? s'enquit le flic.

— Il rentre chez lui, et il ne bouge pas du coin. Il prétend que notre type est un certain Tony Bluebird, qui habite dans Franklin Street. Je connais la maison, et il a déjà un casier. On doit pouvoir obtenir sa photo.

— La vache ! s'exclama Wentz en saisissant le téléphone. J'appelle le central. »

Lucas n'avait plus rien à faire. Les assassinats, cela concernait la Criminelle. Lucas appartenait aux Renseignements. Il gérait tout un réseau en ville, serveuses, patrons de bar, coiffeurs, joueurs, prostituées et maquereaux, vendeurs de voitures ou de coke, facteurs, mendiants, un ou deux casseurs. Des petites pointures, mais avec de bons yeux, une bonne mémoire. Lucas avait toujours un dollar dans sa poche, ou une menace dans sa manche, selon ce qui pouvait motiver son indic.

Bien que son rôle s'arrêtât là, il traîna un moment dans le coin, pour voir fonctionner la machine policière. Quelquefois, c'était un pur plaisir. Maintenant, par exemple. Le flic de la Criminelle ayant prévenu le central, tout arrivait en même temps.

Le service des identifications confirma les renseignements fournis par Yellow Hand et fit parvenir au Centre une photo de Tony Bluebird.

Parallèlement, la Brigade d'intervention urgente de Minneapolis se postait sur le parking d'un dépôt d'alcools, à un kilomètre et demi de la demeure présumée de Bluebird.

Pendant ce temps, une nouvelle vérification auprès des services publics confirmait que Bluebird vivait dans la maison indiquée par Yellow Hand. Quarante minutes après que son nom eut été prononcé, un grand Noir en treillis de l'armée et blue-jeans passait tranquillement devant la porte de Bluebird, gravissait le perron de la maison voisine, frappait, et demandait à entrer en exhibant son insigne de la police. Les habitants ne connaissaient pas de Bluebird, mais, mon Dieu, les gens allaient et venaient, hein ?

Un autre enquêteur, blanc celui-là, s'arrêtait à la maison précédant celle de Bluebird, et agissait de même.

« Ouais, Tony Bluebird, c'est bien son nom, répondit le vieillard qui lui avait ouvert. Qu'est-ce qu'il a fait ?

— Nous ne sommes pas encore sûrs qu'il ait fait quoi que ce soit. L'avez-vous croisé, récemment ? Aujourd'hui, je veux dire ?

— Ben oui. Il n'y a pas une demi-heure qu'il est rentré, dit le vieil homme en se mordillant la lèvre. J'imagine qu'il est encore là. »

L'enquêteur prit son émetteur pour confirmer la présence de Bluebird. Après quoi, lui et son collègue noir examinèrent avec soin le bâtiment, par les fenêtres des maisons voisines, et communiquèrent leurs informations au responsable de la BIU. En général, pour épingler un suspect chez lui, on tentait d'établir le contact par téléphone. Mais ce Bluebird pouvait être une espèce de maniaque. Dangereux pour des otages éventuels, ou pour lui-même. On décida de le cueillir directement. La BIU, en camionnettes banalisées, vint se poster à trois rues de son domicile.

Cependant, Betty Sails identifiait Bluebird parmi un échantillon de photos. Le petit joueur de basket confirmait.

« C'est un fameux indic, que vous avez là, Lucas, déclara Wentz, l'air approbateur. Vous m'accompagnez ?

— Pourquoi pas ? »

La BIU repéra un angle aveugle, derrière la maison. La porte de service était de bois plein, et la fenêtre la plus proche avait les stores baissés. Ils pouvaient s'approcher, faire sauter la porte et pénétrer dans la place avant que Bluebird ait pu même soupçonner leur présence.

Et cela aurait parfaitement fonctionné, sans l'avidité sordide du propriétaire. Celui-ci avait, de façon illégale, divisé la maison en deux appartements. Le résultat était plus pratique qu'esthétique : le couloir de communication entre la façade et l'arrière de la maison avait été coupé au milieu par un simple panneau de contre-plaqué de deux centimètres d'épaisseur.

Lorsque le responsable de la BIU commanda « Allez-y ! », un des hommes balança une grenade éclairante par une des fenêtres de côté. L'explosion effrayante, l'éclat de lumière aveuglant suffiraient à paralyser quiconque pendant quelques secondes, le temps que la brigade lui saute dessus. En même temps, un autre type faisait sauter la porte de derrière avec une cartouche de gros calibre, et le responsable pénétrait dans la maison, suivi de trois de ses hommes.

Une jeune Mexicaine était allongée sur un divan, à demi endormie, un bébé posé sur le ventre. A côté d'elle, un enfant de deux ou trois ans, assis dans un parc délabré. La jeune femme venait d'allaiter le bébé, et son corsage était ouvert, ses seins dénudés. Elle se redressa péniblement, les yeux immenses, la bouche grande ouverte, terrifiée.

Le responsable bloquait le couloir, et le type le plus costaud de l'équipe s'y engagea, se heurtant au panneau de contre-plaqué. Il donna un, deux coups de pied, et abandonna.

« On est coincés ! On est coincés ! cria-t-il.

— Est-ce qu'on peut passer de l'autre côté ? » demanda le responsable à la jeune Mexicaine. La femme, toujours sous le choc, ne pouvait lui répondre, et il fit sortir ses hommes, qui contournèrent la maison au pas de course.

Ils avaient donné l'assaut depuis dix secondes et croyaient toujours pouvoir mener les choses à bien, sans bavure, quand une femme cria, sur le devant de la maison. On entendit deux coups de feu, un bruit de vitre brisée, et le responsable pensa que le type avait dû prendre un otage. Il rappela ses hommes.

Il se disait que le sexe était une chose bien étrange.

Il demeurait immobile, le dos collé au mur blanc, décrépi, de la maison, l'arme toujours à la main, la sueur ruisselant sur son visage. L'assaut avait été incohérent, et la réaction — les coups de feu — exactement celle qu'il craignait le plus, une fusillade avec un cinglé, où l'on pouvait se retrouver d'un seul coup avec un canon de revolver sous le nez. Et, malgré tout cela, l'image de la jeune Mexicaine, de sa poitrine menue, demeurait gravée dans son esprit, lui nouant la gorge, et il avait peine à se concentrer sur ce jeu de vie et de mort qu'il était censé diriger...

Lorsque Lucas arriva, deux voitures de patrouille étaient arrêtées face à la maison, et la BIU planquée sur les perrons des maisons adjacentes. Une troisième équipe se tenait derrière. De l'intérieur leur parvenaient les échos d'une musique de tam-tam.

« On a pu lui parler ? demanda-t-il au responsable.

— On l'a appelé, au téléphone, et la communication a été coupée. La compagnie des téléphones dit que sa ligne est hors service. Il a dû arracher la prise.

— Combien de personnes y a-t-il, là-dedans ?

— Les voisins disent qu'il a une femme et deux gosses, répondit l'autre avec un haussement d'épaules. Des petits mômes, d'âge préscolaire. Sinon, personne d'autre. »

Un camion de la télévision arrivait au bout de la rue, où un flic l'intercepta. Un journaliste du *Star Tribune* surgit de l'autre côté, un photographe sur les talons. Apercevant Lucas, une collaboratrice de la télé en pleine négociation avec le flic l'interpella. Comme Lucas se retournait, elle lui fit signe, et il se dirigea lentement vers le camion. Les voisins étaient parqués sur les trottoirs. Une fête d'anniversaire avait lieu dans une des maisons voisines, et une demi-douzaine de ballons gonflés à l'hélium se balançaient au-dessus de la foule qui grossissait. Lucas se dit que cela ressemblait à un carnaval.

« Que se passe-t-il, Davenport ? » lança la journaliste, par-dessus le flic. C'était une Suédoise, le modèle grand tourisme, pas de hanches, les pommettes hautes et un rouge à lèvres sanglant. Un cameraman se tenait à son côté, le viseur braqué sur la maison de Bluebird.

« C'est le meurtre au Centre indien, aujourd'hui. On a sans doute coincé le type chez lui.

— Des otages ? » s'enquit la journaliste. Elle n'avait pas de calepin sur elle.

« On n'en sait rien.

— On ne peut pas s'approcher un peu ? D'un côté ou d'un autre ? Il nous faudrait un meilleur angle... »

Lucas parcourut des yeux la zone délimitée par la police.

« Si vous essayiez par cette ruelle, là-bas, entre ces deux maisons ? Vous seriez un peu plus loin, mais vous auriez la maison de face...

— Ça bouge, là-bas », intervint le cameraman. Il observait le domicile de Bluebird au téléobjectif.

« Ah, merde alors », fit la journaliste. Elle tenta de se glisser auprès de Lucas, contournant le flic de garde, mais celui-ci lui barra le passage.

« On se voit plus tard, lança Lucas par-dessus son épaule, et il s'éloigna.

— Allez, Davenport... »

Lucas secoua la tête, sans s'arrêter. Le responsable de la BIU, sur le perron de la maison voisine, criait quelque chose en direction de celle de Bluebird. Obtenant enfin une réponse, il recula légèrement et prit son talkie-walkie.

« Et alors ? demanda Lucas, arrivant à la voiture radio.

— Il dit qu'il fait sortir la famille, répondit un flic, sur l'émetteur.

— Je fais reculer tout le monde », déclara le responsable. Tandis que Lucas, appuyé au toit de la voiture, observait la scène, il envoya un flic de patrouille prévenir la BIU et les hommes en uniforme que des gens allaient quitter la maison. Quelques instants plus tard, une serviette blanche s'agitait à la porte, et une femme apparut, un bébé dans les bras. Elle traînait par la main un autre enfant, âgé de trois ans peut-être.

« Venez, venez par ici, tout va bien ! » lui cria Wentz. Elle jeta un regard par-dessus son épaule, avant de s'éloigner rapidement de la maison, tête basse, longeant la rangée de voitures.

Lucas et le responsable de l'assaut se dirigèrent vers elle.

« Qui êtes-vous ?

— Lila Bluebird.

— C'est votre mari, qui est là-dedans ?

— Oui.

— Il a quelqu'un avec lui ?

— Il est seul », répliqua la femme. Les larmes ruisselaient sur ses joues. Elle portait une chemise de cow-boy et un short noir et moulant, orné de petites boules en peluche. Le bébé s'agrippait à sa chemise, comme s'il comprenait ce qui se passait ; l'autre s'accrochait à sa main. « Il m'a dit de vous dire qu'il sort dans une minute, reprit-elle.

— Est-il ivre, drogué ? Au crack ? Aux amphés ? Rien de ce genre ?

— Non. Nous n'avons ni alcool ni drogue à la maison. Mais il n'est pas bien.

— Comment cela, pas bien ? Vous voulez dire qu'il est cinglé ? Que... »

La question resta en suspens. La porte de la maison s'ouvrit brusquement, et Tony Bluebird déboula sur la pelouse. Il était torse nu, et le poignard d'obsidienne se balançait sur sa poitrine, au bout d'un lien de cuir. Deux plumes d'aigle étaient fichées dans sa chevelure, et il tenait deux pistolets, un dans chaque main. A trois mètres du perron, il les leva et ouvrit le feu sur la voiture de patrouille la plus proche, se rapprochant des hommes cachés derrière. Les flics le criblèrent de balles, le réduisirent en charpie. Sous la rafale, le corps bondit et s'effondra.

Il y eut une seconde de silence pétrifié, puis Lila Bluebird se mit à hurler. Le plus âgé des enfants, effrayé, s'accrocha à sa jambe et cria également. Dans la voiture-radio, le flic appelait les auxiliaires médicaux. Trois hommes se dirigèrent vers Bluebird, l'arme toujours pointée vers le corps, et écartèrent ses pistolets d'un coup de pied.

Le responsable de l'assaut regarda Lucas. Pendant un moment, il tenta en vain de parler.

« Bon Dieu ! fit-il enfin. Mais qu'est-ce que c'est que ce cinéma ? »

3

La vigne vierge envahissait les saules et retombait de quinze mètres jusqu'à la surface des eaux. Dans la faible lumière qui parvenait du pont de Mendota, l'île évoquait un schooner à trois mâts, gréé de noir, traversant l'embouchure de la rivière Minnesota pour rejoindre le Mississippi.

Deux hommes marchaient sur un banc de sable, à l'extrémité de l'île. Plus tôt dans la soirée, ils avaient allumé un feu de bois et mangé des saucisses rôties sur des piques et des spaghettis en boîte. Le feu n'était plus que braises à présent, mais l'odeur du sapin brûlé planait toujours dans la fraîcheur de l'air. A trois cents mètres de la berge, un sauna indien traditionnel se dissimulait sous les saules.

« On devrait partir vers le Nord, déclara le plus grand. Ce doit être agréable du côté des lacs, en ce moment.

— Il a fait trop chaud. Trop de moustiques.

— Les moustiques, tu parles ! fit le plus grand et il éclata de rire. On est indiens, tête de nœud.

— Ces putains de Chippewa nous scalperaient, alors, repartit l'autre en plaisantant.

— Pas nous. On tuerait les hommes, on baiserait les femmes. On boirait leur bière.

— Pas question de boire de la Grain Belt. »

Le silence s'établit entre eux, un silence tranquille,

sans gêne. Le plus petit prit une profonde inspiration, et laissa échapper un soupir sonore.

« On a trop à faire. Pas le temps d'aller rigoler dans le Nord. » Son visage s'était rembruni. L'autre le sentit, sans le voir.

« J'aimerais bien aller prier sur la tombe de Bluebird, dit-il. J'espérais qu'il vivrait plus vieux.

— Il n'était pas très malin.

— Mais il avait la foi.

— Ouais. »

Les deux hommes étaient des Sioux Mdewakanton, des cousins, nés le même jour au bord de la rivière Minnesota. L'un avait pour nom Aaron Sunders, l'autre Samuel Close; mais seule l'Administration les appelait ainsi. Pour tout le monde, c'étaient les Corbeaux : leur grand-père maternel s'appelait Dick le Corbeau.

Plus tard, un sorcier les avait baptisés de prénoms sioux. Ceux-ci étaient intraduisibles. D'aucuns prétendaient qu'ils signifiaient Corbeau clair et Corbeau sombre. D'autres disaient Corbeau du Soleil et Corbeau de la Lune. D'autres encore assuraient que la seule traduction valable était Corbeau spirituel et Corbeau matériel. Mais les deux cousins, eux, se nommaient eux-mêmes Aaron et Sam, tout simplement. Si certains Sioux ou Blancs prétentieux ne trouvaient pas leurs prénoms assez remarquables, c'était leur problème.

Le grand Corbeau était Aaron, l'homme de spiritualité. Le petit Corbeau était Sam, un type doué de sens pratique. A l'arrière de leur camionnette, Aaron transportait une malle de l'armée remplie d'herbes et d'écorces. Dans la cabine, Sam gardait deux calibres 45, une batte de base-ball et un ceinturon, dans lequel il rangeait l'argent. Ils se voyaient comme un seul et même individu, dont chacun incarnait une facette. Il en était ainsi depuis 1932, quand les filles de Dick le Corbeau et leurs deux jeunes enfants s'étaient entassés dans un abri de toile pendant quatre mois, manquant mourir de faim, de froid, et luttant pour demeurer en vie. De décembre à mars, les cousins avaient vécu dans un carton garni de couvertures de l'armée. Ces quatre mois-là avaient fondu leurs deux personnalités en une seule. Cela faisait presque soixante ans qu'ils demeuraient inséparables, à part un séjour d'Aaron à la prison fédérale.

« J'aimerais bien avoir des nouvelles de Billy, dit Sam Crow.

— Il est là, on le sait, répondit Aaron d'une voix tranquille.

— Mais qu'est-ce qu'il fait ? Trois jours, et aucun signe de vie.

— Tu as peur qu'il n'ait recommencé à boire ? Tu ne devrais pas, parce que ce n'est pas le cas.

— Comment le sais-tu ?

— Je le sais. »

Sam hocha la tête. Quand son cousin disait qu'il savait quelque chose, il savait.

« Non, je m'inquiète pour ce qui risque d'arriver, quand il va faire le coup. Les flics de New York sont plutôt doués, dans ce genre d'affaires.

— Tu peux faire confiance à Billy, répliqua Aaron. Il est malin. Il s'en sortira. »

Aaron était mince, mais pas fluet. Dur, tendineux, comme de la viande séchée. Un visage taillé à la serpe, le nez busqué, des yeux semblables à deux billes de marbre noir.

« J'espère. Si on l'arrête immédiatement, la télé se jettera sur l'histoire et passera tout de suite à autre chose. »

Sam, lui, avait un visage large, avec des rides d'expression autour de la bouche et un menton rond et lourd. Ses cheveux étaient poivre et sel ; son regard profond, pensif. Son ventre imposant surplombait un large ceinturon à boucle de turquoise.

« Pas si Leo passe à l'action, objecta Aaron. Il devrait être à Oklahoma City demain, si sa voiture tient le coup. Si les deux... affaires... arrivent coup sur coup, les gars de la télé vont devenir cinglés. Et les lettres sont prêtes. »

Sam se dirigea vers la berge, contempla l'eau un moment, puis se retourna.

« Je persiste à penser que les deux premiers coups étaient une erreur. Sur le deuxième, on a perdu Bluebird. Ils n'auront pas l'impact que nous voulions...

— Nous voulions commencer doucement, sans trop de risques...

— Pour Bluebird, ça n'a pas été sans risques...

— On savait que ça pouvait mal tourner... Mais il fallait donner le ton. C'était une déclaration de guerre. On ne peut pas se contenter de deux assassinats. Il faut que les médias comprennent... La guerre totale. Il faut que l'on dégomme ce salopard. Il faut voir grand, si on veut...

— Le Grand Satan, le coupa Sam en ricanant. Tout ça n'aura servi à rien, si nous ne réussissons pas à le faire venir ici.

— Cela n'aura pas servi à rien. Ceux que nous avons butés étaient déjà assez malfaisants... Mais il viendra, assura Aaron, d'une voix ferme. Et nous savons pourquoi. Et nous savons où. Alors, on pourra s'occuper de lui.

— Non, dit Sam. Nous savons qu'il *venait* par ici. Mais peut-être plus maintenant. Les médias sont braqués sur lui. Il vise la présidence... Il est prudent...

— Mais une fois ici, il craquera. Quand on est accroché à ce genre de truc...

— Peut-être, admit Sam en enfonçant ses mains dans ses poches. Mais je pense toujours que les deux premiers coups ne valaient rien.

— Tu as tort, répondit Aaron d'un ton froid.

— Je n'ai pas envie de gaspiller des vies, c'est tout », déclara Sam, le regard toujours fixé sur la rivière. Il se pencha, ramassa une petite pierre plate et la lança. Au lieu de ricocher, la pierre s'enfonça dans l'eau comme un couteau, et disparut. « Et merde, conclut-il.

— Tu n'as jamais été très doué pour ça. Il faut plus de force dans le poignet.

— Combien de fois m'as-tu répété ça? demanda Sam, à la recherche d'un nouveau caillou.

— Environ un million de fois. »

Sam lança la deuxième pierre, qui coula de la même manière. Il secoua la tête, enfonça derechef les mains dans ses poches, et demeura un moment immobile, silencieux, avant de se tourner vers son cousin.

« As-tu parlé à Shadow Love ? demanda-t-il.

— Non.

— As-tu toujours l'intention de l'envoyer à Bear Butte ?

— Ouais. Je veux qu'il file d'ici.

— Shadow Love est une arme, déclara Sam le Corbeau.

— C'est surtout notre gosse.

— Chaque homme naît avec une mission sur terre. Je cite le Corbeau, le célèbre Aaron lui-même. Et Shadow Love est une arme.

— Une arme que je n'utiliserai pas, dit Aaron, et il rejoignit son cousin au bord de l'eau.

— Parce que c'est notre gosse. Tu ne devrais pas te laisser avoir.

— Ce n'est pas ça. En réalité, Shadow me fiche une trouille bleue. Voilà le problème. » Aaron ôta ses vieilles baskets éculées d'un coup de pied et plongea le bout de ses orteils dans l'eau. Elle était fraîche, cela faisait du bien. « J'ai peur de ce que nous avons fait de ce garçon, quand nous l'avons laissé avec Rosie, reprit-il. Nous avions du travail, mais... Elle n'était pas très nette, tu sais. Une femme adorable, mais quelque chose n'allait pas dans sa tête. Tu dis que nous en avons fait une arme. A mon avis, on en a fait un malade.

— Te souviens-tu d'un certain Crazy Horse, autrefois... ?

— Pas la même chose. Crazy Horse aimait un certain genre de vie. Une vie de guerrier. Shadow n'est pas un guerrier. C'est un tueur. Tu l'as bien vu toi-même : il ne pense qu'à la souffrance, et au moyen de l'infliger aux autres. »

Les deux hommes demeurèrent un moment silencieux, attentifs au bruit de l'eau clapotant contre le banc de sable.

« Combien de temps avant qu'on se plante, à ton avis ? » demanda soudain Aaron, d'un ton plus léger.

Sam éclata de rire, rejetant la tête en arrière.

« Oh, trois semaines, un mois...

— On sera morts avant, plaisanta Aaron.

— Peut-être pas. On peut filer au Canada. A Sioux Valley. Se planquer là-bas.

— Mmm-mmm.

— Quoi ? Tu penses que nous n'avons pas une chance ? Que nous sommes deux abrutis congénitaux ?

— Les types qui entreprennent ce genre de truc... ils ne s'en sortent pas. C'est aussi simple que ça, répliqua Aaron avec un haussement d'épaules. Et la question est toujours la même : *Pourquoi essayer de s'en sortir* ?

— Grands dieux, murmura Sam, et il se passa une main dans les cheveux.

— Mais c'est vrai, reprit Aaron avec un rire bref, brutal. Si on se fait descendre... on a ce qu'on veut. Tout le monde connaît Sitting Bull, parce qu'il est mort. Tout le monde connaît Crazy Horse, parce qu'il est mort. Mais qui a entendu parler d'Inkpaduta ? C'était peut-être le plus grand de tous, mais il a filé au Canada, et il est mort de vieillesse. Il n'y a pas grand monde pour se souvenir de lui, à présent. Ce que nous voulons, c'est la *guerre*... C'est réveiller les gens. Si on se tire en douce, je ne crois pas que cela aura le même effet. »

Sam secoua la tête, sans répondre. Il ramassa une autre pierre plate, la lança vers l'eau. Elle coula immédiatement. « Connasse ! » cria-t-il à son adresse. Aaron observa son cousin en soupirant.

« Je rentre en ville avec toi, dit-il. J'entends trop de voix, ce soir. Ce n'est pas tenable.

— Tu ne devrais pas venir si souvent. Même moi je les sens, qui vibrent sous le sable. » D'un geste large, Sam embrassa le banc de sable, la rivière, le flanc de la colline. La région de l'île avait été, jadis, un camp d'extermination. Des centaines de Sioux étaient morts là, pour l'essentiel des femmes et des enfants.

« Allez, conclut Aaron. On charge le camion, et on se tire. »

Dans un motel de Jersey, Billy Hood était allongé sur son lit et contemplait le plafond. Il avait effectué un tour de reconnaissance jusqu'à Manhattan, de l'autre côté du fleuve, et en arrivait à la conclusion que c'était possible. Il tuerait ce type. Le poignard de pierre pesait sur sa poitrine.

Égorger un homme... La gorge de Hood se serra. L'année précédente, comme il chassait dans la région des Mille Lacs, dans le centre du Minnesota, il avait tué une biche. Il l'avait repérée dans un bosquet de bouleaux, fantôme brun flottant parmi le blanc et noir des arbres enneigés. La balle de calibre 30.30 l'avait abattue, et elle ne s'était pas relevée. Elle n'était pas morte, cependant. Elle gisait là, sur le flanc, dans la neige peu épaisse. Ses sabots s'agitaient faiblement, comme si elle courait encore; son œil clignait mais les fixait, son beau-frère Roger et lui.

« On ferait mieux de lui couper la gorge, mon vieux », avait déclaré Roger. Il souriait. Cela l'excitait, peut-être. Cela lui donnait un sentiment de puissance. « Il faut abréger ses souffrances », avait-il ajouté.

Hood avait tiré son couteau de chasse de l'étui, un couteau affûté comme un rasoir. Il avait saisi l'animal par une oreille et lui avait tranché la gorge d'un seul mouvement rapide, puissant. Le sang avait giclé sur la neige; et la biche avait donné encore quelques coups de sabot, sans cesser de le regarder, de cligner de l'œil. Puis son œil était devenu terne. C'était la mort.

« Il n'y a vraiment que là que l'on voie du sang rouge, pas vrai? avait dit Roger. Dans la neige. Quand tu vois du sang dans les bois, en automne ou en été, il paraît toujours noir. Mais mon vieux, sur cette neige, il est bien rouge, hein? »

Le sang d'Andretti paraîtrait noir, sur la moquette beige de son bureau. Hood était allé jusque-là, au cours de ses repérages. Andretti était célèbre pour ses heures supplémentaires. Tout l'hôtel de ville fermait, mais son équipe continuait de travailler. L'« équipe », c'est ainsi qu'Andretti les appelait. A l'extérieur de son bureau, sur un panneau destiné aux notes de service, était punaisée une photo montrant Andretti et ses collaborateurs réunis autour d'un gâteau, vêtus de survêtements de basket. Andretti, évidemment, portait le numéro 1.

« Mère de Dieu », murmura Hood, et il ferma les yeux pour s'endormir, rêver, ou prier peut-être. Le poignard de pierre était lourd sur sa poitrine. Le sang d'Andretti serait noir sur la moquette. Demain, juste après la fermeture de l'hôtel de ville.

La nuit fut ténébreuse, emplie de visions, même dans cette chambre de motel étouffante. Hood se réveilla à 1 heure, puis à 3, 4 et 5 heures. A 6, il se leva, fatigué mais incapable de se rendormir. Il se rasa et fit sa toilette, revêtit son meilleur costume, sentant toujours le poids de l'arme autour de son cou, et celui du petit pistolet dans sa poche.

Il se rendit à la gare et prit le train de banlieue, traversant de nouveau le fleuve, puis il se dirigea vers Central Park. Il fit un tour au Zoo et au Metropolitan Museum, passant devant Van Gogh et Degas, traînant du côté de Renoir et de Monet. Il aimait bien la luxuriance des impressionnistes, ce sens de la nature féconde. Sa région d'origine, les bords du Missouri, dans le Dakota-du-Sud, n'était que terre brune et jaune, presque toute l'année. Parfois cependant, au printemps, on y découvrait des brassées de fleurs sauvages, épanouies sur les vasières, là où les ruisseaux se jetaient dans le fleuve. En contemplant les Monet lui revenait le parfum épicé des marguerites de la prairie...

Le temps se traînait interminablement. Lorsque l'heure vint enfin, il prit le métro jusqu'à Manhattan, et annihila tout sentiment en lui, posément, un à un, en repensant aux heures passées à Bear Butte, à la beauté aride, ascétique de la campagne. En écoutant le lointain appel des collines Noires, violentées par les Blancs qui gratifiaient chaque mystère de la nature d'un panneau d'affichage jaune et chrome.

Le temps qu'il arrive à l'hôtel de ville, il se sentait presque minéral, plus proche de la pierre qu'il ne l'avait jamais été. A 5 heures moins quelques minutes, il pénétra dans le bâtiment et gravit l'escalier jusqu'au cinquième étage.

Le service d'Andretti, celui de l'Aide sociale, occupait douze étages du building, mais son bureau personnel ne comportait que quatre pièces. Hood avait calculé que six à huit personnes y travaillaient en permanence : Andretti et sa secrétaire ; une réceptionniste ; trois assistants — un homme et deux femmes ; et un couple d'employés, de temps à autre. Ceux-ci, ainsi que la réceptionniste, filaient à 5 heures pile. Il n'aurait donc affaire qu'à cinq personnes.

Arrivé au cinquième étage, Hood jeta un coup d'œil dans le couloir, puis se dirigea rapidement vers les lavabos. Il pénétra dans une des cabines, s'assit, ouvrit sa chemise. Son poignard d'obsidienne pendait au bout d'un lien de cuir, prélevé sur la biche qu'il avait tuée l'année précédente. Il passa le cordon par-dessus sa tête et glissa le couteau dans la poche gauche de sa veste. Le pistolet était déjà dans sa poche droite.

Hood consulta sa montre. 5 h 03. Il décida d'attendre encore un moment, assis sur le siège des toilettes, contemplant l'aiguille qui égrenait les secondes. La montre avait coûté vingt dollars, neuve. Une Timex. Son épouse la lui avait achetée, à l'époque où il avait un travail en vue, dans une équipe de voirie. Mais l'emploi lui avait échappé et tout ce qui lui en restait, c'était la montre.

Quand celle-ci indiqua 5 h 07, Hood se redressa. Son âme était à présent aussi dure que sa lame. Le couloir était désert. Il se dirigea rapidement vers le bureau d'Andretti, jeta un coup d'œil à droite en traversant le corridor principal. Une femme attendait l'ascenseur. Elle lui lança un bref regard, puis détourna les yeux. Arrivé devant la porte du bureau, il posa la main sur la poignée, attendit une seconde, ouvrit la porte. La réceptionniste était partie, mais il entendait l'écho de rires de l'autre côté de la cloison, derrière son bureau.

La main posée sur le pistolet, dans sa poche, il

contourna la séparation. Deux assistants, un homme et une femme, parlaient, appuyés à des classeurs. Par une porte ouverte, il aperçut Andretti, en manches de chemise, installé derrière une lampe verte à col de cygne. Il y avait au moins une personne avec lui, dans le bureau.

La femme ne se rendit pas immédiatement compte de sa présence ; mais l'homme l'avait vu, lui, et il fronçait légèrement les sourcils. Elle se retourna enfin.

« Je suis désolée, nous sommes fermés », dit-elle.

Hood retira la main de sa poche, l'arme au poing.

« Pas un mot, pas un bruit. Entrez dans le bureau de Mr. Andretti.

— Oh, non... », fit la femme. L'homme serra les poings, s'écarta du classeur.

« Je n'ai pas l'intention de vous tuer, mais je n'hésiterai pas à le faire, déclara Hood, et il pointa le canon de l'arme vers sa tête. Avancez, maintenant. Allez, en avant. » Il s'était placé hors de l'angle de vue d'Andretti.

A pas lents et hésitants, ils se dirigèrent vers le bureau de celui-ci.

« Si vous faites quoi que ce soit, si vous touchez une porte, si vous dites le moindre mot, je vous descends », déclara Hood d'une voix calme, comme ils arrivaient devant le bureau.

L'homme y pénétra, suivi de la femme.

« Mettez-vous sur le côté, ordonna Hood.

— On a un problème, patron », dit l'homme. Andretti leva les yeux.

« Oh, merde », fit-il.

Une femme se tenait confortablement installée dans le fauteuil qui faisait face au bureau, le visage éclairé d'un sourire. Le sourire se fana sur ses lèvres lorsqu'elle aperçut Hood ; il se *fanait*, c'était le mot qui lui vint à l'esprit, à cause de la lenteur avec laquelle il s'effaçait. Comme si elle souhaitait ne déranger personne. Comme si elle voulait croire que c'était là une plaisanterie.

« Où est la secrétaire ? demanda Hood à Andretti.

— Elle est rentrée plus tôt. Écoutez, mon ami...

— Silence. Nous avons quelques affaires à régler, mais je veux d'abord m'occuper de ces gens-là. Je n'ai pas envie qu'ils me sautent dessus, pendant que nous discutons.

— Si vous avez un problème...

— J'ai un problème, en effet : comment éviter d'en descendre un, s'ils ne font pas exactement ce que je dis ? Je veux vous voir tous allongés face contre terre, le long de ce mur.

— Qu'est-ce qui nous dit que vous n'allez pas tirer ?

— Je vous le promets, c'est tout. Je ne tiens pas à vous faire du mal. Mais je vous promets *aussi* que je n'hésiterai pas à tirer, si vous ne vous allongez pas par terre.

— Faites ce qu'il dit », ordonna Andretti.

Tous trois reculèrent jusqu'au mur, s'assirent.

« Sur le ventre », ordonna Hood. Ils s'aplatirent au sol. Une des femmes gardait la tête levée vers lui. « On regarde la moquette, ma petite dame, c'est compris ? » ajouta Hood.

Quand ils furent immobiles face contre terre, Hood contourna lentement le bureau d'Andretti. C'était un homme solide et jeune ; à peine plus de trente ans. Trente-cinq au grand maximum.

« Laissez-moi vous expliquer ce que je vais faire, Mr. Andretti », commença Hood. Bluebird, lui et les autres avaient réfléchi, et finalement décidé qu'il était préférable de mentir. « Je vais vous passer les menottes, et je vais donner quelques coups de fil en ville, au nom de mes compatriotes. Si je vous passe des menottes, c'est que je ne tiens pas à ce que vous m'en empêchiez. Si chacun coopère, ça ne tournera mal pour personne, comprenez-vous ?

— Je comprends ce que vous dites, mais je ne comprends pas ce que vous voulez.

— Nous en reparlerons », affirma Hood d'un ton rassurant. Il était à présent derrière Andretti. Il lui posa le canon de son arme sur la tempe. « Mains jointes, derrière le dos, ordonna-t-il. Maintenant, regardez droit devant vous. Non, cambrez un peu le dos, la tête en arrière. Je tiens à vous montrer quelque chose, d'abord.

— Quoi ? demanda Andretti en renversant la tête.

— Ceci », dit Hood. Il avait échangé le pistolet contre le poignard. Il saisit brutalement Andretti par les cheveux, et lui trancha la gorge avec la lame de pierre, plus profondément, beaucoup plus profondément qu'il ne l'avait fait pour la biche.

« Ahhhh », fit Andretti, comme le sang jaillissait de son cou. Il se mit à frapper convulsivement le bureau de ses poings, toussant, suffoquant, et cherchant Hood du regard. Une des femmes se redressa à demi et, à la vue de la scène, commença à hurler. Hood visa son visage blanc, tira, et elle s'effondra. Il ne savait pas s'il l'avait atteinte ou non, mais à présent l'homme roulait sur lui-même, tandis que l'autre femme se mettait à quatre pattes. « Stop ! » cria Hood et il tira dans le dos de l'homme. Celui-ci se recroquevilla. Déjà Hood était sorti, suivait le couloir, dévalait l'escalier, et les cris faiblissaient à mesure qu'il refermait les portes derrière lui.

Le pistolet dans une poche. Le couteau dans l'autre. Un étage. Mes mains. Propres. Du sang sur la chemise, juste une goutte sur la veste. Il boutonna sa veste. Trois étages. Rez-de-chaussée. Le hall. Le gardien derrière son bureau. Il lève les yeux. La rue. Je traverse. Le métro. Un jeton. Attendre. Attendre. Attendre une course précipitée, des cris, des flics. Rien, que l'odeur de salpêtre du métro, le ferraillement d'une rame qui approche.

Il lui fallut une heure pour rentrer à Jersey. Trente minutes plus tard, il était au volant et filait vers l'ouest, dans le soleil couchant.

A Oklahoma City, Leo Clark s'immobilisa devant le palais de justice, leva les yeux. Il repérait les lieux. La lame de pierre pesait lourd à son cou.

4

Jennifer sortit de la salle de bains, encore nue. Elle était grande et mince, blonde, avec de petits seins ; ses sourcils étaient sombres sous sa frange claire et parfois, lorsqu'elle était en colère, ses yeux bleus prenaient la couleur d'un fleuve gelé. Comme elle passait devant le lit, Lucas l'attrapa d'un crochet du bras et l'attira, plaquant son visage contre son ventre.

« C'était bien, dit-il. On devrait faire ça plus souvent.

— Ho, je suis là », répondit-elle.

Lucas fourra son nez dans son ventre, comme un chien, et elle le repoussa.

« Je n'aime pas que tu te moques de moi.

— Mais tu n'as plus de ventre !

— Si. » Jennifer alluma la lumière de la chambre, ferma la porte et fit une pirouette devant la glace fixée au dos. « J'ai le bidon tout distendu, et les fesses qui pendent, annonça-t-elle. Les fesses, je peux m'en sortir. Mais le ventre, ça va être difficile.

— Vous, les yuppies, vous êtes complètement à la masse, dit Lucas, qui s'étirait sur le lit en l'observant. Tu es magnifique. »

Elle repassa près de lui, évita son bras et prit une chemise de nuit de coton dans la commode.

« Je n'arrive pas à savoir si tu es fondamentalement taré, ou juste particulièrement obsédé », déclara-t-elle tandis qu'elle enfilait la chemise de nuit par la tête.

Lucas haussa les épaules et se renversa sur l'immense oreiller.

« Quelle importance ? Ça marche, de toute manière. Je baise pas mal.

— Je devrais te virer d'ici à coups de pompe, Davenport. Je... C'est le bébé ? »

Tendant l'oreille, il entendit pleurer doucement dans la chambre voisine.

« Ouais.

— C'est l'heure du dîner », affirma Jennifer.

Ils ne s'étaient jamais mariés, mais Lucas et Jennifer Carey avaient un petit enfant. Lucas insistait pour officialiser la chose. Jennifer disait peut-être, un de ces jours. Mais pas tout de suite. Elle vivait avec le bébé dans une villa au sud de Minneapolis, à un quart d'heure du domicile de Lucas, à St. Paul.

Lucas roula hors du lit, et suivit Jennifer jusqu'à la chambre de l'enfant. A l'instant où la porte s'ouvrit, Sarah cessa de pleurer pour se mettre à gazouiller.

« Elle s'est mouillée, déclara Jennifer en la soulevant. Tu vas la changer. Moi, je fais chauffer le biberon. »

Lucas porta Sarah sur la table à langer, ôta la couche et la jeta dans la corbeille. Il sifflotait tout en s'activant ; et le bébé le regardait, fasciné, avançant les lèvres comme s'il allait lui-même se mettre à siffler. Lucas lui nettoya le derrière avec des boules de coton, la talqua, et lui passa une nouvelle couche. Sarah faisait des bulles, aux anges.

« Grands dieux, déclara Jennifer qui l'observait du seuil de la pièce, tu es simplement *effrayant* avec les femmes, quel que soit leur âge. »

Lucas souleva le bébé en riant et le fit sauter sur sa main. Sarah se mit à son tour à rire, et lui attrapa le nez avec une force étonnante.

« Oh ! là ! là ! on d'a addrapé le dez de papa... »

Jennifer déclara qu'il parlait comme Elmer le chasseur. De l'autre main, Sarah lui fichait un coup de poing dans l'œil.

« Bon Dieu, je me fais rosser, maintenant ! s'écria

Lucas. C'est quoi, ça, ma petite, tu dérouilles ton vieux papa ? »

Le téléphone sonna. Lucas regarda sa montre, mais il l'avait ôtée. Il était tard, cela dit, minuit passé. Jennifer se dirigea vers le téléphone, dans le couloir. Elle était de retour une seconde plus tard.

« C'est pour toi.

— Personne ne sait que je suis ici, dit Lucas, perplexe.

— C'est le sous-chef, je ne sais plus trop comment... Meany, Daniel lui a dit d'essayer ici.

— Je me demande ce qui peut bien se passer. » Lucas s'éloigna pieds nus dans le couloir et prit le combiné. « Davenport à l'appareil...

— Harry Meany, fit une voix de vieil homme. Le chef m'a demandé de vous trouver n'importe où. Il veut vous voir dans son bureau d'ici à une demi-heure.

— Que se passe-t-il ?

— Je n'en sais rien, Lester et Anderson sont déjà là, et Sloan est en route.

— Vous avez une affaire en cours ?

— Rien de rien. Une fille s'est fait assommer dans University Avenue, mais bon, ça n'a rien de très nouveau. Non, je ne sais pas.

— Mmmmm. » Lucas se gratta le menton, pensif. « Bon, j'arrive. »

Il raccrocha et demeura un moment immobile, la main posée sur l'appareil, contemplant sans le voir le tableau accroché au mur, une gravure retouchée à l'aquarelle qui représentait un cottage anglais.

« Et alors ? demanda Jennifer.

— Je ne sais pas. Une réunion. Avec Daniel, Lester, Anderson, Sloan. Et moi.

— Mmm-mmm. Vous avez quelque chose en cours ?

— Rien de très particulier. Il y a des rumeurs sur un trafic d'armes, mais on n'a pas encore pu trouver quoi que ce soit. Et puis pas mal de *deal*. C'est à peu près tout. »

Jennifer hocha la tête. Pendant dix ans, elle avait été

le reporter-vedette de TV3. A la naissance de Sarah, elle avait pris un semi-congé et s'était lancée dans la production. Mais toutes ses années sur le terrain lui collaient à la peau : elle avait gardé le goût et le sens du scoop.

« Tu sais à quoi cela me fait penser? demanda-t-elle, les yeux plissés. C'est exactement l'équipe que Daniel avait mise en place l'an dernier, pour le Chien-Loup.

— Mais il ne se passe rien de ce genre en ce moment », répondit Lucas. Et il se dirigea vers la salle de bains en hochant la tête.

« Tu me tiendras au courant? lança-t-elle.

— Si je peux. »

Lucas soupçonnait les premiers pairs de la cité d'avoir conçu l'hôtel de ville de Minneapolis comme une farce sophistiquée à l'adresse de leurs descendants. Cette énorme pâtisserie de granit parfaitement indigeste parvenait à être à la fois étouffante en été et glaciale en hiver. En automne et au printemps, au sous-sol, là où Lucas avait installé son bureau, les murs suintaient comme des résineux. Un autre inspecteur, comme lui catholique déchu, lui avait un jour suggéré d'attendre une occasion particulièrement propice pour annoncer que le mur de son bureau portait les saints stigmates.

« On se ferait quelques dollars, déclara-t-il avec enthousiasme.

— Je ne suis plus grand-chose dans l'Église, répondit Lucas d'un ton froid, mais j'aimerais autant ne pas être excommunié.

— Foutaises. »

Lucas fit le tour du bâtiment pour garer la Porsche sur un emplacement réservé aux flics. Le bureau du chef était éclairé, à l'angle. Comme il contournait le capot de la voiture, un break Chevrolet s'arrêta derrière, et le conducteur donna un petit coup de klaxon. Un instant plus tard, Harrison Sloan en sortait.

« Que se passe-t-il? » s'enquit Lucas.

Sloan haussa les épaules. C'était un homme mince, avec des petits yeux bruns et doux, et une fine moustache. Il aurait pu jouer le rôle d'un aviateur de la RAF dans un film sur la Seconde Guerre mondiale, un pilote nommé Dicky. Il portait un survêtement et des chaussures de tennis.

« Je n'en sais rien. Je dormais. Meany a appelé pour me dire de rappliquer en vitesse.

— Même chose pour moi. Mystère...

— Comment va la main ? » demanda Sloan, comme ils poussaient la porte.

Lucas baissa les yeux sur sa main, remua les doigts. Le Chien-Loup lui avait brisé pas mal d'os, entre les phalanges et le poignet. Il avait encore mal, quand il serrait fort. Les médecins disaient que cela resterait sensible.

« Ça va. J'ai récupéré ma force, en m'entraînant à serrer une balle de caoutchouc.

— Il y a dix ans, avec une main comme ça, tu serais resté handicapé.

— Il y a dix ans, j'aurais été assez rapide pour dégommer cet enfoiré avant qu'il ne me saute dessus. »

L'hôtel de ville était silencieux. Il y planait une odeur de cire et de désinfectant. Leurs semelles faisaient un flap-flap discret dans les couloirs à peine éclairés, et leurs voix résonnaient entre les parvis de marbre tandis qu'ils spéculaient sur l'appel de Daniel. Sloan pensait que la raison de cette réunion précipitée ne pouvait être qu'une affaire politique.

« Ça expliquerait cette panique, en pleine nuit. Ils vont essayer de régler le truc avant que les journaux ne s'en mêlent.

— Pourquoi appeler Lester et Anderson, alors ? Qu'est-ce que la Criminelle aurait à y voir ?

— Mmmm, fit Sloan, mordillant sa moustache. Je n'en sais rien.

— Non, il s'agit d'autre chose. D'un meurtre, à mon avis. »

La porte extérieure du bureau du chef était ouverte. Lucas et Sloan pénétrèrent dans l'antichambre et surprirent Quentin Daniel en train de fouiller dans le bureau de sa secrétaire. Daniel était un homme grand et fort, avec un visage ouvert et chaleureux de boucher du coin. Seuls ses petits yeux vifs, inquisiteurs, trahissaient sa véritable personnalité, derrière son masque d'affabilité.

« Alors, on vole des trombones, maintenant ? lança Sloan.

— Impossible de trouver la moindre putain de boîte d'allumettes quand on en a besoin, grommela Daniel. Et personne ne fume plus. » Il était du genre lève-tôt et couche-tôt, mais paraissait cependant en forme, et plutôt de bonne humeur. « Allez-y, entrez », ajouta-t-il.

Frank Lester, chef adjoint des enquêteurs, et Harmon Anderson, un type aussi épais qu'une ardoise, spécialiste en informatique et assistant de Lester, étaient déjà là, assis devant le bureau de Daniel. Lucas et Sloan prirent à leur tour des chaises, et Daniel s'installa face à eux.

« J'ai passé la soirée au téléphone, commença-t-il. Frank et Harmon sont là depuis un bon moment. Il y a eu un meurtre à New York. Un responsable de l'Aide sociale. Peu après 5 heures de l'après-midi, heure locale. C'était un Italien, un certain John Andretti. Cela vous dit quelque chose ? »

Lucas et Sloan secouèrent la tête de concert.

« Non, répondit Sloan. On devrait le connaître ?

— On l'a pas mal vu dans le *Times*. C'était un homme d'affaires lancé dans la politique. Il avait quelques idées nouvelles, en matière d'aide sociale... Quoi qu'il en soit, sa famille était riche. Construction, banque, ce genre. Il est allé à Choate, et à Harvard. Il est allé à Yale Law. Il avait des dents qui rayaient le plancher, et une femme épatante, avec des nénés épatants, et quatre gosses épatants, et personne n'abusait bêtement de la drogue ou de l'alcool, personne ne baisait à droite et à gauche, et toute la famille allait à la messe le dimanche. Son pater s'était arrangé pour qu'il se présente au Congrès cet automne, et peut-être même au Sénat dans quatre ans. Les médias new-yorkais commençaient à parler de lui comme du John Kennedy italien, vous voyez le topo...

— Et que s'est-il passé ? demanda Lucas.

— Il s'est fait descendre, dans son bureau. Trois témoins. Le type entre, armé. Il fait reculer tout le monde, passe derrière Andretti, et avant que quiconque ait le temps de se mettre un doigt dans le nez, il l'attrape par les cheveux — un Indien, au fait — et l'égorge avec un poignard en pierre, un drôle d'engin.

— Merde alors ! », s'exclama Lucas. Sloan demeurait immobile sur sa chaise, bouche bée. Anderson les observait avec amusement. Lester, lui, avait l'air soucieux.

« C'est exactement ce que je pense », dit Daniel. Il choisit un cigare dans son humidificateur tout neuf, le passa sous son nez, le huma longuement et finit par le reposer dans le coffret. « Merde alors, tout à fait d'accord, reprit-il. L'Indien a également tiré sur un des assistants d'Andretti, mais il s'en sortira. »

Anderson enchaîna.

« La famille Andretti a mal pris la chose et a commencé à porter le deuil. Le gouverneur, le maire, tout le monde est sur les dents. Les flics de New York courent dans tous les sens comme des canards décapités.

— Andretti était un des gars les mieux placés de New York, ajouta Daniel. Il avait vingt frères, sœurs, cousins et cousines, sans parler de ses parents. Cela représente un océan de fric, et deux océans d'influence politique. Ils réclament une tête.

— Et ils supposent que le type qui a tué Andretti, qui que ce soit, travaillait avec ce Bluebird, c'est ça ?

— Regardez les deux meurtres, dit Daniel en écartant les bras. C'est évident. Et il y a autre chose. Le bureau d'Andretti était équipé d'une surveillance vidéo en boucle. Les témoins ont reconnu l'assassin. L'image est pourrie, et on ne le voit qu'une dizaine de secondes, en train de traverser le hall, mais ils l'ont communiquée aux chaînes de télévision il y a une heure de cela. Quelques minutes après la diffusion, le propriétaire d'un motel de Jersey appelait pour dire que le type était sans doute descendu chez lui. Les flics de Jersey ont vérifié, et ils pensent que c'est bien lui. Ils n'ont pas de numéro minéralogique — ce n'est pas le genre de la maison —, mais le propriétaire se souvient que le type était immatriculé dans le Minnesota. Et il se souvient qu'en partant, il lui a dit qu'il rentrait chez lui. Quant au fait de savoir s'il était indien, la question ne se pose même pas. Et il y a autre chose encore.

— Ah bon ? fit Sloan.

— La police de New York n'a rien révélé de l'arme, le couteau de pierre. Ils ont déclaré qu'Andretti avait été poignardé, sans préciser avec quoi. Et le propriétaire du motel leur demande : "Est-ce qu'il l'a égorgé avec un grand poignard de pierre ? — Quoi ?" font les flics. Alors il leur dit que l'Indien portait un poignard de pierre autour du cou, attaché par un lien de cuir. Il l'a vu pendant qu'il prenait un Coca dans le distributeur, vêtu d'un T-shirt, avec le couteau qui lui pendait sur la poitrine.

— Donc, pas de doute, dit Sloan.

— Non, pas de doute. Et apparemment, il venait par ici », conclut Daniel. Calé dans son fauteuil, il se tournait les pouces, les mains croisées sur le ventre.

Lucas se pinçait les lèvres, pour s'aider à réfléchir. Il leva les yeux vers le chef.

« Le type portait-il des tresses ?

— L'assassin ? Pas entendu parler de tresses... » Il fouilla un moment sur son bureau, trouva enfin un feuillet d'imprimante. « Non, dit-il, lisant. Les cheveux couvraient ses oreilles, et s'arrêtaient à son col. Plutôt longs donc, mais pas de tresses.

— Merde.

— Pourquoi ?

— Parce que le type qui a descendu Cuervo portait des tresses. »

Les autres échangèrent des regards.

« Il a pu les couper, murmura enfin Daniel.

— C'est aussi ce que j'ai dit à propos de Bluebird, quand on l'a descendu, intervint Lucas.

— Oh, bon Dieu », fit Lester d'une voix accablée, en se frottant la nuque : c'était lui qui était chargé d'affronter la presse, en cas de pépin. « Cela nous ferait donc trois types différents. Déjà, avec deux, les médias vont devenir cinglés. S'ils sont trois... j'aimerais assez éviter ce cauchemar.

— Ouais, ça va être vilain, Frank, déclara Sloan avec un large sourire. Ce type-là m'a l'air parti pour faire les gros titres. Si les chaînes de télé et les grands journaux ont vent d'un complot, ils vont te coller au train comme des morpions. Surtout avec cette histoire de poignards de pierre. Les poignards de pierre, ils vont adorer.

— Les journaux locaux ont déjà fait le rapprochement, dit Anderson. Le mot d'"Indien" n'avait pas été prononcé depuis cinq minutes qu'on avait déjà des coups de fil concernant Bluebird, le *Star Tribune*, le *Pioneer's Press*, et toutes les chaînes. L'AP a émis un communiqué.

— Comme des mouches sur un chat crevé, insista Sloan à l'adresse de Lester.

— Donc, on forme une équipe, comme pour le Chien-Loup, déclara Daniel. J'en ferai l'annonce au cours d'une conférence de presse, dès demain matin. Frank va diriger l'enquête officielle et s'occuper des médias au jour le jour. Harmon s'occupera de réunir et de gérer toutes les informations. Comme avec le Chien-Loup. Et je dis bien *toutes* les informations, hein, jusqu'à la plus insignifiante. Je veux voir tout le monde avec un calepin à la main.

— Je m'en occupe dès ce soir, dit Anderson. Je vais faire photocopier le portrait anthropométrique de Bluebird.

— Bien. Vous me préparerez la conférence de presse, dit Daniel, se tournant vers Sloan. Et je veux que vous retrouviez tous les gens de l'entourage de Bluebird. C'est notre seule piste. Et si nous réussissons à identifier le type de New York, même chose pour lui. Vous aurez une grande marge de manœuvre, mais il faudra tenir Anderson au courant de tous vos faits et gestes, quotidiennement. Tout ce que vous trouverez devra immédiatement figurer au fichier des renseignements ?

— Pas de problème, dit Sloan, hochant la tête.

— Lucas, vous restez indépendant, comme avec le Chien-Loup. Nous avons des rapports épouvantables avec la communauté indienne. Vous êtes le seul à avoir des contacts chez eux.

— Pas beaucoup.

— C'est tout ce que nous avons.

— Si nous faisions appel à Larry Hart ? Il nous a déjà aidés...

— Parfait, dit Daniel, claquant les doigts en direction de Lester. Appelez l'Aide sociale dès demain, et demandez-leur s'ils peuvent détacher Hart, et nous l'envoyer en renfort. On s'occupe de son salaire.

— Il est quoi ? demanda Sloan. Chippewa ?

— Sioux, répondit Lucas.

— En tout cas, c'est un drôle de type, déclara Anderson. Il a monté tout un truc de généalogie, sur les ordinateurs municipaux. Si les gars de la gestion informatique étaient au courant, ils deviendraient dingues.

— C'est un brave type, dit Lucas, haussant les épaules.

— Bon, on le prend avec nous, conclut Daniel. Quoi d'autre ? » Il s'était levé et arpentait lentement le bureau, les mains dans les poches.

On enregistrerait en vidéo les obsèques de Bluebird. Les Renseignements allaient tenter d'identifier toutes les personnes présentes, et de voir un peu de qui il s'agissait. Sloan dresserait une liste de parents et amis qui auraient pu être au courant des activités de Bluebird. Des inspecteurs des Stupéfiants et des Renseignements, soigneusement sélectionnés, iraient les interroger. Anderson tannerait les flics de Jersey pour obtenir tous les détails possibles sur son aspect et sa voiture, et Lester irait trouver des Indiens, des criminels notoires du Minnesota, du Wisconsin, du Nebraska et du Dakota.

« Ça va être les grandes manœuvres, dit Daniel. On commence dès demain, à la première heure. Et je vais vous dire une chose : quand ce type de New York s'amènera, on aura l'affaire en main. Il n'est pas question d'avoir l'air d'une bande de cloches. »

Anderson se racla la gorge.

« Je ne pense pas que ce soit un type, chef. Je crois que c'est une femme. »

Sloan et Lucas échangèrent un bref regard.

« Qu'est-ce que cela veut dire ? demanda Sloan.

— On ne vous a pas dit le plus beau ? Non ? fit Daniel, se tournant vers lui. Cette putain de famille Andretti est en train de mettre la pression sur les flics de New York. Ils ont l'intention d'envoyer quelqu'un ici, en tant qu'*observateur*. » Il se tourna vers Anderson : « Vous dites que c'est une femme ?

— Ouais. Enfin, c'est ce que j'ai cru comprendre. A moins qu'ils n'aient un flic mâle appelé Lillian. Elle est capitaine.

— Mmmmm », fit Daniel. Il se frotta le menton, comme s'il portait une barbe en collier. « Qui que ce soit, je peux vous garantir que ça doit être une dure à cuire.

— Où allez-vous la mettre ? s'enquit Lester.

— Avec Sloan. Cela lui donnera l'occasion de se balader un peu. Elle aura l'impression de servir à quelque chose. »

Il parcourut la pièce des yeux, regarda ses hommes.

« Rien d'autre ? Non ? Bon, on fait comme ça. »

5

Il n'y avait qu'un fauteuil dans l'échoppe du coiffeur, un modèle du début du siècle, au siège de cuir noir fendillé. Derrière, un miroir était fixé au mur, sous lequel s'alignaient, sur une étagère, des flacons de lotion d'un jaune fluorescent et des serviettes en tissu rouge vif. Le soleil y jouait une musique d'orgue visuelle.

Lorsque Lucas pénétra dans la boutique, William Dooley passait un vieux balai sur le sol de linoléum craquelé, s'efforçant de réunir les chutes de cheveux noirs en un petit tas.

« Inspecteur Davenport », fit Dooley d'un air grave. Dooley était vieux, très mince. Sur ses tempes, la peau paraissait parcheminée, fine comme une coquille d'œuf.

« Mr. Dooley », fit Lucas en lui adressant un signe de tête non moins cérémonieux. Il s'installa dans le fauteuil. Dooley passa derrière lui, lui fourra une serviette de nylon entre la chemise et le cou et recula d'un pas.

« On rafraîchit juste un peu le tour des oreilles ? », s'enquit-il. Lucas n'avait nul besoin d'aller chez le coiffeur.

« Le tour des oreilles et la nuque, Mr. Dooley. »

Le soleil rasant d'octobre mouchetait le linoléum, à ses pieds. Une guêpe se cognait contre la vitrine.

« Sale histoire, ce Bluebird », déclara Lucas, au bout d'un moment.

Les ciseaux de Dooley, qui ne cessaient de claquer,

s'arrêtèrent une seconde au-dessus de son oreille, puis reprirent leur clic-clic.

« Oui, sale affaire.

— Le connaissiez-vous ? demanda Lucas après un silence.

— Non, répondit immédiatement Dooley. Je connaissais son père, cela dit. Depuis la guerre. On a fait le Pacifique ensemble. Pas dans la même unité, mais je le voyais de temps en temps.

— Bluebird avait-il de la famille, à part sa femme et ses gosses ?

— Mmmmm, fit Dooley, s'interrompant pour réfléchir. Dooley était un demi-Sioux, né d'un père indien et d'une mère suédoise. Il devait avoir un oncle ou une tante, à Rosebud. S'il lui reste quelqu'un, c'est là-bas. Sa mère est morte au début des années 50, et son paternel il y a quatre ou cinq ans, quelque chose comme ça. »

Dooley laissa son regard se perdre à travers la vitrine ensoleillée.

« Non, non, c'est vrai ! s'écria-t-il soudain, d'une voix coassante. Son paternel est mort durant l'été 78, entre ces deux hivers terribles. Cela fait douze ans. Le temps file, pas vrai ?

— Pour filer... murmura Lucas.

— Vous voudriez avoir des renseignements sur les Indiens, c'est ça, inspecteur ? » s'enquit Dooley. Il avait cessé d'agiter ses ciseaux.

« Tout ce qui peut nous aider.

— Eh bien, à la mort de Bluebird — le père —, je suis allé à son enterrement, à la réserve. Il était catholique, vous savez ? Ils l'ont enterré au cimetière catholique. Donc, je suis allé là-bas, avec tous les gens qui avaient assisté aux obsèques, et on l'a enterré là, devant tout le monde. Les tombes étaient alignées, comme d'habitude, mais j'ai remarqué qu'il y en avait d'autres regroupées à l'écart. Alors, j'ai demandé à un gars : "Qu'est-ce que c'est, ces tombes, là-bas ?" Et vous savez ce que c'était ?

— Non.

— C'était les tombes des suicidés. Les catholiques n'enterrent pas les suicidés avec les autres, mais il y en a tant qu'ils ont fait une espèce d'enclos spécial pour eux... Vous avez déjà vu un truc pareil ?

— Non, jamais. Et je suis catholique.

— Vous vous rendez compte... Assez de suicidés, et catholiques encore, dans une petite réserve sans histoire, pour leur consacrer un coin du cimetière, juste pour eux ? »

Dooley demeurait immobile, le regard toujours fixé sur la vitrine, puis il se secoua et se remit au travail.

« Non, il ne reste pas beaucoup de Bluebird, reprit-il. La plupart se sont mariés, sont partis d'un côté ou de l'autre. New York, Los Angeles. Le nom s'est perdu. C'étaient de braves gens, cela dit.

— C'est quand même dingue, ce qu'il a fait là.

— Pourquoi ? »

La question était si inattendue que Lucas tourna légèrement la tête, et la pointe des ciseaux lui piqua le crâne.

« Oh là, je vous ai fait mal ? s'enquit Dooley avec sollicitude.

— Non, non. Mais que...

— J'ai failli vous trouer la peau, coupa Dooley, frottant du pouce le crâne de Lucas. Mmmm, ça ne saigne pas.

— Mais que voulez-vous dire : "Pourquoi ?" ? insista Lucas. Il a égorgé un type, deux peut-être. »

Il y eut un long silence.

« Ils le méritaient, déclara enfin Dooley. Il n'y avait pas de pires individus, pour les Indiens. Je lis la Bible, comme tout le monde, hein. Ce que Bluebird a fait est mal. Mais il a payé, n'est-ce pas ? Œil pour œil. Ils sont morts, et lui aussi. Et je vais vous dire une chose : les Indiens ont deux gros poids de moins sur les épaules.

— D'accord, dit Lucas, je peux comprendre ça. Ray Cuervo était vraiment un enfoiré. Passez-moi l'expression.

— Ce n'est pas la première fois que je l'entends. Et je ne vous donnerai pas tort. Ni pour ce Benton, d'ailleurs. Il était aussi pourri que Cuervo.

— C'est ce qu'on raconte. »

Dooley en avait fini avec le tour des oreilles. Il lui fit baisser la tête et s'attaqua à la nuque.

« Il y a eu un autre meurtre, à New York, dit Lucas. Même genre que pour Cuervo et Benton. Le type a été égorgé avec un poignard de pierre.

— Oui, j'ai vu ça à la télé, répondit Dooley, désignant le vieux poste noir et blanc installé dans un coin de la boutique. Au *Today Show*. Je me suis dit aussi que ça semblait bien être la même chose.

— Ouais, ça semble, ça semble même trop. Je me demandais...

— Si j'avais entendu parler de quoi que ce soit ? Bah, des rumeurs. Vous savez que Bluebird pratiquait le culte du Soleil ?

— Non, je l'ignorais.

— Vérifiez sur son cadavre, si vous l'avez encore. Vous trouverez des cicatrices partout sur sa poitrine, là où il s'enfonçait des pointes. »

Lucas fit la grimace. Les clous enfoncés dans la peau de la poitrine faisaient partie du rituel de danse des Sioux. On attachait des cordes aux pointes, et les danseurs se balançaient au bout de mâts, jusqu'à ce que la pointe cède, arrachant la chair.

« Il y a autre chose encore, continuait Dooley, Bluebird était un danseur du Soleil, aucun doute, mais certains prétendent qu'il y a deux ans, il était aussi mêlé à cette histoire de danse des fantômes.

— La danse des fantômes ? Je ne savais pas qu'on pratiquait ça par ici.

— Des types sont arrivés du Canada pour lancer le truc. Ils ont fait le tour de toutes les réserves, avec leurs tam-tams. Ils prenaient de l'argent, et ils dansaient. Ils ont effrayé pas mal de monde, à l'époque, mais ça fait un moment que je n'ai plus entendu parler d'eux. La plupart des Indiens pensaient que c'était de l'escroquerie.

— Mais Bluebird dansait avec eux ?

— D'après ce qu'on m'a dit... » Dooley s'interrompit. Lucas se retourna et le vit qui regardait de nouveau fixement par la vitrine. Il y avait un parc, face à la boutique, avec une pelouse meurtrie par les pieds des enfants et les gelées d'automne. Un petit Indien réparait une bicyclette posée sur la selle, au milieu de la pelouse. Une vieille femme se dirigeait d'un pas incertain vers une fontaine publique en ciment. « Je ne crois pas que cela veuille dire grand-chose, ajouta Dooley, revenant à Lucas. Si ce n'est que Bluebird était un type qui cherchait la foi.

— La foi ?

— Il voulait être sauvé. Il a peut-être trouvé le moyen. » Dooley soupira et se pencha de nouveau sur la nuque de Lucas, donnant encore quelques petits coups de ciseaux. Puis il les posa, brossa les cheveux coupés et ôta la serviette de nylon, la secoua. « Ne bougez pas », ajouta-t-il.

Lucas ne bougeait pas. Dooley prit sa tondeuse électrique et lui rasa la nuque, avant de lui appliquer une lotion parfumée, qui lui piquait la peau.

« Et voilà », fit-il.

Lucas se glissa hors du fauteuil.

« Combien ?

— Comme d'habitude. »

Lucas lui tendit trois dollars.

« Non, je n'ai rien entendu de particulier », conclut Dooley d'un ton grave. Il regarda Lucas droit dans les yeux. « Si c'était le cas, je vous l'aurais dit — mais je ne sais pas si je vous aurais dit de quoi il s'agissait vraiment. Bluebird, c'est le peuple indien, le peuple qui essaie de récupérer un peu de ce qui lui appartient. »

Lucas secoua la tête. Il sentait soudain la méfiance, chez le vieil homme.

« J'ai du mal à croire que vous disiez des choses pareilles, Mr. Dooley. Et ça m'attriste. »

Le quartier indien était rempli de gens comme Dooley.

Lucas en fit le tour, contactant les quelques Indiens qu'il connaissait : une couturière dans une boutique d'auvents, un poissonnier, un chauffagiste, deux employés de station-service et de toilettes publiques, un brocanteur à la retraite, un fabricant de clés-minutes, une femme de ménage, un vendeur de voitures. Une heure avant l'heure prévue pour les obsèques de Bluebird, il laissa la Porsche dans une impasse, traversa la rue et entra dans la Quincaillerie du Dakota.

Un timbre sonna au-dessus de la porte, et Lucas s'arrêta un instant, laissant son regard s'habituer à la pénombre. Earl May surgit de l'arrière-boutique, vêtu d'un tablier de cuir, un sourire aux lèvres. Lucas fit quelques pas et vit le sourire s'effacer lentement.

« J'allais dire "content de vous voir", mais je suppose que vous êtes passé pour me poser des questions sur Bluebird et cet autre meurtre, à New York », dit May. Il détourna la tête, criant vers l'arrière-boutique : « Hé, Betty, c'est Lucas Davenport ! »

Betty May passa la tête par l'entrebâillement du rideau.

« Lucas, cela fait un sacré moment », dit-elle. Elle avait un visage rond, couvert de cicatrices d'acné, et une voix rauque, faite pour chanter le blues.

« On ne sait pas grand-chose sur Bluebird, dit Earl. Il enquête sur les meurtres, ajouta-t-il, s'adressant à son épouse.

— C'est ce que tout le monde me répond », dit Lucas. Earl se tenait bien droit, les bras croisés, en une position de défense, de refus, que Lucas ne lui avait encore jamais vu adopter. Derrière lui, Betty avait pris la même attitude, par mimétisme.

« Vous aurez du mal à obtenir des renseignements dans la communauté, cette fois, déclara-t-elle. Benton était un sale type, et Cuervo était pire encore. Tellement infect qu'en arrivant à son bureau, prévenue par la police, sa femme se marrait.

— Mais ce type de New York, cet Andretti ? Qu'est-ce qu'il avait fait ?

— Andretti. Le libéral plein aux as, ricana Earl. Il se flattait d'être réaliste. Il disait qu'il y avait des gens à éliminer. Il disait que donner de l'argent aux pauvres ou les laisser se débrouiller, cela revenait au même, que les pauvres étaient une entrave, un fardeau permanent pour les gens qui travaillaient.

— Ah bon ? fit Lucas.

— Ce genre de discours, ça plaît à beaucoup de gens, continuait Earl. Et il avait même peut-être raison, pour certains d'entre eux, les ivrognes, les drogués. Mais il y avait une grosse question à laquelle il ne répondait pas : Et les gosses ? Parce que c'est ça, la vraie question. C'est un génocide, auquel on assiste. Et les victimes, ce ne sont pas les abonnés à l'Aide sociale. Ce sont les gosses.

— Vous ne trouvez tout de même pas ça justifié, ces deux meurtres ? repartit Lucas.

— Des gens meurent tous les jours, dit Earl en secouant la tête. Là, ce sont des gens qui martyrisaient le peuple indien. C'est un crime, oui, et c'est vraiment dommage pour eux. Mais qu'on ne me demande pas de verser une larme.

— Qu'en pensez-vous, Betty ? s'enquit Lucas, troublé. C'est aussi votre sentiment ?

— Ouais, Lucas, exactement. »

Lucas les observa un moment, scrutant le visage de Earl, puis celui de Betty. C'étaient les gens les plus gentils qu'il eût jamais rencontrés. Et s'ils pensaient ainsi, nombreux seraient ceux qui partageraient leur point de vue.

« Et merde », fit-il, secouant la tête. Il frappa le comptoir de ses doigts repliés.

Les obsèques de Bluebird furent... Lucas avait du mal à trouver le mot juste. Il se décida enfin pour *particulières*. Trop de poignées de main, trop de sourires fugaces, aussitôt effacés.

Trop d'Indiens, également, pour un type qu'on ne connaissait guère. Après que le cercueil eut été mis en terre, et les dernières prières prononcées, ils se réunirent par petits groupes de deux ou trois, discutèrent. Il y avait dans l'air comme un sentiment de fête, mais contenu.

Quelqu'un avait frappé le premier. Bluebird l'avait payé de sa vie, mais il en existait d'autres pour prendre le relais, pour descendre ces salauds. Lucas parcourait la foule des yeux, à la recherche de visages connus, de gens qu'il pourrait interroger plus tard.

Le cimetière de Riverwood était situé dans un quartier ouvrier. On enterra Bluebird au flanc d'une butte, face au sud. Sa tombe regarderait le soleil, même en hiver. Lucas demeura sur une petite éminence, à côté d'un des derniers ormes de la ville, de plus en plus rares, à une trentaine de mètres de la sépulture. La camionnette Chevrolet couleur ketchup s'intégrait parfaitement dans le paysage, comme une pièce de puzzle. A l'arrière, deux flics filmaient la scène au travers des vitres fumées.

Lucas se disait qu'il serait impossible d'identifier tout le monde. Les obsèques étaient trop importantes, et trop de gens n'étaient que de simples badauds. Il remarqua une femme blanche qui s'approchait, contournant la foule. Elle était grande pour une femme, et un peu lourde. Elle jeta un coup d'œil dans sa direction et, de loin, il crut voir une madone brune et sévère, avec son visage ovale et ses sourcils épais, bien dessinés.

Il la suivait toujours des yeux quand Sloan arriva d'un pas tranquille.

« Salut, mon vieux », fit-il.

Lucas se tourna pour répondre. Lorsqu'il revint sur la foule, quelques secondes plus tard, la femme brune avait disparu.

« Tu as vu la régulière de Bluebird ? demanda Lucas.

— J'ai essayé, répliqua Sloan. Impossible de la coincer seule. Elle était toujours entourée de gens qui lui répétaient : “Ne discute pas avec les flics, ma chérie. Ton homme était un héros.” Voilà le genre de conseils...

— Plus tard, peut-être...

— Peut-être, mais je ne pense pas qu'on puisse en tirer grand-chose. Où es-tu garé ?

— Juste au coin.

— Moi aussi. » Ils descendirent la faible pente entre les tombes, se dirigeant vers la rue. Certaines étaient bien entretenues, d'autres envahies par l'herbe folle. Une des pierres, en calcaire érodé, ne laissait plus deviner que le mot de PÈRE.

« J'ai parlé à un des locataires, chez elle, reprit Sloan. Il dit que Bluebird n'était pas souvent à la maison. En fait, lui et sa femme étaient sans doute sur le point de se séparer.

— Ouais, ça n'est pas franchement prometteur.

— Qu'est-ce que tu vas faire, alors ?

— Je vais me balader dans le coin, récolter ce que je peux. » Il chercha encore des yeux la femme brune, mais elle demeurait invisible. « Je file au Point, dit-il. C'est là que crèche Yellow Hand. Il a peut-être entendu parler de quelque chose.

— Ça vaut le coup d'essayer, déclara Sloan, l'air abattu.

— C'est ma dernière cartouche. Personne ne veut parler.

— Même chose pour moi, dit Sloan. Ils sont de l'autre bord, à fond. »

Le Point était une rangée de maisons de brique rouge, aujourd'hui divisées en appartements. Lucas pénétra dans l'entrée, referma la porte, huma l'air. Soupe aux choux, vieille de plusieurs jours. Maïs en boîte. Flocons d'avoine. Poisson. Il tira son Heckler & Koch P7 de son étui, à sa ceinture, et le glissa dans la poche de sa veste de sport.

Yellow Hand habitait au cinquième étage, dans ce qui était autrefois le grenier de la maison. Lucas s'arrêta au quatrième palier, reprenant souffle, et gravit la dernière volée de marches, la main posée sur son arme. En haut, la porte était close. Sans frapper, il tourna doucement la poignée, poussa la porte.

Un homme était là, assis sur un matelas, en train de lire un numéro de *People*. C'était un Indien. Il portait une chemise d'ouvrier bleue aux manches roulées au-dessus des coudes, un jean et des chaussettes blanches. Un treillis de l'armée était posé au sol, à côté du matelas, ainsi qu'une paire de bottes de cow-boy, une canette de *ginger ale*, un autre numéro de *People* et un exemplaire défraîchi du *Reader's Digest*. Lucas pénétra dans la pièce.

« Qui êtes-vous ? » demanda l'homme. Il portait des tatouages sur les avant-bras — une rose dans un cœur sur l'un et une aile d'aigle sur l'autre. Un autre matelas était jeté en travers de la pièce, sur lequel gisaient deux personnes, endormies, un homme et une femme, lui en caleçon, elle vêtue d'une combinaison de rayonne rose. Elle avait soigneusement plié sa robe à côté du matelas, près de deux tasses ébréchées, dont l'une contenait un chauffe-tasse électrique. Le sol était jonché de bouts de papier, de vieux magazines, d'emballages et de boîtes de conserve vides. Il régnait une puanteur de soupe et de marijuana.

« Un flic », répondit Lucas, pénétrant franchement dans la chambre. Il jeta un coup d'œil sur sa gauche : un troisième matelas. Yellow Hand était là, endormi. « Je cherchais Yellow Hand, ajouta-t-il.

— Il est K.-O., dit l'homme tatoué.

— Alcool ?

— Ouais. » L'homme roula hors du matelas, saisit son treillis. Lucas tendit l'index vers lui.

« Reste avec nous une minute, d'accord ?

— D'accord, pas de problème. Vous avez une cigarette ?

— Non. »

La femme s'étira sur le second matelas, roula sur le dos et se souleva sur un coude. C'était une Blanche, et plus âgée que Lucas ne l'avait d'abord cru. La quarantaine, se dit-il.

« Qu'est-ce qui se passe ? demanda-t-elle.

— Un flic, qui veut voir Yellow Hand, rétorqua l'homme aux tatouages.

— Oh, merde. » Les yeux plissés, elle observa Lucas en grimaçant, et il vit qu'il lui manquait les dents de devant. « Vous avez une cigarette ?

— Non.

— Bon Dieu, on ne peut jamais en griller une, ici »,

fit-elle d'un ton geignard. Elle baissa les yeux vers l'homme allongé à son côté, lui donna un coup dans les côtes : « Lève-toi, Bob. Y a les flics. » Bob gémit, se tortilla, et se remit à ronfler.

« Laissez-le », dit Lucas. Il se dirigea vers Yellow Hand, le poussa légèrement du bout du pied.

« M'emmerdez pas, marmonna Yellow Hand d'une voix ensommeillée, essayant vaguement de repousser le pied.

— Il faut que je te parle.

— ... 'merdez pas », répéta-t-il.

Lucas le poussa un peu plus fort.

« Lève-toi, Yellow Hand. C'est Davenport. »

Il cligna les paupières. Lucas se dit qu'il avait l'air vieux, trop vieux pour un adolescent. Il paraissait aussi âgé que la femme, qui était à présent assise, prostrée sur le matelas, faisant claquer ses lèvres. Le tatoué se redressa d'un bond, comme s'il voulait saisir ses bottes.

« Tu laisses tes bottes, dit Lucas, tendant le bras vers lui. Lève-toi, Yellow Hand. »

Celui-ci roula sur lui-même, s'assit.

« Qu'est-ce qu'il y a ?

— Je veux qu'on discute, dit Lucas. Viens donc, toi aussi, ajouta-t-il, se tournant vers l'homme aux tatouages.

— Mais j'ai rien fait, moi », gronda l'autre, soudain agressif. Il était maigre comme un râteau, et il avançait inconsciemment l'épaule vers Lucas dans une attitude de boxeur.

« Je ne suis pas là pour vous emmerder, dit Lucas, je ne vais pas vous demander vos papiers. Je n'ai pas de mandat. Je voudrais simplement qu'on discute.

— Et moi, je discute pas avec des enfoirés de flics », déclara le tatoué, regardant ses compagnons, dans l'attente d'un soutien. La femme contemplait fixement le plancher, secouant la tête ; elle cracha entre ses pieds. Lucas glissa une main dans sa poche. Le grenier était encombré. Habituellement, il ne se serait nullement inquiété pour un couple d'épaves et un gamin paumé, mais ce type-là était un dur, cela se sentait. Si cela devait tourner mal, il n'aurait guère de place pour manœuvrer.

« Bon, ça peut se passer gentiment, ou méchamment, dit-il d'une voix douce. Alors, tu amènes ton cul ici, ou je te le fais bouffer.

— Qu'est-ce que tu comptes faire, monsieur le flic, me descendre ? J'ai pas de couteau, j'ai pas d'arme, je suis chez moi, tu n'as pas de mandat à me montrer, et tu vas me tirer dessus ? »

L'homme fit un pas dans sa direction, et Lucas ôta sa main de sa poche.

« Non, mais je peux te flanquer une bonne raclée », dit Lucas. L'homme et la femme regardaient ostensiblement ailleurs. Si le tatoué l'attaquait, ils ne l'aideraient pas. Quant à Yellow Hand, il y avait peu de chance pour lui qu'il prête main-forte. Ce serait donc un contre un. Il croisa les bras.

« Doucement, Shadow, fit Yellow Hand, sur le matelas. Tu ne vas pas te battre avec un flic. Tu sais ce que ça te coûterait. »

Lucas regarda Yellow Hand, puis le tatoué. Celui-ci devait être en liberté conditionnelle.

« Tu connaissais Benton ? demanda-t-il d'une voix brève. C'était ton avocat ?

— Non, mon vieux. Je ne l'ai jamais vu », répondit l'autre, fermant soudain les yeux et se détournant à demi. Son agressivité s'était soudain évanouie.

« Tout ce que je veux, c'est parler, dit Lucas d'un ton conciliant.

— Ouais, parler avec une arme dans la poche, déclara le tatoué, qui lui faisait de nouveau face. Comme tous les Blancs. »

Il défiait Lucas du regard, et celui-ci constata que ses yeux étaient d'un gris incroyablement pâle, comme si le cristallin flottait sur l'iris. Il sentit le corps de l'homme se mettre à vibrer, une fois encore, puis s'apaiser progressivement, comme une corde de guitare.

« Vas-y doucement, répéta Yellow Hand, se frottant le visage. Viens là, viens t'asseoir. Davenport ne va pas te baiser. »

Il y eut encore quelques instants de tension ; puis, aussi soudainement qu'elle était montée, la colère de l'homme retomba. Il sourit, montrant des dents d'un blanc éclatant dans sa face sombre.

« Bon. Ça va, je suis désolé, mais vous débarquez, comme ça... » Il adressa un petit signe de tête à Lucas en manière d'excuse.

Lucas recula de quelques pas, perplexe devant ce brusque changement d'attitude. Les yeux du tatoué le mettaient mal à l'aise. Un regard de sorcière. L'homme se dirigea vers le matelas, s'assit à côté de Yellow Hand. Lucas l'observa un moment, puis s'approcha, se pencha sur le jeune garçon.

« As-tu entendu quelque chose, Yellow Hand ? demanda-t-il, pratiquement au-dessus de sa tête. A propos du meurtre de Ray Cuervo. A propos de ce Benton. Tout ce que tu peux savoir, n'importe quoi. Les amis de Bluebird...

— Mais je ne sais rien, moi, rien, répondit le gamin. Bluebird, je l'ai rencontré à la réserve, c'est tout.

— A Fort Thompson ?

— Ouais. Sa sœur et ma mère allaient souvent pêcher ensemble, sous le barrage.

— Qu'as-tu entendu sur lui, récemment ? » Lucas saisit Yellow Hand par les cheveux et lui renversa la tête en arrière. « Dis-moi quelque chose. Parle.

— Mais je ne sais rien de toutes ces conneries, sans blague », fit Yellow Hand, rétif, en se libérant d'un mouvement brusque. Lucas s'accroupit, de manière à le regarder bien en face. Le tatoué l'observait, par-dessus l'épaule de Yellow Hand.

« Écoute, quand Benton a été assassiné, tu étais témoin, déclara Lucas d'un ton plus amical. Tu es donc fiché comme témoin. Les flics sont en train de dresser des listes. Ton nom y figure. Ce qui veut dire que les gars de la Criminelle vont venir te trouver. Et ils ne seront pas aussi sympa que moi, crois-moi, ce ne sont pas des grand-mères gâteau. Ils ne vont pas prendre de précautions avec toi, Yellow Hand. Si tu me donnes quelque chose, je peux m'arranger pour qu'ils te laissent en paix. Mais il me faut quelque chose. Si je n'obtiens rien, ils se diront que je n'ai pas assez insisté.

— Je peux retourner à la réserve », dit Yellow Hand.

Lucas secoua la tête.

« Et qu'est-ce que tu auras à fumer, à la réserve ? Du pissenlit ? Et qu'est-ce que tu feras là-bas, tu iras voler des radio-cassettes au magasin de la tribu ? Allons, sois raisonnable, Yellow Hand. Tu as tous ces grands K-Marts[1] pour t'amuser, en ville. Et le marchand de bonbons qui passe tous les soirs. Merde, on deale du crack, à Fort Thompson, maintenant ? »

Une larme coula sur la joue de Yellow Hand. Il renifla. Lucas le scrutait.

« Alors, mon vieux, dis-moi...

— J'ai entendu un truc », admit le gamin. Il jeta un bref regard au tatoué, détourna aussitôt les yeux. « Un seul, reprit-il. Et c'est sûrement une connerie.

— Raconte. Je verrai.

— Vous savez, cette grosse bagarre, l'été dernier ? Il y a deux ou trois mois, entre les motards et les Indiens, du côté des collines Noires ?

— Ouais, j'ai lu quelque chose comme ça, dans les journaux.

— L'histoire, c'est que les motards s'étaient réunis là pour un grand rallye, à Sturgis. Il en était venu de partout. Ils avaient fait une espèce de trêve, entre bandes rivales. Il y avait les Angels, les Hors-la-Loi, les Bandi-tos, les Esclaves de Satan, enfin, toute la clique. Un groupe s'est installé sur le terrain de camping, dans un endroit appelé Bear Butte. Déjà, ça ne plaisait pas trop aux Indiens.

— Quel rapport avec Bluebird ?

— Laissez-moi finir, mon vieux, dit Yellow Hand, irrité.

— D'accord.

— Donc, certains des motards se sont saoulés, et ils se sont amusés à faire du cross sur la colline. La butte,

1 Supermarchés.

c'est un endroit sacré, et il y avait des sorciers là-haut, avec des gens qui viennent là pour recevoir des visions. Ils sont descendus avec des fusils. Ça a commencé comme ça.

— Et Bluebird était là ?

— C'est ce qu'on m'a dit. Il était avec ses amis, il attendait les visions. Ils sont descendus avec leurs fusils. Hier, quand ce type de New York s'est fait buter, j'étais chez Dork, la salle de billard, dans Lyndale...

— Et alors... ?

— Il y avait un type qui montrait à tout le monde un article découpé dans le *Star Tribune*, à propos de cette histoire de motards. On voyait un groupe de motards, et les sorciers indiens. Bluebird y était. C'était un des types armés.

— Bien, voilà quelque chose, dit Lucas, donnant une petite tape sur le genou de Yellow Hand.

— Bon Dieu, fit le tatoué, regardant Yellow Hand.

— Et toi ? lui demanda Lucas. Où étais-tu, à ce moment-là ?

— Je suis arrivé hier de Los Angeles. J'ai toujours le billet de car sur mon lit. Et je n'ai rien entendu, si ce n'est des conneries.

— Par exemple ?

— Vous savez bien que Bluebird était devenu cinglé, qu'il avait décidé de tuer un certain nombre de Blancs qui l'opprimaient. Et que c'est une bonne chose. Parce que tout le monde dit que c'est une bonne chose.

— Que sais-tu de Bluebird ?

— Je ne l'ai jamais rencontré, dit l'autre, haussant les épaules. Je connais sa famille, de nom, mais moi, je suis de Standing Rock. Je n'ai jamais mis les pieds à Fort Thompson, sauf une fois, pour une réunion. C'est vraiment le bout du monde, là-bas. »

Lucas hocha la tête, sans le quitter des yeux.

« Que faisais-tu, à Los Angeles ?

— Rien, j'étais juste venu pour me balader dans le coin, voir les vedettes de cinéma... » De nouveau, il haussa les épaules.

« Très bien », dit enfin Lucas. Il baissa les yeux vers

Yellow Hand. Il n'y avait plus grand-chose à en tirer. « Vous ne bougez pas une minute, tous les deux, d'accord ? » fit-il.

Lucas se dirigea vers le lit du tatoué. Sur le sol, de l'autre côté, il vit une canne de saule avec un chiffon rouge noué à une extrémité, ce qui lui parut être un ticket d'autocar froissé, et une pince à billets, contenant un permis de conduire du Dakota-du-Sud et une photo dans un étui de plastique transparent. Lucas se pencha, ramassa les objets.

« Qu'est-ce que vous faites dans mes affaires, mon vieux ? » fit le tatoué. Déjà, il avait bondi sur ses pieds, vibrant de tout son corps.

« Rien, je regarde, dit Lucas. C'est bien ce que je pense, ça ?

— C'est un bâton de prière, que j'ai récupéré lors d'une cérémonie le long du fleuve, il y a longtemps. Je le garde avec moi, comme porte-bonheur.

— D'accord », fit Lucas. Il avait déjà vu ce genre d'objet. Il le déposa avec précaution sur le matelas. Le billet d'autocar datait de trois jours et portait le cachet de Los Angeles. Ce pouvait être un alibi préparé, mais Lucas ne le sentait pas comme ça. Le permis du Dakota-du-Sud présentait une photo floue de l'homme au tatouage, vêtu d'un T-shirt blanc. Ses yeux étincelaient comme des roulements à bille chromés, comme ceux de Jesse James sur les photos du siècle dernier. Lucas vérifia son identité.

« Shadow Love ? C'est un beau nom.

— Merci », fit l'autre. Son visage s'éclaira soudain d'un sourire, comme une lampe de poche qu'on allume.

Lucas observa le cliché en couleurs, un peu passé. Il montrait une femme entre deux âges, vêtue d'une robe informe, debout à côté d'un fil d'étendage accroché entre un arbre et le coin d'une maison de bardeaux blancs. On distinguait une palissade de planches, derrière elle, et, au loin, une cheminée d'usine. Une ville, donc, peut-être Minneapolis. La femme éclatait de rire, sans doute à cause du jean gelé, raide de froid, qu'elle tenait devant elle. Les arbres au fond étaient nus, mais l'herbe était verte. Le début du printemps, ou la fin de l'automne, se dit Lucas.

« C'est votre maman ?

— Oui. Et alors ?

— Alors rien, dit Lucas. Un type qui porte sur lui une photo de sa maman ne peut pas être complètement mauvais. »

Quittant le Point, Lucas décida de laisser tomber et rentra à l'hôtel de ville. En route, il fit halte à une cabine publique, devant les locaux du *Star Tribune*, et appela le journal.

« Les archives », répondit-on. C'était une petite femme mélancolique, qui basculait dans une triste quarantaine. Au journal, personne ne lui accordait la moindre attention.

« Vous êtes seule ? s'enquit-il.

— Oui. » Il la sentit retenir son souffle.

« Pourriez-vous me dénicher quelque chose ?

— Allez-y.

— Dernière semaine de juillet, ou première semaine d'août. Une bagarre entre des motards et des Indiens, dans le Dakota-du-Sud.

— Auriez-vous un mot d'entrée ? demanda-t-elle.

— Essayez "Bear Butte". » Lucas lui épela le nom. Il y eut un silence.

« Gagné, fit-elle enfin.

— Vous avez des photos ? » Encore un silence.

« Oui. C'était le 1er août. Trois colonnes, en page 3.

— Les clichés viennent de chez nous, ou de l'AP ?

— De chez nous. » Elle lui donna le nom du photographe.

« Croyez-vous qu'on puisse en obtenir un exemplaire ?

— Il faudrait que je les prenne en douce, dans les dossiers, chuchota-t-elle.

— Et c'est possible ? »

Encore quelques secondes de silence.

« Où êtes-vous ?

— Juste au coin. Dans ma voiture.
— J'arrive tout de suite. »

Sloan quittait juste l'hôtel de ville quand Lucas arriva.
« Ça sent l'hiver, dit-il.
— Il fait encore bon.
— Ouais, mais il fait déjà sombre », dit Sloan en regardant au loin, dans la rue. Les voitures se dirigeaient lentement vers la route inter-États, les phares allumés.
« Tu as pu récolter quelque chose, depuis tout à l'heure ? s'enquit Lucas.
— Non. Mais, en revanche, j'ai vu à quoi ressemble la femme-flic de New York, ajouta-t-il, son visage s'éclairant.
— Et alors, elle vaut le coup d'œil ? fit Lucas, souriant aussi.
— Un peu, ouais. Elle a une bouche, tu vois ce que je veux dire ? Des lèvres, de vraies lèvres, et quelque chose de doux, je ne sais pas, comme si elle allait se mettre à *gémir*, un truc comme ça...
— Sloan, mon vieux...
— Attends, attends de l'avoir vue.
— Elle est toujours là ?
— Ouais. Elle a fait équipe avec Shearson, ce matin. » Sloan ricana. « Notre jeune premier. Notre mannequin maison.
— Et tu crois qu'il a tenté quelque chose ?
— Je parierais que oui. En rentrant, il a passé deux heures à étudier ses dossiers comme un malade. Et elle, elle restait assise, tranquille.
— Mmmm. Comment s'est-elle retrouvée avec Shearson ? Je croyais qu'elle devait bosser avec toi ?
— Naaaan. Shearson a taillé une pipe à Lester et se l'est récupérée. Il la couve comme un vrai chevalier.
— Il est galant à en crever...
— Bon titre, tiens. Tu devrais écrire des chansons », dit Sloan, s'éloignant.

Lucas la rencontra dans le corridor, devant les bureaux de la Criminelle. C'était la madone du cimetière. Elle marchait vers lui, juchée sur ses hauts talons, et la première chose qu'il remarqua fut ses jambes, puis ses yeux sombres, comme deux flaques noires. Il repensa au tatoué, à son regard pâle et dur comme du silex, un regard contre lequel on se heurtait, qui vous repoussait. Là, au contraire, on plongeait, on s'enfonçait. Elle portait un tailleur de tweed et un corsage à jabot, avec une cravate noire. Elle avait une tasse de café à la main, et Lucas lui tint la porte.

« Merci », dit-elle avec un sourire, puis elle se dirigea vers le bureau d'Anderson. Une voix basse, onctueuse.

« Hum », dit Lucas, lui emboîtant le pas. Son chignon était légèrement défait, et quelques mèches libérées lui tombaient dans le cou.

« Je pars, dit-elle à Anderson, passant la tête dans le compartiment. S'il se passe quoi que ce soit durant la nuit, vous avez mon numéro. »

Anderson se tenait installé derrière son écran IBM, mâchonnant une allumette. Sur son bureau était posé un carton contenant les reliefs d'un repas chinois surgelé. La pièce puait la châtaigne d'eau trop cuite et le cigare imbibé de rhum.

« D'accord. Nous verrons si nous pouvons vous trouver quelque chose de plus intéressant, demain.

— Merci, Harmon. »

Elle se détourna, manquant se heurter à Lucas. Celui-ci perçut une légère bouffée de parfum, pas celui de la châtaigne d'eau, ni celui du cigare. Non, ça évoquait plutôt Paris. Quelque chose de cher.

« Connaissez-vous Lucas ? questionna Anderson, levant les yeux. Davenport.

— Enchantée », fit-elle, reculant d'un pas et lui tendant la main. Lucas la prit et la serra une fois, avec un sourire poli. Elle était plus costaud qu'il ne l'avait cru tout d'abord. Une bonne poitrine, un peu dodue. « C'est vous qui avez descendu le Chien-Loup, n'est-ce pas ? s'enquit-elle.

— Oui, c'est lui, dit Anderson, derrière son bureau. Tu as quelque chose, Lucas ?

— C'est possible, répondit Lucas, sans quitter la femme des yeux, Harmon ne vous a pas présentée.

— Lily Rothenburg. Capitaine dans les Services de police de New York.

— A la Criminelle ?

— Non. Je fonctionne dans le... sur un secteur de Greenwich Village. »

Anderson passait sans cesse de l'un à l'autre, comme un spectateur à un match de tennis.

« Comment se fait-il qu'on vous ait envoyée sur cette affaire ? » s'enquit Lucas. Parallèlement, il dressait son propre inventaire : veste de tweed Brooks Brothers à chevrons rose pâle, quatre cents dollars, chemise bleu nuit, pantalon brun, mocassins. Il devait avoir plutôt bonne allure.

« C'est une longue histoire », répondit-elle. D'un signe de tête, elle désigna l'enveloppe qu'il tenait à la main. « Vous avez quelque chose ? Si cela ne vous ennuie pas que je pose la question ?

— C'est une photo de Bluebird, prise le 1er août », dit-il. Il tira la photo de l'enveloppe et la lui tendit. « C'est le type avec un fusil posé sur l'épaule.

— Qui sont tous ces gens ? » Elle fronça légèrement les sourcils, et une fine ride se dessina sur son front, réunissant ses sourcils noirs et drus.

« Un groupe de Sioux, venus là pour avoir des visions, et deux sorciers. Je ne sais pas qui est qui, mais ils avaient des armes, et Bluebird était là-bas, il y a de cela un mois. »

Elle leva les yeux de la photo, et leurs regards s'entrechoquèrent comme deux pièces de monnaie dans une poche.

« Ça peut être quelque chose, dit-elle. Comment avez-vous obtenu ça ?

— Par une amie. »

Elle baissa les yeux, retourna la photo. Des morceaux de fiche de référence demeuraient collés au dos du cliché.

« Ça vient d'un journal, dit-elle. Pourrait-on se procurer les autres tirages, de toute la pellicule ?

— Vous pensez que cela vaut le dérangement ?

— Oui. » Elle posa l'index sous le visage d'un des hommes, sur la photo. « Vous voyez ce type ? » demanda-t-elle.

Lucas examina de nouveau le cliché. Elle désignait un autre Indien, un homme trapu, dont on ne distinguait que la moitié du visage et un œil. Un autre personnage, au premier plan, dissimulait le reste.

« Eh bien ? » Lucas prit la photo et l'approcha de ses yeux.

« Ce pourrait être notre homme. Celui qui a descendu Andretti. Il lui ressemble beaucoup, mais il me faudrait un autre cliché, pour m'en assurer.

— Mince alors », fit Anderson, se glissant hors de son fauteuil pour jeter un coup d'œil.

A l'arrière-plan se dressait la masse compacte, mélancolique et grise, de Bear Butte, avant-poste isolé des collines Noires. Un groupe d'Indiens vêtus de chemises de calicot et de jeans se tenait rassemblé autour d'un des vieux sorciers. La plupart d'entre eux regardaient vers la gauche, face aux shérifs adjoints. Bluebird était là, avec son fusil, un des seuls à regarder plus ou moins en direction de l'appareil.

« Pourrait-on recontacter votre amie, pour voir ce qu'il y a sur les autres négatifs ? demanda Lily.

— J'en parle au chef ce soir même, dit Lucas. Il faut qu'on voie les gens du journal demain matin, à la première heure.

— Demain ? fit-elle d'une voix brève, incrédule. Mais enfin, ce type est en route, il vient par ici, en ce moment même. Il faut s'en occuper ce soir.

— Ce sera... difficile, dit Lucas, un peu hésitant.

— Comment cela, difficile ? On prend les négatifs, on tire des épreuves, et on trouve quelqu'un qui connaît le nom de ce type.

— Écoutez, je connais les journaux, par ici. Il leur faudra trois réunions et huit avis d'experts avant de nous donner les photos. On n'y arrivera pas ce soir.

— Si on met la pression...

— Il est question de bureaucratie, d'accord ? Et la bureaucratie, on ne peut pas la faire danser plus vite que la musique. De plus, si on agit dès ce soir, je grille cette amie, à tous les coups. Ils commenceront par regarder dans le dossier, et s'apercevront que la photo a disparu des archives. Il n'est pas question de ça. Je tiens à ce qu'elle retourne à sa place.

— Mais bon Dieu, quelle bande de... » Elle se tut. « De trous du cul ?

— Ce n'est pas ce que j'allais dire, mentit-elle.

— Sans blague. Écoutez-moi, je vais faire tout ce qu'il est possible de faire ce soir. On va appeler les gens du journal, tout leur expliquer, ils auront le temps de se réunir et demain matin, à 8 heures, on sera là-bas, en train d'examiner les clichés. »

Elle l'observa un moment, en silence.

« Je ne sais pas, dit-elle enfin.

— Écoutez, reprit Lucas, essayant de la convaincre, la voiture de votre type est un tas de boue. Même en la poussant à fond, il n'arrivera pas ici avant demain soir. A moins qu'il n'ait un copilote, et qu'ils roulent *non stop*, toute la nuit.

— Il est descendu seul au motel...

— Alors, on n'a rien à craindre. Et moi, je sauve la mise à mon amie, ce qui est tout de même une priorité, à mes yeux du moins.

— D'accord. » Lily hocha brièvement la tête, sans le quitter des yeux, puis passa devant lui et se dirigea vers la porte. « On se voit demain, Harmon, lança-t-elle.

— Ouais », répondit Anderson en la suivant des yeux tandis qu'elle quittait le bureau. Puis il se tourna vers Lucas, un léger sourire aux lèvres.

« Tu as les stigmates, dit-il.

— Les quoi ?

— Les stigmates. Aujourd'hui, j'ai vu pas mal de types faire cette tête-là, après lui avoir parlé. Comme s'ils avaient reçu un grand coup de marteau sur le front. »

Daniel était en plein dîner.

« Qu'est-ce qui se passe ?

— On est tombés sur une photo du *Star Tribune* », dit Lucas. Il lui expliqua ce dont il s'agissait.

« Et Lillian pense que ce pourrait être l'assassin ?

— Ouais.

— Mince, c'est excellent. On peut aller loin, avec ça. Je vais contacter les gars du *Trib*. Sous quel angle dois-je aborder la question, à votre avis ?

— Dites-leur qu'il nous faut toute la pellicule, et accessoirement toutes celles qu'ils auraient en plus. Faites valoir que les photos ont été prises lors d'un événement public, qu'elles n'ont rien de secret — rien qui implique des personnes privées, rien de confidentiel. Dites-leur que, si nous mettons la main sur l'assassin d'Andretti, nous les tenons au courant, en exclusivité, et qu'ils auront déjà, de toute façon, les photos qui ont permis de résoudre l'affaire.

— Vous ne pensez pas qu'ils vont nous sortir tout un baratin sur la déontologie de la presse ?

— Je ne vois pas pourquoi. Ce ne sont pas des photos confidentielles. Et il s'agit d'une série de meurtres de personnages politiques influents, pas d'une rixe de bar.

— D'accord. Je les appelle tout de suite.

— Il nous les faut le plus tôt possible.

— 9 heures, dit Daniel. On les aura pour 9 heures. »

Lucas raccrocha et composa aussitôt le numéro des archives du *Star Tribune*. Il résuma brièvement à son amie ce qui s'était passé, et il lui fixa rendez-vous non loin des locaux du journal.

« C'est drôlement excitant, toute cette histoire, chuchota-t-elle, penchée à la vitre de sa voiture, comme il lui passait l'enveloppe de papier bulle. J'ai l'impression d'être une taupe, comme dans un roman de John Le Carré. »

Il la laissa tout émerveillée et rentra chez lui.

Lucas habitait St. Paul. De la fenêtre de son salon, il voyait la vallée du Mississippi, bordée d'arbres, et les lumières de Minneapolis, de l'autre côté du fleuve. Il vivait seul, dans une maison qu'il avait naguère crue trop grande pour lui. En dix ans, il s'était étalé. Le garage à deux places se révélait pratique pour loger un vieux quatre-quatre Ford, qu'il utilisait pour ses randonnées à la campagne et pour remorquer le bateau. Le sous-sol s'était rempli de poids et haltères, d'appareils de musculation, de sacs d'entraînement et d'un punching-ball, d'un équipement de tir, d'outils et d'un établi.

A l'étage, son repaire était garni d'un profond fauteuil de cuir, où il s'installait pour rêver et regarder les matchs de basket à la télévision. Il y avait une chambre pour lui et une autre pour les invités éventuels. Il avait transformé la troisième en bureau, avec une table de chêne et une bibliothèque remplie d'ouvrages de référence.

Lucas inventait des jeux. Des jeux de guerre, des jeux fantastiques, des jeux de rôles. C'étaient les jeux qui payaient la maison, la Porsche et un bungalow au bord d'un lac, au nord du Wisconsin. Cela faisait trois mois qu'il était plongé dans une création appelée *Drorg*. « Drorg » était un néologisme, inspiré de *cyborg*, lui-même abréviation d'*organisme cybernétique*. Les cyborgs étaient des êtres humains en partie artificiels. Un drorg, dans le jeu de Lucas, était un être humain en partie modifié par la drogue, doué de fonctions particulières. Il voyait dans le noir, se dirigeait au radar, possédait une ouïe hyperdéveloppée, la force d'un gorille, les réflexes d'un chat. Et le cerveau d'un génie.

Mais pas d'un seul coup, bien sûr. C'était là tout l'intérêt du jeu. L'usage des drogues impliquait quelques contraintes : Vous faisiez appel à la superforce, très bien, mais elle vous handicapait quand vous aviez besoin de la superintelligence. Vous vouliez la superintelligence ? Parfait, mais la drogue vous poussait à la folie et au suicide, si vous ne pouviez pas vous procurer également l'antidote. Alors, vous choisissiez la drogue totale, et elle vous tuait raide ; mais, entre-temps, vous aviez réussi des prouesses invraisemblables et atteint les sommets du plaisir, jusqu'à l'intolérable.

Tout cela demandait pas mal de travail. Il fallait rédiger le scénario de base — *Drorg* était, essentiellement, une quête, comme tous les jeux de rôles. Il fallait également créer le système de points, les oppositions, les plans de fonctionnement. L'éditeur était impatient de le voir terminé. Il voulait en faire une version informatique.

Ainsi, depuis trois ans, Lucas passait cinq ou six soirées par semaine dans son cabinet de travail, sous la lampe, à affiner, à polir son jeu. Il écoutait un peu de rock classique, buvait une bière de temps à autre, et créait un scénario à base de bureaucratie sournoise et omniprésente, guerre entre corporations, sous-prolétariat et chevaliers de la drogue. D'où cela lui venait, il n'en savait rien ; mais, chaque soir, les mots s'alignaient.

Après avoir rangé la voiture au garage, Lucas entra et mit immédiatement un plat de poulet cuisiné au micro-ondes ; le temps qu'il soit prêt, il avait fait le tour de la maison, pris le journal à la porte, et s'était lavé les mains. Il avait déjà mangé toutes les frites et trois des quatre pilons de poulet — il ne savait d'ailleurs pas exactement de quelle partie de l'animal il s'agissait, mais en tout cas, il y avait de l'os — quand le visage de Lily Rothenburg jaillit soudain dans son esprit.

Il venait d'on ne sait où. Il n'avait nullement pensé à elle, mais elle était là, tout à coup, comme une photo qu'on laisse tomber sur une table. Une forte femme, se dit-il. Un peu trop lourde, pas du tout son genre ; il aimait les athlètes, les petites gymnastes musculeuses, les coureuses à pied, avec leurs membres longs et toniques.

Non, pas du tout son genre.

Lily.

6

A quinze ans, Leo Clark était un ivrogne. A quarante, cela faisait vingt-deux ans qu'il traînait dans la rue, mendiant de la petite monnaie auprès des bourgeois de Minneapolis et de St. Paul. Une vie entière, gâchée.

Puis, par une nuit particulièrement froide, à St. Paul, lui et un autre ivrogne, blanc celui-là, se firent virer du centre d'hébergement paroissial, après une querelle avec un employé. Ils s'arrêtèrent chez un marchand de spiritueux et s'offrirent deux bouteilles de bourbon. Après une âpre discussion, ils se dirigèrent vers la voie du chemin de fer. Il y avait là un ancien tunnel, aujourd'hui condamné, mais la palissade était vieille. Ils arrachèrent quelques planches et se glissèrent à l'intérieur.

Tard dans la nuit, Leo sortit, découvrit le long de la voie des morceaux de traverses en bois goudronné, les rapporta dans le tunnel et alluma un feu. Les deux hommes vidèrent leurs bouteilles de bourbon dans la fumée puante. Leurs joues, leurs mains, leur estomac les brûlaient, tandis que leurs jambes et leurs pieds demeuraient comme des blocs de glace.

Le Blanc eut soudain une idée. Plus haut le long du Mississippi, du côté des falaises, s'ouvraient des bouches d'égout destinées à évacuer l'eau des crues, lors des tempêtes, qui communiquaient avec le réseau souterrain de la ville. S'ils parvenaient à se glisser là-dedans, ils pourraient s'installer sur les buses de chauffage. Dans les tunnels, il devait faire aussi chaud qu'au centre d'hébergement, et cela ne leur coûterait pas un *cent*. Ils pourraient apporter une lampe tempête, quelques livres...

Lorsque Leo Clark s'éveilla, le lendemain matin, il trouva son compagnon mort sur le sol gelé. Il avait littéralement mordu la poussière dans ses dernières convulsions : sa bouche était pleine de terre huileuse. Leo Clark distinguait un de ses yeux, ouvert, plat, argenté et vide comme le *cent* que les buses de chauffage ne lui coûteraient pas.

« Il est mort comme un rat ; on l'a laissé crever comme un rat, dans un trou », dit Leo aux flics. Les flics n'en avaient rien à foutre. Le corps n'étant pas réclamé, il fut envoyé à la fosse commune. On prit juste quelques radios de sa denture que l'on rangea dans un dossier, pour le cas très improbable où quelqu'un se manifesterait un jour, à la recherche du disparu.

Après la mort de l'homme blanc dans le tunnel, Leo Clark cessa de boire. Cela ne se fit pas en un jour, mais un an plus tard, il avait arrêté. Il se dirigea vers l'Ouest, retrouva la réserve. Il découvrit sa vocation spirituelle, mais teintée de haine envers ces gens qui laissaient un homme mourir comme un rat, dans un trou. Il avait quarante-six ans et un visage et des mains de chêne quand il rencontra les Corbeaux.

Leo Clark se tenait dissimulé dans une rampe de parking mal éclairée, entre le pare-chocs d'une Nissan Maxima et le mur, à dix mètres à peine de la porte de métal verrouillée qui donnait accès à l'immeuble.

Quelques minutes auparavant, il avait noué autour de la poignée un morceau de ligne de pêche monofil, résistant à une tension de dix kilos, et l'avait fait descendre jusqu'au bas de la porte, où il l'avait scotché, avant de le dérouler sur le sol jusqu'à la Maxima. Le fil demeurait invisible dans la demi-pénombre. Il attendait que quelqu'un ouvre la porte — de préférence pour entrer dans l'immeuble, mais ce n'était pas très important, tant que la personne ne venait pas prendre la Nissan. Ça, ce serait ennuyeux.

Leo Clark réfléchissait à sa mission, parmi l'odeur prégnante de l'huile et des gaz d'échappement. Lorsqu'il avait assassiné Ray Cuervo, son sentiment essentiel avait été la peur — la peur de l'échec, la peur des flics. Il connaissait personnellement Ray, il avait été victime de sa cupidité, et la colère, la haine étaient également présentes en lui. Mais ce juge ? Il avait été soudoyé par une compagnie pétrolière, dans une affaire de délestage illégal de produits toxiques à la réserve de Lost Trees. Cela, Leo Clark le *savait*, mais il ne le *ressentait* pas. Tout ce qu'il ressentait, c'était ce vide dans la poitrine. Comme... une tristesse. Une tristesse ?

Il avait cru que ses années d'errance avaient annihilé tout cela en lui, ne lui laissant que des émotions de base, liées à la survie. La peur. La haine. La colère. Il ne savait pas trop si cette redécouverte d'un sentiment, cette *tristesse*, était un bonheur ou une malédiction. Il lui faudrait y réfléchir, plus tard ; Leo Clark était un homme posé.

Quant au juge, cela ne changeait rien. On l'avait jugé à son tour, on l'avait condamné, il allait mourir.

Cela faisait vingt minutes que Leo attendait quand une voiture se rangea dans un emplacement libre, à mi-chemin du garage. C'était une femme. Il entendait ses hauts talons résonner sur le sol de béton. Elle tenait des clés à la main. Elle ouvrit la porte de l'immeuble, pénétra à l'intérieur. La porte commença à se refermer derrière elle, et Leo tira doucement sur la ligne de pêche, laissant la porte se rabattre lentement, lentement, la freinant juste avant que le loquet ne joue. Il resta ainsi, attentif à maintenir la tension, attendant, laissant à la femme le temps de prendre l'ascenseur en espérant que personne d'autre n'allait apparaître...

Au bout de trois minutes, il se glissa de derrière la voiture. Il gardait la ligne tendue entre ses doigts, et se dirigea vers la porte, qu'il ouvrit doucement. Personne devant les ascenseurs. Il entra et prit l'escalier de secours.

Le juge habitait au sixième étage, lequel comportait

trois appartements. Leo colla son oreille à la porte coupe-feu. Pas un bruit. Il ouvrit la porte, jeta un coup d'œil dans le couloir. Désert. Appartement 6 C. Il trouva la porte, frappa discrètement — bien qu'il n'y eût personne, il le savait. Pas de réponse. Après avoir jeté un nouveau regard autour de lui, il tira un levier de sous sa veste, le glissa dans la fente entre la porte et le chambranle, et poussa de tout son poids, lentement. La porte résistait, résistait ; puis il y eut un craquement assourdi, et elle s'ouvrit d'un seul coup. Leo pénétra dans l'appartement obscur. Il trouva un fauteuil, s'y installa, et laissa la tristesse l'envahir, couler en lui.

Le juge Merril Ball et sa petite amie, Cindy, rentrèrent peu après 1 heure du matin. Le juge introduisit sa clé dans la serrure, avant de s'apercevoir que la porte était fracturée.

« Mon Dieu, j'ai bien l'impression que... », commençait-il quand elle s'ouvrit brusquement, figeant les paroles sur ses lèvres. Leo Clark se dressait devant lui, ses longues tresses noires retombant sur la poitrine, les yeux écarquillés, la bouche à demi ouverte, le bras levé. Dans sa main, le poignard de pierre, affûté comme un rasoir...

Une heure plus tard, sur le parking d'un restaurant routier de la I-35, au nord d'Oklahoma City, Leo Clark était assis derrière le volant, en larmes.

Shadow Love marchait face au vent, les épaules rentrées. Les feuilles d'érable craquaient sous les semelles de ses chaussures de sport. La tache noire flottait devant ses yeux.

La tache noire.

Quand il était enfant, il avait un jour accompagné sa mère chez une voisine. La maison sentait le gaz butane et les légumes verts en train de cuire. Il se souvenait encore des jambes de la femme, des jambes grasses et blanches, tandis qu'elle sanglotait, assise sur la table de la cuisine. Son mari avait une tache noire sur les poumons. De la taille d'une pièce de dix *cents*. Il n'y avait plus rien à faire, disait la femme. Occupez-vous bien de lui, entourez-le d'affection, disaient les médecins. Shadow Love revoyait sa mère prendre la voisine par les épaules, et la serrer contre elle...

A présent, il avait trouvé un nom pour cette chose, dans sa tête. La tache noire.

Parfois, les êtres invisibles parlaient à sa mère, lui pinçaient le bras, le visage, tiraient sur sa robe, sur ses chaussures, même, pour attirer son attention et lui raconter ce qu'avait fait Shadow Love. Lui ne se souvenait pas d'avoir fait tant de choses, mais les êtres invisibles prétendaient que si. Sa mère déclarait qu'ils ne se trompaient jamais. Ils voyaient tout, savaient tout. Elle le battait avec un manche à balai, pour le punir. Elle le poursuivait dans toute la maison, et les coups pleuvaient sur son dos, ses épaules, ses jambes. Après, quand les êtres invisibles étaient partis, elle le prenait dans ses bras, lui demandant pardon, essayant d'effacer les bleus comme si c'était du cirage...

La tache noire était apparue avec les êtres invisibles. Lorsque Shadow Love était en colère, elle surgissait devant ses yeux, comme un trou dans son champ de vision. Il n'en avait jamais fait part à sa mère : elle en aurait parlé aux êtres invisibles, qui auraient exigé un châtiment. Pour la même raison, il ne montrait jamais sa colère. L'insolence était le pire des péchés, et les êtres invisibles auraient exigé que le sang coulât.

A un certain moment, ceux-ci cessèrent de se manifester. Shadow Love se disait que sa mère avait eu raison d'eux, grâce à l'alcool. Ses ivresses étaient certes redoutables, mais pas autant que les êtres invisibles, il s'en fallait de beaucoup. Mais, malgré la disparition de ces derniers, la tache noire était demeurée...

Elle flottait devant ses yeux, à présent. Ordure de flic. Davenport. Il l'avait traité comme de la merde. Il était entré, il l'avait montré du doigt. Il l'avait obligé à s'asseoir. Comme un chien bien dressé. *Assis, au pied!* avait-il ordonné. *Parle!* Ouah, Ouah!

La tache noire allait s'agrandissant. Shadow Love sentait le vertige de l'humiliation. Comme un *chien*. Il accéléra le pas, courant presque ; puis il ralentit, renversa le visage en arrière, et se mit à gronder. *Comme un putain de clébard.* Il serra le poing, se frappa la pommette, violemment. La douleur calmait la colère. La tache noire rétrécit.

Comme un putain de clébard, tu as rampé comme un putain de clébard...

Shadow Love n'était pas idiot. Ses pères avaient leur guerre à mener, et ils auraient besoin de lui. Il ne pouvait se permettre de tomber entre les mains des flics, pas pour une chose aussi bête qu'une bagarre. Mais cela le rongeait, la manière dont Davenport l'avait traité. Il l'avait obligé à se montrer *gentil...*

Shadow Love acheta un pistolet à un petit casseur, un adolescent. Rien de très fameux, mais cela lui suffisait. Il donna vingt dollars au gamin, glissa l'arme dans sa ceinture, et retourna au Point. Il lui faudrait trouver un nouvel endroit où crécher. Il ne pouvait s'installer chez ses pères, déjà entassés dans un appartement minuscule. En outre, ils ne voulaient pas de lui, dans leur combat.

Un endroit où crécher. La dernière fois qu'il était descendu en ville, il était allé trouver Ray Cuervo...

Yellow Hand avait passé une sale journée. Cela avait commencé avec Davenport, qui l'avait tiré de sa somnolence bienheureuse. Il aimait cet état d'inconscience. Plus longtemps il dormait, plus longtemps il oubliait son problème. Le crack. Yellow Hand se mordit la lèvre, sentant de nouveau la drogue aviver son sang.

Après le départ de Davenport, Shadow Love avait enfilé ses bottes, sa veste, et était parti sans un mot. La vieille s'était recouchée sur son matelas et n'avait pas tardé à ronfler de concert avec son ami, qui, lui, ne s'était même pas réveillé. Yellow Hand était sorti à son tour. Il avait fait un tour au K-Mart du coin, mais pas longtemps car il se sentait surveillé. Même chose dans un magasin Target. Rien de très particulier, juste des types, des Blancs avec des cravates de rayonne, mais...

Il espérait que Gineele et Howdy seraient encore en

ville. S'ils n'étaient pas partis pour la Floride, ils seraient bientôt riches.

Gineele était très noire de peau. Lorsqu'elle travaillait, elle portait ses cheveux dressés en épis de maïs et arborait un rouge à lèvres d'un rose fluorescent. Elle avait une vilaine cicatrice sur la joue droite, résultat d'une bagarre avec un homme armé d'un décapsuleur. La cicatrice effrayait tout le monde.

Si Gineele était redoutable, Howdy était un cauchemar vivant. Il était blanc, si blanc qu'il avait l'air peint. Un bref regard sur ses yeux, et l'on comprenait que ce type-là devait sniffer des trucs abominables. De l'éther, peut-être. Ou du kérosène. Des déchets toxiques. En tout cas, ses yeux restaient écarquillés en permanence, tout comme sa bouche, toujours grande ouverte, la langue sans cesse visible, comme celle d'un serpent. Pour compléter cette figure de dément, Howdy portait des colliers de chien en métal autour du cou, des poignets de force en cuir clouté et des bottes montant jusqu'au genou. Bien qu'il n'eût que vingt ans — sa manière de se déplacer trahissait sa jeunesse —, ses cheveux étaient parfaitement blancs, et fins comme des fils de soie. Lorsque Howdy et Gineele débarquaient au K-Mart, les types en cravate de rayonne s'arrachaient les cheveux. Et tandis que les deux épaves semaient la panique dans le magasin, bousculant et renversant tout, Yellow Hand filait par la grande porte avec des Caddie remplis de lecteurs de cassettes.

Mince. Dieu sait qu'il en aurait eu besoin, maintenant...

Une heure après être sorti, il avait récolté un radioréveil et trois calculatrices, dans un drugstore Walgreen. Il les troqua immédiatement contre un bout de crack qu'il fuma, dérivant vers le pays de l'impossible possible. Mais le voyage était gâché, car même en décollant il pensait à la réalité glaciale qui l'attendrait à l'atterrissage.

En début de soirée, il tenta de voler une boîte à outils dans une station-service, et faillit réussir. Mais comme il allait tourner au coin de la rue, un type qui travaillait aux pompes le repéra et se mit à crier. La caisse étant trop lourde pour qu'il puisse courir avec, il la laissa tomber et s'enfuit, à travers les cours intérieures de deux pâtés de maisons. Le pompiste appela les flics, et Yellow Hand passa deux heures caché sous une remorque de bateau, tandis que la voiture de patrouille inspectait le quartier. Quand il rentra vers le Point, il faisait déjà nuit noire. Il lui fallait réfléchir. Il lui fallait penser à l'avenir. Il ne lui restait que deux jours au Point ; après quoi, il devrait trouver de l'argent, pour le loyer. Les nuits devenaient froides.

Shadow Love fumait une cigarette quand Yellow Hand entra.

« Tu peux me passer deux dollars ? demanda Yellow Hand avec humilité.

— Je n'ai pas d'argent à dépenser en crack, répondit Shadow Love. Mais je peux te donner un clope, dit-il, tendant la main vers le paquet de Marlboro.

— Mon vieux, ce n'est pas pour acheter du crack, gémit Yellow Hand. Il faut que je mange, je n'ai rien bouffé de la journée. »

Il prit une cigarette, et Shadow Love lui tendit une allumette en carton.

« Je vais te dire quoi, déclara celui-ci au bout d'un moment, le fixant de ses yeux pâles. On va aller à ce snack mexicain, au bord du fleuve, et je vais t'offrir une demi-douzaine de tacos.

— C'est loin, mon vieux, fit Yellow Hand.

— Alors, va te faire foutre. Moi, je file. Merci de m'avoir reçu chez toi. »

Il lui avait donné trois dollars, pour le matelas.

« Bon, bon, j'arrive. J'ai une putain de dalle... »

En marchant doucement, il leur fallut vingt minutes pour se rendre du Point aux bords du Mississippi. Le fleuve coulait à trente mètres au-dessous d'eux, et Shadow Love fit mine de descendre la berge escarpée.

« Où vas-tu ? demanda Yellow Hand sans comprendre.

— Je descends jusqu'à l'eau. Viens. Ce n'est pas plus long. »

Shadow Love repensa à Yellow Hand et à Davenport. Le gosse lui avait parlé de la coupure du journal : ce n'était pas rien. La tache noire surgit.

« Mais il faudra remonter, après, fit Yellow Hand d'un ton plaintif.

— Allez, viens », fit Shadow Love d'une voix coupante. La tache noire était là, flottant devant lui. Son cœur battait violemment, il sentait la force monter en lui, dans ses veines, comme un sang doré. Il ne s'agissait plus de discuter. Yellow Hand jeta un regard hésitant vers la rue éclairée, et le suivit enfin en râlant à mi-voix.

Ils traversèrent une rampe qui menait au fleuve et continuèrent vers la rive, que bordait un mur de béton en guise de digue. Shadow Love prit pied sur le mur, inspira une grande bouffée d'air, expira. L'odeur du fleuve, une vraie odeur. Il se tourna vers Yellow Hand, qui avait à son tour grimpé sur le mur.

« C'est superbe, les lumières, vues d'ici, non ? demanda Shadow Love. Regarde, regarde les reflets dans l'eau.

— Ouais, c'est pas mal, fit Yellow Hand, toujours perplexe.

— Regarde par là-bas, sous le pont », dit Shadow Love.

Yellow Hand se retourna pour voir ce que l'autre lui désignait. Shadow Love s'approcha, tirant le pistolet de sa ceinture. Il pointa le canon derrière l'oreille de Yellow Hand, attendit une seconde, une seconde délicieuse, puis une autre, et une autre encore, frémissant de plaisir ; quand il ne put supporter plus longtemps cette tension extraordinaire, il appuya sur la détente.

Il y eut un *pop* bref et sec, et Yellow Hand s'effondra comme un pantin dont on coupe les ficelles. Shadow Love avait pensé que le corps tomberait droit dans le fleuve. Mais non, il gisait là, inerte, sur le mur de béton. Il lui fallut une minute pour le faire passer par-dessus bord et le précipiter dans l'eau.

La chemise de Yellow Hand faisait comme une bouée autour de son corps, l'empêchant de couler. Puis une bulle éclata, une autre, et Yellow Hand disparut enfin.

Un traître au peuple indien. Le type qui avait mis la photo de Bluebird entre les mains d'un flic.

Tandis que Leo Clark pleurait, sur le parking du routier, Shadow Love mangeait des tacos avec un appétit féroce, penché comme un loup sur la nourriture. Tout son corps vibrait de plaisir, du plaisir du meurtre.

7

Lucas travailla sur *Drorg* jusqu'à 4 heures du matin. A 8 heures, Daniel l'appelait. Lucas roula sur lui-même, balayant la table de chevet d'un bras aveugle. Le téléphone tomba, rebondit sur la moquette, et il lui fallut quelques secondes pour le récupérer.

« Davenport ? Mais qu'est-ce que...

— ... fait tomber le téléphone, fit Lucas d'une voix ensommeillée. Qu'est-ce qui se passe ?

— Ils ont recommencé. Un juge fédéral, à Oklahoma City.

— Merde. Et de la manière dont vous me dites ça, l'assassin s'est tiré.

— Ouais. Il portait des tresses, comme...

— ... celui qui a étripé Ray Cuervo. Ils doivent donc être au moins trois, en comptant Bluebird.

— Mmmm. Anderson essaie d'obtenir tout ce qu'il peut des flics de l'Oklahoma. Et pour les photos, nous les aurons à 9 heures. Rendez-vous dans le bureau de Wink.

— Ils n'ont pas fait de difficultés ?

— Bah, on va devoir écouter les salades habituelles, mais on les aura, dit Daniel.

— Il faudrait prévenir Lily.

— Ma secrétaire s'en occupe. Une chose, encore...

— Oui ?

— Les fédés sont sur le coup.

— Oh, non, par pitié, gémit Lucas.

— Eh si... Ils entrent dans la danse, à pieds joints. On m'a annoncé ça il y a une heure. J'en ai discuté avec le flic de service, qui a pris l'appel. Il dit que Lawrence Duberville Clay en personne s'intéresse à l'affaire.

— L'enfoiré. On ne peut pas les tenir à l'écart ? Ces pauvres types ne peuvent même pas descendre du trottoir sans se tordre la cheville.

— Je leur suggérerai de se concentrer sur la gestion des renseignements, mais ça ne marchera pas, dit Daniel. Clay pense qu'il peut utiliser ça pour prendre le siège du procureur général, voire celui du président. Les journaux parlent de "terrorisme interne". Il va rappliquer, à tous les coups, comme il est allé jusqu'à Chicago, pour cette affaire de deal, et à L.A. pour l'arrestation des types de l'Armée des Verts. Et une fois ici, il va exiger de participer.

— Qu'il aille se faire foutre. Il n'a qu'à participer tout seul.

— Allons, essayez de ne pas faire le méchant, d'accord ? En attendant, on va jeter un coup d'œil sur les photos du *Trib* et attaquer sérieusement. Si nous réussissons à coincer ces salopards, Lawrence Duberville n'aura plus aucune raison de venir. »

Ils retrouvèrent donc les directeurs du *Star Tribune* dans le bureau du rédacteur en chef, Louis Wink, surnommé boule de billard à cause de sa calvitie totale. Le propriétaire du journal, Harold Probst, et Kelly Lawrence, la rédactrice en chef pour les nouvelles locales, étaient également là. Lily arriva au bras de Daniel ; Lucas remarqua que celui-ci pressait le coude contre son sein. Daniel arborait un costume gris, réplique parfaite de celui de Wink, et un sourire satisfait. L'entrevue dura dix minutes.

« J'aurai un argument à vous opposer, déclara Lawrence. Votre demande soulève une question : le journal est-il ou n'est-il pas une annexe des forces de police ? Ce genre de chose nuit à notre crédibilité.

— Auprès de qui ? » s'enquit Lily d'un ton vif. Elle

portait un chemisier de soie sauvage et une jupe de tweed, différente de celle de la veille. Soit elle avait le teint le plus lumineux du monde, soit c'était un génie du maquillage.

« Auprès de Monsieur Tout-le-Monde », répondit Lawrence. Elle était vêtue d'une mauvaise robe de coton froissée, d'un bleu parfaitement désassorti à celui de ses yeux. Lily avait tellement meilleure allure que Lucas aurait préféré qu'elle attende dehors.

« Ça, c'est des foutaises, repartit Lily. Vous possédez tout ce putain d'immeuble, rempli de yuppies avec leurs mocassins en croco, et vous vous inquiétez de Monsieur Tout-le-Monde ? Jésus doit danser sur sa croix !

— Calmez-vous, intervint Lucas d'une voix apaisante. Elle a raison. C'est une question délicate.

— Nous ne vous demanderions pas cela, si les crimes n'étaient pas aussi odieux, déclara Daniel d'une voix sirupeuse. Ils ont tué un juge fédéral, la nuit dernière ; une véritable boucherie. Ils ont assassiné un des jeunes hommes politiques les plus prometteurs du pays, et deux personnes chez nous. Mais c'est vrai, la presse est dans une situation délicate », ajouta-t-il à l'adresse de Lily. Puis il se tourna vers Wink et Probst, qui détenaient la décision. « Tout ce que nous voulons, reprit-il, c'est voir le visage d'un homme, qui selon Lily est peut-être le tueur de New York. Et nous voulons voir les gens qui l'entourent, pour les retrouver et les interroger. Vous auriez très bien pu publier toutes ces photos dans le journal, les livrer au public. Vous ne vous êtes engagés au secret auprès de personne. Et de fait, la simple présence de ces gens, à ce moment précis, était une manière d'attirer l'attention.

— Mon Dieu, ce n'est pas faux », dit Probst. Une lueur d'agacement passa sur le visage de Wink. Probst n'était, au départ, qu'un petit commercial s'occupant des espaces publicitaires.

« Et vous pourrez en tirer des papiers sensationnels, ajouta Lucas. De quoi en boucher un coin au *Pioneer's Press*. »

Lawrence, la rédactrice des nouvelles locales, s'éclaira visiblement, mais Lily continuait de fulminer.

« Et si vous n'êtes pas d'accord, dit-elle d'une voix mauvaise, nous irons en justice, et nous vous les arracherons légalement, de toute manière.

— Hé, dites... » Wink se redressa sur son fauteuil.

Daniel intervint avant que cela ne dégénère.

« Non, nous ne ferons pas cela, capitaine, déclara-t-il, l'index pointé vers le visage de Lily. Si la réponse du journal est "non", nous chercherons des photos ailleurs, mais nous n'irons pas en justice. Et si vous continuez dans cette voie, je vous réexpédie à New York par la peau du cul, avant que vous ayez eu le temps d'appeler maman. »

Lily ouvrit la bouche, la referma aussitôt.

« Très bien, désolée. » Elle jeta un bref regard en direction de Wink, à qui Daniel adressait son sourire le plus charmeur.

« Bon... s'il vous plaît... ? fit-il.

— Je pense que... que nous devons avoir quelques épreuves, ici même, dit Wink. Allez les chercher », ajouta-t-il avec un signe de tête vers Lawrence.

Ils demeurèrent tous silencieux un moment. Enfin, la rédactrice réapparut avec trois enveloppes de papier bulle, qu'elle tendit à Wink. Celui-ci en ouvrit une et en tira une série de clichés format 18 × 24, qu'il détailla avant de les passer à Daniel. Daniel les fit passer à son tour à Lily qui se leva, les étala sur la table et se mit à les examiner.

« C'est lui, déclara-t-elle au bout d'un moment, posant son index sur un des visages. C'est bien mon homme. »

Munis de deux jeux de photos, ils firent halte au coin de la rue, avant que Daniel ne rentre à pied à l'hôtel de ville.

« Larry Hart arrive cet après-midi, dit Daniel à Lucas. Il avait quelques dossiers à régler. Je lui ferai parvenir un jeu d'épreuves. Il reconnaîtra peut-être quelqu'un.

— Parfait. Moi, je vais me balader un peu avec les photos. »

Daniel hocha la tête, puis se tourna vers Lily.

« Vous devriez vous contrôler un peu. Vous avez failli tout foutre en l'air.

— Les gens de la presse, je ne supporte pas, déclara-t-elle. Ils étaient en train de vous rouler dans la farine.

— Ils ne me roulaient dans rien du tout. Tout le monde savait comment cela allait finir. C'est une espèce de rituel, répondit Daniel, sans hostilité.

— Bon. C'est votre boulot. Je vous présente mes excuses.

— Inutile de vous excuser. Mais comme je suis un brave type, je veux bien les accepter. » Sur quoi il s'éloigna, traversant la rue.

« Drôle de bonhomme, dit Lily en le suivant des yeux.

— Il est bien. Ce peut être un véritable enfoiré, quelquefois, mais il n'est pas idiot.

— Bon, qui est ce Larry Hart ? s'enquit Lily.

— Un type de l'Aide sociale. Un Sioux. C'est un brave gars, il connaît la ville comme sa poche et doit être en relation avec un millier d'Indiens. Il a une certaine importance dans la vie de la communauté. Il a écrit quelques articles, il se rend aux réunions entre tribus, etc.

— Il va nous être utile. Hier, j'ai passé six heures à traîner dans le quartier, sans rien apprendre de nouveau. Le type que j'accompagnais...

— Shearson ?

— Ouais, c'est ça. Il ne distinguerait pas un Indien d'une bouche d'incendie. Franchement, c'en était presque gênant, fit-elle, secouant la tête.

— Vous ne continuez pas avec lui ?

— Non, répondit-elle, le regardant sans l'ombre d'un sourire. Mis à part son Q.I. particulièrement déficient, nous avons eu un léger problème.

— Mmmm-mmm...

— Je me suis dit que je pourrais vous accompagner. Vous allez montrer les photos à droite et à gauche, c'est cela ?

— Ouais. » Lucas se gratta la tête. Il n'aimait pas travailler en équipe : il lui arrivait de conclure des arrangements qu'il valait mieux garder pour soi. Mais Lily était de New York. « Cela ne devrait pas poser de problème. Bon, ça marche, dit-il enfin. Je suis garé par là-bas.

— Tout le monde dit que vous avez les meilleurs contacts, dans la communauté indienne », dit Lily, tandis qu'ils se dirigeaient vers la voiture. Lucas, qui la regardait, trébucha sur une dalle de trottoir inégale. Elle se contenta de sourire, gardant les yeux fixés droit devant elle.

« Je dois connaître huit personnes. Dix à tout casser. Et pas très bien, encore.

— C'est vous qui êtes tombé sur la photo de journal, fit-elle remarquer.

— J'avais l'occasion de coincer un type. » Lucas descendit du trottoir, contourna le capot de la Porsche. Lily le suivit.

« Euh, c'est par là, dit-il, désignant la portière du passager.

— C'est votre voiture ? fit-elle, surprise, baissant les yeux sur la 911.

— Ouais.

— Je pensais que vous alliez traverser la rue », dit-elle, reprenant pied sur le trottoir.

Lucas entra et lui ouvrit la portière ; elle s'installa sur le siège, attacha sa ceinture.

« A New York, peu de flics auraient le cran de se promener en Porsche, déclara-t-elle. Tout le monde se dirait que le type trafique à mort.

— J'ai un peu d'argent à moi, répondit Lucas.

— Cela ne vous obligeait pas à acheter une Porsche, dit Lily d'un ton pincé. Vous pouviez vous offrir une très bonne voiture pour dix ou quinze mille dollars, et donner les vingt ou trente autres mille à un organisme de charité. Aux petites-sœurs-des-pauvres, je ne sais pas...

— J'y ai bien songé », dit Lucas. Il démarra en trombe, effectua un demi-tour interdit et lança la Porsche à soixante-dix à l'heure, alors que la vitesse était limitée à quarante. « J'y ai songé, reprit-il, et finalement, je me suis dit : "Qu'elles aillent se faire foutre." »

Lily éclata de rire, la tête rejetée en arrière. Lucas la regarda, sourit. En fait, ses quelques kilos superflus ne lui allaient pas si mal que ça.

Ils se rendirent au Centre indien avec les photos, les montrèrent au personnel. On connaissait deux des hommes, mais de visage seulement, pas de nom. Personne ne savait où ils habitaient. Lucas appela Anderson pour lui faire part de ces premières tentatives, et Anderson lui promit de mettre d'autres photos en circulation.

Après avoir quitté le Centre, ils firent halte dans une brasserie à clientèle essentiellement indienne, où Lucas connaissait deux types âgés, des gardiens de nuit. Sans aucun résultat. En revanche, l'hostilité était palpable dans l'air.

« Ils n'aiment pas les flics, déclara Lily comme ils sortaient.

— Personne n'aime les flics, dans le coin, répondit Lucas, en se retournant vers le bâtiment décrépi. Lorsqu'ils nous voient, c'est généralement pour qu'on remorque leur voiture, en plein hiver. Non, ils ne nous aiment pas, mais ils ne nous détestent pas non plus. Mais cette fois, c'est différent. Cette fois, ils sont contre nous.

— Ils ont peut-être quelques bonnes raisons », fit remarquer Lily. Elle regarda par la vitre un groupe de jeunes Indiens assis sur le perron d'une maison de bardeaux délabrée. « Ces gosses devraient être à l'école. Ce que vous avez là, Davenport, c'est un bidonville, un bidonville propre. Les gens sont foutus, mais on nettoie la rue deux fois par semaine. »

Pendant toute la matinée, ils continuèrent de présenter les photos aux Indiens que Lucas connaissait. Lily restait un peu en arrière, silencieuse, observant les visages, écoutant, recevant en retour des regards intrigués.

« Ils pensent que vous pourriez être indienne, ou à moitié indienne, lui dit Lucas entre deux haltes. Mais ils ne peuvent en être sûrs avant de vous avoir entendue parler. C'est vrai que vous avez un vague type indien.

— Plus quand j'ouvre la bouche.

— Non, vous avez plutôt l'accent de Long Island.

— Il existe une réserve indienne, sur Long Island, dit-elle.

— Sans blague ? Bon Dieu, j'aimerais bien écouter ces gens-là parler... »

En fin de matinée, Lucas se rendit au Point, chez Yellow Hand, expliquant en route à Lily de qui il s'agissait. Arrivé devant le perron, il dégrafa l'étui de son P7.

« C'est risqué ? s'enquit-elle.

— Je ne pense pas. Mais bon, vous savez...

— D'accord. » Comme ils pénétraient dans le hall, elle glissa la main dans son sac porté en bandoulière et en tira un Colt .45 dissimulé dans une poche de côté. Elle introduisit une balle dans le chargeur.

« Un 45 ? fit Lucas, tandis qu'elle le rangeait dans son sac.

— Je ne suis pas assez costaud pour faire le coup de poing, déclara-t-elle d'une voix brève. Si je tire sur quelqu'un, je veux que le type tombe raide. Non que le P7 ne soit pas un bon petit pétard, mais je le trouve un peu léger, quand on passe aux choses sérieuses.

— Pas si vous savez tirer, dit Lucas entre ses dents, tandis qu'ils gravissaient l'escalier.

— Je peux tirer dans l'œil droit d'un pigeon en plein vol. Et sans lui abîmer une plume. »

La porte était ouverte, au dernier étage. Personne. Lucas se glissa à l'intérieur, parcourut la chambre des yeux, puis arpenta la pièce, foulant une litière de journaux, pelures d'orange et sachets vides de ketchup de chez McDonald's.

« Il était là, dit-il, donnant un coup de pied dans le matelas de Yellow Hand.

— On dirait bien qu'il est parti en vacances, dit Lily. Ils sont vraiment dans la dèche... » Elle poussa du pied un des sachets de ketchup, un de ceux que les pauvres volent dans les fast-foods pour se préparer un semblant de soupe à la tomate.

« Tout passe dans le crack. »

Lily hocha la tête. Elle sortit de nouveau le Colt de son sac, tira le chargeur, le tint entre son petit doigt et son annulaire, posa son autre main en conque devant la fenêtre d'éjection, et fit jouer la glissière. La balle tomba au creux de sa paume. Puis elle la remit dans le chargeur, qu'elle introduisit de nouveau dans la crosse de l'arme. Lucas se dit qu'elle faisait cela naturellement, sans y réfléchir. Ce Colt était visiblement un vieux copain.

« Le problème avec les armes à un coup, dit-il, c'est que, quand ça commence à déconner vraiment, vous vous retrouvez toujours avec une chambre vide.

— Pas si vous êtes un tant soit peu futé, répondit-elle, contemplant le sol jonché de détritus. J'ai appris à anticiper. »

Lucas se baissa pour ramasser un objet presque dissimulé entre le matelas de Yellow Hand et le mur.

« Qu'est-ce que c'est ? » s'enquit Lily, et il le lui lança. « Une pipe à crack, fit-elle, la faisant tourner entre ses mains. Vous m'aviez bien dit qu'il était accro.

— Ouais. Mais je me demande pourquoi il l'a laissée là. Je ne l'imagine pas en train de se balader sans ça. De plus, il a pris tout le reste.

— Je ne sais pas, dit Lily. En tout cas, ça ne me paraît pas bien louche. Enfin, pas pour l'instant », ajouta-t-elle. Elle laissa tomber la pipette de verre sur le sol, et l'écrasa du talon.

De retour dans la rue, Lucas suggéra qu'ils passent à l'officine de Ray Cuervo. Si quelqu'un était encore là pour faire marcher les affaires, on pourrait peut-être leur indiquer où était passé Yellow Hand.

« Je vous suis, dit-elle, hochant la tête.

— J'espère que ce crétin n'est pas retourné à la réserve, remarqua Lucas comme ils montaient en voiture. Ce serait l'enfer, pour le retrouver là-bas, s'il voulait disparaître. »

Au cours des années, Lucas s'était rendu une douzaine de fois au bureau de Cuervo. L'escalier minable n'avait pas changé. L'immeuble puait, comme toujours, un mélange intéressant d'urine rance, de plâtre humide et de merde de chat. Comme Lucas gravissait les dernières marches, la porte du bureau de Cuervo s'ouvrit légèrement, maintenue par une chaîne de sûreté, et une femme jeta un coup d'œil par l'entrebâillement.

« Qui êtes-vous ? s'enquit Lucas.

— Harriet Cuervo, répondit-elle sèchement. Et vous, qui êtes-vous, pour me poser cette question ? » Lucas ne voyait d'elle que ses yeux couleur de jean délavé et un pan de visage, très pâle.

« Police », dit-il. Il tira l'étui de sa poche de veste, lui présenta son insigne. Lily attendait derrière lui, une marche plus bas. « Nous ne savions pas que vous aviez repris les affaires de Ray, ajouta Lucas.

— Vous le savez, maintenant », grogna la femme. Elle ôta brutalement la chaîne, laissant la porte s'ouvrir lentement. Une flaque sombre avait imprégné le parquet de bois, souvenir du meurtre de son époux. Elle demeurait immobile au milieu de la pièce, vêtue d'une robe imprimée qui tombait tout droit de son cou à ses genoux.

« J'ai déjà dit tout ce que je savais aux flics, fit-elle d'une voix coupante.

— Nous cherchons des renseignements d'un autre genre », dit Lucas. La femme s'éloigna, passant derrière le vieux bureau de Cuervo. Lucas pénétra dans la pièce, jeta un regard autour de lui. Quelque chose avait changé. Quelque chose n'allait pas, mais il n'arrivait pas à déterminer quoi. « Nous aimerions avoir des informations sur un de ses locataires, reprit-il.

— Que voulez-vous savoir ? » demanda-t-elle. Elle devait mesurer près d'un mètre quatre-vingt-cinq et peser cinquante kilos, tout en jointures et cartilages. Il y avait de fines lignes verticales, au-dessus et au-dessous de ses lèvres, comme si on lui avait jadis cousu la bouche.

« Vous avez bien un locataire du nom de Yellow Hand, au Point ?

— Yellow Hand, ouais. » Elle ouvrit un registre, parcourut une liste du doigt. « C'est payé, jusqu'à demain, ajouta-t-elle.

— Et vous ne l'avez pas vu hier, ni aujourd'hui ?

— Merde, je ne vais pas lui rendre visite tous les jours, hein ? Je loue les apparts, c'est tout. S'il ne se pointe pas avec le loyer demain, dehors. Aujourd'hui, je m'en fous, de ce qu'il fait.

— Donc, vous ne l'avez pas vu ?

— Eh non. » Elle jeta un regard aigu vers Lily. « C'est un flic, elle aussi ? demanda-t-elle.

— Ouais.

— Elle s'habille plutôt chic, pour un flic, renifla-t-elle en la jaugeant des pieds à la tête.

— Et si Yellow Hand ne vous paie pas demain, vous le virez vous-même ? s'enquit Lily, intriguée.

— J'ai un associé.

— Qui ? intervint Lucas.

— Bald Peterson.

— Ah bon ? Je croyais qu'il avait quitté la ville.

— Eh bien, il est revenu. Vous le connaissez ?

— Ouais, un peu, un peu...

— Dites..., fit Harriet Cuervo, pointant son index vers la poitrine de Lucas, le regard étréci... Ce n'est pas vous, le flic qui l'a tabassé ? Il y a des années de ça ? Jusqu'à l'estropier à vie ?

— Nous avons eu quelques désaccords, en effet, dit Lucas. Vous le saluerez pour moi. » Il fit un pas vers la porte. « Au fait, reprit-il, avez-vous entendu parler d'un type appelé Shadow Love ? Ou l'avez-vous vu, dans le coin ?

— Shadow Love ? Jamais entendu ce nom-là.

— Il habitait au Point.

— Ce n'est pas à moi qu'il a loué, dit-elle, haussant les épaules. Ça doit être les autres cloches qui l'ont reçu chez eux. Vous savez bien comment ça se passe.

— Ouais, dit Lucas, se détournant de nouveau. Je suis navré, pour Ray.

— C'est bien que quelqu'un le soit, parce que moi pas », dit-elle d'une voix dure. Son visage, pour la première fois, parut s'animer. « J'essaie de trouver ce dont je me souviens le mieux, quand je pense à Ray, continua-t-elle. Une seule chose, vous voyez. Et vous savez ce qui me vient à l'esprit ? Qu'il avait toute une collection de vidéos porno, dont une qui s'appelait *Une brune étanche*. Et vous savez pourquoi, étanche ? Parce qu'on lui bouchait tous les trous, si vous voyez ce que je veux dire. Trois types. En tout cas, son passage favori, c'était quand un des gars déchargeait sur ses seins. Celui-là, il se le repassait sans arrêt, sans arrêt. Et à chaque fois qu'il arrêtait le magnétoscope pour rembobiner la bande, on voyait ce qui passait à la télé, pendant ce temps-là. Et vous savez ce que c'était ?

— Euh... non, je ne sais pas », dit Lucas. Il jeta un bref coup d'œil vers Lily qui observait la femme, fascinée.

« *Rue Sesame*. Toccata, l'autruche, apprenait à mesurer la tension artérielle. Le type déchargeait sur les seins de la brune, et hop, tout d'un coup, c'était Toccata. Il déchargeait encore, hop, Toccata. Un quart d'heure, comme ça. Slitch, slitch, Toccata, slitch, slitch, Toccata. » Elle s'interrompit pour reprendre souffle. « Voilà conclut-elle, voilà ce dont je me souviens, quand je pense à Ray.

— Bon. Bon, eh bien, il faut qu'on y aille », dit Lucas, pris de pitié. Il poussa Lily vers l'escalier. Ils avaient déjà descendu dix marches quand Harriet Cuervo apparut sur le palier.

« Et moi, je voulais des gosses ! » leur cria-t-elle.

Tandis qu'ils revenaient à la voiture, Lily se tourna vers lui avec un sourire.

« Sympa, cette fille, fit-elle. On ne trouverait pas beaucoup mieux à New York.

— Quelle saloperie...

— Avez-vous vu le calendrier, au mur ? *Un grand garçon gâté ?* »

Lucas fit claquer ses doigts.

« Je savais bien que quelque chose avait changé dans le bureau. Ray avait accroché un vieux calendrier des *Sports illustrés*. Une fille en T-shirt mouillé, avec une énorme paire de... euh...

— De nibards ?

— Oui, c'est ça. En tout cas, c'était toujours la même photo. Il en avait trouvé une qui lui plaisait, et il s'était arrêté dessus.

— Autrement dit, la direction a changé, mais la qualité de l'établissement reste la même, dit Lily.

— Exactement. »

Dans la voiture, Lucas jeta un coup d'œil sur la montre. Cela faisait trois heures qu'ils se baladaient.

« Nous pourrions peut-être songer à déjeuner, dit-il.

— Il n'y a pas un bon traiteur, dans le coin ?

— Le mal du pays, hein ? fit Lucas en souriant.

— Non, ce n'est pas ça. Mais ça fait trop longtemps que je mange à l'hôtel. Tout a le même goût de flocons d'avoine.

— Bon, un traiteur, alors. Il y en a un à deux rues de chez moi, à St. Paul. Avec une salle de restaurant, derrière. »

Ils prirent la direction de Lake, enjambèrent le Mississippi, puis longèrent le fleuve vers le sud à travers une forêt d'érables, d'ormes et de chênes, passant devant quelques établissements universitaires.

« Tout ça, ce sont des écoles religieuses, déclara Lucas. Vous avez devant vous la plus forte concentration de vierges des Villes Jumelles.

— Et c'est votre quartier. Quel dommage. Et quel programme...

— Ce qui veut dire ?

— Les gens auxquels j'ai fait part de mon intention de travailler avec vous ont tous fait la même tête. Du genre "Mmm-mmm, ma fille, tu te jettes dans la gueule du loup".

— Foutaises. »

Le traiteur était installé dans un immeuble de briques peintes en jaune, avec un parking derrière. Comme ils descendaient de voiture, ils virent une vieille femme qui les observait par la vitrine, tout en grignotant l'extrémité d'un énorme sandwich aux pickles. Le visage de Lily s'illumina.

« Ce sandwich... Il y a, en effet, une vague chance pour que cet endroit soit décent », dit-elle. Après avoir passé le menu en revue, elle commanda un sandwich mixte au corned beef et fromage avec une salade de chou cru, des frites, un gâteau feuilleté à la crème et un Perrier à la framboise.

« Mille calories », déclara-t-elle, l'air sombre, quand le serveur déposa le plateau de plastique marron, cinq minutes plus tard. Il émit un ricanement. « Quoi, vous pensez que cela fait plus de mille calories ? lui lança-t-elle alors qu'il s'éloignait.

— Ma petite dame, le sandwich en fait déjà six ou sept cents, et ce n'est pas la moitié du repas.

— Je ne veux pas le savoir », dit-elle, baissant de nouveau les yeux sur le plateau.

Lucas commanda une saucisse avec des céréales, un sachet de chips, et un Diet Coke, avant de la précéder vers le restaurant.

« J'aime manger, annonça Lily comme ils se glissaient dans le box. Quand on m'enterrera, je pèserai cent kilos.

— Vous êtes très bien.

— Avec cinq kilos de moins, je serais superbe, dit-elle, levant les yeux.

— Non, je maintiens ma position. »

Lily s'activait sur son assiette en évitant son regard.

« Donc, d'après ce que j'ai compris, dit-elle au bout d'un moment, vous avez un bébé, mais vous n'êtes pas marié.

— Ouais, c'est ça.

— Cela ne vous gêne pas un peu ? » demanda-t-elle. D'un petit coup de langue, elle ôta une lamelle de chou cru de sa lèvre supérieure.

« Non, pas du tout. Moi, je voulais me marier, mais pas elle. Nous sommes toujours ensemble, plus ou moins. Mais nous vivons séparément.

— Quand lui avez-vous demandé de vous épouser pour la dernière fois ? s'enquit Lily.

— Mon Dieu, je le lui demandais chaque semaine.

J'ai fini par lui dire que c'était une proposition ouverte, en permanence.

— Et vous l'aimez ?

— Évidemment, dit-il, hochant la tête.

— Et elle, elle vous aime ?

— C'est ce qu'elle dit.

— Alors, pourquoi ne vous épouse-t-elle pas ?

— Elle dit que je ferais un père merveilleux, mais un mari à chier.

— Mmmm-mmm. » Lily prit une grosse bouchée de sandwich, mastiqua d'un air pensif, sans le quitter des yeux. « Enfin, dit-elle après avoir avalé, j'ai l'impression que vous devez vous amuser un peu, à gauche à droite.

— Plus depuis sa grossesse. Mais avant...

— A gauche à droite, hein ?

— Ouais. A l'occasion, dit-il en souriant. Et vous ? Vous portez une alliance.

— Ouais, dit-elle, piochant une frite. Mon mari est professeur de sociologie à l'université de New York. Il rédigeait des comptes rendus pour Andretti. C'est une des raisons pour lesquelles je suis ici. Je connaissais la famille.

— Un type bien ?

— Oui. Enfin, pour un politicien.

— Je voulais parler de votre mari.

— David ? David, il est fantastique, dit-elle d'un ton assuré. C'est l'homme le plus gentil que j'aie jamais rencontré. Je l'ai connu pendant mes études. Il était prof adjoint, et j'avais choisi son cours. C'était l'époque de la grande panique, à Columbia, les gens défilaient dans les rues, McCarthy se présentait à la présidence... Le bon temps. Une période intéressante.

— Et vous vous êtes mariée sitôt après l'université ?

— Avant mon diplôme. Quand je l'ai obtenu, je me suis présentée dans les services de police, qui cherchaient à recruter des femmes à l'époque, et voilà.

— Mmm-mmm. Et voilà », répéta Lucas. Il l'observa quelques secondes, silencieux, prit sa dernière chips et se glissa hors du box. « Je reviens tout de suite », dit-il.

Ils ont un problème, Lily et David, pensait-il en se dirigeant vers le comptoir. Il commanda un autre sachet de chips et un autre Diet Coke. *Elle l'aime bien, c'est sûr, mais ça manque de passion.* Il se retourna pour la regarder. Elle observait les gens qui passaient dans la rue. Un rayon de soleil traversait la table, baignant ses mains. *Elle est belle.*

Lorsqu'il revint, elle était en train de se lécher les doigts.

« Fini, dit-elle. On va où, maintenant ?

— On va rendre visite à une bonne sœur.

— Quoi ? »

Une Vierge en albâtre, haute de deux mètres, dominait l'allée. Lily leva les yeux vers elle, perplexe.

« Je ne suis jamais entrée dans un couvent, dit-elle d'une voix assourdie.

— Ce n'est pas un couvent, c'est une université religieuse.

— Vous m'avez bien dit que ce sont des bonnes sœurs, qui habitent ici.

— Elles ont leur résidence de l'autre côté du campus.

— Pourquoi a-t-elle les yeux complètement révulsés ? demanda Lily, le regard toujours fixé sur la Vierge.

— Ce doit être l'extase de la Grâce, suggéra Lucas.

— Et qu'est-ce qu'elle fait à ce serpent ? » reprit-elle. On voyait une queue de serpent dépasser de sous une sandale de la Vierge. L'animal s'enroulait autour d'une de ses jambes voilées, la tête dressée, prêt à frapper, à hauteur de ses genoux.

« Elle l'écrabouille. C'est le Diable.

— Ah bon... On dirait un des inspecteurs de ma brigade. Le serpent, je veux dire. »

Lucas avait été à l'école primaire avec Elle Kruger. Au cours des années, ils étaient demeurés en contact. Lucas dans la police de Minneapolis, Elle psychologue et sœur de charité. Elle avait son bureau au troisième étage de l'Albertus Magnus Hall. Lucas précéda Lily dans un long couloir froid, où l'écho de leurs pas résonnait. Arrivé devant le bureau, il frappa une fois, ouvrit la porte, passa la tête à l'intérieur.

« Il est temps », fit Elle Kruger d'un ton sec. Elle portait l'habit noir des traditionalistes, assorti d'un chapelet attaché à la taille.

« La circulation », dit Lucas en manière d'excuse. Il entra dans la pièce, Lily sur les talons. « Elle, je te présente le capitaine Lily Rothenburg, de la police de New York, qui nous a rejoints pour enquêter sur la mort de John Andretti. Lily, mon amie sœur Mary Joseph. C'est le psy en chef, ici.

— Enchantée, Lily, dit Elle, lui tendant une main osseuse.

— Lucas m'a raconté que vous l'avez aidé, dans certaines de ses affaires, dit Lily, avec un sourire.

— Je l'aide quand je peux. Mais en fait, nous nous voyons surtout pour jouer. »

Lily regarda Lucas.

« Nous avons fondé un club, et nous nous réunissons une fois par semaine, expliqua-t-il.

— C'est intéressant, dit Lily, passant de l'un à l'autre. Vous jouez à quoi ? *Donjons et Dragons*, quelque chose comme ça ?

— Non, ce ne sont pas des jeux de rôles, dit Elle. Ce sont des reconstitutions historiques. Demandez à Lucas de vous parler de son *Gettysburg*. Nous l'avons fait trois fois, l'an dernier, et chaque fois, l'issue de la bataille était radicalement différente. La dernière fois, Bobby Lee a failli se retrouver à Philadelphie.

— Il faut vraiment que je m'occupe un peu de ce satané Stuart, dit Lucas. Lorsqu'il s'approche trop tôt, il bousille tous les plans. Je songe à...

— On ne parle pas de jeux, coupa Elle. On va aller manger une glace, tiens.

— Une glace ? » fit Lily. Elle posa la main sur sa bouche pour masquer un rot imperceptible. « Bonne idée », ajouta-t-elle.

Tandis qu'ils s'éloignaient dans le corridor, Lily se tourna vers Elle.

« Que vouliez-vous dire, en parlant de “son” *Gettysburg* ? s’enquit-elle. C’est Lucas qui a créé le jeu, ou quoi ? »

Elle leva un sourcil.

« Ce jeune homme est un célèbre inventeur de jeux. Vous ne le saviez pas ?

— Non, fit Lily, regardant Lucas.

— Mais si, reprit Elle. C’est comme ça qu’il a fait fortune.

— Vous êtes riche ? demanda Lily.

— Non, répondit Lucas, secouant la tête.

— Il est riche, croyez-moi, insista Elle d’un ton ostensiblement confidentiel en se penchant à l’oreille de Lily. L’année dernière, il m’a offert une chaîne en or qui a fait scandale dans toute la résidence.

— Pour une bonne catholique allemande, je trouve que tu commences doucement à subir l’influence irlandaise, glissa Lucas.

— Irlandaise ?

— Le goût du baratin. » Se penchant vers Lily, il ajouta dans un chuchotement tout aussi audible : « Jamais je n’utiliserai un mot comme “foutaise” devant une religieuse. »

Chez le glacier, ils prirent place dans un box, Lucas et Lily sur la même banquette. Face à eux, Elle mangeait un *sunday* au caramel, pendant que Lily s’occupait sérieusement d’un banana split. Lucas souffla sur son café brûlant et pensa à la cuisse tiède de Lily, toute proche de la sienne.

« Donc, vous travaillez sur l’affaire Andretti, commença Elle.

— Il s’agit d’une espèce de conspiration, répondit Lily.

— Entre l’Indien qui a tué ces gens à Minneapolis et celui qui a assassiné Andretti ?

— Ouais, dit Lucas. Si ce n’est que, à notre avis, ce sont deux types différents qui ont tué les gens de Minneapolis. Et à présent, ce juge, à Oklahoma City...

— Je n’ai pas entendu...

— C'est arrivé cette nuit... Je me demandais... quel genre de mouvement ferait des choses pareilles.

— Un groupe religieux, dit immédiatement Elle.

— Religieux ?

— Il y a peu de choses au monde qui puissent pousser les gens à s'associer pour tuer. La haine en soi ne suffit pas, elle est trop dispersée, et pas assez intellectuelle. Cela demande une forme d'énergie positive. Généralement, c'est dans la religion qu'on la puise. Il est difficile d'être à la fois un intellectuel et un meurtrier, sans une motivation plus complexe.

— Que pensez-vous de ces groupes qui se créent en prison ? s'enquit Lily. Vous savez, des types qui s'associent et qui se mettent à braquer les fourgons bancaires...

— ... en prétendant que c'est pour une juste cause, poursuivit Elle. Ce qui implique le plus souvent une doctrine quasi religieuse en arrière-plan. Sauver la race blanche de l'abâtardissement par les Noirs, les Arabes, les Juifs, ce que vous voudrez. On constate d'ailleurs la même chose dans les mouvements d'extrême gauche, et même chez les tueurs psychopathes, en groupe ou par deux, comme on en rencontre parfois. Il y a un aspect religieux derrière tout cela, un sentiment d'oppression partagé par une communauté. Le plus souvent, c'est un gourou, une sorte de messie, qui dit aux autres pourquoi il est juste d'assassiner, en quoi c'est indispensable.

— Un de mes contacts, dans la communauté indienne de Minneapolis, m'a dit que Bluebird...

— C'est l'homme qui a été tué ? coupa Elle.

— Ouais. Il m'a dit que Bluebird était un homme en quête de spiritualité.

— Je dirais qu'il l'a trouvée », déclara Elle. Elle avait gardé sa cerise au marasquin pour la fin, et la savourait à présent.

« Sais-tu comment on fait les cerises au marasquin ? demanda Lucas, dissimulant ses yeux derrière sa main.

— Je ne veux pas le savoir. » Elle pointa sa cuiller vers le nez de Lucas. « Si c'est un groupe qui a organisé ces assassinats, reprit-elle, ils ne sont probablement pas plus d'une douzaine, et c'est un maximum. Plus vraisemblablement cinq ou six. Pas plus.

— Six ? Bon Dieu ! s'exclama Lily. Euh, excusez-moi, ça m'a échappé. Mais six...

— Pourquoi pas trois, à ton avis ? demanda Lucas. Bluebird, le type de New York, et celui d'Oklahoma City ? »

Elle leva les yeux vers le plafond, la tête renversée en arrière, réfléchissant.

« Non, dit-elle enfin. Non, je ne pense pas, mais bon, qui sait ? Mais j'ai le sentiment que... Ces hommes qui ont tué à New York et Oklahoma City ont dû faire pas mal de chemin, s'ils venaient d'ici. C'est-à-dire s'ils connaissaient Bluebird. Non, j'ai le sentiment qu'on les a envoyés là-bas... comme en mission. Apparemment, Bluebird était prêt à y laisser la vie. Ce qui est plus caractéristique des gens qui se voient comme faisant partie d'un mouvement en marche que d'un tueur isolé, qui va frapper pour la première et dernière fois.

— Donc, il y en aurait plus ?

— Oui. Mais il y a tout de même une limite. Il n'a jamais vraiment existé de grande conspiration criminelle. Secrète, au moins. Je suppose qu'on peut considérer Hitler et ses acolytes comme une immense conspiration criminelle, mais il leur a fallu la collaboration d'une nation tout entière pour mener leur projet à bien.

— Donc, ils seraient au moins deux, et six ou huit tout au plus. Et liés par une sorte d'obsession à caractère religieux.

— Voilà, dit Elle. Si vous voulez arrêter les ouailles, cherchez le prêtre. »

Dans la voiture, tandis qu'ils rentraient vers le bureau de Lucas, Lily le regarda un long moment.

« J'ai l'impression d'être observé, dit enfin Lucas.

— Vous avez des amis intéressants, constata Lily.

— Je suis flic, fit-il avec un haussement d'épaules.

— Vous inventez des jeux, et vous jouez avec des religieuses ?

— Hé hé, je suis un drôle de type. » Il l'observa par-dessus ses lunettes de soleil, lui adressa un clin d'œil, puis reporta son attention sur la circulation.

« Ooooh, quelle classe, fit-elle. Ça me rend toute chose. »

Moi aussi, ça me rend tout chose, se dit Lucas. Il lui jeta un bref regard, et elle détourna le visage en rougissant de la base du cou à la racine des cheveux. Elle savait ce qu'il pensait. Elle avait senti son regard sur elle, dans le box, chez le traiteur...

A la maison, Larry Hart portait des bottes de cowboy, un jean et une chemise épaisse, une cravate de lacet avec un passant en argent, toujours incrusté d'un fragment de turquoise. Il aurait pu s'habiller ainsi pour aller travailler, avec une veste en plus, mais ce n'était pas le cas. Pour travailler, il portait des costumes marron avec des cravates dans les tons de marron et doré et des chaussures de ville également marron. En plein cœur de l'été, quand la température atteignait les trente-cinq degrés, Hart suait dans les minuscules appartements de ses clients de l'Aide sociale, mais gardait son costume marron.

Un jour, Lucas lui avait demandé pourquoi. « J'aime bien », avait répondu Hart en haussant les épaules. Ce qu'il voulait dire, c'était « Je n'ai pas le choix ».

Hart s'était glissé dans le moule étroit d'un responsable municipal. Cela n'avait jamais été crédible, quels que fussent ses efforts. Un costume marron ne parviendrait jamais à masquer ses origines. Il était grand et fort, avec des épaules larges, des yeux noirs et des cheveux parsemés de gris. C'était un Sioux. Hart gérait plus de dossiers que quiconque, à l'Aide sociale. Certains de ses clients refusaient de voir qui que ce soit d'autre.

Lucas se tenait vautré dans son fauteuil de bureau, les pieds posés sur le rebord d'une corbeille, tandis que Lily faisait rouler d'avant en arrière sa chaise à roulettes, de quelques centimètres, quand Hart pénétra dans la pièce minuscule. Il s'assit lourdement au coin du bureau.

« Alors, que se passe-t-il, mon grand ? demanda-t-il.

— Larry Hart, Lily Rothenburg, des services de police de New York, fit Lucas, les présentant d'un geste.

— Ravie de vous connaître, dit Lily. Vous êtes déjà allé faire un tour en ville ?

— Ouais. Du côté de Franklin... »

Hart avait prospecté le quartier indien avec les photos. Lui-même connaissait deux des types.

« Bear se trouve à Rosebud, et Elk Walking également, dit-il. Ce sont des durs, mais pas des dingues. Je ne les vois pas du tout mouillés dans une histoire pareille.

— Vous n'avez reconnu personne d'autre, sur la photo ? reprit Lily.

— Je connais certaines têtes, mais pas les noms. Deux types, que je croise parfois au Centre indien. Vous avez parlé de l'un d'eux, avec Anderson. J'ai joué au basket contre lui l'année dernière.

— On ne peut pas se procurer la composition des équipes ?

— La plupart du temps, c'étaient des équipes improvisées, mais en insistant un peu, je pourrai sans doute savoir de qui il s'agit. Il y a encore deux ou trois têtes que j'ai aperçues à des réunions entre tribus, à Upper Sioux, à Flandreau, Sisseton, Rosebud, un peu partout, quoi.

— Tous des Sioux ? s'enquit Lucas.

— Oui, je crois, sauf un. Attends, passe-moi les photos. Voyons... » Hart feuilleta du pouce la liasse de clichés, trouvant enfin celui qu'il cherchait. Il désigna un visage du doigt. « Ce type-là est un Chippewa, dit-il. Je ne connais pas son nom, Jack quelque chose, genre Jack Bordeaux. Je crois qu'il est de White Earth, mais je n'en suis pas certain.

— Alors, comment retrouver l'homme de Lily ? fit Lucas.

— Il y a deux types du Dakota-du-Sud qui le connaissent probablement. Des shérifs adjoints. J'ai donné leur nom à Daniel, qui les a appelés, et ils descendent à Rapid City ce soir. Je prends l'avion à

6 heures. Je serai là-bas pour 7 heures et demie. J'emporterai les photos.

— Vous pensez qu'ils les connaissent tous? questionna Lily.

— La plupart d'entre eux, oui. Ils essaient de repérer les types qui possèdent des armes.

— Pourquoi ne pas simplement envoyer la photo par fax?

— Les gars des communications disent qu'on perdrait trop de définition d'image. On a décidé qu'il valait mieux que j'y aille moi-même. Je pourrai discuter un peu avec eux.

— C'est juste, admit Lily.

— Et cette espèce d'arbre généalogique informatisé que tu construis? demanda Lucas. D'après ce que j'ai compris, tu as réuni là-dedans toutes sortes d'informations sur les familles Sioux du Minnesota. Rien sur Bluebird, ou sur Yellow Hand?

— J'ai cherché, pour Bluebird. C'était quasiment le dernier du nom. Beaucoup de Bluebird sont partis vers l'Est, et se sont mariés avec des Mohawk. Il y a encore pas mal de Yellow Hand, à Crow Creek et à Niobrara. C'étaient des Indiens du Minnesota, avant qu'on ne les en chasse. Mais je connais celui dont tu m'as parlé. Il n'a pas grand-chose à voir avec les autres. C'est un raté.

— Rien d'autre?

— 'crois pas, non. Bon, j'ai un avion à prendre, dit Hart, consultant sa montre.

— Quand aurez-vous les réponses, pour la photo? demanda Lily.

— Environ cinq minutes après avoir atterri. Veux-tu que je t'appelle ce soir, Lucas?

— Si ça ne t'ennuie pas. Je reviendrai ici, et j'attendrai ton coup de fil.

— Moi aussi, ajouta Lily.

— On devrait savoir tout ça vers 7 heures et demie », conclut Hart.

« Et maintenant? » fit Lily. Ils se trouvaient sur le

trottoir. Hart était en route pour l'aéroport dans une voiture de patrouille.

« Il faut que je voie ma fille, et que je mange quelque chose, dit Lucas. On se retrouve ici, à 7 heures ? On attendra le coup de fil de Larry en réfléchissant à ce qu'on fait demain.

— Tout dépend de ce qu'il va trouver.

— Ouais, dit Lucas, faisant tourner ses clés autour de son index. Voulez-vous que je vous raccompagne à l'hôtel ?

— Non, merci. » Elle lui sourit et commença de s'éloigner. « La promenade est plutôt agréable. »

Sarah rampait sur le tapis du salon quand Lucas entra. Il se mit à quatre pattes, sa cravate traînant sur la moquette, et joua avec elle. D'abord, il reculait, et elle se précipitait sur lui, gargouillant de plaisir ; puis il avançait lentement vers elle et elle reculait, les yeux écarquillés.

« Ce serait infiniment plus touchant si tu n'avais pas cette grosse bosse au derrière », lança Jennifer de la cuisine. Lucas ôta le P7 de sa poche de pantalon, et le déposa sur une petite table.

« Grands dieux, pas là ! s'écria Jennifer avec horreur. Elle est capable de se redresser et de l'attraper.

— Elle ne peut pas encore se mettre debout, fit remarquer Lucas.

— Ça ne va pas tarder. Quelle sale habitude...

— Bien. »

Lucas se redressa, glissa de nouveau le pistolet dans son étui et souleva sa fille, qui les regardait en tremblant un peu, comme si elle craignait la dispute. Il se dirigea vers la cuisine en la faisant sauter dans ses bras, et s'appuya au chambranle.

« Il y a un problème ? » demanda-t-il.

Jennifer préparait une salade. Elle tourna la tête.

« Aucun. A moins que tu n'en aies un, toi.

— J'arrive à l'instant, et je me sens parfaitement bien. C'est toi qui me parais un peu tendue.

— Pas du tout. Simplement, je n'ai pas envie de voir des armes traîner dans la maison.

— C'est vrai, dit-il. Allez, Sarah, c'est l'heure de dormir. En plus, ta mère est de mauvais poil. »

Lucas l'observa pendant tout le dîner sans dire un mot. Quelque chose n'allait pas.

« Vous avez des nouvelles, pour le type de New York ? » demanda-t-elle enfin. Les rumeurs circulaient dans le milieu des médias, concernant la réunion matinale au *Star Tribune*. Daniel avait déjà dû éconduire une demi-douzaine de reporters, mais les fuites étaient inévitables. Jennifer, prévenue par son ex-collègue de TV3, avait passé l'après-midi à joindre au téléphone d'anciens contacts. Le temps que Lucas rentre, elle connaissait l'histoire presque aussi bien que lui.

« C'est possible. J'attends un coup de fil à 7 heures et demie.

— Tu retournes là-bas ?

— Ouais. Vers 7 heures.

— Si Kennedy t'appelle de la chaîne, peux-tu lui donner quelque chose pour les informations de 10 heures ?

— Il devra voir ça avec Daniel.

— Il est avec toi, ce soir ?

— Non, je ne pense pas.

— Et cette femme-flic de New York ? »

« Ah... », pensa Lucas.

« Elle sera là.

— Elle est superbe, d'après ce que j'en sais », dit Jennifer. Elle leva brusquement le regard de son assiette pour fixer Lucas droit dans les yeux.

« Elle est pas mal... Peut-être un peu rondelette... Pourquoi ? Ça te pose un problème, les gens avec qui je bosse ?

— Non, non... » Jennifer baissa de nouveau les yeux sur son assiette. « Non, il y a autre chose, ajouta-t-elle.

— Bon, fit Lucas en posant sa fourchette. Dis-moi tout.

— Un type de la chaîne m'a demandé de sortir avec lui.

— Qui ?

— Mark Seeton.

— Et que lui as-tu répondu ?

— J'ai dit... que je le rappellerais.

— Et tu as envie d'y aller ? »

Jennifer se leva, prit son assiette et l'emporta à l'évier.

« Oui, je crois que oui. Ce n'est pas d'une importance capitale, hein. Mark est un type gentil. Il cherche quelqu'un pour l'accompagner au concert.

— Alors, vas-y, dit Lucas, haussant les épaules.

— Ça ne t'ennuierait pas ? fit-elle, lui jetant un regard de biais.

— Si. Mais je préfère ne pas essayer de t'en dissuader.

— Juste ciel, mais ça, c'est pire que de m'en empêcher ! dit-elle, un poing sur la hanche. Tu sais que tu commences à me prendre la tête, Davenport.

— Écoute, si tu veux y aller, vas-y. Tu sais très bien que je ne t'emmène jamais au concert. Ou exceptionnellement.

— Mais toi, tu as tes amis, ton boulot, tout ce que tu fais, tes jeux, la pêche... et Sarah et moi. Tu vois des gens pratiquement tous les jours, d'une façon ou d'une autre. Moi, je ne vois quasiment personne, en dehors du travail. Et tu sais très bien combien la musique compte pour moi...

— Alors, vas-y, dit Lucas d'un ton bref. Mark Seeton ne m'inquiète pas, tu sais, ajouta-t-il avec un sourire, avant de pointer l'index vers elle. Mais je ne veux pas entendre la moindre connerie à propos de cette femme-flic de New York. Elle est *effectivement* séduisante, mais également mariée et heureuse avec un grand ponte de l'université de New York. Shearson a vaguement tenté quelque chose hier, et aujourd'hui, elle se baladait avec ses couilles dans son panier de goûter.

— Je trouve que tu te défends un peu trop...

— Non, c'est toi qui cherches une excuse...

— Bon, on ne se dispute pas, d'accord ?

— Ah bon, on est déjà au lit ?

— Ça, c'est à voir, dit Jennifer. Un petit câlin ne nous ferait pas de mal, cela dit. »

Lily avait une fine ligne blanche sur la lèvre supérieure. Ils étaient seuls dans le petit bureau, la porte ouverte sur le couloir sombre.

« Alors, on s'est offert un verre de lait ? »

Elle pencha la tête. « Vous êtes également médium, c'est ça ? fit-elle. En plus des jeux et de tout l'argent que vous gagnez ? »

Il sourit et tendit le bras pour lui essuyer la lèvre d'un coup de pouce.

« Non. Il y avait juste une petite trace de lait, là. Comme ma fille.

— Comment s'appelle-t-elle ?

— Sarah.

— Nous, nous avons un Marc, et un Sam, dit Lily. Marc a quinze ans... Grands dieux, ça paraît incroyable. Il vient d'entrer au lycée, il joue au football. Sam a treize ans.

— Vous avez un gosse de quinze ans ? Mais quel âge avez-vous donc ?

— Trente-neuf.

— J'aurais dit trente-quatre, peut-être.

— Oh ! là ! là ! quel gentleman ! fit Lily en riant. Et vous ?

— Quarante et un.

— Pauvre vieux. Quand votre fille traînera avec tous les hard-rockeurs du lycée, vous serez trop vieux et trop affaibli pour intervenir.

— Mais j'attends cet affaiblissement, avec une certaine impatience, déclara Lucas. Un bon fauteuil de cuir, un recueil de poésie... Retrouver mon bungalow au bord du lac, descendre sur l'appontement pour regarder le coucher de soleil...

— ... avec la braguette ouverte et la queue à l'air, parce que vous serez sénile et ne saurez plus vous habiller tout seul...

— Mon Dieu, je ne résiste pas à la flatterie, dit Lucas, riant malgré lui.

— Vous commenciez à vous exalter un peu, avec ces imbécillités sur la retraite », conclut Lily d'un ton grinçant.

Hart les appela à 8 heures moins le quart, de l'aéroport de Rapid City.

« Ils l'ont reconnu tout de suite, dit-il. Il s'appelle Bill Hood. C'est un Sioux de Rosebud, mais il a épousé une Chippewa, il y a quelques années de cela. Il résiderait dans le Minnesota, du côté de Red Lake.

— Alors ? » demanda Lily. Il n'y avait pas d'écouteur, et elle scrutait le visage de Lucas. Il lui fit un signe de tête.

« Et pour les autres ? demanda-t-il. Tu as d'autres noms ?

— Ouais, ils en connaissent pas mal. Ils ont fait beaucoup de contrôles d'identité, lors de la bagarre avec les motards. Je les communiquerai à Anderson pour qu'il les rentre dans l'ordinateur.

— Alors ? répéta Lily quand Lucas eut raccroché.

— Votre homme s'appelle Bill Hood. Apparemment, il vit quelque part du côté de Red Lake...

— Où se trouve Red Lake ? coupa-t-elle.

— C'est une réserve, au nord de l'État.

— Bon, on y va. Il faut passer à mon...

— Oh... On a des choses à faire d'abord. Nous allons commencer par appeler les gars des Identités, pour voir si on sait exactement où il vit. Les Indiens font sans cesse la navette entre ici et les réserves. Pour autant qu'on sache, il se trouve peut-être dans le coin. Sinon, nous prendrons quelques contacts dans le Nord, avant de partir. Si nous filons là-bas bille en tête, nous allons perdre notre temps à tourner en rond. »

Lily se leva, les mains sur les hanches, se pencha vers lui.

« Mais pourquoi faut-il toujours attendre le lendemain, ici ? Bon Dieu, à New York...

— Nous ne sommes pas à New York. A New York,

si vous voulez aller quelque part, vous prenez un taxi. Savez-vous à quelle distance se trouve Red Lake ?

— Non. Non, je ne sais pas.

— A peu près aussi loin qu'il y a de New York à Washington DC. Ce n'est pas une balade en taxi. Je passe quelques coups de fil ce soir, et demain...

— Demain, on y va. »

8

« Vous connaissez la nouvelle ? » lança-t-elle.

Lily venait à sa rencontre dans le couloir, marchant à grands pas, une liasse de feuillets à la main. Jusqu'alors, elle avait toujours porté un soupçon de rouge à lèvres, d'un rose discret. Mais ce matin, sa bouche était fardée d'un rouge violent, sanglant, le rouge de la violence de la rue, du sexe brutal. Elle avait également changé de coiffure ; une frange de boucles cascadait sur son front, et elle vous regardait par en dessous, comme la méchante reine de *Blanche Neige*.

« Quelle nouvelle ? fit Lucas, un gobelet de café à la main, le *Trib.* coincé sous le bras.

— On a trouvé Hood. Il est ici, en ville, Anderson s'est mis à l'ordinateur, tôt ce matin. »

Les feuillets qu'elle transportait étaient des listings informatiques, couverts de notes manuscrites, en marge. Elle baissa le regard sur l'un d'eux. « Hood habitait un endroit appelé Bemidji, reprit-elle. Ça ne fait pas partie d'une réserve, mais ce n'est pas loin.

— Ouais, c'est juste à côté de Red Lake, dit Lucas, ouvrant la porte métallique et la précédant dans son bureau.

— Cela dit, il y a un problème », poursuivit Lily, s'installant dans le second fauteuil. Lucas posa son café, accrocha sa veste de sport à une patère et s'assit à son tour. « Voilà ce qui se passe... », reprit-elle.

Lucas se frotta le visage, et elle fronça les sourcils.
« Qu'est-ce qui ne va pas ?

— Mal à la gueule.

— Pardon ?

— J'ai le visage sensible, le matin, en pleine lumière. Mon grand-père devait être un vampire. »

Elle l'observa un moment et secoua la tête.

« Mon Dieu...

— Bon, quel est le problème, alors ? demanda Lucas en étouffant un bâillement.

— Hood ne conduit pas sa propre voiture. Il possède un 4 × 4 Ford Tempo 1988. Rouge. Et sa voiture est restée à Bemidji, avec sa femme et son gosse. Les flics de là-bas ont certains contacts dans le coin — la belle-sœur de l'un d'eux — et la voiture rouge n'a pas bougé. Nous ne savons pas exactement quel véhicule conduisait Hood quand il a quitté le motel de Jersey, mais en tout cas, c'était un gros modèle, et ancien. Une Buick ou une Oldsmobile 79, ce genre. Les bas de caisse pourris.

— Donc, aucune possibilité de le coincer sur la route.

— Non, hélas. Mais... » Elle parcourut les feuilles d'imprimante. « Anderson a effectué une recherche informatique sur lui, et a contacté l'administration de l'État. Il possède bien un permis du Minnesota, mais pas de seconde voiture. Anderson a continué de fouiller pour voir tout ce qu'il pouvait trouver sur lui, et *tilt* ! Il est fiché au tribunal, pour une affaire mineure. Il a acheté un téléviseur à crédit et n'a pas pu régler les mensualités.

— Et son adresse à Minneapolis figure sur le dossier.

— Non, Anderson a dû appeler chez Sears. C'est eux qui l'ont trouvée, dans le fichier des contentieux. Lyndale Street, un appartement.

— Lyndale Avenue », corrigea Lucas. Il se pencha en avant, soudain réveillé.

« Enfin, c'est pareil. Quoi qu'il en soit, le locataire de l'appartement est un certain Tomas Peck. Sloan et deux types des Stups sont dans le coin, en ce moment même, pour voir de quoi il retourne.

— Il a pu déménager.

— Ouais, mais ça fait deux ans que Peck est censé habiter là-bas. Hood vit peut-être avec lui.

— Mmmmm », fit Lucas, réfléchissant. Lily se pencha vers lui, attendant un commentaire. « Êtes-vous sûrs qu'il s'agit bien du même Bill Hood ? demanda-t-il enfin. Il doit en exister pas mal...

— Oui, nous en sommes sûrs. Son compte chez Sears faisait état d'un changement d'adresse.

— Alors, il doit toujours habiter dans cet appartement. On a un filon, et quand on trouve un filon...

— On creuse », conclut Lily.

Lily déclara qu'elle ne participait pas aux recherches, car Daniel souhaitait réduire au minimum la présence de la police dans le quartier.

« Les gars du FBI sont partout, ajouta-t-elle. Il doit y en avoir une demi-douzaine en train de prospecter dans le quartier indien.

— Il ne va pas leur dire que nous avons identifié Hood ?

— Si, il en a déjà parlé à l'un d'eux. Il y a une réunion prévue dans une demi-heure, dit-elle en consultant sa montre. Nous sommes censés y assister. Sloan sera sans doute rentré et Larry Hart arrive dans la matinée. Bon Dieu, j'avais peur d'être coincée ici pour un mois ! Si on met la main dessus, je peux filer dès demain.

— Daniel vous a-t-il dit qui était ce type du FBI auquel il a parlé ?

— Euh, oui. Un certain... » Elle consulta ses notes. « Kieffer.

— Aïe.

— Un problème ? » s'enquit-elle.

Il secoua la tête et fronça les sourcils.

« Il ne m'aime pas, et je ne l'aime pas. Gary Kieffer est un type extrêmement intègre. Excessivement intègre...

— Eh bien, vous avez exactement trente-sept minutes pour préparer votre plus beau sourire, dit-elle en regardant de nouveau sa montre, puis la tasse de café vide. Où peut-on trouver du café et un gâteau mangeable ? »

Ils prirent le souterrain qui conduisait de l'hôtel de ville au centre administratif du comté de Hennepin, puis empruntèrent deux escalators jusqu'à la galerie aérienne qui le reliait au Pillsbury Building. Sur l'escalier mécanique, Lily se plaça une marche au-dessus de Lucas et le fixa longuement avant de lui demander s'il avait eu son compte de sommeil.

« Non, non pas vraiment. Pourquoi ?

— Vous avez l'air un peu naze.

— Je ne suis pas un lève-tôt. Généralement, je ne commence pas à m'agiter avant midi. » Il bâilla de nouveau, histoire de le lui prouver.

« Et votre amie ? Elle aussi, c'est un oiseau de nuit ?

— Ouais. Elle a passé la moitié de sa vie à assurer les reportages pour le journal de 10 heures, ce qui veut dire qu'elle ne quittait pas les studios avant 11 heures. C'est comme ça qu'on s'est rencontrés, à force de se croiser dans les restaurants de nuit. »

Comme ils traversaient la galerie aérienne, Lily contemplait les gratte-ciel argentés au travers des baies vitrées, monuments érigés à la gloire de l'industrie du verre fumé.

« Je n'étais jamais venue dans cette région, dit-elle. J'ai traversé le pays, une fois ou deux, à l'époque du mouvement hippie, à l'université, mais nous sommes toujours passés par le Sud. On descendait vers l'Iowa ou le Missouri pour se rendre en Californie.

— C'est vrai, le Minnesota n'est sur la route de nulle part, admit Lucas. Le lac Michigan nous coupe du reste du pays, avec le Wisconsin et le Dakota. Pour venir ici, il faut le vouloir. Et je suppose que vous ne quittez pas souvent le Centre de l'univers.

— Si, cela m'arrive de temps à autre, répondit-elle d'un ton aimable qui refusait la perche. Pour les vacances, généralement. Je vais aux Bahamas, dans les Keys, aux Bermudes. Une fois, nous sommes allés à

Hawaii. Nous ne pénétrons jamais dans l'intérieur du pays.

— C'est le dernier refuge de la civilisation américaine, vous savez, ici, entre les montagnes, déclara Lucas, le regard perdu au-delà des vitres. Presque toute la population est alphabétisée, la plupart des gens ont confiance en ceux qui les dirigent, et ceux qui les dirigent ne sont pas si mauvais que ça. Les citoyens font régner l'ordre. Nous connaissons la pauvreté, mais elle reste gérable. Nous avons des problèmes de drogue, mais on arrive encore à les contrôler. Non, ça ne va pas si mal...

— Et Detroit ?

— Il existe un ou deux endroits un peu difficiles...

— ... South Chicago, et Gary, et East St. Louis...

— ... mais d'une manière générale, on n'a pas à se plaindre. On a l'impression que les gens ne savent même pas ce qui se passe à New York et à Los Angeles, et qu'ils s'en moquent un peu. Les politiciens ne se contentent de mentir et de voler que pour être élus.

— Je crois que je mourrais par atrophie du cerveau, si je devais vivre ici, dit Lily. Une telle tranquillité, c'est l'horreur. Je ne sais pas ce que je ferais. » Elle observait une machine qui balayait la rue, tout en bas. « Le soir de mon arrivée, continua-t-elle, j'ai atterri assez tard, à minuit passé, et j'ai pris un taxi depuis l'aéroport, pour descendre en ville. Je voyais toutes ces femmes qui se promenaient dans la rue, qui attendaient l'autobus, toutes seules, partout. Grands dieux... C'était tellement... bizarre, comme image.

— Mmmmm. »

Ils quittèrent la galerie aérienne, prirent un autre escalier mécanique jusqu'à l'étage principal du Pillsbury Building.

« Vous avez une petite marque, dans le cou, dit-elle d'un ton léger. C'est peut-être pourquoi vous avez l'air si fatigué... »

Ils s'assirent dans le salon de thé, Lily devant un gâteau à la crème et un verre de lait, Lucas face à la ville, qu'il contemplait par-dessus sa tasse de café.

« J'aimerais mieux être là-bas, avec Sloan, dit-elle soudain.

— Pourquoi ? Il peut s'en sortir tout seul. » Lucas but une gorgée de café brûlant.

« J'aimerais bien, c'est tout. J'ai connu pas mal de situations difficiles.

— Nous aussi. Nous ne sommes pas à New York, évidemment, mais on n'a pas non plus des sabots pleins de paille.

— Ouais, je sais bien...

— Sloan est excellent, pour discuter avec les types. Il s'en sortira.

— Très bien, très bien, fit-elle, soudain irritée. Mais cette affaire compte énormément pour moi.

— Pour nous également. Les médias nous tiennent par la peau du cul ; vous auriez dû voir la rue, ce matin, on aurait dit le parking de la presse lors d'une réunion présidentielle.

— Ce n'est pas pareil, reprit-elle. Andretti était un personnage influent de...

— Nous nous en occupons, coupa Lucas d'un ton sec.

— *Vous* ne vous occupez pas de grand-chose, en tout cas. Vous êtes arrivé au bureau à 10 heures, bon Dieu... Cela faisait deux heures que je poireautais.

— Je ne vous ai pas demandé de m'attendre ; et je travaille plutôt la nuit, je vous l'ai déjà dit.

— Je ne sais pas, je ne le sens pas bien. Vous autres...

— Si je suis encore capable de lire le journal, il me semble que *vous autres*, à New York, avez fait plus que votre part de conneries, coupa Lucas en élevant la voix. Et que, quand vous n'êtes pas en train de descendre délibérément un pauvre gosse noir, c'est que vous êtes occupés à ramasser du fric auprès d'un dealer de crack. Ici, non seulement on se débrouille plutôt bien, mais on est propres...

— Je n'ai jamais ramassé un *cent*, auprès de quiconque », protesta Lily d'un ton âpre. Elle se penchait sur la table, les dents serrées.

« Je n'ai pas dit que vous l'aviez fait, j'ai dit...

— Allez vous faire foutre, Davenport. Tout ce que je veux, c'est coincer ce salopard, et l'on me répond que les flics de New York sont tous des pourris... »

Elle jeta une serviette en papier sur la table, prit son gâteau et son verre de lait et s'éloigna à grands pas.

« Hé, Lily ! appela Lucas. Et merde... »

Gary Kieffer n'aimait pas Lucas et ne faisait aucun effort pour s'en cacher. Il attendait dans le bureau de Daniel quand Lily entra, Lucas sur les talons. Lucas et lui échangèrent un bref signe de tête.

« Où est Daniel ? demanda Lily.

— Quelque part », répondit Kieffer, froidement. Il portait un costume de ville bleu marine, une cravate Windsor et des chaussures noires impeccablement cirées.

« Je vais voir », grommela Lucas. Il sortit du bureau à reculons sans quitter Lily des yeux. Elle laissa tomber son sac sur la chaise voisine de celle de Kieffer et s'assit.

« Vous devez être le policier new-yorkais, dit celui-ci, la regardant des pieds à la tête.

— Exact. Lily Rothenburg. Capitaine Rothenburg.

— Gary Kieffer. »

Ils échangèrent une poignée de main, lui avec un empressement excessif. Kieffer portait d'épaisses lunettes posées sur un nez gros et rouge, constellé de cicatrices d'acné. Il croisa les mains sur son ventre.

« Quel est le problème, entre Davenport et vous ? questionna Lily. Je sens comme une froideur... »

Les yeux de Kieffer, grossis par les verres, paraissaient presque liquides, comme des glaçons dans un gin-tonic. Il avait à peine plus de cinquante ans, mais son visage portait les marques du temps et des soucis. Il demeura un moment silencieux.

« Êtes-vous amis ? demanda-t-il enfin.

— Non. Nous ne sommes pas amis. Je l'ai rencontré il y a deux jours à peine.

— Je n'aime pas parler de choses qui ne me regardent pas.

— Écoutez, je suis censée travailler avec lui.

— C'est un cow-boy, dit Kieffer, baissant d'un ton et regardant autour de lui, comme s'il cherchait un micro dissimulé dans le bureau. C'est mon point de vue. Il a descendu six personnes. Abattues. A ma connaissance, aucun autre policier, dans le Minnesota, y compris les types des Brigades spéciales, n'en a tué plus de deux. Aucun agent fédéral non plus. Personne, peut-être, dans tout le pays. Et savez-vous pourquoi? Parce que, partout, un type qui tue les gens se retrouve derrière un bureau. On ne le laisse plus sortir. On fait attention à lui, on se méfie. Mais pas pour Davenport. Lui, il fait ce qui lui plaît. Et parfois, ce qui lui plaît, c'est descendre des gens.

— Mon Dieu, si j'ai bien compris, dans cette région...

— Ouais, ouais, c'est ce que tout le monde dit. C'est ce que disent les journalistes. Les gens de presse, il les a dans sa poche. Tous les reporters. On dit qu'il travaille dans la drogue, dans le sexe, qu'il s'occupe des assassins les plus dangereux. Moi, je dis que c'est un tueur, et je ne suis pas d'accord. La peine de mort a été abolie dans le Minnesota, sauf pour lui. C'est un tueur, purement et simplement. »

Lily réfléchissait. Un tueur. Elle pouvait discerner cela en lui. Il lui fallait être prudente. Mais un tueur, cela pouvait parfois être utile...

Kieffer gardait le regard fixé droit devant lui, sur les photos accrochées au mur, plongé dans ses propres réflexions sur Davenport.

Un moment plus tard, Lucas réapparaissait, suivi de Daniel, une tasse de café à la main. Juste derrière Daniel, Sloan et un autre flic, mal rasé et attifé comme un gardien de parking. Tout le monde l'appelait Del, mais personne ne songea à le présenter à Lily. Celle-ci supposa qu'il faisait partie de la brigade des Stupéfiants, ou des Renseignements.

« Bon, où en sommes-nous ? » demanda Daniel en

s'installant derrière son bureau. Il jeta un coup d'œil dans sa cave à cigares et la referma d'un coup sec.

« J'ai là une carte, dit Sloan. Je vais vous expliquer quelle est la situation. » Il se dirigea vers le bureau de Daniel, où il déroula une photocopie d'une carte de la ville en provenance directe du cadastre.

Apparemment, Billy Hood avait quitté Bemidji depuis un an. Il s'était retrouvé dans les Villes Jumelles, où il avait pris un appartement avec deux amis. Celui-ci était situé au rez-de-chaussée de l'immeuble, au coin, à droite de l'entrée. Un interrogatoire prudent et discret du couple âgé qui assurait l'entretien de la maison laissait supposer que les colocataires de Hood habitaient toujours là. Hood était absent depuis plus d'une semaine, dix jours peut-être, mais ses effets personnels étaient toujours dans l'appartement.

« Quelles sont les possibilités d'obtenir un mandat de perquisition ? s'enquit Lucas.

— Si Lily veut bien jurer sur l'honneur qu'elle a de fortes présomptions concernant la culpabilité de Hood dans l'affaire Andretti, il n'y aura aucun problème, répondit Daniel.

— Le problème, ce sont ces deux types qui habitent avec lui, dit Sloan. Nous n'avons rien contre eux, donc il est impossible de défoncer la porte et de faire une descente. Mais d'un autre côté, si on décide de leur parler gentiment et qu'ils soient dans le coup... Hood les appelle peut-être chaque soir pour savoir comment évoluent les choses. Ils ont peut-être prévu un code pour lui dire de ne pas rentrer, si ça tourne mal.

— Bien, que suggérez-vous ? demanda Daniel.

— Vous voyez cet immeuble, de l'autre côté de la rue ? dit le flic appelé Del, l'index pointé sur la carte. On peut s'installer dans un appartement au rez-de-chaussée. Il n'y a que deux issues à l'immeuble de Hood — l'autre étant la porte de service, sur le côté —, et de là, nous pouvons surveiller les deux. L'idéal serait de mettre des types en permanence. Puis, selon la manière dont il arrive, de le choper juste avant qu'il n'entre, ou quand il ressort.

— Qu'entendez-vous par "selon la manière dont il arrive" ? interrogea Daniel.

— Il n'y a pas beaucoup de voitures garées dans la rue. Il peut s'arrêter juste devant la porte et entrer en une seconde. Si c'est un cinglé, on a intérêt à pouvoir le neutraliser immédiatement. Deux types marchent sur le trottoir, tranquillement, en bavardant, et quand ils arrivent sur lui, hop ! Plaquage, les mains dans le dos, les menottes.

— On peut peut-être poster un homme dans la maison, suggéra Daniel, mais déjà Del secouait la tête.

— Non, il faut penser à ses copains. Ou même à un autre locataire. On n'en sait rien. Si quelqu'un le prévient d'une manière ou d'une autre, nous ne le saurons jamais. On sera là, en train de mater l'immeuble, pendant qu'il se fera dorer sur une plage de San Juan. »

Ils discutèrent encore pendant cinq minutes, puis Daniel hocha la tête.

« Très bien, approuva-t-il en se levant. Apparemment, vous avez un plan. Quand pensez-vous qu'il sera de retour ?

— Pas avant ce soir, même s'il roule comme un dingue, dit Sloan. Il lui faudrait faire au moins neuf cents kilomètres par jour pour arriver ce soir. Et les flics de New York prétendent qu'il a une vieille voiture.

— C'est ce que nous a dit le gérant du motel », intervint Lily.

Lucas regarda Daniel.

« Si l'on pouvait s'assurer que les deux autres sont sortis, ce ne serait pas une mauvaise idée que d'aller jeter un coup d'œil là-bas, dit-il. Nous pourrions vérifier s'ils ont des armes, trouver quelque chose qui nous indique où il se trouve actuellement.

— C'est de perquisition illégale que vous voulez parler ? » laissa brusquement tomber Kieffer. C'étaient les premiers mots qu'il prononçait depuis le début de la réunion, et tout le monde se tourna vers lui.

« Non, ce n'est pas cela, Gary, intervint aussitôt Daniel. Tout sera en règle. Mais si je comprends bien, au lieu de défoncer la porte, le capitaine Davenport suggère d'entrer dans les lieux sans effraction.

— Cela me semble, très, très proche de la perquisition illégale. Et vous n'ignorez pas que nous sommes censés prévenir, en cas de perquisition...

— Allons, du calme, tout sera avalisé par un juge, d'accord ? coupa Daniel avec un regard dur. Et si ce n'était pas le cas, cela vaut toujours mieux que de faire descendre un de mes hommes.

— Je n'ai rien à voir là-dedans, grogna Kieffer, dégoûté. A mon sens, c'est une initiative déplorable. Je pense qu'on devrait lui sauter dessus, dès qu'on le voit. Poster des types dans des voitures, le coincer. Ou, s'il réussit à pénétrer dans l'appartement, défoncer la porte. On peut faire appel à une brigade spécialisée, qui forcera la porte avant même qu'ils aient pu faire le moindre geste.

— Et s'il est prêt à mourir, comme Bluebird ? intervint Lucas. Vous pouvez bien coincer un type, mais s'il se moque de perdre la vie et va chercher une arme, qu'est-ce que vous faites ? Vous le descendez. Moi, je n'en ai rien à foutre, mais j'aimerais bien discuter un peu avec lui, d'abord. »

Kieffer secoua la tête.

« C'est un mauvais plan, dit-il. Il va filer. Vous pouvez enregistrer ce que je vous dis là.

— C'est ça, et je vous préviendrai quand le disque sortira. »

Lily sourit, sans réfléchir, puis reprit l'air sombre comme elle croisait le regard de Lucas. Elle était toujours furieuse.

Daniel se tourna vers Del.

« Ces deux types, ses colocataires, qu'avons-nous sur eux ?

— L'un d'entre eux travaille dans une boulangerie. L'autre est au chômage. Il passe le plus clair de son temps dans un club de gym, à soulever des poids. Il poserait comme modèle vivant dans une académie de dessin. A poil, quoi. Gros scandale dans l'immeuble. Enfin, c'est ce que les gardiens nous ont dit.

— Pouvez-vous les dénicher, et mettre un type derrière chacun d'eux ?

— Je pense que oui.

— Alors, allez-y. Lily, nous allons avoir besoin de vous, pour le mandat. » Il se tourna vers Lucas. « Quant à vous, vous avez intérêt à réfléchir à la manière d'entrer là-bas. Je tiens à ce que vous fassiez la perquisition. »

Kieffer se leva, se dirigea vers la porte.

« Je ne suis absolument pas au courant de tout cela », déclara-t-il en quittant le bureau.

Lucas intercepta Del dans le couloir.

« Comment faisons-nous ? demanda-t-il.

— Je peux me procurer un passe...

— Ce serait plus rapide qu'avec un crocheteur électrique. Cette saloperie fait autant de bruit qu'un plateau d'argenterie.

— J'en toucherai deux mots aux gardiens.

— Tu as moyen de faire pression sur eux ?

— Ouais. Ils trafiquent un peu, par-derrière, pour agrémenter la retraite du vieux.

— D'accord. Tu y vas tout de suite ?

— Ouais.

— Il faut que je passe à mon bureau pour prendre un lecteur de cassettes et un Polaroïd. Je te suis. »

On pouvait accéder à l'immeuble situé en face de celui de Hood par une ruelle, sur le côté. Lucas abandonna la Porsche à une rue de là et entra. Del l'attendait, avec le passe-partout.

« Le boulanger est en plein travail, déclara-t-il. Il sort à 4 heures. L'autre est au club, en train de s'acharner sur le banc de musculation. Il a dit à Dave qu'il prend toujours un bon bain à remous, après les exercices, donc il en a pour un moment. Le mandat va arriver, ajouta-t-il, tendant une clé Yale à Lucas. Daniel a dit que tu devais le planquer dans la manche d'un vêtement de Hood avant de partir. Dans un parka, un truc comme ça, un endroit où il ne regardera pas tout de suite. »

Cinq minutes plus tard, Lily arrivait, flanquée de Sloan.

« Nous avons un mandat, dit-elle à Lucas, sans faire mine de le lui donner. Je viens avec vous.

— Sûrement pas.

— Je viens, insista-t-elle. C'est mon homme, et à deux, on visitera les lieux plus vite.

— Ce n'est pas une mauvaise idée, intervint Del. Sans vouloir te vexer, mon vieux, tu sens quand même un peu le flic. Si quelqu'un t'aperçoit dans le couloir... Lily te servira de camouflage. »

Lucas les regarda tour à tour.

« Bon, dit-il enfin, on y va. »

« J'espère qu'il n'y a personne d'autre dans la baraque, genre un invité », dit Lily comme ils traversaient la rue. L'immeuble de Hood, construit en grès rouge, ne datait pas d'hier ; les huisseries de bois étaient crevassées par le temps.

« Ne vous en faites pas, je vous couvrirai », dit Lucas. Il avait voulu plaisanter, prendre un ton léger, mais la phrase sonna vaguement macho. Elle le regarda fixement.

« Vous savez que vous pouvez être très emmerdant, parfois ?

— C'était censé être une plaisanterie.

— Ouais. Bon. » Elle détourna les yeux.

Lucas secoua la tête, sans mot dire. Il faisait tout de travers. Il la suivit sur le perron, dans le hall. Première porte à droite. Il frappa une fois. Pas de réponse. Une fois encore. Toujours rien. Il glissa le passe-partout dans la serrure, entrouvrit la porte. Lily surveillait le couloir.

« Bonjour ! » fit Lucas à voix haute, mais pas trop fort. Puis il siffla. Viens ici, bonhomme, viens, le chien-chien !

— Personne à la maison, fit Lily, comme le silence se prolongeait.

— Sans doute un putain de Rotweiler sous le lit, avec la langue coupée pour lui donner l'air plus méchant », dit Lucas. Ils pénétrèrent dans l'appartement.

« Sacrée porte, dit Lucas en la refermant doucement.

— Comment ?

— L'immeuble est ancien. Et ce sont toujours les portes d'origine — du chêne ou du noyer massif, un truc comme ça, dit-il, frappant des jointures sur le panneau. Dans les immeubles de cet âge, un propriétaire ou un autre a en général ôté les anciennes portes pour les vendre. Elles ont probablement autant de valeur que le bâtiment lui-même. »

Ils se trouvaient dans le salon : deux chaises rachitiques, un fauteuil inclinable recouvert de tissu taché, le cube de métal marron d'une télévision en couleurs, plus très jeune. Devant l'appareil, deux fauteuils-sacs de vinyle rouge, d'où fuyaient de minuscules billes de polystyrène expansé. Il flottait une odeur de ragoût, ou de soupe — des lentilles, peut-être. Non, des haricots blancs.

Lucas la précéda pour un tour rapide de l'appartement, jeta un coup d'œil dans deux chambres, une cuisine minuscule avec un linoléum pelé et un réchaud à gaz des années 30.

« Comment savoir quelle est la chambre de Hood ? demanda Lily.

— Il suffit de regarder ce qui traîne sur les meubles. Il y a toujours une connerie ou une autre pour vous renseigner.

— On dirait que vous faites ça assez souvent.

— Non, mais je connais pas mal de cambrioleurs », dit-il en retenant un sourire. Il se dirigea vers une des chambres.

« Que voulez-vous que je fasse ? s'enquit Lily.

— Allez voir dans la cuisine et du côté du téléphone », dit Lucas. Il tira le lecteur de cassettes miniaturisé de sa poche et le lui tendit. « Pour enregistrer, vous appuyez sur le bouton rouge. Notez tous les numéros de téléphone que vous dénicherez. Toutes les heures, les noms de lieux, les endroits où Hood a pu se trouver. »

La première chambre comportait un lit et une commode délabrée. Le lit était défait, les draps et couvertures en vrac. Lucas s'y arrêta, regarda en dessous. Il y avait là plusieurs boîtes, mais la fine couche de poussière qui les recouvrait indiquait qu'on n'y avait pas touché récemment. Il se redressa et se dirigea vers la commode à six tiroirs, sur laquelle s'éparpillaient des billets de banque, des notes de station-service, des tickets de caisse, des stylos à bille, divers bouts de papier et de la petite monnaie. Il jeta un coup d'œil sur les notes d'essence : Tomas Peck. Ce n'était pas le bon. Lucas parcourut rapidement les tiroirs et le placard, à la recherche d'armes éventuelles. Rien.

Dans la deuxième chambre, deux lits, et pas de commode. Les vêtements étaient empilés dans des caisses de rangement en plastique ou dans des cartons de déménagement. Des papiers personnels s'égaillaient sur une étagère, à côté d'un des lits. Il prit une lettre, jeta un coup d'œil sur le destinataire : Billy Hood. La lettre venait de Bemidji. Une écriture féminine. Sa femme, probablement. Lucas parcourut le texte, mais ce n'était qu'une suite de doléances qui s'achevaient sur une demande d'argent pour leur fille.

Il examina rapidement le contenu des caisses posées à côté du lit. L'une était à demi pleine de sous-vêtements et de chaussettes, l'autre bourrée de jeans usés et de deux ceintures. La troisième contenait des chemises chaudes et des pull-overs, ainsi que des sous-vêtements isothermes.

Il y avait un placard dans la chambre, dont la porte était ouverte. Lucas palpa les chemises et les vestes suspendues aux cintres. Rien. A genoux, il écarta les vêtements, regarda en bas : une carabine, une 30-30 Sears. Il abaissa le levier. Vide. Une boîte de balles était posée sur le sol, à côté de la crosse. Il se redressa, regarda autour de lui, prit un caleçon déchiré.

« Que faites-vous ? » Lily l'observait, sur le seuil.

« J'ai trouvé une arme. Je vais la bourrer. Quelque chose, dans la cuisine ? demanda-t-il, déchirant un morceau de tissu.

— Il y avait quelques numéros sur des bouts de papier, à côté de l'appareil, je les ai tous notés.

— Fouillez tous les tiroirs.

— C'est fait. J'ai feuilleté le calendrier, regardé dans une espèce de panier fourre-tout et dans un tiroir rempli de saloperies. J'ai regardé dans l'annuaire. Il y avait un numéro inscrit au dos, en rouge, et j'ai vu un stylo rouge posé près du téléphone, donc c'est peut-être récent... » Elle jeta un coup d'œil sur le morceau de papier qu'elle tenait à la main. « Le numéro régional est le 614. C'est bien les Villes Jumelles ? Peut-être que...

— Non, nous c'est le 612. Le 614, je ne sais pas quelle région c'est. Vous êtes sûre du numéro ?

— Ouais... » Elle disparut. Lucas serra le tissu du caleçon en une petite boule bien dure, qu'il enfonça dans le canon de l'arme à l'aide d'un stylo. Au bout de cinq ou six centimètres, il ne put aller plus loin, tant le bouchon était compact. Satisfait, il reposa l'arme dans le placard et ferma la porte.

« Le 614, c'est un code de l'Ohio, au sud-ouest de l'État », dit Lily, sur le seuil. Elle consultait un annuaire. « Il est possible qu'il rentre par là.

— Je vais demander qu'on vérifie qui est l'abonné, dit Lily en refermant l'annuaire. Quoi d'autre ?

— Jetez un coup d'œil dans les placards du salon. Il faut que je finisse ici. »

Il y avait une boîte, sous le lit de Hood, que Lucas tira à lui. C'était un album de photos, visiblement vieux de plusieurs années, couvert de poussière. Il le parcourut rapidement, puis le remit en place sous le lit.

« Un fusil ! » s'exclama soudain Lily.

Lucas pénétra dans le salon à l'instant où elle ouvrait un vieux fusil de chasse à un coup, calibre 12.

« Merde, fit-il. Celui-là, ce n'est pas la peine d'essayer de le lui bousiller. En mettant une balle dedans, il regardera forcément dans le canon.

— Je ne vois pas de cartouches, dit Lily. Si on l'emportait ?

— Vaut mieux pas. Si ses copains sont dans le coup, il faut que rien ne manque. »

Lucas retourna dans la chambre pour examiner les affaires de l'autre homme. Il n'y avait là rien d'intéressant, pas de lettre, ni rien qui indique un lien particulier entre Hood et ses compagnons. Il revint au salon.

« Lily ?

— Je suis dans la salle de bains. Vous avez trouvé autre chose ?

— Non. Et vous ? » Passant la tête par la porte, il la vit qui vérifiait avec soin le contenu de la pharmacie.

« Rien de significatif. » Elle prit un flacon dans la pharmacie et examina l'étiquette en plissant le front. « C'est le médecin qui a prescrit ça à Hood, dit-elle. C'est un produit puissant, mais pourquoi passer par un médecin ? Je ne vois pas comment on pourrait en faire mauvais usage.

— Qu'est-ce que c'est ?

— Un antihistaminique. Contre les piqûres d'abeille. Mon père en utilisait. Il était allergique aux piqûres d'abeille et de fourmi. S'il se faisait piquer, tout son corps se mettait à enfler. Cela lui fichait une frousse bleue ; il avait l'impression d'étouffer. Et cela aurait sans doute été le cas, s'il n'avait pas eu ce produit à portée de main. L'œdème peut finir par boucher la trachée artère.

— Aucun intérêt pour nous », dit Lucas, haussant les épaules.

Lily remit le flacon en place, referma la pharmacie et le suivit dans le salon.

« Rien d'autre, donc ?

— Non, j'en ai bien l'impression. On a bousillé une arme, c'est tout. J'espère simplement qu'il n'y a pas de cartouches pour le fusil planquées quelque part.

— Je n'en ai pas trouvé. Vous allez prendre des photos ?

— Ouais, quelques-unes. » Lucas prit une demi-douzaine de clichés des différentes pièces et mesura au jugé les dimensions du salon, qu'il enregistra sur cassette.

« On pourrait vraiment prendre un peu plus de temps, vous savez, dit Lily.

— Vaut mieux éviter. Ce qu'on trouve vite, c'est généralement tout ce qu'on trouvera. Ne jamais insister quand on pénètre chez quelqu'un. Il peut arriver plein de conneries. Des amis qui débarquent sans prévenir, de la famille. Les allées et venues dans l'immeuble...

— Vous me paraissez de plus en plus professionnel... »

Lucas haussa les épaules.

« Vous avez le mandat ? »

Lily le sortit de son sac, et le glissa dans la manche d'un pardessus d'hiver, dans le placard du salon.

« Nous dirons au juge que nous l'avons mis dans un endroit où il était sûr de le trouver, déclara-t-elle. Parce que, évidemment, il va enfiler son pardessus.

— Ouais, cet hiver.

— L'hiver n'est pas si loin.

— Parfait. On n'a rien changé de place ?

— Rien que je voie.

— Je vais quand même jeter un dernier coup d'œil dans la chambre », dit Lucas. Il pénétra dans la pièce, regarda autour de lui, et ouvrit légèrement la porte du placard. « Je baisse, déclara-t-il. Le placard était ouvert quand je suis entré, et je l'ai refermé. »

Lily le regardait, intriguée.

« Je suis quand même un peu impressionnée. Vous êtes vraiment doué.

— Voilà la chose la plus gentille que vous m'ayez dite jusqu'à présent.

— A charge de revanche, dit-elle en souriant.

— Je suis navré de vous avoir brusquée, ce matin, déclara-t-il, balbutiant un peu. Avant midi, je ne suis pas ce que l'on peut appeler un être humain. Je ne supporte pas la lumière du jour. Vraiment pas.

— Je n'aurais pas dû vous asticoter, dit-elle. Simplement, je veux que ce travail soit fait, et bien.

— Alors, on n'est plus fâchés ? »

Elle se détourna et se dirigea vers la porte.

« Moi pas, dit-elle. Allez, sortons d'ici. » Elle ouvrit doucement la porte, jeta un coup d'œil dans le couloir. « C'est bon », fit-elle. Lucas se tenait juste derrière elle.

« Si nous devons nous réconcilier, autant faire bien les choses. »

Elle se retourna, leva les yeux vers lui.

« Quoi ? »

Il se pencha en avant et l'embrassa sur les lèvres. L'espace d'une fraction de seconde, elle lui rendit son baiser. Une brève pression en retour, un éclair de désir. Puis elle s'écarta et, rougissante, sortit dans le couloir.

« Assez d'imbécillités », laissa-t-elle tomber.

Il leur fallut cinq minutes pour aller jusqu'au coin de la rue, tourner et prendre la ruelle qui menait à l'immeuble où était installée la planque. Lily gardait le visage détourné, apparemment très intéressée par les portes qu'elle dépassait. Une fois ou deux, Lucas la sentit lui jeter un rapide coup d'œil. Il avait toujours sur la bouche la pression de ses lèvres.

« Alors ? » s'enquit Del quand ils entrèrent. Sloan se leva et vint vers eux. Un troisième enquêteur était arrivé entre-temps et demeurait assis sur une chaise de jardin en aluminium. Il lisait un livre tout en observant la rue. Un homme vêtu d'un costume gris était installé sur un pliant de toile, à côté de la fenêtre, et lisait également, la pipe à la bouche.

« On a trouvé deux armes, et on en a bousillé une, dit Lucas. C'est un fédé ? » murmura-t-il.

Del hocha la tête, et tous deux jetèrent un regard vers l'homme en costume gris.

« Observateur, marmonna Del. Rien d'autre ? demanda-t-il en haussant le ton.

— Si, un numéro de téléphone, dit Lily. Je vais appeler Anderson et voir combien de temps il lui faut pour localiser l'abonné. »

Anderson appela Kieffer, et Kieffer appela Washington. Trois coups de fil furent passés de là-bas. Dix minutes plus tard, Kieffer avait la réponse : le numéro était celui d'un motel en bordure de la route inter-États 70, non loin de Columbus. Une heure plus tard, un agent du FBI présentait au réceptionniste une photo de

Hood, arrivée par fax. Celui-ci hocha la tête : il reconnaissait ce visage. Hood était descendu au motel le soir précédent. Il s'était enregistré sous le nom de Bill Harris. Il avait également donné le numéro de sa plaque minéralogique, mais une vérification immédiate leur apprit que l'immatriculation n'existait pas dans le Minnesota.

« Il est prudent », fit Anderson. Ils étaient réunis dans le bureau de Daniel.

« Mais, en attendant, il arrive, dit Kieffer.

— Oui, il devrait être déjà ici, ou dans les environs », dit Lily. Elle regarda tour à tour Lucas, Anderson, Daniel, puis Kieffer.

« Il sera là tard ce soir, dit ce dernier, ou demain s'il continue à cette allure. Il doit encore passer par Chicago. Soit il traverse la ville, soit il la contourne... Il lui faudrait conduire comme un fou, pour arriver dès ce soir. Non, il va sans doute aller jusqu'à Madison, s'arrêter pour la nuit, et arriver demain.

— Madison est à combien, d'ici ? s'enquit Lily.

— Cinq heures de route.

— Apparemment, il trace, dit-elle. Ça peut très bien être pour ce soir.

— Nous gardons des hommes en surveillance, déclara Daniel. Rien d'autre ? » Il les regarda tous.

« Rien pour moi, dit Lucas, Lily ?

— On n'a plus qu'à attendre, je crois. »

9

Lily retourna à la planque avec Del pendant que Lucas remplissait le talon du mandat de perquisition. Il venait de finir lorsque Larry Hart entra, un sac de voyage à la main.

« Rien de nouveau ? s'enquit Lucas.

— Non, juste des rumeurs à la pelle, répondit Hart, laissant tomber son sac dans un coin. Il se serait passé de drôles de choses, au moment de la bagarre avec les motards. Une danse du soleil avait été organisée à Standing Rock, de manière tout à fait officielle. Mais, parallèlement, on parle d'une cérémonie à Bear Butte. De nuit. C'est ce qu'on raconte.

— Des noms ?

— Non. Mais les gars de là-bas enquêtent à droite et à gauche.

— Il nous faut des noms. Dans ce genre d'affaires c'est la clé de tout. »

Hart passa voir Anderson, puis rentra chez lui pour se rafraîchir. Lucas envoya son formulaire et acheta une demi-douzaine de magazines au kiosque de l'autre côté de la rue avant de descendre dans le quartier indien.

Del dormait sur un matelas pneumatique, la bouche à demi ouverte. Lucas se dit qu'il avait décidément l'air d'une cloche. Deux hommes des Stupéfiants étaient installés sur des chaises de jardin identiques et observaient la rue, une petite glacière posée à côté de l'un d'eux. Un lecteur de cassettes jouait *Brown Sugar.* Le type du FBI avait disparu, mais son pliant était toujours là : son nom y était inscrit : L.L. BEAN. Lily s'était installée sur une pile de journaux, le dos au mur.

« Quelle bande de joyeux drilles ! lança Lucas en pénétrant dans la pièce.

— Va te faire foutre, Davenport, répondirent les deux flics d'une même voix.

— J'approuve, laissa tomber Lily.

— Quand vous voulez, où vous voulez », dit Lucas. Les flics se mirent à rire.

« C'est à moi, ou à eux que vous parlez ? demanda Lily.

— A eux. Duane a un cul fantastique.

— Vous m'ôtez un grand poids de l'esprit.

— Ça m'en colle un sacré, *à moi*, fit Duane, un gros type.

— Alors, rien ? s'enquit Lucas.

— Si, un maximum de deal, répliqua Duane. Ça me surprend un peu. On n'en entend jamais tellement parler, dans ce quartier.

— Parce qu'on n'a jamais eu beaucoup de contacts avec les Indiens. » Lucas parcourut la pièce des yeux. « Où est passé le fédé ?

— Il est sorti. Il doit revenir. Un peu susceptible, rapport à son siège — si c'est à ça que tu pensais.

— Ah ouais ?

— Il y a des piles de vieux journaux, dans le couloir », ajouta Lily.

Un des magazines publiait un débat sur les pistolets automatiques 10 millimètres. Un spécialiste expliquait que c'était le calibre de défense idéal, deux fois plus efficace que les classiques 9 millimètres et calibre 45 ACP, et moitié aussi puissant que le calibre 357 Magnum. Son contradicteur, un flic de Los Angeles, le trouvait quant à lui un peu *trop* puissant, justement, car il risquait de trouer non seulement la cible, mais les gens qui attendaient l'autobus à deux rues de là. Lucas avait du mal à suivre les détails de leur argumentation. Son esprit ne cessait de s'échapper vers le cou de Lily, la courbe de sa joue vue de profil, la délicatesse de son poignet. Ses lèvres. Il se souvint d'une réflexion de Sloan sur cette façon qu'elle avait de se mordre la lèvre, et il sourit imperceptiblement en faisant de même.

« Qu'est-ce qui vous fait sourire ? demanda-t-elle aussitôt.

— Rien. Un truc, dans le magazine. »

Elle se redressa, s'étira en bâillant et vint vers lui.

« Dieu qu'il fait chaud, dit-elle. C'est un 10 millimètres ?

— C'est des conneries », répondit Lucas, et il referma le magazine.

A 1 heure passée, Anderson les appelait sur le téléphone sans fil : le tueur d'Oklahoma City s'était évanoui. D'autre part, Kieffer avait contacté des agents du FBI dans le Dakota-du-Sud, à propos de cette histoire de cérémonie nocturne dont avait entendu parler Hart, mais personne ne savait grand-chose.

« On ne sait même pas si elle a réellement eu lieu, conclut-il.

— Comment cela ?

— Kieffer a discuté avec le chef des enquêtes, là-bas, et celui-ci pense que la rumeur provient de l'affrontement avec les motards. Un soir, les Indiens ont encerclé Bear Butte, pour leur en barrer l'accès. Les motards auraient vu des feux, entendu un tam-tam, etc., et c'est ainsi que cette histoire de cérémonie secrète aurait vu le jour.

— Donc, c'est peut-être encore une fausse piste, remarqua Lily.

— C'est ce que prétend Kieffer. »

« Dire que je pourrais être en train de regarder "Santa Barbara", laissa tomber Lily, quelque vingt minutes plus tard.

— Vous voulez faire un tour ? proposa Lucas.

— D'accord. On prend un téléphone. »

Ils sortirent par la ruelle et se rendirent à une épicerie, à deux rues de là, où ils achetèrent des Diet Coke avant de rentrer.

« Quelle barbe, râlait Lily.

— Vous n'êtes pas obligée de rester là. Il n'arrivera probablement pas avant ce soir.

— J'ai le sentiment qu'il faut que je sois là. C'est mon homme. »

En chemin, Lucas s'arrêta pour prendre dans la Porsche un petit nécessaire à nettoyer les armes. Une fois dans l'appartement, il étala des feuilles de journal sur le sol, ouvrit son P7 et se mit en devoir de l'astiquer.

Lily retourna à son tas de journaux, resta assise quelques minutes, puis se redressa et vint vers lui. Elle demeura un moment immobile, à l'observer.

« Je peux l'utiliser ? demanda-t-elle enfin.

— Allez-y.

— Merci. » Elle tira son calibre 45 de son sac, sortit le chargeur, s'assura que la chambre était vide, et commença de le démonter. « Je me casse un ongle par semaine, sur cette saloperie », dit-elle. Tirant la langue, concentrée, elle fit pivoter le manchon sur la butée du ressort de glissière, ôta le ressort.

« Passez-moi le trichlo... »

Lucas lui tendit le flacon de solvant.

« Ce truc-là sent encore meilleur que l'essence, affirma-t-elle. Un jour, je crois que je vais me mettre à sniffer.

— Moi, ça me donne mal au crâne, dit Lucas. Ça sent bon, mais je ne supporte pas. » Il remarqua que son calibre 45 était d'une propreté impeccable avant même qu'elle n'ait commencé de le nettoyer. Son P7 n'avait d'ailleurs nul besoin d'être récuré non plus, mais ça les occupait.

« Vous avez déjà tiré avec un P7 ? questionna-t-il machinalement.

— Oui, mais avec l'autre. Le 8-coups. Le gros modèle, comme le vôtre, a une bonne puissance de feu, mais je n'arrive pas à bien le prendre en main, la crosse est trop grosse. De toute façon, je le trouve trop encombrant à porter.

— Ce n'est pas précisément un jouet non plus, ce que vous avez là, fit-il remarquer en désignant son Colt de la tête.

— Non, mais la crosse est différente, plus fine. C'est ce qu'il me faut. Il est plus facile à tenir.

— Vraiment, je n'aime pas ces armes à un coup pour le travail de terrain, reprit Lucas. C'est parfait pour le tir à la cible, mais dès qu'il s'agit de viser une silhouette... Je préfère le 2-coups.

— Vous devriez essayer le Smith calibre 45.

— Oui, on dit qu'il n'est pas mal, approuva Lucas. J'en aurais sans doute pris un, si le P7 n'était pas sorti avant... Comment se fait-il que vous n'ayez pas choisi le Smith, vous ?

— Mon Dieu, celui-ci me convient parfaitement. Lorsque je faisais du tir de compétition, j'utilisais un 1911 de Springfield Armory, en 38 Super. Pour travailler, je tiens à mon 45... Je le trouve plus sympathique.

— Vous avez fait de la compétition ? » demanda Lucas. Les flics à la fenêtre, qui jusqu'alors écoutaient distraitement la conversation, dressèrent soudain l'oreille, alertés par quelque chose, dans le ton de Lucas.

« J'ai été deux ans championne de New York, dans les compétitions féminines. J'ai dû arrêter parce que cela me prenait trop de temps. Mais je tire encore un peu, de temps à autre.

— Vous devez être plutôt bonne, alors », dit Lucas. A la fenêtre, les flics échangèrent un regard.

« Meilleure que quiconque à ma connaissance, et à la vôtre aussi, sûrement », répondit-elle avec décontraction.

Lucas ricana. Elle le fixa, plissant les yeux.

« Quoi ? fit-elle. Vous pensez pouvoir tirer avec moi ?

— Avec vous ? répéta Lucas avec, peut-être, l'ombre d'un sourire.

— Vous n'avez jamais fait de concours ? s'enquit Lily, se redressant, intriguée.

— Si, quelquefois, dit-il avec un haussement d'épaules.

— Et vous avez gagné ?

— Oui, ça m'est arrivé. J'utilisais un 1911, d'ailleurs.

— Et vous pensez pouvoir vous mesurer à moi ?

— Je peux me mesurer à la plupart des gens. »

Elle scruta son visage. Un léger sourire se dessinait au coin de ses lèvres.

« Vous voulez parier ? »

C'était à Lucas de la fixer, à présent, et il soupesait le défi.

« Ouais, dit-il enfin. Où vous voulez, quand vous voulez. »

Lily vit que les deux flics les observaient.

« Il se fout de moi, c'est ça ? questionna-t-elle. C'est le grand champion toutes catégories pour l'Amérique du Nord, un truc comme ça ?

— Je n'en sais rien, je ne l'ai jamais vu tirer », répondit un des flics.

Lily le regarda un moment, les yeux rétrécis, comme flairant le mensonge, puis elle se retourna vers Lucas.

« Très bien, déclara-t-elle. Où peut-on tirer, par ici ? »

Ils se rendirent dans une salle de tir de la police installée au sous-sol d'un commissariat de quartier et munie de cibles pour tir lent, à une distance de neuf mètres. Chaque face de la cible comportait sept cercles concentriques. Les trois bandes extérieures étaient numérotées et blanches ; les quatre bandes intérieures — 7, 8, 9 et 10 — peintes en noir. Le cœur de la cible, le 10, était un peu plus petit qu'une pièce de dix *cents*.

« Belle salle », remarqua Lily, comme Lucas allumait les lumières. Un shérif adjoint du comté de Hennepin partait à l'instant même. En entendant ce qui se préparait, il insista pour rester et arbitrer la rencontre.

Lily déposa son téléphone portable sur le rebord d'un compartiment, sortit son calibre 45 de son sac, et visa l'autre extrémité de la salle, au-dessus des crans de mire, en tenant son arme à deux mains.

« Bon, on fait sortir les cibles ?

— Ce P7 n'est pas précisément fait pour ça, constata Lucas avec un plissement d'yeux. Et je n'ai jamais aimé la lumière, ici.

— Le trac ?

— Non, juste histoire de parler. Mais je préférerais avoir mon Gold Cup. Je serais plus à l'aise. Et il faut des trous plus larges, comme les vôtres. Si vous êtes aussi bonne que vous le dites, cela peut faire la différence.

— Vous pouvez toujours laisser tomber, si un trois cent cinquantième de centimètre vous met dans un tel état », s'exclama Lily. Elle introduisit un chargeur dans son Colt, fit glisser une balle dans la chambre. « Moi non plus, je n'ai pas mes armes de compétition, ajouta-t-elle.

— Bon, on tire à pile ou face pour savoir qui commence », dit Lucas. Il fouilla dans sa poche pour y prendre une pièce.

« Quelle est la mise ? demanda Lily.

— Il faut vraiment intéresser la partie, répondit Lucas. Que ce soit motivant. Dites un chiffre.

— Deux manches sur trois... Disons cent dollars ?

— Pas assez, laissa tomber Lucas, visant de nouveau le fond de la salle. Je pensais plutôt mille.

— C'est ridicule, dit-elle, secouant la tête. Vous essayez de me déconcentrer, Davenport. Cent, c'est tout ce que je peux me permettre. Je ne suis pas un riche inventeur de jeux, moi... »

Le shérif adjoint les observait à présent avec un intérêt croissant. Avant la nuit, l'histoire circulerait dans les locaux du shérif, chez tous les flics de la ville, et sans doute dans tout St. Paul.

« Hé, Dick, lui lança Lucas. Lily ne va pas me laisser installer les cibles. Tu veux bien...

— Pas de problème. »

L'adjoint commença de reculer les cibles jusqu'à neuf mètres. Lucas s'approcha de Lily.

« Je vais vous dire une chose, murmura-t-il à son oreille. Si vous gagnez, vous ramassez les cent dollars. Si c'est moi qui gagne, j'ai droit à un autre baiser. A l'heure et à l'endroit de mon choix. »

Elle se tourna vers lui, les mains sur les hanches.

« C'est vraiment la chose la plus puérile que j'aie jamais entendue. Mais vous êtes cent fois trop vieux pour ça, mon pauvre Davenport. Vous avez des rides. Vous avez des cheveux gris. »

Lucas rougit, mais sourit malgré son embarras. Dick revenait vers eux.

« C'est peut-être puéril, mais c'est ce que je veux, répliqua-t-il. A moins que vous ne vous défiliez...

— Vous cherchez vraiment à me faire craquer, pas vrai ?

— Mmmm, on n'est pas trop fière, hein ?

— Allez vous faire voir, Davenport.

— Bien, passons donc un agréable après-midi à tirer. Nous ne sommes pas obligés de faire un concours. Enfin, si vous avez la trouille.

— Allez vous faire voir.

— A votre disposition.

— Quelle andouille, marmonna-t-elle.

— Qu'est-ce que ça veut dire ?

— Ça veut dire qu'on commence. »

Lucas lança la pièce, et gagna. Ils tirèrent d'abord cinq fois chacun pour se familiariser avec la salle, sans montrer à l'autre quelle cible ils avaient choisie.

« Vous êtes prête ? demanda enfin Lucas.

— Prête. »

Lucas tira ses cinq balles. Il tenait son arme à deux mains, la main gauche couvrant la droite repliée sur la crosse, le corps légèrement déporté sur la gauche. Il gardait les deux yeux ouverts. Lily constata qu'il atteignait les cercles noirs, sans pouvoir déterminer à quelle distance du centre. Quand il eut terminé, elle s'avança jusqu'à la ligne, et adopta une position semblable à celle de Lucas. Elle tira sa première balle, fit « Merde ! », et tira les quatre autres.

« Un problème ? s'enquit Lucas quand elle abaissa son arme.

— Je crois que la première est complètement ratée » répondit-elle. L'adjoint roula les cibles jusqu'à la ligne de tir. Deux des balles de Lucas avaient touché le 10, la troisième et la quatrième le 9, et une cinquième le 8. Quarante-six.

Lily avait atteint trois fois le 10, sa quatrième balle était dans le 9, mais la balle perdue s'était égarée dans le 4. Quarante-trois.

« Sans la première, j'avais gagné, marmonna-t-elle, furieuse contre elle-même.

— Et si les cochons avaient des ailes, ils voleraient.

— C'est la plus mauvaise manche que j'aie faite depuis un an.

— Les conditions sont loin d'être idéales. Vous tirez à la cible avec une arme que vous n'utilisez jamais pour ça.

— Bon, on remet les cibles en place ? fit-elle, maussade.

— Vous avez dû parier gros, hein ? demanda l'adjoint, les regardant tour à tour.

— Ouais, rétorqua Lily. Cent dollars et l'honneur de Davenport. D'une manière ou d'une autre, il perd.

— Hein ?

— Rien. »

Lucas sourit en rechargeant son arme.

« Salope, fit-il d'une voix à peine audible.

— Débande pas, pauvre type, répondit-elle entre ses dents.

— Oh, désolé, je n'essayais pas de vous déconcentrer, dit-il pour la déconcentrer. Vous commencez, cette fois. »

Elle tira ses cinq balles. Les tirs paraissaient excellents.

« J'ai dû faire le cinquante, ou pas loin, déclara-t-elle, souriante. Vous pouvez vous moucher.

— On se calme, on se calme... »

Lucas tira ses balles. Puis il la regarda.

« Et si, là, je ne vous bats pas, je vous embrasse le cul dans la vitrine de chez Saks.

— Un petit bonus ? répliqua-t-elle avant que l'adjoint ne leur apporte les cibles. Cinquante dollars que j'ai gagné cette manche-là. Et ne me répondez pas cinquante mille.

— D'accord. Cinquante. »

Dick arrivait avec les cibles. Il émit un long sifflement.

« J'ai intérêt à faire gaffe », dit-il.

Les dix balles étaient dans le noir. Dick posa les cibles sur un banc et se mit à compter, Lily et Lucas penchés sur son épaule.

« Eh, une minute ! fit Lucas, comme il inscrivait un 8.

— Vous la bouclez », ordonna Lily en lui pointant l'index sous le nez.

L'adjoint fit les totaux, et se retourna vers Lucas.

« Vous devez cinquante dollars à la dame. J'ai compté quarante-sept à quarante-six.

— Foutaises. Laissez-moi regarder ces... »

Lucas comptait quarante-huit à quarante-sept. Il prit son portefeuille, en tira deux billets de vingt et un de dix, qu'il tendit à Lily.

« Ça me fait mal aux seins, dit-il, la voix étranglée.

— J'espère que d'avoir mal aux seins ne vous donne pas la tremblote, répondit-elle avec sollicitude.

— Jamais. »

Pour la troisième manche, Lucas tirait le premier. Les cinq balles avaient l'air plutôt bonnes.

« Cette fois, si vous me battez, vous aurez mérité de gagner, dit-il en se tournant vers elle. Je dois avoir fait le cinquante.

— On va bien voir. »

Elle tira à son tour, et ils suivirent Dick jusqu'aux cibles. Celui-ci secouait la tête, incrédule. Il lui fallut cinq minutes pour faire le compte.

« Je crois qu'il vous a eue, Lily, déclara-t-il enfin. D'un point ou deux.

— Laissez-moi voir ça... »

Lily se pencha sur les cibles et compta, ses lèvres remuant silencieusement.

« Ce n'est pas possible, gronda-t-elle enfin. Je viens de faire les deux plus mauvaises manches de toute ma carrière, et vous me battez d'un misérable point. »

Lucas souriait.

« Je prendrai mon dû ce soir », laissa-t-il tomber.

Elle le regarda une seconde, les yeux plissés.

« Quitte ou double. Une manche, cinq balles. »

Lucas réfléchit.

« Pour moi, c'est très bien comme ça.

— Ouais, sans doute, mais la question est : Êtes-vous assez rapace pour en vouloir plus ? Et avez-vous les tripes pour tenter le coup ?

— Moi, je suis très content comme ça, répéta-t-il.

— Alors, imaginez à quel point vous serez content, si vous gagnez. »

Il la regarda un moment, sans rien dire.

« Une balle, répondit-il enfin. Une seule. Quitte ou double.

— Ça marche. Tirez le premier. »

Dick fit descendre une nouvelle cible. Lorsqu'il se fut écarté, Lucas avança jusqu'à la ligne, leva son arme, d'une seule main cette fois, se gratta le front, baissa son arme, puis visa de nouveau et, après une brève expiration, tira.

« Elle est bonne, je pense, dit-il.

— Je pensais que vous tiriez à deux mains.

— La plupart du temps. Mais j'ai toujours été meilleur avec une seule. »

Elle se mit en position, à son tour, appuya sur la détente.

« Un poil à gauche, fit-elle.

— Alors, j'ai gagné.

— Il faut quand même vérifier. »

La balle de Lucas avait transpercé le 10. Celle de Lily le 9.

« C'est comme ça », conclut-elle.

La nuit commençait déjà de tomber quand ils sortirent du commissariat. Ils se dirigèrent vers le parking, contournèrent le bâtiment, et se retrouvèrent un instant seuls.

« Bien », fit-elle.

Le regard de Lucas s'attarda sur ses grands yeux sombres, sur ses seins lourds sous la veste de tweed. Il secoua la tête.

« Plus tard.

— Bon Dieu, Davenport... » Mais déjà, il avait ouvert la portière de la voiture. Quinze minutes après, ils étaient de retour à la planque. Lily fulminait.

« Alors ? » s'enquit Lucas en pénétrant dans la pièce. Le pliant de l'agent fédéral avait disparu. Del dormait toujours.

« Tranquille comme la tombe, déclara un des flics. Qui a gagné ?

— Lui, répondit Lily, morose. De deux points sur cent cinquante.

— Parfait », dit le gros flic. Il tendit la main, et l'autre lui donna un dollar.

« Un dollar, carrément ? questionna Lucas. Je suis impressionné. »

La rue était parfaitement déserte. On avait parfois l'impression qu'une heure s'écoulait entre le passage de deux voitures. Sloan débarqua et resta une heure avec eux.

« Si vous preniez un portable, et que vous m'accompagniez chez King ? suggéra-t-il enfin. J'ai rendez-vous là-bas avec ma femme. C'est à deux minutes.

— Qu'est-ce que c'est ? s'enquit Lily.

— Un bar mexicain, dans Hennepin. Les bagarres sont interdites, ils ont un orchestre, et des tacos à mourir, trois pour un dollar.

— Manger... », soupira Lily.

Elle espérait que Lucas allait prendre enfin son dû avant de monter en voiture, dans le noir, mais il l'esquiva de nouveau.

« Franchement, vous êtes un enfoiré de première, affirma-t-elle.

— C'est vous qui êtes trop impatiente. Vous ne pouvez pas vous détendre un peu ?

— Je veux régler mes dettes et qu'on n'en parle plus.

— Nous avons tout le temps pour ça. Toute la nuit.

— Toute la nuit, ça me ferait mal. »

Le bar était décoré de têtes de cerf, de brochets de vingt livres naturalisés accrochés au mur ; d'un ours noir empaillé, dans l'entrée ; et d'un cactus de bois dressé au milieu de la salle remplie de tables de pique-nique. Un trio de rock mexicain s'agitait dans un coin, et la pompe à bière débitait sans cesse des Schmidt à deux dollars.

Sloan entama les hostilités en commandant une tournée de grandes chopes, ce que Lily seule trouva excessif.

L'orchestre attaquait : *Little Deuce Couple*, version chicano.

« Allez, on va danser, déclara Lucas en arrachant Lily à ses tacos et à sa bière. Venez, c'est du rock. » Il dansa donc avec Lily, puis avec l'épouse d'un cow-boy du coin, qui avait entraîné Lily. Lily dansa ensuite avec Sloan, et Lucas avec une grande femme seule dont le chignon commençait juste de s'effondrer, pendant que la femme de Sloan dansait avec le cow-boy. Ils échangèrent de nouveau. En revenant enfin à la table, Lily ricanait bêtement. Lucas fit signe à la serveuse et lui montra la chope vide de Lily.

« La même chose pour tout le monde.

— Vous essayez de me soûler, Davenport », dit Lily. Sa voix était claire, mais elle avait quelque difficulté à fixer son regard. « Et vous allez probablement y arriver », ajouta-t-elle.

Sloan se mit à rire sans retenue et attaqua la seconde tournée.

A minuit, ils repassèrent au poste de guet. Rien de nouveau. Les deux colocataires de Hood étaient rentrés, l'appartement plongé dans l'ombre. Une heure plus tard, ils repassèrent. Toujours rien.

« Bien, que voulez-vous faire ? demanda Lucas, à la fermeture du bar.

— Je ne sais pas. Je suppose que le mieux serait que je rentre à l'hôtel. Cela m'étonnerait qu'il débarque si tard. »

Lucas arrêta la Porsche dans le parking de l'hôtel, et descendit.

« Vous allez prendre votre dû ? demanda Lily.

— Ouais. »

Une demi-douzaine de personnes traversaient le parking, des gens entraient et sortaient sans cesse.

« Ceci n'est pas une proposition, et je ne tiens pas à ce qu'il y ait méprise...

— Ouais ?

— Mais vous pouvez monter un instant, juste le temps de régler ma dette. »

Ils prirent l'ascenseur et se dirigèrent en silence vers la chambre de Lily. Lucas se sentait de plus en plus fébrile, et maladroit. Elle referma la porte sur eux. Il faisait noir dans la chambre, et Lucas chercha le commutateur à tâtons, mais elle intercepta sa main.

« Non. Prenez votre dû et partez, c'est tout.

— Je me sens complètement idiot, tout d'un coup, déclara Lucas, décontenancé.

— Allez, qu'on en finisse », dit-elle, un peu ivre.

Dans le noir, il l'attira contre lui, l'embrassa. Elle demeura une seconde inerte dans ses bras, puis lui rendit soudain son baiser avec élan, le repoussant contre la porte, et écrasant son visage, son ventre contre lui, les mains crispées contre ses flancs. Ils restèrent un long moment ainsi, ensuite elle rompit le baiser mais le serra plus fort encore.

« Oh, mon Dieu, gémit-elle.

— Quitte ou double », murmura-t-il à son oreille, et il trouva ses lèvres de nouveau. Enlacés, ils firent quelques pas maladroits et, comme Lucas sentait soudain le rebord du lit derrière ses genoux, il tomba sur le matelas, l'entraînant avec lui. Il s'attendait à quelque résistance, mais ce ne fut pas le cas. Elle se laissa aller sur le côté, le serra contre elle, et l'embrassa encore, sur les lèvres, puis au coin de la mâchoire. Lucas roula sur elle, tira son chemisier hors de son pantalon, glissa sa main contre sa peau. Non sans mal, il parvint à dégrafer son soutien-gorge. Enfin, il prit un de ses seins, le serra doucement...

« Mon Dieu, répéta-t-elle, et elle se cambra contre lui. Mon Dieu, Davenport... »

Sa main glissa jusqu'à sa ceinture qu'il ouvrit, descendit plus bas, plus bas encore, vers le centre brûlant, liquide...

« Non ! » s'écria-t-elle soudain. Elle s'écarta de lui en repoussant sa main, et roula au bas du lit.

« Quoi ? demanda Lucas. Lily... » Il faisait un noir d'encre dans la pièce, et il était un peu étourdi par la lutte.

« Lucas, mon Dieu, nous ne pouvons pas... Je suis navrée, je n'avais pas l'intention de... Vraiment, je suis navrée.

— Lily...

— Partez, Lucas. Je vais me mettre à pleurer.

— Non, pour l'amour de dieu », dit-il. Il se leva à son tour et rentra sa chemise dans sa ceinture. Il s'aperçut qu'il avait perdu une chaussure. Il tâtonna dans l'ombre, trouva le commutateur. Lily était assise par terre, de l'autre côté du lit et elle serrait son chemisier autour d'elle.

« Je suis désolée, dit-elle. Je ne peux pas, vraiment. » Ses yeux noirs étaient plus noirs encore de remords.

« Pas de problème, répondit Lucas, reprenant souffle. J'ai perdu cette putain de chaussure, ajouta-t-il avec un petit rire.

— Sous le rideau, derrière vous, dit Lily, le visage tendu.

— Ah oui. Voilà, je l'ai.

— Je suis désolée.

— Écoutez, Lily, je veux ce que vous voulez, d'accord ? Évidemment, je vais rentrer chez moi et me tirer une balle dans la tête pour me calmer un peu, mais ne vous en faites pas pour ça.

— Vous êtes un brave type, affirma-t-elle avec un sourire hésitant. On se voit demain. »

Lorsqu'il fut parti, Lily se déshabilla et prit une douche, laissant le jet puissant ruisseler sur ses seins, son dos. Au bout de quelques minutes, elle commença de réduire la température, et demeura bientôt immobile sous un déluge d'eau glacée.

Dégrisée, elle se mit au lit. Juste avant de s'endormir, elle repensa soudain à cette dernière balle qu'elle avait tirée. Son poignet avait-il faibli ? Ou avait-elle délibérément raté son coup ?

Lily Rothenburg, épouse fidèle, s'endormit le cœur chaviré de désir.

10

Il était 10 heures passées de quelques minutes quand on frappa à la porte. Sam le Corbeau rinçait une tasse à café dans l'évier de la cuisine. Il s'interrompit, leva les yeux. Aaron était assis devant une vieille machine à écrire Royal, en train de taper maladroitement un communiqué de presse concernant le meurtre de Oklahoma City. Shadow Love était dans la salle de bains. Aaron se leva, se dirigeant vers la porte.

« Qui est là ? questionna-t-il au travers du panneau.

— Billy. »

Billy. Aaron déverrouilla hâtivement la porte, et Billy Hood pénétra dans le couloir, les jambes un peu arquées dans ses bottes de cow-boy, un Stetson usé et trempé de pluie sur la tête. Son visage carré était marqué par la fatigue, ses traits tirés. Comme il faisait un pas en avant, Aaron le prit dans ses bras et le souleva de terre en le serrant fort contre lui.

« Billy, bon Dieu... », s'exclama-t-il. Il sentait le poignard d'obsidienne sous sa chemise.

« Ça ne va pas fort, mon vieux, dit celui-ci quand Aaron l'eut libéré. Pendant tout le trajet, j'ai été dans un sale état. Je n'arrive pas à oublier ça.

— Parce que tu as l'âme religieuse.

— Tu parles... Non, j'ai trucidé ce pauvre type, c'est tout », répondit Billy en entrant dans la pièce. Aaron jeta un coup d'œil dans le couloir avant de refermer la porte.

« Ce pauvre type, c'était un Blanc, dit-il.

— C'était un homme », fit la voix de Shadow Love, depuis la salle de bains. Il se tenait sur le seuil, bien campé sur ses jambes, les bras légèrement écartés, comme un bandit prêt à dégainer. Au-dessus de ses joues creuses, ses yeux pâles se relevaient au coin, tels ceux d'un loup affamé. « N'essaie pas de minimiser les choses, ajouta-t-il.

— Ce n'est pas ce que je fais, répliqua Aaron. Billy vient de tuer un ennemi. C'est différent. C'est un acte de guerre.

— Un homme est toujours un homme, insista Shadow Love.

— Un Indien est un Indien, là est toute la différence, dit Sam. Une des raisons pour lesquelles Aaron ne veut pas de toi, c'est que tu ne vois pas ce qui distingue la guerre du meurtre. »

Les deux Corbeaux étaient à présent unis contre leur fils. Hood intervint.

« Tout le monde est après moi, dit-il. Après moi et Leo. Je suis au courant, pour le juge. Il l'a descendu. Vous avez des nouvelles de lui ?

— Aucune. On commence à s'inquiéter. Ils ne l'ont pas coincé, mais il ne nous a pas appelés non plus.

— A moins qu'ils ne l'aient coincé, et qu'ils ne disent rien pour pouvoir lui tirer les vers du nez, répliqua Shadow Love.

— Je ne pense pas, dit Sam. L'affaire est trop importante, ils ne pourraient pas se permettre de se taire. »

Billy ôta son chapeau, le jeta sur une chaise et passa la main dans ses cheveux noirs.

« On en parle à la radio, toutes les heures. C'est dans tous les journaux, dans toutes les villes où je suis passé en rentrant.

— Ils ne connaissent pas vos noms, remarqua Sam.

— Ils ont fait le rapprochement avec Tony Bluebird. Ils vont nous rechercher ici même, dans les Villes Jumelles.

— Ils peuvent toujours vous chercher, s'ils ne savent

pas qui vous êtes, déclara Aaron pour le rassurer. Il y a vingt mille Indiens, dans les Villes. Comment trouver le bon ? Et nous savions qu'ils allaient faire le lien avec Bluebird ; tout était là.

— Ils finiront par savoir qui vous êtes, dit Shadow Love d'une voix basse et rauque en fixant les Corbeaux. Il est grand temps de vous mettre au vert, de filer d'ici. Si vous tenez à votre peau.

— Trop tôt, répondit Sam. Quand nous sentirons qu'il y a urgence, là, nous partirons ; mais pas avant. Sinon, nous risquons de commettre des imprudences. Si rien n'arrive, on ne fera plus assez attention, et quelqu'un nous repérera.

— Et ils n'ont aucun nom, rien pour identifier Billy, ni Leo », insista Aaron.

Shadow Love pénétra franchement dans la pièce et posa une main sur l'épaule de Billy Hood, ignorant ses pères.

« Je vais te dire une bonne chose ; ils trouveront ton nom. Ils trouveront le nom de Leo. Et finalement, ils nous trouveront tous. Tu as été filmé par une caméra vidéo, dans l'immeuble d'Andretti, donc ils connaissent déjà ta tête. Les flics vont prendre ton portrait, ils vont se balader partout avec, et harceler tout le monde, sans arrêt, et quelqu'un finira par les renseigner. En plus, il y a un témoin pour Leo, une femme. Ils ont déjà dû lui montrer des portraits anthropométriques.

— Tu es un vrai spécialiste, hein ? fit Aaron, ironique. Tu connais toutes les règles du jeu ?

— J'en sais assez », répliqua Shadow. Ses yeux étaient d'une pâleur opaque, comme le marbre d'une pierre tombale. « Je traîne dans la rue depuis que j'ai sept ans. Je sais comment fonctionnent les flics. Ils picorent, ici et là, ici et là. Ils bavassent, ils parlent, ils font parler. Ils trouveront.

— Tu n'en sais rien.

— Ne joue pas les vieilles femmes, mon père, coupa Shadow Love. C'est un jeu dangereux. » Il soutint un moment le regard de l'autre, puis se tourna de nouveau vers Billy. « Quelqu'un parlera, affirma-t-il. Quelqu'un leur parlera de nous, tôt ou tard. J'ai rencontré un des flics responsables de l'enquête. C'est un chasseur, un vrai, ça se sent. Il va être sur nous, et ce n'est pas le petit cousin d'un shérif du Dakota, ni un merdeux à moitié à la retraite qui se fait encore appeler flic. C'est un dur. Et même si ce n'est pas lui qui nous coince, ce sera un autre. Tôt ou tard. Nous sommes tous des morts en sursis, dans cette pièce. »

Billy Hood regarda un moment Shadow Love, bien en face, puis hocha la tête. Il semblait avoir grandi, soudain.

« Tu as raison, dit-il avec calme. Il faut que j'en descende un autre pendant que je le peux encore. Avant qu'ils ne m'arrêtent. »

Sam lui administra une grande tape dans le dos.

« Bien ! Nous avons une cible.

— Où est John ? Il est parti ?

— Ouais, à Brookings.

— Mince, il va s'occuper de Linstad ?

— Mmm-mmm.

— C'est un sacré morceau, celui-là », déclara Billy. Il passa la main dans ses cheveux. « Il faut que je rentre chez moi, dormir un peu. Je vais peut-être filer vers le Nord, pour voir Ginnie et la gamine. Demain, ou après-demain.

— Descends plutôt avec nous jusqu'au fleuve, proposa Sam. Nous allons prendre un bain de vapeur. Tu te sentiras cent fois mieux, après. Nous avons aussi des tentes et des sacs de couchage sur l'île. Tu pourras dormir là-bas.

— D'accord. Je n'en peux plus, mon vieux...

— Et il faut qu'on discute d'un type de Milwaukee, ajouta Sam. Celui qui est en train de mettre au point un projet pour rogner nos droits à la terre, dans le Nord. Un malin...

— Je ne sais pas si je pourrai encore me servir de mon poignard. Quand je revois Andretti... le sang giclait de son cou comme d'une bouche d'incendie. »

Billy avait de nouveau l'air secoué, et Sam l'interrompit d'un geste de la main.

« Le poignard est une bonne chose, car il a valeur de symbole, pour notre peuple et pour les médias, dit-il, mais ce n'est pas le plus important. A Milwaukee, tu utiliseras un pistolet, si tu veux. Ou un fusil. Ce qui compte, c'est de tuer ce type.

— Porte le poignard autour du cou, approuva Aaron. Si on t'arrête, ce sera déjà ça.

— On ne m'arrêtera pas, dit Billy. Si je vois que je ne peux pas m'en sortir, je partirai comme Bluebird. » Sa voix était sourde et tremblante, mais il tenait bon.

Ils discutèrent encore pendant un quart d'heure, tandis qu'Aaron préparait la sauge séchée et l'écorce de saule rouge qu'ils utilisaient pour les bains de vapeur. Comme Sam ne pouvait dormir sans oreiller, il en prit un sur le lit. Ils franchissaient le seuil quand le téléphone se mit à sonner.

Aaron alla décrocher, demeura une seconde silencieux. Puis un large sourire s'épanouit sur son visage.

« Leo, bon Dieu ! Nous étions inquiets... »

Leo Clark les appelait de Wichita. Il disait qu'Oklahoma City était en état de guerre. La police et le FBI avaient envahi la communauté indienne. Il avait quitté la ville immédiatement après le meurtre, s'était réfugié chez un ami le lendemain, puis s'était rendu à Wichita, après s'être fait couper les cheveux.

« Et chez vous, que se passe-t-il ? s'enquit Leo.

— Pas grand-chose. Mais il y a des agents du FBI dans tous les coins. Donc, ce n'est qu'une question de temps.

— J'aimerais bien entendre parler de...

— Les médias parlent de *guerre*, on a réussi à faire passer le message.

— Il faut continuer à mettre la pression...

— Ouais. Répète-moi ce que le juge t'a dit, juste avant que tu ne le descendes », demanda Aaron. Il écouta attentivement. « Très bien, dit-il enfin. Je vais utiliser ça dans le communiqué de presse, pour qu'ils comprennent que ce n'est pas du bidon... Et je te citerai aussi, comme convenu. »

Ils parlèrent encore une minute, puis Aaron raccrocha.

« Il arrive, déclara-t-il. Il s'est fait couper les cheveux. Adieu les tresses.

— Dommage, dit Sam. Ce gars-là avait des cheveux superbes.

— Eh bien, c'est terminé. Bien dégagé autour des oreilles, et une brosse au-dessus, fit Aaron, avec un petit rire. Il me dit qu'il ressemble à un connard de Marine. »

Le sauna indien était installé sur l'île au sud de Fort Spelling, à la jonction du Minnesota et du Mississippi, terre où reposaient les ossements des Sioux jadis décimés dans le camp de concentration. Aaron le Corbeau percevait leur présence, entendait encore les cris et les larmes, les sentait qui s'accrochaient à lui, labouraient sa chair comme autant d'hameçons. Sam le Corbeau le surveillait de près, craignant que l'autre moitié de lui-même ne succombe à une crise cardiaque. Billy Hood pria, sua, pria, sua, jusqu'à ce que la peur et l'angoisse du meurtre d'Andretti l'eussent quitté, ruisselantes, imprégnant la terre. Shadow Love restait taciturne et les observait d'un regard maussade. Lui aussi ressentait la présence des morts, des ossements dans la terre, mais jamais il ne priait.

Bien après minuit, ils s'assirent au bord du fleuve et contemplèrent l'eau qui défilait. Billy alluma une cigarette avec son Zippo, tira une bouffée.

« Tuer, c'est beaucoup plus difficile que je ne l'imaginais, déclara-t-il. Ce n'est pas l'acte qui pose problème. Non, c'est après. Le type, tu lui coupes le cou, c'est comme si tu décapitais un poulet. Tu le fais, c'est tout. C'est plus tard, en y repensant, que j'ai commencé d'avoir des sueurs froides.

— Tu réfléchis trop, dit Shadow Love. Moi, j'en ai tué trois. Pas désagréable, comme sensation ; plutôt plaisante, en fait. Tu gagnes. Tu envoies encore un de ces enfoirés tout droit en enfer.

— Trois ? intervint Aaron d'une voix coupante. Je n'en connais que deux. Un dans le Dakota-du-Sud et un à Los Angeles : le trafiquant de drogue et le nazi.

— Eh bien, il y en a un troisième, à présent. J'ai balancé son cadavre dans la rivière, sous le pont de Lake Street. Si ça se trouve, il est en train de défiler tranquillement devant nous pendant qu'on fume », conclut-il avec un geste en direction du fleuve.

Les Corbeaux se regardèrent. Une larme roula sur la joue d'Aaron, que Sam effaça du pouce.

« Pourquoi ? demanda Aaron.

— Parce que c'était un traître.

— Tu veux dire que c'était un des nôtres ? » La voix d'Aaron commençait à traduire l'angoisse.

« C'était un traître, répéta Shadow Love. C'est lui qui a livré Bluebird à la police. »

Aaron s'était redressé. Il baissait la tête, les mains pressées contre ses tempes.

« Ce n'est pas vrai, non, non, non, non...

— Il s'appelait Yellow Hand, ajouta Shadow Love. Un gars de Fort Thompson.

— J'entends les morts, j'entends les os ! gémit Aaron. Les aïeux de Yellow Hand étaient des guerriers, des hommes libres. Ils sont morts pour nous, et voilà que nous avons tué un des leurs. Ils hurlent, ils hurlent après nous... »

Shadow Love se redressa à son tour, cracha dans la rivière.

« Un homme, c'est un homme. De la bidoche, et rien de plus. J'essaie de vous sauver la mise, et vous ne m'accordez même pas ça. »

Billy Hood n'arrivait pas à mettre vraiment la tête dans le sac de couchage trop petit. Après une nuit pénible, il s'éveilla bien avant l'aube, avec un vague torticolis. Tandis que les Corbeaux et Shadow Love dormaient toujours, il se glissa hors de la tente, alluma la lampe tempête et s'éloigna silencieusement dans les bois, où il creusa un trou pour se soulager, avant de le recouvrir de terre. Puis il se mit à ramasser du bois.

Une jungle d'arbres morts bordait la berge. Hood prit une douzaine de branches aussi longues et épaisses que son avant-bras et les rapporta vers le campement. A l'aide de brindilles et de rameaux, il dressa un petit bûcher en forme de tipi, haut de trente centimètres, l'alluma, l'éventa. Quand le feu eut bien pris, il posa par-dessus les branches plus grosses et une grille de fer. Les Corbeaux avaient une cafetière d'émail bleu dans la camionnette, ainsi qu'un pot de café instantané. Il la remplit d'eau prise dans un bidon, y versa la quantité de café qui lui paraissait suffisante et la posa sur la grille.

« Grands dieux, fit soudain la voix d'Aaron. Rien ne sent aussi bon que le café préparé en plein air.

— J'en ai fait à peu près deux litres », dit Billy.

Aaron sortit de la tente à quatre pattes, vêtu d'un T-shirt à col en V et d'un caleçon vert.

« Tu trouveras des tasses dans la glacière, à l'arrière du camion », indiqua-t-il.

Billy alla les chercher. Aaron regarda vers l'est. Toujours pas trace du soleil. Il inspira l'air du matin, chargé d'effluves de rosée, de boue de la rivière et de café chaud. Quand Billy réapparut, Sam et Shadow Love commençaient de s'agiter.

« John doit être arrivé à Brookings, à présent, dit-il.

— Ouais. » Aaron ôta la cafetière du feu avec un gant ignifugé, et leur versa deux tasses. « Alors, que vas-tu faire ? s'enquit-il.

— Rentrer chez moi, me laver, peut-être dormir encore quelques heures, puis j'irai à Bemidji pour voir Ginnie et la petite. Je t'appellerai de là-bas.

— Tu as réfléchi, pour Milwaukee ?

— Toute la nuit. » Billy prit une gorgée de café brûlant, observant Aaron au-dessus de sa tasse. « Je crois que je tiendrai le coup, dit-il. Le bain de vapeur m'a fait du bien. »

Aaron se tourna vers le sauna.

« Suer, cela fait toujours du bien. Cela pourrait guérir du cancer, si on voulait seulement essayer. »

Billy hocha la tête.

« On dirait que cela ne fait pas beaucoup de bien à Shadow, cela dit, déclara-t-il au bout d'un moment. Sans vouloir te vexer, Aaron, ce gosse m'a tout l'air d'un fou furieux. »

11

C'est le téléphone qui réveilla Lucas, quelques minutes avant 6 heures.

« Davenport, grogna-t-il.

— C'est Del, Billy Hood vient de rentrer dans l'immeuble. » Lucas se redressa brusquement.

« Vous êtes sûrs que c'est lui ?

— Pas de problème, mon vieux, c'est bien lui. Il s'est arrêté, a bondi de sa voiture et est entré dans la maison avant qu'on ait pu faire quoi que ce soit. Tu ferais mieux de te ramener en vitesse.

— Tu as prévenu Lily ? » Lucas écarta le rideau d'un doigt. Il faisait encore nuit.

« C'est la suivante sur la liste.

— Je l'appelle. Toi, préviens Daniel...

— Déjà fait. Il m'a dit de suivre notre plan, de faire ce qu'on avait dit.

— Et les fédés ?

— Celui qui est ici a prévenu ses supérieurs. »

Lily répondit à la troisième sonnerie. Sa voix évoquait le grincement d'une vieille grille rouillée.

« Vous êtes réveillée ?

— Qu'est-ce que vous voulez, Davenport ?

— J'avais envie de savoir si vous dormiez nue.

— Bon Dieu, mais vous êtes malade ? Quelle heure...

— Billy Hood vient d'arriver chez lui.

— Quoi ?

— Je vous prends à l'hôtel dans dix minutes. Enfin, un quart d'heure. Le temps de vous brosser les dents, de prendre une douche, de descendre...

— Dix minutes, c'est bon. »

Lucas passa sous la douche, enfila un jean, un sweat-shirt et une veste de coton. Cinq minutes après avoir appelé, il était dans la rue. C'était le début de l'heure de pointe : il descendit Cretin Avenue à fond de train, conduisant de préférence à gauche et grillant au passage un feu rouge et deux feux orange très sanguine. Puis il prit la I-94 et arriva à l'hôtel de Lily exactement douze minutes après avoir raccroché. Comme il s'arrêtait, elle sortait du hall.

« On est sûr de son identité ? demanda-t-elle d'un ton bref.

— Sûr... Vous êtes un peu pâlotte, ajouta-t-il.

— Il est tôt. Et j'ai vaguement mal au cœur. Je me suis dit que j'allais m'arrêter au bar pour prendre un petit pain, mais vaut mieux pas. »

Sa voix était froide, neutre. Elle évitait son regard.

« Vous avez un peu abusé, hier soir.

— Un peu beaucoup. J'apprécie votre... vous voyez.

— Vous étiez dans un drôle d'état », dit-il abruptement, mais avec un sourire.

Elle rougit, furieuse.

« Juste ciel, Davenport, lâchez-moi un peu !

— Non.

— Je ne devrais pas faire équipe avec vous, affirma-t-elle en regardant par la vitre.

— Hier soir, vous aviez envie de rigoler. Bon, vous avez reculé. Je n'en mourrai pas. Mais la grosse question, c'est...

— Quoi ?

— Et vous ? »

Elle se tourna vers lui, et sa voix trahissait un imperceptible mépris.

« Ah, l'Amant Idéal a parlé...

— Amant idéal, mon cul. Vous en aviez envie, c'est tout. Et cela ne date pas de notre rencontre.

— Il se trouve que je suis...

— ... mariée, et très heureuse, conclurent-ils d'une même voix.

— J'ai très, très envie de vous, reprit Lucas au bout d'un moment. J'ai l'impression d'étouffer.

— Mon Dieu, je ne veux pas entendre parler de ça », dit-elle, et elle détourna de nouveau les yeux.

Lucas posa la main sur son avant-bras.

« Si vous... considérez que c'est définitivement exclu... nous ferions sans doute mieux de travailler avec des partenaires différents, en effet. »

Elle ne répondit pas que c'était définitivement exclu. Elle changea de sujet.

« Mais pourquoi n'ont-ils pas bondi sur Hood quand il s'est arrêté ? S'imaginaient-ils que... »

Lorsque Lily et Lucas arrivèrent dans l'appartement, une demi-douzaine d'enquêteurs s'y trouvaient déjà, ainsi que l'agent fédéral. Del les entraîna à l'écart. Il était parfaitement réveillé.

« Bon, j'ai parlé à Daniel, nous sommes tous d'accord. On attend que le boulanger soit parti travailler. Il sort à 7 h 30, 7 h 40, quelque chose comme ça. »

Lucas jeta un regard sur sa montre. 6 h 20.

« Quant à l'autre, Monsieur Muscles, on ne sait pas quand il sortira, poursuivit Del. Le gardien dit qu'il est dehors à 9 heures certains jours, et que d'autres fois il dort jusqu'à midi. On ne peut attendre jusque-là. Si Hood est arrivé à 6 heures du matin, il doit être assez crevé. Il a peut-être conduit toute la nuit. En tout cas, il y a de bonnes chances pour qu'il dorme. Alors, voilà ce qu'on va faire : on entre et on coupe le téléphone, pour le cas où un autre locataire de l'immeuble serait dans le coup. Ensuite, on poste une équipe dans le couloir, quatre types, et un micro sur leur porte. On écoute un moment, histoire de voir qui est debout. Et lorsque le boulanger sort, on lui saute dessus, et hop... on est dans la place.

— Mais si Hood est réveillé, avec le fusil à portée de main...

— Il n'aura pas le temps de le prendre, assura Del. Tu connais Jack Dionosopoulos, le gros Grec qui fait partie de la BIU ? Qui jouait au base-ball à St. Thomas ?

— Ouais, répondit Lucas en hochant la tête.

— Il va passer devant, à mains nues. Si Hood est là, avec une arme, nous n'avons pas le choix. Jack casse sa pipe, et le suivant descend Hood. S'il n'y a pas d'arme en vue, c'est Jack qui lui saute dessus. S'il ne le voit pas, il va dans la chambre. Il n'aura qu'à le cueillir et l'épingler. Hood n'est pas si costaud...

— Jack prend un gros risque...

— Il est gonflé à bloc. Il se croit revenu à l'époque de St. Thomas.

— Je ne sais pas, dit Lucas. C'est votre plan, mais j'ai l'impression que Jack est si gonflé qu'il risque d'éclater.

— Il a déjà fait le coup. Même plan. Avec un chef de gang. Il fallait le faire parler. Le type avait un pistolet à la ceinture quand Jack est entré. Il n'a pas eu le temps de dégainer. Jack était déjà sur lui comme la sainteté sur le pape.

— Bien, on attend encore, alors, fit Lily, et elle jeta un coup d'œil au travers des stores vénitiens.

— Inutile de rester là, dit Del. Nous avons communiqué votre plan de l'appartement à la BIU — ils planquent dans le garage Amoco, à trois rues d'ici. Il faudrait que vous alliez les trouver, pour les renseigner plus précisément sur la configuration des lieux.

— Très bien, conclut Lucas. Si quoi que ce soit arrive, appelle-nous. »

« Del est plutôt en forme, vu l'heure, remarqua Lily, comme ils se rendaient à la station-service.

— Mmmm. » Lucas la regarda brièvement.

« Il a peut-être fourré son nez dans une pièce à conviction ? Il dormait si profondément, hier, que ça ressemblait fort à un sommeil artificiel.

— Il ne prend pas de coke, marmonna Lucas.

— Autre chose, alors ? »

Lucas haussa les épaules.

« Des rumeurs, dit-il, toujours sur le même ton. Il prendrait des amphés, de temps à autre.

— Ouais, genre toutes les heures », commenta-t-elle entre ses dents.

La BIU évoquait effectivement une équipe sportive avant la rencontre. Les types étaient excités, sur les dents ; ils parlaient tous avec cet air fébrile de joueurs concentrés sur un match. Le plan de l'appartement était reproduit sur un tableau, au marqueur noir. A côté étaient scotchées les photos que Lucas avait prises à l'intérieur. Il les examina pendant quelques minutes, repérant les chaises, les divans, les tables, les tapis.

« Quel genre dc tapis est-ce ? demanda Dionosopoulos. Il est juste posé, ou cloué ? Je n'ai pas envie de glisser et de me retrouver sur le cul.

— C'est pourtant ce que tu faisais, à St. Thomas, lança un autre membre de la BIU.

— Va te faire foutre, toi et tous les luthériens à la con, répondit Dionosopoulos d'un ton serein. Alors, Lucas ?

— Je ne sais pas. Il est petit, c'est tout ce que je peux te dire. Fais attention, ça peut être glissant.

— C'est une de ces vieilles carpettes, des imitations de tapis persans, vous savez, intervint Lily. On voit la trame. Je pense qu'il y a un risque de glissade.

— D'accord.

— Lucas ? fit un des membres de la brigade en se dirigeant vers lui. Del vient d'appeler. Il avait l'air bizarre, et il demandait que vous reveniez tout de suite à la planque. Immédiatement.

— Qu'entendez-vous par « bizarre » ?

— Il chuchotait, et c'était sur l'émetteur... »

Del les attendait dans le couloir. Il avait des yeux comme des dés de poker.

« Alors ? demanda Lucas.

— Les fédés sont là. Ils ont posté une brigade devant l'entrée.

— Quoi ? »

Lucas passa devant lui et pénétra dans l'appartement.

Un flic de Minneapolis se tenait debout près de la fenêtre, à côté de l'agent du FBI. Tous deux portaient des écouteurs aux oreilles, et regardaient de l'autre côté de la rue.

« Qu'est-ce que c'est que ce bordel ? fit Lucas.

— Qui êtes-vous ? demanda le responsable des agents fédéraux, d'un ton froid.

— Inspecteur Davenport, de la police de Minneapolis. Nous avons la situation en main...

— Non, elle n'est plus entre vos mains, inspecteur. Et si vous en doutez, je vous suggère d'appeler votre chef...

— Il y a des hommes dans la rue, dit soudain la voix d'un flic de Minneapolis. Je vois des types.

— Les cons, s'exclama Del. Les cons... »

Lucas souleva les lattes du store pour jeter un coup d'œil, Lily penchée sur son épaule. Il y avait six hommes dans la rue, deux en long manteau, quatre en tenue pare-balles. Trois d'entre eux et un type en manteau gravissaient le perron de l'immeuble ; un autre demeurait au pied des marches, tandis que le dernier homme en tenue pare-balles se postait au coin du bâtiment. Un des types sortit un fusil avant d'entrer. L'homme au manteau se retourna une seconde et regarda vers la planque. C'était Kieffer.

« Oh non, non, fit Lily. Il a un AVON. Ils vont essayer de faire sauter la porte avec des AVON.

— Ils n'y arriveront jamais, mon vieux, affirma Lucas d'une voix précipitée. La porte est en chêne massif. Dites-leur de revenir, dites-leur que ce n'est pas la peine.

— Quoi ? demanda le fédé, ne comprenant pas ce que disait Lucas.

— Ils ne démoliront pas la porte avec des AVON », répéta Lily.

Lucas se détourna et sortit en trombe de l'appartement, empruntant le couloir vers la porte d'entrée principale. Il entendait Del qui psalmodiait toujours « Les cons, les cons... »

Lucas jaillit hors de l'immeuble, surprenant l'agent fédéral qui porta instantanément la main à sa ceinture. Il fit un crochet, cria : « Non ! Non ! »

Il y eut une détonation, une autre, et une troisième, des éclats sourds, creux, comme l'écho d'une grosse caisse au loin. Lucas s'immobilisa, attendit une, deux, trois secondes ; puis cela recommença. *Boum, boum...* Et soudain, le claquement sec, méchant d'un pistolet, six ou sept coups. Un silence, puis une explosion terrible, étrange, un craquement brutal.

« Police de Minneapolis ! » cria Lucas à l'adresse de l'agent fédéral posté au pied du perron, Lily l'avait rejoint, et ils traversèrent la rue en courant. Le fédé tendait le bras vers eux pour leur faire signe d'arrêter, mais les coups de pistolet lui firent détourner la tête.

« Tire-toi de là, bon Dieu ! cria Lucas. C'est Hood, il a un pistolet. S'il vient à la fenêtre, il te descend ! »

Lucas et Lily se réfugièrent à l'abri derrière le perron. L'agent fédéral les rejoignit, l'arme au poing à présent. On entendait crier dans l'immeuble.

« Ils l'ont coincé, dit le fédé, d'un ton mal assuré.

— Foutaises, répondit Lily. Ils ne sont même pas entrés. Si vous avez un émetteur, vous feriez mieux d'appeler l'équipe médicale, parce que Hood a canardé dans tous les sens, apparemment. »

La porte d'entrée s'ouvrit brusquement, et Kieffer bondit sur le perron, accroupi, l'arme à la main.

« Qu'est-ce qui se passe, qu'est-ce qui se passe ? cria le type en tenue pare-balles, au coin de l'immeuble.

— Recule, recule ! cria Kieffer en retour. Il a des otages.

— Espèce de connard ! hurla Lucas à l'adresse de Kieffer.

— Tirez-vous d'ici, Davenport, c'est l'affaire du FBI.

— Va te faire mettre !

— Je vous ferai arrêter, Davenport.

— Viens par ici, et tu pourras m'arrêter pour avoir botté le cul d'un fédé, cria Lucas. Pauvre tête de nœud ! »

Les brigades fédérale et municipale cernèrent le quartier et s'employèrent à évacuer les habitants de l'immeuble et des immeubles voisins. Le négociateur de la police de Minneapolis arriva avec un téléphone portable, afin de discuter avec Hood.

Lorsque Lucas et Lily retournèrent à la planque, Daniel était là, en train de parler avec le responsable des fédéraux. Sloan écoutait, adossé au mur.

« ... aller trouver les chaînes de télévision, et leur expliquer exactement ce qui s'est passé, disait Daniel d'une voix sourde, l'air grave. Nous avons une solide expérience de ce genre de situation, et nous avions un plan d'action excellent, mis au point par nos meilleurs hommes. Et soudain, sans nous avoir prévenus, sans les informations nécessaires — informations que nous possédions : nous savions que la porte résisterait aux AVON, c'est pourquoi nous ne les avons pas utilisés —, une brigade du FBI prend la direction des opérations et se lance dans ce que je ne pourrai décrire que comme une action inconsidérée — qui non seulement met en danger la vie de nombreux officiers de police et celle de personnes innocentes dans les appartements voisins, mais compromet également nos chances de capturer Hood vivant, et donc d'abattre ce complot effrayant qui a déjà coûté la vie à trop de gens...

— Cela aurait dû marcher, coupa l'autre avec amertume.

— Conneries ! fit Daniel d'une voix âpre, abandonnant soudain son ton moralisateur. Jamais je n'aurais cru que vous tenteriez un coup pareil. Je vous surestimais. Si vous étiez seulement venus nous trouver, nous aurions pu en discuter, prendre le temps de mettre au point une action commune, et c'est vous qui en auriez tiré la gloire. Mais la manière dont ça s'est passé... Il n'est pas question que cela retombe sur moi.

— Puis-je vous demander de sortir, tous, une minute ? fit le responsable fédéral, à la cantonade.

— Lucas, vous restez là », intervint Daniel.

Quand les autres flics furent sortis, le fédé jeta un coup d'œil vers Lucas, avant de se tourner vers Daniel.

« Il vous faut un témoin ?
— Ce n'est jamais inutile.
— Bon, que voulez-vous ?
— Je ne sais pas. Je vous demanderai probablement votre aval et votre intervention officieuse pour une demi-douzaine d'autorisations et l'assistance de la police fédérale...
— C'est sans problème...
— Ainsi qu'un accès à vos dossiers. Quand je vous appellerai pour quelque chose, vous me communiquerez ce que vous avez, et pas de conneries.
— Daniel, vraiment...
— Vous pouvez m'envoyer une note pour confirmer cela.
— Non, pas de trace écrite.
— Pas de trace écrite ? Alors, je ne marche pas. »
Le responsable des fédéraux était en sueur. Il aurait pu faire un coup sensationnel. Et il se retrouvait avec un désastre sur les bras.
« Très bien, dit-il enfin. Je suis obligé de vous faire confiance.
— Hé, n'avons-nous pas toujours été amis ? demanda Daniel en lui donnant une claque dans le dos.
— Tu parles, répondit l'autre en s'écartant d'un coup d'épaule. C'est cet emmerdeur de Clay. Il m'appelle tous les quarts d'heure. Il veut que ça bouge. Il va venir ici, vous savez. Et il aura son arme planquée sous le bras, cet enfoiré.
— Je compatis.
— Non, moi, je m'en fous. Mais trouvez quelque chose pour me sortir du pétrin.
— Je pense que c'est faisable, dit Daniel avec un bref regard à Lucas. Nous allons déclarer que la police de Minneapolis a décidé de faire appel aux brigades spécialisées du FBI pour tenter un assaut. Et que, comme c'était impossible, nous nous sommes rabattus sur un plan de rechange et avons appelé un négociateur de la ville, afin d'obtenir une reddition.
— Même les cons de la télé ne goberont jamais ça, dit le fédé, l'air morose.

— Si nous nous mettons d'accord entre nous, quel choix ont-ils ? »

Del, Lily et Sloan attendaient tous les trois dans le couloir quand Daniel quitta l'appartement.

« Alors ? demanda Del.

— On a conclu un marché, répondit Daniel.

— Avantageux, j'espère.

— Avantageux tant qu'on peut tirer Hood de là.

— Ce n'était peut-être pas le moment de conclure un marché, intervint Sloan. C'était peut-être l'occasion de dire les choses telles qu'elles sont.

— Non, on négocie toujours, dit Daniel.

— Toujours », ajouta Lucas.

Lily et Del hochèrent la tête, Sloan haussa les épaules.

Hood avait tiré sept balles de gros calibre au travers de la porte de chêne, après qu'elle eut résisté aux cartouches d'acier moulé des AVON. En voyant que la porte tenait bon, les agents fédéraux avaient battu en retraite, et personne n'était blessé. La fusillade avait cessé, et l'étrange explosion s'était fait entendre, puis plus rien.

Vingt minutes après l'assaut raté, Daniel toujours présent à la planque, le négociateur appelait Hood. Celui-ci répondit qu'il ne sortirait pas, mais que ses compagnons, dans l'appartement, n'avaient rien à voir avec tout ça.

« Vous me connaissez ? demanda-t-il.

— Oui, nous vous avons identifié, Billy, répondit le négociateur. Mais ce n'était pas nous, à la porte, c'était une autre *administration*.

— Le FBI...

— Nous essayons simplement de faire sortir tout le monde, vous y compris, sans blesser quiconque...

— Les gars qui sont avec moi sont complètement en dehors du coup.

— Pouvez-vous nous les envoyer ?

— Ouais, mais je ne tiens pas à ce qu'un de ces

Blancs les descende. Vous voyez le problème ? Ces salopards du FBI nous tirent comme des lapins.

— Faites-les sortir, et je vous garantis qu'il ne leur sera fait aucun mal.

— Je vais leur demander, dit Hood. Ils sont terrifiés. Ils dormaient tranquillement, et tout d'un coup on se met à canarder la maison, vous voyez le genre ?

— Je vous promets que...

— Je leur demande. Rappelez-moi dans deux minutes. » Puis il raccrocha.

« Que se passe-t-il ? » demanda Lucas. Lily et lui avaient rejoint le négociateur, de l'autre côté de l'immeuble.

« Je pense qu'il va laisser sortir les deux autres.

— Comme ça ?

— Comme ça. Il n'a pas l'air de vouloir en faire des otages.

— Ce sont ses amis.

— Et comment ça s'est passé, avec Daniel ?

— Il a fait dégager les fédés.

— Bien. »

Au bout de deux minutes, le négociateur rappela Hood.

« Ils sortent, dit celui-ci, mais par la fenêtre. La putain de porte est complètement bousillée, on n'arrive plus à l'ouvrir.

— Très bien. C'est parfait. N'hésitez pas à casser la vitre si nécessaire.

— Prévenez les types, qu'ils ne les descendent pas.

— On les prévient immédiatement. Vous me donnez une minute, puis vous les faites sortir. Et vous devriez y songer également Billy ; nous n'avons vraiment pas l'intention de vous faire de mal.

— Épargnez-moi les conneries, et prévenez vos tueurs, répliqua Hood avant de raccrocher.

— Les deux types vont sortir, dit le négociateur à son collègue des transmissions. Préviens tout le monde. »

Sous le regard de Lucas et de Lily, immobiles près de

la voiture, une chaise vola au travers de la fenêtre de façade. Puis un balai apparut, pour évacuer les morceaux de verre. Ensuite une couverture, jetée sur le rebord. Le premier homme se dressa dans l'encadrement de la fenêtre, sauta à terre, un mètre cinquante plus bas, et courut en direction des voitures de police qui bloquaient la rue. Un agent de patrouille vint à sa rencontre.

Lily l'observait en secouant la tête.

« Je ne le connais pas. Il n'était sur aucune des photos. »

Trente secondes plus tard, c'était au tour du second homme. Il demeura un instant assis sur le rebord de fenêtre, jambes ballantes, se retournant pour parler avec Hood dans l'appartement. Au bout de quelques secondes, il sauta également à terre et se dirigea vers les voitures de police. Le négociateur reprit le téléphone.

« Billy ? Billy ? Parlez-moi, mon vieux, dites quelque chose... Allez, Billy, vous savez bien que ce n'est pas vrai. C'était le FBI. Nous avons fait dégager ces enfoirés... Je sais, je sais... Non, ce n'est pas de la foutaise, je n'agis pas comme ça, ni nos hommes. Vous m'avez dit... Billy ? Billy... ? Et merde, il a raccroché.

— Que dit-il ? s'enquit Lily.

— Que nous, les Blancs, allons le descendre. » Le négociateur, qui était noir, ne put s'empêcher de sourire. Il refit le numéro de téléphone. « Et il a probablement raison, ajouta-t-il, pour ces enfoirés de Blancs avec leurs pétards. »

La ligne était occupée.

« Où est le dossier que nous a donné Anderson ? s'enquit le négociateur auprès du type de la radio. Appelle la compagnie du téléphone, explique-leur ce qui se passe, et demande-leur de voir quel numéro il appelle.

— On peut déjà vérifier chez sa femme, suggéra Lucas. Elle doit bien avoir le téléphone. »

Le négociateur trouva le numéro de Bemidji dans les notes d'Anderson, le composa aussitôt. Occupé.

« C'est ça, dit-il. On devrait contacter le bureau du shérif et lui demander d'envoyer quelqu'un trouver son épouse. On peut peut-être discuter avec elle. Lui demander de nous rappeler ici, et ensuite lui passer Hood, de manière à entendre ce qu'ils disent. »

Un flic en civil arrivait en hâte.

« Un de ses colocataires dit que Hood s'est blessé en voulant se servir d'un fusil. Il se l'est explosé en pleine figure. Il est blessé au visage, il saigne. Mais le gars pense que ce n'est pas trop grave. »

Lucas regarda Lily, qui sourit discrètement.

Cinq minutes plus tard, le négociateur rappelait.

« Vous ne pouvez pas vous en sortir, Billy. Tout ce qui va arriver, c'est que quelqu'un sera blessé. Nous allons vous procurer un avocat, gratuitement, nous... Et merde.

— On essaie chez sa femme ? suggéra Lucas.

— Et les deux types qui sont sortis ? intervint Lily. Ils pourraient peut-être nous aider... »

Kieffer s'approchait lentement de la voiture.

« Je croyais que vous aviez quitté les lieux, dit Lucas en se redressant.

— Nous restons, en tant qu'observateurs, rétorqua Kieffer d'une voix coupante.

— Alors, observez mon cul », dit Lucas. Il fit un pas en avant. Leurs poitrines se touchaient presque.

« Posez un doigt sur moi, Davenport, et je vous fous en taule...

— Moi, je vais poser un doigt sur vous », intervint Lily en se glissant entre eux. Lucas recula d'un pas, de mauvaise grâce. « Et vous allez peut-être me foutre en taule, pour voies de fait ? Je ne suis pas aussi bien élevée que ces enfoirés de la police de Minneapolis, Kieffer, et je n'ai pas à avaliser les magouilles de Daniel. Je peux parfaitement aller à la télévision et parler, toute seule, comme une grande.

— Laissez tomber, répondit Kieffer, qui recula. Je suis là en tant qu'observateur, c'est tout. »

Le négociateur appela de nouveau et parvint à discuter plus longtemps, cette fois. « Vous pouvez nous faire confiance... Une minute, il faut que je parle à quelqu'un... »

Il couvrit le combiné de la main et se tourna vers Lucas.

« Vous connaissez des Indiens ?

— Quelques-uns.

— Voulez-vous essayer ? Il est mort de trouille. Parlez-lui de ces gens que vous connaissez... »

Lucas prit le téléphone.

« Billy Hood, c'est Lucas Davenport, de la police de Minneapolis. Écoute, tu connais Dick Yellow Hand, un ami de Bluebird ? Et Chief Dooley, le coiffeur ? Tu connais Earl et Betty May ? Ce sont des amis à moi, mon vieux. Ils se font du souci pour toi. Moi aussi, je m'inquiète pour toi. Tu ne pourras rien faire, en restant coincé là-dedans. Si ce n'est te mettre en danger. Si tu sors, il n'y aura pas de problème. C'est juré. »

Il y eut un silence.

« Vous connaissez Earl et Betty ? demanda enfin Hood.

— Mais oui, mon vieux. Tu peux les appeler. Ils te diront que je ne suis pas un salaud.

— Vous êtes blanc ?

— Ouais, ouais, mais je n'ai l'intention de faire de mal à personne. Sors, Billy. Je te jure devant Dieu que personne ne te tirera dessus. Sors de là, et nous rentrerons tous chez nous.

— Laissez-moi réfléchir, d'accord ?

— D'accord, Billy. » La communication fut coupée.

« Alors ? demanda Lucas au négociateur qui avait suivi la conversation au casque.

— Il va peut-être appeler Earl et Betty... C'est bien ça ?

— Ouais. Tout le monde les connaît.

— On lui donne deux minutes, et on essaie encore. »

Deux minutes plus tard, la ligne était occupée. Au bout de trois minutes, Hood décrocha. Le négociateur dit quelques mots, et passa le combiné à Lucas.

« C'est vous, le type qui connaît Earl et Betty ? s'enquit Hood.

— Ouais, c'est moi, Davenport.

— Je vais sortir, mais je veux que vous veniez jusqu'ici pour me chercher. Si je sors tout seul, les types vont me canarder.

— Mais non, Billy... Écoute... » Lucas se penchait en avant, le téléphone collé à l'oreille.

« Pas de conneries, mon vieux. Cela fait longtemps que ces gars-là sont après moi. Depuis que je suis né, mon vieux. Ils m'attendent. Je n'ai rien contre vous, et je ne vous ferai pas de mal. Mais si vous voulez que je sorte, venez me chercher. »

Lucas consulta le négociateur du regard.

« Qu'en pensez-vous ?

— Il a tué un type, à New York. Il a tenté de descendre une brigade du FBI.

— Il avait une raison pour cela. Il veut peut-être réellement que je le couvre, c'est tout.

— C'est vrai, il est terrifié, approuva le négociateur.

— Alors, que faites-vous ? s'enquit Hood.

— Ne quitte pas un instant, nous discutons » ; répondit Lucas. Il regarda Lily. « Il n'y a peut-être pas d'autre moyen pour le cueillir vivant, dit-il.

— Ce serait de la folie d'entrer là-dedans, répliqua-t-elle. Nous le tenons. Il va bien falloir qu'il sorte, tôt ou tard, sans que personne risque sa peau. Aucun d'entre nous...

— Il faut qu'on discute avec lui.

— Pas moi. Moi, je veux le coincer, d'une manière ou d'une autre. Mort ou vif.

— Et cela vous est égal, que l'on puisse arrêter les autres membres du groupe ?

— Non, bien sûr. Théoriquement. Mais Hood est mon homme. Une fois qu'on se sera occupé de lui, le reste, c'est votre affaire et celle des fédéraux. »

Kieffer, à l'écart de la voiture, observait l'appartement.

« Il faudrait vraiment avoir des couilles pour y aller,

dit-il d'un ton équivoque, comme s'il doutait un peu que Lucas en soit capable.

— Hé, il n'est pas question de couilles, pour l'instant, intervint le négociateur, une ombre de colère dans la voix.

— Ouais, qu'est-ce que c'est que ce macho ? ajouta Lily en se tournant vers Kieffer, les mains sur ses hanches.

— Du calme », fit Lucas, et il leur fit signe de laisser tomber. Ignorant Kieffer, il observait la fenêtre de l'appartement, par-delà l'épaule du négociateur. Avec la vitre cassée, ce n'était plus qu'un carré sombre dans la brique rouge. « Je vais tenter le coup, ajouta-t-il.

— Bon Dieu, mais vous êtes cinglé, Davenport, s'exclama Lily. Vous pouvez peut-être discuter avec lui par la fenêtre, mais n'entrez pas. Parlez-lui de l'extérieur. »

Lucas reprit le téléphone.

« Billy ? D'accord, je suis prêt, mon vieux.

— Eh bien, venez.

— Tu n'es pas en train de m'entuber ?

— Non. Simplement, je ne veux pas me faire descendre.

— Ils le tiennent à l'œil, de l'autre côté de la rue, intervint l'opérateur radio, un casque sur la tête. Il est au milieu de la pièce. Del dit que, s'il tente quoi que ce soit quand vous arrivez, il faut plonger sous la fenêtre, et nous le descendrons.

— D'accord. » Lucas jeta un bref regard à Lily, hocha la tête, et reprit la communication. « Je viens, Billy, déclara-t-il. J'arriverai par ta droite.

— Très bien, dépêchez-vous. Ça commence à être long. »

Lucas sortit de derrière la voiture, les mains grandes ouvertes, levées à hauteur des épaules.

« C'est bon, mon vieux ! » cria-t-il en direction de la fenêtre.

Il se dirigea lentement vers l'immeuble, les bras écartés, conscient des dizaines de regards posés sur lui. La journée était fraîche, mais il sentait la sueur ruisseler dans son dos. Une rangée de pigeons bleus et blancs l'observaient également, perchés sur un toit de tuiles rouges, plus loin dans la rue. Sur un autre toit, caché derrière une cheminée, hors du champ de vision de Hood, un homme de la BIU visait la fenêtre avec un M-16. La radio d'une voiture de police émettait des messages inintelligibles dans le silence du matin. Lucas était à présent à dix mètres de la fenêtre.

« Venez, mon vieux, pas de problème ! » cria Hood. Lucas s'approcha encore, bras toujours écartés. Quand il fut à un mètre cinquante, Hood l'appela de nouveau : « Entrez directement ! Je serai sur votre gauche. Et je ne veux pas voir d'arme, mon vieux. Je suis un peu nerveux, vous voyez ce que je veux dire ? »

Lucas tendit le bras vers le mur, s'appuya, se hissa jusqu'à la fenêtre. Tournant la tête, il ne vit qu'une chaise brisée. Il se pencha un peu plus loin par l'ouverture. Personne en vue. Le fauteuil-sac gisait au milieu de la pièce, avec un creux au milieu, comme si quelqu'un s'y était laissé tomber.

« Je me rends », fit la voix de Hood, sur la droite, mais Lucas ne l'apercevait toujours pas. Il se pencha encore.

« Je veux que vous entriez, reprit Hood.

— Je ne peux pas faire ça, Billy.

— Vous essayez de me baiser, de me transformer en cible. Si je viens à la fenêtre, je suis un homme mort, pas vrai ?

— Billy, je te jure devant Dieu que...

— Ne jurez pas. Entrez par cette fenêtre, c'est tout. Je suis là. Et je veux que vous ressortiez juste devant moi, pour que ces Blancs ne me tirent pas dessus. »

Lucas jeta un bref regard autour de lui, murmura « A dieu vat » et, prenant appui sur le rebord de la fenêtre, il se hissa dans la pièce. Comme il passait par-dessus le rebord, Hood surgit face à lui, le fusil à la main.

« Entrez carrément », dit-il. Le canon de son arme suivait la tête de Lucas comme un œil métallique.

« Allez, mon vieux », fit Lucas. Ils n'avaient pas vu de munitions dans le placard, avec le fusil. Hood en avait-il trouvé malgré tout, ou bluffait-il ? Mais s'il voulait bluffer, il aurait utilisé un pistolet quelconque, que tout le monde aurait d'office cru chargé... « Ça ne sert à rien, ajouta Lucas.

— Tais-toi », coupa Hood. Il était effrayé, tendu comme un ressort. « Entre, c'est tout. »

Lucas sauta de l'appui de fenêtre.

« C'est toi ou un de tes putains de collègues qui as bousillé ma carabine ? C'est toi, pas vrai ?

— Je n'ai pas entendu parler de carabine », répondit Lucas. Hood avait une longue entaille, au-dessus d'un œil, son visage était couvert de sang. Sur le sol, à côté de son pied, était posé un calibre 45, la glissière ouverte. Vide, estima Lucas.

« J'ai appuyé sur la détente de cette putain de carabine, et elle a failli m'arracher la gueule. Elle était bouchée avec du chiffon.

— Je ne suis absolument pas au courant », affirma Lucas. Il sentait la bosse du P7, dans son dos.

« Foutaises. Mais je sais que tu n'es pas au courant, pour ça... »

Le fusil de chasse toujours pointé sur le front de Lucas, Hood ouvrit la main qui soutenait le canon. Il y avait deux cartouches dans le creux de sa paume.

« Des chevrotines, dit-il. Pour la chasse au chevreuil. Je les avais planquées avec les cartouches de 30-30. Ils ne les ont pas vues, hein ?

— Bill... », commença Lucas. Il se maudissait intérieurement de ne pas avoir repéré les 30-30, de ne pas avoir vérifié le contenu de la boîte. « Tu ne t'en sortiras pas de cette manière..., continua-t-il.

— Les chevrotines, ça ne fait pas le poids face à ces connards avec leurs M-16, mais elles suffiront à me tirer d'ici, parce que maintenant je t'ai, petit Blanc. » Il bougea le canon de son arme. « A terre, continua-t-il. Couche-toi.

— Billy, je t'ai fait confiance, mon vieux. Ça ne va

pas, ça. » Lucas sentait la sueur perler à ses tempes, la chaleur envahir ses aisselles.

« Eh bien, j'ai menti, pauvre connard. Couche-toi par terre. » Il baissa le canon de quelques centimètres, pour indiquer le sol.

Lucas se mit à genoux, songeant à son P7, mais le canon de l'arme demeurait braqué sur lui.

« Et garde tes mains écartées... »

Dehors, le responsable de la BIU les appelait à l'aide d'un porte-voix.

« Vous sortez ? Tout va bien ?

— Tout va très bien, cria Hood en retour. On discute, laissez-nous.

— Tu n'arriveras jamais à..., fit Lucas.

— Sur le bide, et vite », l'interrompit Hood.

Lucas se laissa glisser au sol. Cela sentait la poussière, la poussière de la ville. De minuscules graviers lui entraient dans la chair du menton.

« Je vais te dire ce qu'on va faire, alors pas de connerie », reprit Hood. Son visage ruisselait de sueur. Il puait la trouille. « Je vais te faire sortir avec ce fusil. On va prendre une voiture, et descendre le Mississippi jusqu'à la réserve. En chemin, je te débarquerai, et je filerai dans les bois. Une fois dans la forêt, je serai libre, mon vieux.

— Ils iront te chercher avec des chiens...

— Qu'ils viennent. Il y aura des Indiens dans tous les coins, et leurs chiens pourront courir jusqu'à en crever. Ils ne me trouveront jamais au milieu des marais. » Hood s'approcha doucement de Lucas et posa le canon de l'arme sur sa nuque. « Juste pour te rappeler que je suis là, murmura-t-il. Je veux que tu poses ton front par terre, jusqu'à ce que je te dise de te relever. »

Lucas obtempéra, pensant toujours à l'arme contre sa hanche. Hood faisait quelque chose dans son dos, mais il ne pouvait voir quoi. Il y eut un bruit d'arrachement, et il inclina légèrement la tête.

« Hé ! fit Hood, et Lucas écrasa de nouveau son visage au sol.

— Il faut que je respire, déclara-t-il.

— Tu peux très bien respirer, ne me raconte pas de conneries... Maintenant, tu vas sentir le fusil contre ta tête. Je suppose que tu as une arme, et que tu es peut-être un as au karaté, mais au moindre mouvement je te fais sauter la cervelle... Je garde le doigt sur la détente, et la sécurité est enlevée, tu saisis ?

— Je saisis », dit Lucas.

Il éprouva le contact du métal froid derrière son oreille.

« A présent, relève la tête, regarde devant toi, vers la cuisine, mais ne bouge pas. Juste la tête. »

Lucas releva doucement la tête et, en une seconde, Hood lui entourait le front de ruban adhésif, une fois, deux fois. Lucas grinça des dents.

« Le canon du fusil est scotché à ton crâne, déclara Hood quand il en eut terminé, d'une voix imperceptiblement plus détendue. Si un de ces Blancs me tire dessus, tu es mort. S'il arrive quoi que ce soit, tu es mort. Un petit kilo de pression sur la détente, et adieu, mon vieux. Tu comprends bien ce que je dis ? Rideau... »

Un troisième tour de ruban adhésif, puis un quatrième vinrent recouvrir les deux premiers. Le dernier aveuglait en partie l'œil gauche de Lucas. Les boutons de sa chemise s'incrustaient dans sa poitrine et, soudain, il commença d'étouffer.

« Bon Dieu, fais attention, dit-il en réprimant le tremblement de sa voix.

— Ne t'en fais pas, mon vieux... Debout, maintenant. »

Lucas se mit à quatre pattes et se redressa lentement, les jambes flageolantes. Le canon du fusil accompagna le mouvement, derrière son oreille droite.

« Tout va bien ? lança de nouveau le responsable de la BIU.

— Tout va superbien, enfoiré ! cria Hood en retour. On sort dans une minute. » Il se tourna vers Lucas. « Ma bagnole est foutue, ajouta-t-il. Je veux une voiture de flic, et du temps. On va sortir et en prendre une.

— Dis-leur ce que tu veux, répondit Lucas. S'ils me

voient sortir les mains en l'air, et toi juste derrière, l'un d'entre eux peut ne pas comprendre ce qui se passe, et tirer. »

Le poids de l'arme l'obligeait à pencher la tête, le ruban adhésif collait à sa paupière, et il devait lutter contre un sentiment de claustrophobie.

« Toi, tu vas leur dire. Ils te croiront. Va jusqu'à la fenêtre. »

Lucas se dirigea vers la fenêtre. Hood l'agrippait par le col de sa chemise, de la main gauche. De la droite, il tenait le fusil collé contre le crâne de Lucas et s'en servait pour le faire avancer.

« Ne bougez pas ! Ne bougez pas ! » cria Lucas en apparaissant dans l'encadrement. Il leva les bras au-dessus de la tête, doigts écartés. « Ne bougez pas, bon Dieu ! J'ai un fusil pointé sur ma tête. Vous ne bougez pas, compris ? »

Il y eut un mouvement dans l'appartement en face, un éclat imperceptible derrière la fenêtre. Hood l'attira plus près, et le canon du fusil lui entailla la peau, derrière l'oreille.

« Billy..., fit un porte-voix.

— Je veux une voiture ! » cria Hood. Il poussa Lucas en avant, jusqu'à ce qu'il fût assis sur le rebord de la fenêtre. Puis, avec d'infinies précautions, il grimpa à son tour sur le rebord, à côté de lui.

« Tu descends en premier, déclara-t-il.

— Bon Dieu, pas de mouvement brusque, dit Lucas.

— Tu descends. »

Lucas sauta sur le sol, plia les genoux en fermant les yeux à la réception. Non, le monde existait encore. Hood atterrit à côté de lui. Lucas reprit son souffle.

« Je veux une voiture de flic, et que tout le monde s'écarte ! ordonna Hood.

— Billy, ce n'est pas une bonne idée, mon vieux. Tout se passait bien... », répondit l'autre. Le porte-voix résonnait dans les oreilles de Lucas. Il observa la rue, les voitures qui la barraient, les hommes à demi dissimulés derrière, et se demanda si tout cela n'allait pas disparaître soudain, ne laissant plus de Lucas Davenport qu'une dépouille inerte sur le sol froid, que la foule contemplerait les yeux baissés.

« Tu me donnes une voiture, c'est tout, tu amènes une voiture ici ! » répéta Hood. La tension était de nouveau perceptible dans sa voix, aiguë, éraillée, qui trahissait un début de panique.

« Donnez-lui sa putain de voiture ! » cria Lucas. L'odeur des sapins parvenait jusqu'à lui. Il n'y avait aucun sapin, par ici, nulle végétation, mais il sentait malgré tout le parfum des sapins, comme s'il se trouvait dans son bungalow du Wisconsin. Une mélopée commençait de s'élever dans un coin de son esprit : *Pas déjà, je vous en prie, pas déjà*, tandis que le canon glacé de l'arme appuyait sur sa chair, derrière l'oreille.

« D'accord, d'accord, nous faisons venir une voiture. Du calme, Billy, nous ne voulons blesser personne...

— Où est la voiture ? hurla Hood. Où est-elle ? » Il agita son arme, et la tête de Lucas partit brutalement en arrière.

« Du calme, ne t'énerve pas, mon vieux », fit Lucas, le cœur battant dans la gorge. Il avait mal à la tête, mal au cou, et Hood le malmenait comme un partenaire mal choisi dans une course à trois jambes. « Si tu tires par accident, ajouta-t-il, tu crèves comme moi.

— Silence, coupa Hood.

— Tu auras ta voiture, alors reste calme, bon Dieu ! » lança le responsable de la BIU. Il était posté face à eux, de l'autre côté de la rue. « Prends la voiture à ta droite, à ta droite ! Tu vois le flic qui en sort ? Il a laissé les clés sur le contact. »

Hood se tourna pour regarder, et Lucas fit de même. La voiture était garée à côté de celle du négociateur. Il apercevait Lily, derrière.

« D'accord, nous allons jusqu'à la voiture », cria Hood. Ils se mirent en marche, lentement, avançant de biais, en crabe. Le canon de l'arme, appuyé contre son crâne, guidait Lucas... Encore cinquante mètres.

« Billy ? Billy ? appela soudain le négociateur. C'est

moi, le type qui vous a téléphoné. Nous avons un médecin, ici. » Il s'éloigna de sa voiture, d'un pas, et Lucas remarqua qu'il avait ôté l'arme de son ceinturon. « C'est un bon médecin, une psychologue diplômée, reprit-il, et nous voudrions que vous parliez un peu avec elle... »

Lily sortit de derrière la voiture et rejoignit le négociateur. Elle serrait son sac à deux mains et avait effectivement l'air d'une fonctionnaire de la santé publique, terrifiée par les événements.

« Nous lui avons demandé de venir pour voir si vous n'aviez pas de problème. Elle dit qu'elle va monter en voiture avec vous, pour vérifier que tout se passe bien. Elle veut discuter un peu avec...

— Moi, je ne veux pas discuter, mon vieux, je veux la voiture, c'est tout. » Hood poussa Lucas qui tituba, le cou tordu par la pression du canon.

« Je peux vous aider ! » affirma Lily. Elle se tenait à quarante mètres d'eux.

« Je n'ai pas besoin de vous, répliqua Hood. Barrez-vous de mon chemin. » Il suait, et l'odeur de la peur devenait de plus en plus suffocante.

« Il faut que vous m'écoutiez, Billy, je vous en prie. J'ai déjà souvent travaillé avec des Indiens, et ce n'est pas leur manière d'agir. » Elle fit un pas en avant, puis un autre et, comme ils se dirigeaient vers la voiture, se retrouva à moins de trente mètres d'eux.

« Barrez-vous, c'est compris ? hurla Hood, fou de rage. Je n'ai pas besoin d'une psy à la con, d'accord ?

— Billy, je vous en prie... », fit Lily d'un ton suppliant. Vingt mètres. Elle laissa tomber le long de son corps son sac, qu'elle portait en bandoulière, une main tendue, tandis que de l'autre elle tripotait nerveusement le revers de sa veste. « Laissez-moi... » Soudain, sa voix passa de la supplication à l'urgence. « Attention ! Billy, écoutez-moi. Il y a un problème que vous ne voyez pas. Je suis sérieuse, Billy. Vous avez une guêpe dans les cheveux. Au-dessus de votre oreille droite. Si elle vous pique, n'appuyez pas sur la détente, ce n'est rien, rien qu'une guêpe... Que ça ne provoque pas de drame.

— Une guêpe... Où ? » Hood s'immobilisa, la voix étranglée soudain. Lucas repensa brusquement à l'armoire à pharmacie, au flacon d'antihistaminiques.

« Sur vos cheveux, juste au-dessus de l'oreille droite, là ; elle est en train de descendre vers votre oreille... »

Hood serrait le cou de Lucas de la main gauche, et Lucas sentit le canon du fusil se relever tandis que Hood tentait de balayer la guêpe imaginaire avec la main qui tenait l'arme. Le doigt passé dans le pontet, il ne pouvait atteindre son oreille ; l'espace d'une fraction de seconde, il ôta son doigt de la détente, instinctivement. Dans la même seconde, Lily plongeait sa main droite dans sa ceinture, celle qui tripotait avec nervosité le bouton de sa veste, et en tirait le calibre 45, qu'elle pointa sur la tête de Hood en un éclair, comme si elle lançait une flèche. Il eut à peine le temps de le voir, d'amorcer une esquive. Lucas ferma les yeux, détourna la tête. Le coup partit, et il eut l'impression de recevoir une poignée de sable en pleine figure, à toute volée. Hood s'effondra à la renverse sur le sol, entraînant Lucas qui tomba à genoux et cria : « Enlevez-moi ça, enlevez-moi ça, enlevez-moi ça ! »

Le négociateur s'agenouilla à son côté. « Tout va bien, tout va bien », dit-il.

Une main saisit le canon du fusil et l'écarta pendant que l'on coupait le ruban adhésif.

« Enlevez-moi ça, enlevez-moi ça », répétait toujours Lucas, la voix rauque, le souffle court.

Il y eut un claquement mat, et la pression du canon s'évanouit.

Tout était clair de nouveau, l'asphalte sous ses genoux, l'odeur du goudron et de détritus, le son des radios des flics, un agent de la BIU qui courait, la voix de Lily, le genou du négociateur tout près de son visage, la chaussure de sport de Billy Hood couverte de poussière. Puis son petit déjeuner remonta et, toujours à genoux devant l'appartement de Billy Hood, il se mit à vomir, à vomir ; et, quand il ne put plus vomir, des nausées sèches continuèrent de le secouer, ébranlant ses épaules, ravageant son estomac. Des hommes de la BIU s'étaient rassemblés autour du cadavre. Quelque part, Lucas entendait les pleurs d'une femme, par-dessus les cris et les conversations. Le responsable de la BIU avait posé la main sur sa nuque, une main chaude contre sa peau glacée. Il perçut le bruit du fusil que l'on ouvrait, et une cartouche verte tomba à terre.

Lorsque les spasmes se calmèrent et qu'il put les contrôler, Lucas détourna la tête et regarda Billy Hood. Il avait le visage défoncé, comme s'il avait reçu un coup de pioche.

« Une balle dans le 10 », déclara Lily. Elle se tenait debout devant lui, pâle comme la mort, le regard baissé sur Hood. « En plein entre les deux yeux », ajouta-t-elle d'une voix ferme, assurée, mais aussi empreinte d'une tristesse infinie. Lucas se mit à quatre pattes, puis se redressa, les jambes faibles.

Le responsable de la BIU l'aida à se débarrasser du ruban qui enserrait son front et se tourna vers Lily.

« Ça va ? s'enquit-il.

— Ça va.

— Et vous ? demanda-t-il à Lucas.

— Pas des masses. » Lucas fit quelques pas chancelants, et Lily passa un bras autour de sa taille. « C'était une question de minutes, ajouta-t-il. J'étais un homme mort.

— Il vous aurait peut-être relâché, dit-elle, jetant un regard sur le corps de Hood.

— Peut-être, mais je ne le pense pas. Billy Hood était un enragé. Il était prêt à mourir, et pas seul. »

Il s'arrêta et, imitant Lily, se retourna vers le cadavre. Le visage de Hood n'était guère paisible. C'était juste un visage mort, vide, comme une boîte de bière écrasée dans un caniveau. Une vague de colère aveugle envahit brusquement Lucas.

« On avait besoin de lui, bon Dieu ! Il nous le fallait vivant, pour qu'il puisse parler, ce con. Ce con ! Pourquoi a-t-il fait ça ? » Il criait à présent, et les hommes de la BIU l'observaient.

Lily resserra son étreinte et le poussa doucement vers l'appartement d'en face.

« Vous ai-je dit "merci" ? demanda soudain Lucas, les yeux baissés vers elle.

— Pas encore.

— Vous pouviez me faire sauter la cervelle, Rothenburg. Et, à cause de vous, j'ai plein de saloperies incrustées dans la figure.

— Je suis trop bonne. Je ne pouvais pas vous blesser. Et des saloperies sur la figure, c'est toujours mieux que des chevrotines derrière l'oreille.

— Bon, merci alors. Vous m'avez tiré de la merde.

— J'accepte votre infâme reconnaissance, même si ce n'est pas assez...

— Je vous montre autant de reconnaissance que vous pouvez en accepter, vous le savez », dit-il. Les cheveux de Lily frôlaient sa joue.

« Saletés de mecs », marmonna-t-elle.

12

Lucas était assis sur une pile de journaux.

« Comment ça va? » s'enquit Daniel en venant s'accroupir à côté de lui. Lily se rendit compte qu'il tentait de manifester sa sympathie, sans trop savoir comment.

« Ça va aller », répondit Lucas.

Larry Hart, qui entrait, s'arrêta en les voyant.

« Les médias ont envahi tout le quartier, déclara-t-il. Canal 8 avait installé une caméra sur un toit, plus loin dans la rue. Ils ont tout diffusé en direct. Tout le monde va être après toi et Lily.

— On s'en fout, affirma Lucas, les coudes posés sur les genoux, tête basse. Quelqu'un a eu Jennifer au téléphone?

— Je l'ai appelée, juste après que Lily a descendu Hood, dit Daniel. Elle a vu la scène à la télé. Elle paraissait tout à fait calme. Elle a même essayé de m'arracher des détails, pour les informations.

— C'est bien elle », laissa tomber Lucas. Il agrippa ses genoux, repensa au fusil pointé derrière son oreille. « Si vous pouvez trouver quelqu'un pour ramener la Porsche chez moi, je peux peut-être filer discrètement dans une voiture de patrouille, suggéra-t-il.

— Sloan va s'en charger », déclara Daniel. Lucas hocha la tête et fouilla dans sa poche pour y prendre les clés. « Mais nous avons un autre problème, reprit Daniel.

Cela ne me fait vraiment pas plaisir de vous ennuyer avec ça maintenant mais...

— Mais quoi, bon Dieu ?

— Ce matin, la brigade fluviale de St. Paul a repêché un cadavre, au barrage Ford. Il était coincé contre un pilier de la digue. Un Indien. D'après ses papiers, il s'agirait d'un certain Richard Yellow Hand.

— Et merde...

— Nous aimerions que vous alliez y jeter un coup d'œil. Nous ne sommes pas encore sûrs... enfin, presque, mais c'était un indic à vous...

— D'accord, d'accord...

— Je vous accompagne, si vous voulez, proposa Lily.

— Euh, vaut mieux pas, dit Daniel en la regardant. Nous avons quelques rapports à remplir ensemble. Comme vous n'êtes pas enregistrée dans la police du Minnesota, vous allez devoir rencontrer notre avocat.

— Quoi... ?

— Il n'y a aucun problème, rassurez-vous, ajouta Daniel d'une voix précipitée. Mais vous savez ce que c'est, l'Administration, les paperasses... Bon sang, je donnerais n'importe quoi pour un cigare.

— Bon, donc je vais identifier le corps..., dit Lucas.

— Il y a autre chose, l'interrompit Daniel, l'air contraint. Ils ont recommencé.

— Recommencé ? répéta Lily. Qui ? Où ?

— Brookings, dans le Dakota-du-Sud. La nouvelle vient de nous parvenir. Le procureur général de l'État, carrément. Au cours d'une espèce de fête traditionnelle, la fête des moissons, un truc comme ça, avec des danseurs de polka. Le procureur général s'y rendait toujours, à cause de la télé. Cette fois, un type l'attendait avec un fusil.

— Notre ami avec les tresses ? demanda Hart.

— Non. Mais ils l'ont coincé. Ou plutôt ils l'ont descendu. Il est en soins intensifs, pour l'instant. Un cowboy du coin l'a vu tirer, a pris un fusil dans son camion et l'a canardé.

— Bien, fit Lucas. Enfin, bien, si on veut. Je crois que

je ferais mieux d'aller identifier Yellow Hand, déjà. Si c'est bien lui. Quant à cette histoire du Dakota-du-Sud, franchement je m'en inquiéterai quand j'aurai la tête à ça. Plus tard. » Il se leva, fit quelques pas incertains, s'appuya à la porte. Lily, Daniel et Hart l'observaient, l'air soucieux, et il esquissa un sourire. « On dirait Dorothy, le Lion et l'homme de Fer-Blanc, déclara-t-il. Allez, rigolez un peu.

— Et vous, vous êtes le Magicien d'Oz, alors? fit Lily, toujours inquiète.

— Je me sentirais plutôt comme la Méchante Sorcière de l'Ouest quand sa baraque s'effondre sur elle, répondit-il. A plus », ajouta-t-il en agitant la main.

Le corps de Yellow Hand se trouvait à l'institut médico-légal du comté de Ramsey. Il gisait sur le dos, sur un panneau de métal inoxydable. Lucas détestait les noyés. Ils n'avaient plus rien d'humain. Ils paraissaient... fondus.

« C'est bien Yellow Hand? » lui demanda un assistant du médecin légiste.

Lucas baissa les yeux et regarda cette chose molle en plein visage. Les yeux étaient ouverts, gonflés, la pupille invisible. On aurait dit le plastique d'un sachet de lait. Les traits étaient déformés, certains accentués, d'autres effacés. Mais ils restaient quand même identifiables. Lucas se détourna.

« Ouais. C'est Yellow Hand. Il a de la famille à Fort Thompson, dans le Dakota-du-Sud. Sa mère, je crois.

— On va appeler.

— Vous avez déjà déterminé la cause de la mort?

— On a jeté un coup d'œil rapide. Il a un trou à la base du crâne. Comme les exécutions en Chine : une balle. Mais rien d'officiel encore : ce n'est pas forcément de cela qu'il est mort, il a pu se noyer, on ne sait pas...

— Mais il a reçu une balle?

— On dirait bien, oui... »

A l'instant où Lucas descendait de la voiture de patrouille devant chez lui, Sloan arriva avec la Porsche.

« Quelle putain de bagnole ! s'exclama Sloan avec enthousiasme. Deux cent vingt sur l'inter-États, je n'arrivais pas à y croire... » Il jeta un coup d'œil vers Lucas. « Je plaisantais, dit-il. Oh ! là ! là ! ça va, toi ? Tu as l'air complètement démoli.

— La journée n'a pas été terrible. Et il n'est même pas midi », répondit Lucas, mais cette tentative d'humour tomba à plat.

« C'était... ?

— Ouais. C'était Yellow Hand. »

Sloan lui tendit les clés, et lui expliqua que Lily était dans les paperasses jusqu'au cou. Deux stations locales, ainsi qu'une de New York, voulaient savoir pourquoi elle portait une arme à Minneapolis. Mais Daniel contrôlait la situation, ajouta Sloan.

« Bien, il faut que j'y aille si je veux rentrer avec la voiture de patrouille, ajouta-t-il.

— Ouais. Et merci, pour la Porsche.

— Ménage-toi un peu... » Sloan paraissait hésiter à le laisser seul, mais déjà Lucas se détournait et se dirigeait vers la maison. Comme il déverrouillait la porte d'entrée, il entendit la sonnerie du téléphone. Le répondeur se déclencha avant qu'il ait pu décrocher. C'était Jennifer Carey : « Il est dix heures vingt-huit. Nous avons diffusé l'histoire de Hood. Rappelle-moi... »

Lucas saisit le combiné.

« Allô ? Tu es toujours là ?

— Lucas ? Tu es arrivé ?

— A l'instant. Ne quitte pas, une seconde, il faut que je ferme la porte. »

Lorsqu'il reprit la communication, Jennifer attaqua :

« Espèce de salaud, j'ai cru devenir folle. J'ai appelé Daniel, il m'a dit qu'il ne savait pas où tu étais, mais que tu n'étais pas blessé.

— Je vais très bien. Enfin, non, pas très bien, je me sens un peu secoué. Où es-tu ?

— Aux studios. Lorsque j'ai su ce qui se passait... merci de ne pas m'avoir prévenue, au fait, nous nous sommes fait baiser par Canal 8, et comme tout le monde sait que nous sommes ensemble, on me regarde comme si je m'étais transformée en crapaud cornu.

— Ouais, bon. Où est la petite ?

— J'ai appelé Ellen, l'étudiante. Elle s'en occupe. Elle peut rester aussi tard que je le lui demanderai, ou même passer la nuit à la maison, si nécessaire.

— Tu peux venir, plus tard ?

— Ça ne va pas ?

— Si. Mais je ne cracherais pas sur un peu de soutien moral.

— Tu sais, tout le monde est sur les dents, ici. Tu as entendu parler d'Elmer Linstad, dans le Dakota-du-Sud ?

— Ouais. Le procureur général.

— Il a déjà des mouches sur l'œil. Et le type qu'ils ont descendu, ce fameux Liss...

— Ho là ! C'est toi qui as de l'avance, à présent ? Qui est-ce ?

— Un Indien appelé John Liss. Originaire d'ici, des Villes. Il est sur le billard pour le moment, mais apparemment il s'en tirera. Il est question de m'envoyer là-bas, en avion, dans l'après-midi. Je dirigerai l'équipe locale...

— Ah bien... » La voix de Lucas dissimulait mal sa déception.

« ... mais je peux peut-être m'échapper un moment, à l'heure du déjeuner.

— J'aimerais bien te voir. Je me sens un peu bizarre.

— Si je t'envoie une équipe, peux-tu leur raconter...

— Non, Jen, impossible. Vraiment. Dis-leur que je ne suis pas là. Je vais débrancher le téléphone. Il faut que je m'allonge un peu.

— D'accord... Bisous. »

Lucas se glissa entre les draps, mais le sommeil ne venait pas. Son cerveau bouillonnait sans cesse, il sentait toujours le contact du canon de fusil derrière son oreille, le visage gonflé, grotesque, de Yellow Hand flottait devant ses yeux...

Il resta allongé sur le dos, immobile, en sueur. Il tourna la tête, consulta le réveil. Cela faisait plus d'une heure qu'il était couché ; il avait dû dormir, il avait dû disparaître un moment, car il avait la sensation que cinq minutes à peine s'étaient écoulées...

Il se redressa, et la migraine le foudroya. Il se dirigea vers la cuisine, prit dans le réfrigérateur une bouteille d'eau minérale parfumée au citron, et revint vers son cabinet de travail d'un pas chancelant. Le répondeur lui faisait de l'œil : huit messages. Il appuya sur le bouton d'écoute. Six appels de chaînes de télévision et de journaux. Les deux derniers étaient de Daniel, et de Lily. Il la rappela.

« Je nage dans les paperasses, dit-elle.

— C'est ce qu'on m'a dit.

— Et je dois faire une déposition demain matin...

— On peut peut-être déjeuner ensemble ?

— Je vous rappelle.

— Je serai sorti. J'emporterai le téléphone portable... »

Daniel l'avait appelé pour prendre de ses nouvelles.

« Nous tenons les fédés par la peau du cul, affirma-t-il. On a mis une brigade dans l'immeuble de Hood, ils interrogent ses copains et les autres locataires ; Sloan et Anderson sont en train de récolter des renseignements sur ce type dans le Dakota-du-Sud. Vous savez qu'il est d'ici ?

— Ouais. Jen m'a dit ça.

— Bon. Écoutez, il faut que je file. Ne vous en faites pas. On a la situation en main. »

Après avoir raccroché, Lucas se versa un grand verre d'eau minérale, additionnée de trois doigts de gin Tanqueray. Le mélange ressemblait vaguement à un mauvais gin-tonic. Il s'assit dans la cuisine pour le boire. Connard de Yellow Hand. Hood, le fusil. Il se frotta machinalement le crâne, là où le canon du fusil appuyait, puis se dirigea vers la salle de bains d'un pas mal assuré, et passa sous la douche. L'alcool commençait de faire son effet, l'eau chaude ruisselait sur son visage ; mais la vision de Hood et de Yellow Hand ne le quittait pas.

Il se séchait quand la sonnette de l'entrée se fit entendre. Nouant la serviette autour de ses reins, il traversa la cuisine, pieds nus, et jeta un coup d'œil par la fenêtre.

C'était Jennifer.

« Salut », fit-elle. Elle le regarda des pieds à la tête. « Ça va ?

— Je suis un peu bourré. »

Elle fronça légèrement les sourcils, et une petite ride se dessina sur son front, puis elle se pencha vers lui et l'embrassa.

« Au gin, remarqua-t-elle. Je n'aurais jamais cru ça.

— Je suis complètement défait, avoua-t-il avec une ébauche de sourire.

— Suis-moi, dit-elle en le tirant par la serviette. On va essayer de te refaire une santé. »

Le soleil de l'après-midi, se glissant sous les auvents, éclairait la chambre. Jennifer repoussa Lucas et lança ses jambes sur le rebord du lit.

« C'était... du délire, soupira-t-elle, tournée vers lui.

— Je ne suis pas certain d'être encore en vie, répondit Lucas. Bon Dieu, je fumerais bien une cigarette.

— Tu as vraiment eu peur ?

— J'étais presque paralysé de trouille. J'aurais voulu le supplier, mais... Je ne sais pas, cela n'aurait servi à rien... Je voulais simplement qu'il me lâche, qu'il me lâche...

— Cette femme-policier de New York...

— Lily...

— Ouais. Il y a eu une petite conférence de presse, avec Daniel, elle et Larry Hart. Elle a l'air d'une dure à cuire. » Jennifer scrutait son visage. « Tout à fait ton genre, ajouta-t-elle.

— Rien à foutre, grogna Lucas. Ce qu'elle a de mieux, c'est qu'elle a fait du tir de compétition. Elle a collé son 45 sous le nez de Hood en un dixième de seconde, je ne sais pas... Boum. *Adiós*, fils de pute.

— Elle est plutôt jolie.

— Ouais, c'est sûr. Elle est plutôt jolie. Un peu grassouillette, mais jolie.

— Oui, un peu potelée », approuva Jennifer. Jennifer s'entraînait chaque matin dans une salle de musculation. « Elle mange tout ce qui passe à sa portée, ajouta

Lucas. Bon Dieu, que j'aimerais ne pas avoir cessé de fumer.

— Bon, ça va, alors...

— Je n'ai jamais vécu une chose pareille, dit-il, toujours abasourdi. Merde, ça m'est déjà arrivé, pourtant, avec le Chien-Loup, ce n'est pas passé loin. Mais là... Ça me démolit, je ne sais pas... » Elle caressa ses cheveux encore humides. « Au fait, es-tu allée à ton rendez-vous ? demanda-t-il. Au concert ?

— Ouais.

— Comment était-ce ?

— Sympathique. Je sortirai encore avec lui, s'il me le demande, mais je ne coucherai sûrement pas.

— Ah. Content de te l'entendre dire.

— Il est trop sympa, c'est tout. Rien qui dépasse, rien qui accroche. Je suis d'accord avec tout ce qu'il dit.

— Il doit être monté comme un étalon du Tennessee.

— Les hommes s'inquiètent toujours pour les pires imbécillités, répliqua Jennifer en plissant le front.

— Je ne m'inquiète pas.

— Évidemment. C'est bien pourquoi tu en parles. En tout cas, même si j'avais l'intention de coucher avec lui, je garderais ça pour plus tard. Je m'occupe du bébé, et je me dis que j'aimerais bien en faire un second. Avec le même monsieur. »

Lucas roula sur le côté, l'embrassa sur le front.

« Je veux bien te donner un coup de main. A ta disposition. Bientôt ?

— Mmm-mmm, je pense. Dans deux, trois mois. Et cette fois, je te préviendrai quand j'arrêterai la pilule. »

Il l'embrassa de nouveau, et sa main glissa doucement sur un sein, le serra, le caressa.

« J'aimerais bien un garçon, dit-elle.

— On verra. Une autre fille, cela ne m'ennuierait pas.

— On peut peut-être préparer le terrain. Le mois prochain ?

— Je vais chercher la bêche. »

Elle rit, secoua la tête et consulta sa montre.

« Te sens-tu prêt à recevoir encore un peu de soutien moral ? J'ai à peine le temps...

— Ma foi, je ne sais pas, je me fais vieux... »

Ils firent de nouveau l'amour, plus sereinement cette fois, puis Jennifer se prépara à partir.

« Je ne voulais pas quitter le monde, déclara Lucas, la voix rauque, pendant qu'elle s'habillait. Je n'aurais pas cru cela, mais je ne cessais pas de penser... Enfin, je ne sais pas si je le pensais vraiment, mais je le ressentais... J'en voulais encore. Vivre, vivre encore. Bon Dieu, j'ai vraiment eu peur de disparaître, d'éclater comme une bulle de savon... »

Après que Jennifer fut partie pour l'aéroport, Lucas tenta à nouveau de faire la sieste, en vain. Il alluma la télévision, et choisit la chaîne câblée de Sioux Falls. John Liss était sorti de la salle d'opération ; il ne pourrait plus jamais marcher. Le coup de fusil du cow-boy avait endommagé la moelle épinière, juste au-dessus des hanches. Ils repassèrent une fois le film de la fusillade, puis une fois encore, au ralenti, avant de montrer une photo de Lawrence Duberville Clay. C'était un cliché mille fois vu, le patron du FBI, en bras de chemise, dirigeant une arrestation de trafiquants de cocaïne à Chicago. Il avait un énorme pistolet automatique Desert Eagle sous le bras, dans un étui compliqué.

« Lawrence Duberville Clay, le directeur du FBI, a déclaré qu'il se rendrait personnellement à Brookings pour diriger l'enquête, et qu'il avait l'intention d'établir un quartier général temporaire à Minneapolis jusqu'à ce que le complot soit défait, annonça la présentatrice. Clay ajoute que l'opération devrait être mise au point dans les deux ou trois jours à venir. C'est la troisième fois que le directeur du FBI s'implique personnellement dans une enquête. On peut considérer cette initiative comme une tentative du gouvernement pour mettre l'accent sur sa lutte contre la criminalité... »

Lucas appuya sur la télécommande, et le visage de Clay s'évanouit. Trois heures. Il se leva, demeura un moment immobile, réfléchissant, puis se dirigea vers la cuisine pour finir la bouteille de Tanqueray.

13

Shadow Love assista à la mort de Billy Hood sur un écran de télévision, dans un restaurant de Lake Street. La caméra était installée à une rue de là, mais tout en hauteur, et l'on pouvait suivre la scène aussi clairement que le match de foot du lundi soir.

Billy et le flic, le chasseur. La femme, avec son sac. Billy avançait. Pourquoi avait-il fait ça ? Pourquoi avait-il ôté son doigt de la détente ? La femme tirant brusquement son arme. Le coup de feu, Billy qui s'effondre comme une poupée de chiffons, Davenport à genoux sur la chaussée, en train de vomir...

Shadow observa une fois, deux fois, trois fois, le déroulement de l'action : la chaîne ne cessait de repasser la scène en boucle. « Les images que nous allons diffuser comportent certaines scènes violentes, susceptibles de choquer les enfants et les personnes sensibles... »

Puis des extraits d'une conférence de presse en cours, sur les lieux mêmes. Larry Hart : « ... en sont arrivés à la conclusion que ces gens ne se contentent pas d'assassiner des Blancs, car ils ont également tué un des nôtres, un homme de Fort Thompson, originaire du Dakota, Yellow Hand... »

Larry Hart, à la télévision. En sueur. Suppliant. Se tordant les mains, comme Judas Iscariote.

La tache noire surgit, déformée tout d'abord, puis de plus en plus grande, occultant sa vision. Shadow Love tenta de la chasser en clignant les paupières ; mais la rage demeurait, bouillonnant dans sa poitrine.

Judas. Judas en sueur, en train de supplier...

Le visage de Hart disparut en une seconde, remplacé par celui d'une journaliste. « Nous venons d'apprendre une nouvelle tentative d'assassinat à Brookings, Dakota-du-Sud, apparemment liée aux autres meurtres perpétrés par ce groupe d'extrémistes indiens responsable de la mort d'un directeur de l'Aide sociale à New York, et d'un juge de l'Oklahoma. La cible de l'attentat du Dakota-du-Sud n'était autre qu'Elmer Linstad, le procureur général de l'État... »

La femme fit une pause, baissa les yeux sur ses notes, regarda de nouveau la caméra. « Selon la CBS, Elmer Linstad, procureur général du Dakota-du-Sud, a été assassiné à Brookings, Dakota-du-Sud. Le meurtrier, atteint d'une balle tirée par un témoin, a été transporté dans un hôpital de Brookings... »

« Billy est mort, et John a reçu une balle. »

Shadow Love, une longue boîte de carton sous le bras, fit brusquement irruption dans l'appartement. Il referma la porte d'un coup de pied, et jeta sur le divan la boîte au flanc de laquelle était inscrit : TRINGLES À RIDEAUX.

« Quoi ? » Les Corbeaux le regardaient, stupéfaits.

« Vous êtes sourds, ou quoi ? J'ai dit que Billy est mort. Et que John a reçu une balle. »

Les Corbeaux avaient loué un appartement avec télévision, mais ils ne l'allumaient guère dans la journée. C'est ce qu'ils firent immédiatement. Le reportage passait toujours, en boucle.

William Two Horses Hood, commentait le présentateur, avait été formellement identifié comme l'assassin de John Andretti, fonctionnaire de l'Aide sociale, à New York. Un officier de police new-yorkais l'avait tué d'une balle, après qu'il eut pris en otage un policier de Minneapolis. Celui-ci était sain et sauf. John Liss, un Indien sioux originaire de Minneapolis, était aux arrêts, dans un hôpital de Brookings...

« C'est lui, le flic, le chasseur, dit Shadow Love, en désignant Lucas sur l'écran. Il lui a mis la main dessus.

— Le salopard... », murmura Sam, tandis qu'ils observaient la scène. Aaron se mit à pleurer, et Sam lui donna une petite tape sur l'épaule. Ils regardèrent de nouveau la mort de Hood, puis un reportage sur l'assassinat de Linstad, puis une rediffusion de la conférence de presse improvisée, avec Larry Hart.

Sam se tourna vers son cousin.

« Tu te souviens de lui ? C'est bien un Wapeton Hart, le fils de Carl et Mary ?

— Ouais. De braves gens », répondit Aaron. Il regarda Shadow Love. « Il travaille avec le flic ?

— Oui. Et tout le monde l'aime bien, ce Larry Hart. J'ai été en classe avec lui. A l'école, tout le monde l'appréciait. Comme maintenant. Entre le chasseur, Hart et cette salope de New York, on va se faire avoir. Il y a bien des gens qui connaissent les Corbeaux, qui vous ont déjà croisés dans la rue. Et ils parleront...

— Ça, tu n'en sais rien, objecta Aaron.

— Si, je le sais. Comme je savais qu'ils arrêteraient Billy. S'ils ne nous trouvent pas par accident, quelqu'un les mettra sur notre piste. Et ce peut être un de vous, ou Leo, ou John. Ou simplement une de leurs femmes.

— Personne ne ferait une chose pareille..., coupa Aaron.

— Bien sûr que si, si le chasseur appuie sur le bon bouton.

— Et de nous tous, tu serais le seul à ne pas pouvoir craquer ?

— Exact. Vous savez ce qui fait craquer les gens ? L'amour. L'amour, rien d'autre. Et les flics savent utiliser l'amour. "Aide ton ami ; trahis-le", voilà leur discours. Ils coincent Sam, il leur faut Aaron. Ils vont annoncer aux actualités que Sam est mourant, et qu'il veut que son cousin l'assiste et prie pour ses derniers instants... Tu pourrais résister à ça ? »

Aaron ne répondit pas.

« Moi je ne trahirai jamais, parce que je n'aime personne assez fort, reprit Shadow Love avec une tristesse voilée. Parfois... Parfois, j'aimerais bien en être capable. Je n'ai jamais ri, vous savez. Je n'ai jamais joué au chat et à la souris avec une nana. La seule personne, la seule que l'on aurait jamais pu utiliser pour faire pression sur moi, c'était maman. Elle est morte, et on ne peut plus rien contre moi, à présent.

— C'est vraiment la chose la plus abominable que j'aie jamais entendue », déclara Aaron au bout d'un moment. Derrière lui, Sam hocha la tête, et Shadow Love se détourna.

« C'est comme ça, laissa-t-il tomber.

— Ils nous quittent, tous, dit Aaron, le visage couvert de larmes. Il ne reste plus que Leo.

— Et nous », ajouta Sam.

Aaron approuva d'un hochement de tête.

« Si Clay ne vient pas par ici, après cette histoire du Dakota-du-Sud, il faudra que l'un de nous aille à Milwaukee. »

Sam jeta vers Shadow Love un regard bref, involontaire, que Aaron intercepta.

« Non, dit-il simplement.

— Pourquoi, non ? fit Shadow Love, la voix aussi coupante que le tranchant d'une hache. Je fais partie du groupe : j'ai un poignard de pierre.

— Ce n'est pas pour toi, pas ça. Si tu veux nous aider, va à Rosebud, parle avec les anciens ; apprends.

— Vous ne voulez pas de moi ici.

— C'est exact, dit Aaron.

— Bande d'enfoirés ! cria Shadow. Bande de salauds d'enfoirés !

— Attendez, attendez... », fit soudain Sam, désignant l'écran de télévision. C'était Clay, avec son arme : « *... à Brookings, et compte installer un quartier général temporaire du FBI à Minneapolis. C'est la troisième fois que...* »

En une seconde, l'ambiance changea.

« Il arrive, ce fils de pute ! s'écria Sam. Il nous rend visite, il est déjà en route ! »

Installés autour d'une table branlante, ils déjeunèrent paisiblement de sandwiches et de bouillon de poule.

« Alors, qu'est-ce qu'on fait, maintenant ? demanda Shadow. Il y a des flics dans tous les coins, plus le FBI. Encore quelques jours, et nous ne pourrons même plus mettre un pied dehors.

— Je vais appeler Barbara », répondit Aaron. Il jeta un bref regard à Sam. « Je vais la prévenir qu'on viendra peut-être bientôt. Mais pas tout de suite ; ce serait dangereux, quelqu'un pourrait nous voir.

— Si tu ne vas pas à Bear Butte, tu devrais nous accompagner chez Barbara, dit Sam à Shadow Love. Elle te considère comme son propre gosse, tu sais.

— Ouais. Je suis passé la voir, avant d'aller à L.A. Je ne sais pas... Nous risquons de la mettre en danger.

— Elle en est consciente, affirma Aaron. Ce n'est pas la première fois qu'on est en cavale. Elle dit que nous serons toujours les bienvenus, quelle que soit la situation.

— Elle n'était pas exactement au courant de vos projets...

— Elle nous accueillera.

— En plus, c'est un sacré morceau », ajouta Aaron avec un sourire.

Sam ricana, puis rougit. Barbara et lui avaient été amants. Rien n'avait été dit à ce propos, quand il lui avait téléphoné, un mois auparavant, mais il savait que la liaison reprendrait. Et il attendait cela avec impatience.

« La jalousie, quelle vilaine chose », déclara-t-il pour lui-même, la tête baissée sur son assiette.

Shadow Love se dirigea vers le divan, prit la boîte, l'ouvrit, et en tira un fusil d'assaut plat et noir.

« Un M-15 », dit-il. Il fit mine de viser un réverbère au-dehors.

« Où as-tu trouvé ça ? Et pour quoi faire ? intervint Sam.

— Je l'ai trouvé par hasard, dans la rue. Et c'est pour le flic, peut-être. Ou bien pour Hart. »

Aaron, qui se dirigeait vers le fourneau pour prendre la théière, s'arrêta brusquement et se retourna d'un seul coup.

« Non. Pas Hart. Tu ne tueras pas les nôtres », déclara-t-il d'une voix furieuse.

Shadow Love le regarda fixement, les yeux brillant d'un éclat froid.

« Je fais ce qui me paraît le mieux. Sam et toi n'êtes jamais d'accord, mais en attendant vous continuez d'agir.

— Nous nous mettons toujours d'accord avant de faire quoi que ce soit, répliqua Aaron.

— C'est un luxe que vous ne pourrez plus vous permettre longtemps. Allez-y, discutez. Asseyez-vous pour réfléchir. Plantez-vous, même. J'essaie simplement de gagner un peu de temps, pour vous.

— Il n'en est pas question », dit Aaron avec rage.

Sans répondre, Shadow Love visa de nouveau la fenêtre, appuya sur la détente. Le « clic » du percuteur se fit entendre, et parut résonner dans le silence qui suivit.

14

Hart prospectait dans un immeuble à forte densité d'Indiens, tandis que Sloan partait à la recherche de renseignements annexes sur John Liss. Lucas, luttant contre une sévère gueule de bois, fit le tour des salons de coiffure, bars, fast-foods et hôtels meublés.

Peu après midi, il appela le standard, pour savoir où en était Lily. On lui dit qu'elle se trouvait toujours dans le bureau du procureur du comté. Il s'arrêta dans un snack pour acheter un sandwich au rosbif, qu'il alla manger dehors, appuyé contre sa voiture. Soudain, son portable se mit à sonner. Il ressentit aussitôt le contact du canon de fusil derrière son oreille. Il faillit laisser tomber le sandwich. Le métal était froid contre sa peau, contre son crâne. Lucas était comme paralysé. L'immeuble de Hood se dressa à nouveau devant ses yeux, il vit le barrage de voitures de police, entendit les émetteurs qui crachotaient... Au bout de quelques secondes, tout s'évanouit, et il s'écarta de la voiture en vacillant, pour se laisser tomber sur un plot de ciment en forme de champignon. Il demeura ainsi un moment, en sueur, puis se redressa, rejoignit la voiture, toujours ébranlé, et démarra.

Une demi-heure plus tard, le standard lui communiquait le numéro de l'hôtel de Lily. Il l'appela d'une cabine en face d'une maroquinerie, devant un panneau publicitaire pour des ceintures de cuir faites main.

« On déjeune ? dcmanda-t-il dès qu'elle eut décroché.

— Impossible. » Il y eut un petit silence. « Je rentre chez moi », ajouta-t-elle.

Lucas demeura un moment sans voix, à observer le panneau publicitaire, puis le combiné du téléphone dans sa main.

« Je pensais que vous resteriez un peu, pour voir comment évoluent les choses, dit-il enfin.

— J'y ai songé, mais... J'en ai fini avec le procureur, et j'ai appelé pour réserver mon billet. Je pensais partir ce soir, mais ils m'ont proposé un vol à 1 heure et demie. J'attends mon taxi...

— Je peux vous emmener...

— Non, non, répondit-elle d'une voix précipitée. Vraiment, je ne préfère pas.

— Lily, franchement...

— Je suis désolée... » Il y eut un nouveau silence... « J'espère que tout va bien pour vous. On se reverra. Peut-être. Un de ces jours.

— Bon.

— Oui. Alors au revoir.

— Salut. »

Elle raccrocha, Lucas restait appuyé à la paroi de la cabine. « Et merde ! » fit-il à haute voix.

Deux adolescentes, chargées de livres de classe, lui jetèrent un coup d'œil et pressèrent le pas. Lucas se dirigea lentement vers sa voiture, perplexe, ne sachant trop s'il ressentait de la déception ou du soulagement. Il passa encore une heure à faire le tour des bars, chambres meublées et boutiques de Lake Street, à la recherche d'un renseignement, d'une indication, d'une rumeur, de n'importe quoi. En vain ; et, bien qu'il eût récolté quelques noms, des gens nouveaux à interroger, le cœur n'y était pas. Il consulta sa montre. 14 h 10. Elle devait déjà voler vers New York. Lily.

Daniel se trouvait dans son bureau. Il avait éteint les tubes de néon et demeurait assis dans la flaque de lumière jaune d'une vieille lampe à col de cygne. Face à lui, Larry Hart était installé dans un fauteuil ; Sloan, Lester et Anderson sur le côté. Lucas prit la dernière chaise libre.

« Rien ? s'enquit Daniel.

— Pas ça », fit Hart. Lucas secoua la tête.

« Nous avons des trucs sur Liss. Il travaillait dans une usine de métallurgie à Golden Valley. Un type sans histoire, simplement un peu bizarre dès qu'il s'agissait d'Indiens.

— Ça nous avance drôlement », laissa tomber Anderson. Sloan haussa les épaules.

« J'ai des noms d'amis à lui, dit-il. Je peux vous les communiquer, l'ordinateur aura peut-être quelque chose à nous apprendre.

— Marié ? demanda Lucas.

— Marié, un gosse. Sa femme a deux emplois à mi-temps, comme vérificatrice chez Target, et vendeuse dans un Holiday la nuit. Le gosse s'appelle Harold Richard, dit Harry Dick. Dix-sept ans. Un gosse à problèmes. Il se dope. On l'a arrêté une demi-douzaine de fois, pour des petits trucs, possession de hasch, de crack. Rien de terrible.

— Et c'est tout ? questionna Daniel.

— Désolé, dit Sloan. On fait ce qu'on peut.

— Et en ce qui concerne Liss lui-même ? Ils arrivent à lui tirer les vers du nez ?

— Non, répondit Anderson en secouant la tête. Un quart d'heure après qu'ils l'ont descendu, Len Meadows débarquait de Chicago dans son jet privé. La première chose qu'il a faite a été d'écarter tous les flics de son client.

— Un quart d'heure ? répéta Lucas. Comment Meadows pouvait-il savoir d'avance ce qui allait se passer ?

— Enfin, pas réellement un quart d'heure...

— Le bureau de la réserve de Fire Creek se trouve à Brookings, coupa Hart. Dès qu'ils ont appris la nouvelle, ils ont eu peur des conséquences et ont appelé l'étude de Meadows. Il a déjà travaillé avec eux, il les a défendus. Meadows a immédiatement mis ses collaborateurs sur le coup. Ils ont déniché l'épouse de Liss,

Louise, et Meadows l'a appelée pour lui proposer ses services. Elle a accepté, et il a filé à Brookings. Quand Liss s'est réveillé, et que les toubibs en ont eu fini avec lui, Meadows est entré dans la chambre pour lui parler. Et voilà. Dehors les flics.

— Mince, dit Lucas en se mordant la lèvre. Il est plutôt doué, ce Meadows.

— C'est un trou du cul de première, déclara Lester.

— Mais Frank, vous n'êtes pas mal dans le genre non plus, personne n'a dit le contraire, fit remarquer Daniel.

— Si moi, une fois, intervint Sloan. Le jour où il m'a envoyé interroger les voleurs à la tire dans les supermarchés.

— Et je serais prêt à recommencer, commenta Lester, avec un sourire.

— Le problème, avec Meadows, c'est qu'il ne transigera pas, affirma Lucas. C'est un idéaliste. Il se ferait crucifier plutôt que de conclure un marché. »

Ils restèrent tous un moment silencieux, perdus dans leurs pensées.

« Nos amis indiens envoient des messages à la presse, maintenant, annonça soudain Daniel.

— Quoi ? fit Hart.

— Nous avons reçu un communiqué de presse. Ou plutôt, les médias en ont reçu un. Tous — les journaux, les stations de radio, les chaînes de télé. J'en ai des copies. Il est censé émaner des assassins. »

Lucas se redressa sur son siège. « Quand est-il arrivé ?

— Au courrier du matin », répondit Daniel. Il leur fit passer les photocopies du communiqué de presse. « Pour les infos de midi, Canal 8 est descendu dans le quartier indien avec le communiqué, en demandant aux gens de le lire et de dire s'ils étaient d'accord. »

Lucas lut le message et hocha machinalement la tête. Les auteurs endossaient la responsabilité des quatre meurtres, deux dans les Villes Jumelles, un à New York et un à Oklahoma City. Rien sur celui de Brookings : le tract avait donc dû être posté avant. Les assassinats, disaient-ils, marquaient le début d'un nouveau soulèvement contre la tyrannie des Blancs. Suivaient quelques déclarations sans intérêt de l'assassin d'Oklahoma City, mais également certains détails du meurtre qui avaient échappé à Lucas.

« Ce truc, à Oklahoma..., fit-il, levant les yeux vers Daniel.

— Ils ont bien fait les choses, dit le chef.

— Mmmm. » Lucas termina sa lecture, et jeta un coup d'œil sur la deuxième photocopie, celle de l'enveloppe qui contenait le communiqué de presse. « Mmmm, fit-il de nouveau.

— Intéressante, cette enveloppe, remarqua Sloan.

— Ouais.

— Qu'est-ce qu'il y a ? s'enquit Hart, et il prit à son tour la photocopie.

— Regarde le cachet, dit Lucas. Minneapolis.

— Nous pensions qu'ils n'étaient pas basés ici, dit Anderson, levant les yeux.

— Et maintenant, tout le monde va être au courant, déclara Daniel. La pression va encore monter d'un cran.

— Ces déclarations que nous avons faites à la télé hier soir, à propos de Yellow Hand, en rejetant la responsabilité de sa mort sur ce groupe, eh bien, je pense que nous allons en subir les conséquences, dit Hart. Beaucoup de gens le connaissaient et savaient que c'était un camé. Ils pensent qu'il a été descendu par un dealer, ou un autre drogué, que c'est une affaire entre eux, et que nous sommes encore en train de raconter des conneries de Blancs, de flics.

— Merde », laissa tomber Daniel. Il tritura sa lèvre, regarda Lucas. « Aucune idée ? demanda-t-il. Il faut faire bouger les choses.

— On peut essayer avec de l'argent, répondit Lucas en haussant les épaules. Les gens sont plutôt dans la misère, là-bas. Quelques billets pourraient peut-être délier un peu les langues.

— C'est vilain, ça, fit Hart.

— Nous sommes sur le point de nous faire lyncher par les médias, rétorqua Daniel. Combien ? demanda-t-il à Lucas.

— Je ne sais pas. On avance à l'aveuglette. Mais je ne vois pas quoi faire d'autre. Je n'ai aucun réseau, parmi les Indiens. Parlez-moi d'un problème avec la communauté noire, je trouve deux cents types pour m'aider. Mais avec les Indiens...

— Tu ne te feras pas d'amis en distribuant des billets, insista Hart. C'est trop... trop blanc. C'est ce que tout le monde dira. Que c'est typique des Blancs. Ils se mettent dans le pétrin, et ils achètent un Indien pour s'en sortir.

— Donc, ce n'est pas la meilleure solution, conclut Daniel. Mais la question est : Est-ce que ça peut marcher ? Il sera toujours temps, après, de rétablir des relations correctes avec la communauté. D'autant que nous n'en avons aucune, au départ.

— Vous trouverez toujours des gens prêts à parler pour de l'argent, dit Hart avec un haussement d'épaules. Dans ce domaine, les Indiens sont comme tout le monde.

— Et nous avons un budget tout trouvé, ajouta Daniel. Nous n'aurons même pas à piocher dans notre caisse noire.

— C'est-à-dire ? s'enquit Lucas.

— La famille Andretti. Quand on a su que nous avions coincé Billy Hood, j'ai reçu un coup de fil du vieux en personne, pour nous remercier... » Il fronça soudain les sourcils, regarda Lucas. « Où est Lily ? Je ne la vois nulle part.

— Elle est rentrée à New York. Elle n'avait plus rien à faire ici.

— Bon Dieu, mais pourquoi ne m'a-t-elle pas prévenu ? demanda Daniel avec irritation. Tant pis pour elle, elle va devoir revenir.

— Pourquoi ?

— Les Andretti étaient absolument ravis, pour Hood, mais apparemment cela ne leur suffit pas. Ils considèrent que c'est du “menu fretin”, selon les termes du vieux. Il a obtenu de la police de New York que Lily demeure ici en tant qu'observatrice, jusqu'à ce que toute la bande soit sous les verrous.

— Donc, elle revient ? » interrogea Lucas. Il respirait soudain plus fort.

« A mon avis, elle sera de retour dès demain, vu l'acharnement des Andretti. Mais bon, ça n'a pas une grande importance. Anderson a commencé de réunir des dossiers d'interrogatoire, et... »

Daniel continuait, mais Lucas avait perdu le fil de ce qu'il disait. Un feu couvait dans sa poitrine, dans son ventre — la brûlure de l'attente. Lillian Rothenburg, des services de police de New York. Lucas se mordait la lèvre, le regard perdu dans un coin du bureau de Daniel, tandis que le chef pérorait.

Lily.

Quelques instants plus tard, il s'aperçut que Daniel s'était tu et l'observait fixement.

« Qu'y a-t-il ? demanda Daniel.

— J'ai une idée, répondit Lucas. Mais je ne tiens pas à en parler. »

La nuit était tombée depuis une heure quand Lucas repéra Elwood Stone, sous un réverbère de Lyndale Avenue. Cette fois, Stone ne fit même pas mine de s'enfuir.

« Qu'est-ce que tu veux encore, Davenport ? Je n'ai rien sur moi. » Avec ses lunettes de soleil et son blouson d'aviateur en cuir marron, c'était une caricature de petite frappe.

Lucas lui tendit un échantillon de photos.

« Tu connais ce gosse ?

— J'ai déjà dû le croiser, dans le coin, dit Stone, regardant les clichés.

— On l'appelle Harry Dick, c'est ça ?

— Ouais, peut-être bien. J'ai dû le croiser, répéta Stone. Qu'est-ce que tu veux ?

— Presque rien, Elwood. Juste que tu lui fasses un petit crédit, à l'occasion.

— Merde, non... » Stone se détourna, regarda autour de lui, puis revint sur Lucas avec une grimace d'incrédulité. « Je ne fais pas crédit, vieux, dit-il. Crédit à un camé ? T'es malade ou quoi ?

— Eh bien, c'est pourtant comme ça, Elwood. Soit tu fais un petit crédit à Harry — demain, pas dans huit jours —, soit je vais trouver les Stups, et on ne verra plus ton joli petit cul sur le trottoir pendant un bon moment.

— Oh, merde...

— Sinon, je peux aller les trouver, et leur expliquer que tu fais partie de mes contacts, ce qui te garantit, disons... deux mois de tranquillité. Qu'en penses-tu ?

— Mais pourquoi moi ?

— Parce que je te connais. »

Stone réfléchissait. Si Lucas l'inscrivait officiellement sur la liste de ses contacts, il bénéficierait d'une quasi-immunité. C'était là une occasion à ne pas laisser filer, à condition que personne d'autre ne soit au courant.

« D'accord, répondit-il au bout d'un moment. Mais ça reste entre nous. Tu ne préviens pas les Stups, mais si je me fais coincer, tu me sors de là tout de suite.

— Ça marche, affirma Lucas.

— Mais je vais le trouver où, cet enfoiré de Harry Dick ? Je ne sais pas où il crèche, moi...

— On va le trouver pour toi. Donne-moi ton numéro, et je te préviendrai. Demain. En début d'après-midi, par là. »

Stone l'observa fixement pendant une longue minute encore, et hocha la tête.

« D'accord. »

15

Entre 10 heures et midi, Lucas distribua mille dollars à droite et à gauche. Puis il se rendit à l'aéroport. Sloan l'appela en chemin.

« Il est là, dit-il. J'ai discuté avec sa voisine. Elle déclare qu'il sort généralement en début d'après-midi, entre 13 et 14 heures. Il dort tard. Sa mère est partie pour le Dakota-du-Sud, voir son bonhomme.

— Parfait. Surveille l'immeuble. Tu as le téléphone de notre ami ?

— Ouais.

— L'avion de Lily est dans les temps. Je te recontacterai avant 13 heures. Si le gamin sort faire un tour avant, tu le suis. Pas de conneries.

— Compris. Euh, notre petit copain indien...

— Je passerai le prendre. Et ne t'inquiète pas pour Larry.

— J'espère qu'il ne fera pas de difficulté, compte tenu de ce qu'il dit de tout ça...

— Je m'en charge », affirma Lucas.

Hart refusait avec la dernière énergie d'acheter ses compatriotes, et menaçait de laisser tomber. Daniel alla trouver le directeur de l'Aide sociale, qui l'appela.

Lorsque Lucas avait discuté avec lui, le matin même, Hart paraissait plus triste que furieux, mais la colère était bien là, sous-jacente.

« Je peux me faire mettre au ban de la communauté, mon vieux, définitivement, dit-il.

— Ce sont des assassins, Larry. Il faut arrêter le carnage.

— Mais pas comme ça, ça ne va pas. »

Quand Lucas lui expliqua son plan, avec l'arrestation de Harold Richard Liss, Hart se mit à rire, incrédule.

« Ne me raconte pas de conneries, Lucas. Tu vas salement utiliser ce gamin. Tu vas lui fourrer de la came plein les poches.

— Non, non, je t'assure. C'est juste un témoin, un élément légal de l'enquête. » Lucas mentait.

« Foutaises... »

Ils en étaient restés là. Hart se rendit dans le quartier indien avec des liasses de billets et la rage au cœur. Lucas pensait qu'il resterait contrôlable. Il aimait trop son travail. On devrait réussir à le calmer...

L'avion de Lily était en avance. Il la retrouva à l'arrivée des bagages. Elle regardait les valises qui défilaient, avec cette gêne discrète d'une personne à qui on a posé un lapin.

« Grands dieux, je vous ai manquée à la porte d'arrivée », dit-il en s'approchant. Elle portait un tailleur de tweed sur un corsage de soie beige, et des escarpins de cuir noir à talons hauts. Elle était belle, et les mots avaient du mal à sortir.

« La barbe, Davenport, laissa-t-elle tomber.

— Qu'y a-t-il ?

— Rien. “La barbe”, comme ça, en général. Pour tout. » Elle se dressa sur la pointe des pieds, posa un petit baiser sur sa joue. Je ne voulais pas revenir, ajouta-t-elle.

— Mmmm.

— Ah, voilà mes affaires. » Elle intercepta une valise, que Lucas souleva du tapis roulant. « Et voilà l'autre », dit-elle.

La seconde valise de Lily arriva jusqu'à eux, Lucas prit les deux bagages et se dirigea vers le parking.

« Comment allez-vous ? questionna-t-il, se retournant sans s'arrêter.

— A peu près comme j'allais hier », répondit-elle d'un ton légèrement ironique. Elle plissa les yeux dans la lumière du dehors. « J'en avais terminé ici. Fini. J'avais fait mon boulot. J'arrive chez nous, j'ouvre la porte. Le téléphone sonne. David était sous la douche, alors j'ai décroché. C'était un commissaire adjoint. "Mais qu'est-ce que vous foutez là, bordel ?" me demande-t-il.

— Sympa, le type.

— S'il existait des diplômes pour les trous du cul, il serait docteur en tout.

— Et comment va David ? s'enquit Lucas, comme s'il connaissait son époux.

— Il n'a pas vraiment assuré, la première fois : trop excité. Mais après, il a été vraiment bien », dit-elle. Sur quoi elle leva les yeux vers lui, et rougit brusquement.

« Les femmes ne sont pas faites pour ce genre de plaisanterie, déclara Lucas. Mais bon, c'était bien essayé. »

Comme ils s'arrêtaient devant la Ford grise, Lily leva un sourcil.

« Il se passe des choses, reprit Lucas. En fait, nous sommes même un peu sur les dents. Je vous expliquerai tout ça en route. »

Hart allait de plus en plus mal. Il avait tenté de parler argent avec certaines de ses relations, et leurs rapports s'en étaient tout à coup trouvés changés, disait-il. Il était devenu un paria. L'Indien qui voulait acheter les Indiens. De plus, il s'inquiétait pour Harold Richard Liss.

« Je n'aime pas ça, mon vieux, je n'aime pas ça. »

Il se tordait les mains, assis sur la banquette arrière. Les larmes ruisselaient sur ses joues. Il les essuya d'un revers de sa manche de tweed.

« Mais c'est un assassin, un salaud, Larry, dit Lucas, embarrassé. Pour l'amour de Dieu, arrête de geindre.

— Je ne geins pas, je... »

Lucas leva le pied. A cent mètres de là, Harold Richard Liss marchait lentement sur le trottoir, contemplant les vitrines des magasins.

« Il se fait du fric en vendant du chloroforme et de la colle aux gamins, coupa Lucas.

— Mais tu pètes les plombs, mon vieux. C'est un ado, un gosse. » Hart frissonna.

« Ce ne sera que pour deux ou trois jours.

— Quand même. Tu pètes les plombs.

— Écoute, Larry... », commença Lucas, soudain en colère. Lily posa la main sur son épaule, et se retourna vers le siège arrière.

« Il y a une grande différence entre le travail de l'Aide sociale et celui de la police, dit-elle à Hart d'une voix pleine de sollicitude. Nous sommes de deux bords différents, à beaucoup d'égards. Je pense que vous vous sentiriez infiniment mieux si nous mettions un terme à notre collaboration.

— On peut avoir besoin de son aide, fit remarquer Lucas, en lui jetant un regard de biais.

— Je ne peux pas vous servir à grand-chose, tu sais, répliqua Hart, et il y avait dans sa voix une expression nouvelle, celle d'un homme traqué qui décèle une échappatoire. Je veux dire, je l'ai repéré, c'est tout. Je n'y connais rien en matière de filature. Ce n'est pas comme si vous vouliez juste l'interroger. »

Lucas réfléchit un instant, puis saisit le récepteur, avec un soupir.

« Salut, Sloan, c'est Davenport. Vous l'avez toujours à l'œil ?

— Ouais, pas de problème. Qu'est-ce qui se passe ?

— Je dépose Larry. Ne vous inquiétez pas si vous nous voyez nous arrêter.

— O.K. Je ne perds pas Harry de vue. »

Lucas se rangea le long du trottoir, et Larry se glissa sur le siège pour sortir.

« Merci, mon vieux, dit-il à Lucas, penché par la fenêtre du conducteur. Je suis désolé, vraiment...

— C'est bon, Larry. On se retrouve plus tard, au bureau.

— Ouais. Et merci, Lily. »

Ils redémarrèrent, et Lucas se tourna vers Lily.

« J'espère que nous n'aurons pas besoin de lui pour parler au gamin.

— Mais non. Comme il a dit, il n'est pas question de l'interroger.

— Mmmm. »

Lucas observa Hart dans le rétroviseur. Il les suivait des yeux, tandis qu'ils reprenaient leur filature. Puis il tourna les talons et disparut au coin de la rue. Devant eux, Harry s'était arrêté pour parler avec un Blanc, un gros type en parka noir beaucoup trop chaud pour la saison — le genre de vêtement qu'on porte en janvier quand la température tombe à moins dix. Ils échangèrent quelques mots, et le type secoua la tête. Harry se mit à le supplier. Derechef, le type secoua la tête et s'éloigna. Harry ajouta quelque chose avant de se détourner et de repartir, tête basse.

« Un dealer, dit Lily.

— Ouais, Donny Ellis. Il porte ce parka de septembre à juin. Il pisse dedans, il ne se lave jamais. Mieux vaut ne pas être dans le sens du vent quand il est dans les parages.

— Ça ne va pas marcher, Lucas... Personne n'a jamais vendu de crack à crédit. Surtout pas...

— Crédible ou pas, peu importe, il s'agit simplement de... Bien, voilà Stone... » Lucas prit l'émetteur-radio. « Stone vient d'arriver au coin de la rue, dit-il.

— Je l'ai », répondit Sloan.

Lucas regarda Lily.

« Vous savez quoi ? Nous aurions dû nous débarrasser de Larry Hart bien plus tôt. Il est capable d'aller porter le deuil devant la Commission des droits de l'Homme.

— Possible, mais ça m'étonnerait, dit-elle. C'est pour ça qu'il avait l'air si mal. » Elle observait Elwood Stone. Il se dirigeait vers Harry Dick, qui traînait toujours sur le trottoir. « On ne va pas sacrifier le petit Liss, ajouta-t-elle. Vous allez le garder deux jours et le remettre dans le circuit, sain et sauf... Non, j'ai le sentiment que ce qui compte avant tout pour Larry Hart, c'est sa carrière. Il a réussi. Il gagne pas mal d'argent. Les gens l'aiment. Les gens dépendent de lui. S'il avouait avoir participé à cette histoire, il serait sur la liste noire de tous. Fin de la carrière. Retour à la réserve. Je ne pense pas qu'il prenne ce risque-là. Pas si nous renvoyons le gamin à ses chères études au bout de deux jours.

— D'accord.

— Cela dit, il doit *effectivement* se sentir merdeux, ajouta Lily. On l'a coincé entre son poste et son peuple, et il est suffisamment malin pour s'en apercevoir. Plus jamais il ne vous fera confiance.

— Je sais, répliqua Lucas, mal à l'aise. Bon Dieu, je déteste devoir griller les gens comme ça.

— D'un point de vue professionnel ou personnel ?

— Quoi ? demanda Lucas, perplexe.

— Je veux dire que vous détestez griller quelqu'un parce que vous perdez un contact, ou un ami ? »

Il réfléchit une minute à la question.

« Je n'en sais rien », répondit-il enfin. Devant eux, Harry avait repéré Elwood Stone, et accéléré l'allure. Stone était un des dealers les plus durs du quartier, mais cela ne coûtait rien de demander. Tout ce qu'il voulait, c'était une miette de crack, juste une miette, pour se refaire une santé.

« Ils discutent. » La voix de Sloan grésilla dans l'émetteur. « Ton putain de Stone lui fait le grand jeu, il se croit à Broadway... »

« Je lui ai dit de ne pas en faire trop », marmonna Lucas à l'adresse de Lily. Il s'était garé entre deux voitures et, du siège du conducteur, il ne voyait pas bien ce qui se passait. Il s'écrasa contre Lily, qui dut presser son visage contre la vitre du passager, et il laissa une main retomber sur sa cuisse.

« Attention.

— A quoi ?

— A votre main, Davenport.

— Bon Dieu, Lily...

— Attention, vous y êtes presque...

— Il y est presque, fit la voix de Sloan. Ça y est, il l'a.

— On y va », dit Lucas.

Sloan arriva par la gauche, Lucas par la droite. Sloan se gara le long du trottoir, devant Harry, tandis que Lucas effectuait un demi-tour sur un emplacement réservé aux pompiers. Harry souriait toujours, la main dans la poche, quand Sloan bondit hors de la voiture. Il était à moins de quarante mètres lorsque Harry se rendit compte qu'il se passait quelque chose. Il se retourna, prêt à s'enfuir, et faillit se heurter à Lucas qui arrivait par-derrière. Lily se tenait sur la chaussée, pour prévenir toute esquive. Lucas agrippa Harry par le col de sa veste. Une seconde plus tard, Sloan le saisissait fermement par le bras.

« Hé, les gars... », commença Harry. Mais, déjà, il savait qu'il s'était fait avoir.

« Allez, contre le mur, ordonna Lucas, contre le mur. » Ils le poussèrent face au mur. Sloan le fouilla rapidement, prit les sachets de dope dans sa poche.

« Bon Dieu, fit-il, on est tombés sur un dealer. »

Il ouvrit la main et montra sa prise à Lucas.

« Je ne suis pas dealer, sans blague...

— Douze grammes de cocaïne bien blanche? Ça, c'est du deal, mon vieux, répliqua Lucas. Et ça veut dire de la prison préventive.

— Je suis mineur, regardez mes papiers. » Mais Harry était assez âgé pour être inquiété.

« Il n'y a pas de juge pour enfants, pour le deal, coupa Lucas. A moins que tu n'aies dix ans. Et tu m'as l'air plus vieux que ça.

— Oh, c'est pas vrai, gémit Harry. Je viens juste de l'avoir, c'est un type qui me l'a donnée...

— Ouais, fit Sloan, sarcastique, il te l'a donnée, c'est ça. Dans le cul, qu'il te l'a donnée. » Il tira un de ses bras en arrière, Lucas l'autre, et Sloan lui passa les menottes. « Vous avez le droit de vous taire... », commença-t-il.

Daniel voulait qu'ils mettent le plus possible de pression. S'ils attendaient, Len Meadows s'arrangerait pour que toute la famille Liss soit hors d'atteinte de la police.

« Vous pouvez prendre l'avion pour Sioux Falls, et louer une voiture, suggéra-t-il.

— Je ne prends pas l'avion, répondit Lucas. J'y vais par la route. Il nous faudra quatre heures. Ça ne serait pas plus rapide d'attendre un vol et de faire le reste du trajet en voiture.

— Vous l'accompagnez ? » Daniel leva un sourcil en regardant Lily.

« Ouais. Nous allons devoir discuter avec cette Louise Liss. Une femme s'en tirera peut-être mieux.

— D'accord. Mais allez-y doucement, avec elle, hein ? Cette affaire est vraiment sensible. Larry Hart nous pose problème. Il est mort de trouille. Pire encore, il commence à perdre les pédales...

— Vous ne pouvez pas discuter un peu avec lui ?

— C'est déjà fait, et je vais recommencer. Je lui dirai que si on parvient à tirer quelque chose de Liss, on le renverra probablement à l'Aide sociale... »

Ils partirent pour Brookings avec un minimum d'affaires. S'ils n'obtenaient rien le premier soir, il n'y aurait guère de raison de passer une seconde nuit là-bas.

« Votre amie... Jennifer... Elle se trouve à Brookings, n'est-ce pas ?

— Ouais. Elle dirige une équipe d'envoyés spéciaux, là-bas. »

Ils traversèrent le Minnesota à Shakopee. Une foule d'oies du Canada se tenait sur la berge du fleuve et regardait l'eau s'écouler.

« Des oies..., dit Lucas.

— Ouais. Vous allez vous installer avec elle ?

— Pardon ?

— Jennifer. Vous allez passer la nuit avec elle ? »

Lucas rétrograda comme ils entraient dans une agglomération, et s'arrêta à un feu rouge. Il jeta un bref regard à Lily, démarra, tourna à droite.

« Non. Je préférerais qu'elle ne sache pas que je suis

dans le coin. Elle lit dans mes pensées. Si elle me voit, elle saura immédiatement qu'il se passe quelque chose.

— Savez-vous où elle est descendue ?

— Oui, bien sûr. Dans un motel, le long de la route inter-États qui vient de Sioux Falls. Les flics de Brookings m'ont dit que Louise Liss est dans le centre-ville. Je pense qu'on pourrait s'y installer aussi. »

Sur la nationale 14, dans la ville de Sleepy Eye, ils dépassèrent un homme à bicyclette en tenue de cycliste : polo à rayures vertes, short collant noir, casque blanc. Il faisait frais, mais ses jambes nues, exposées au vent, fonctionnaient comme des bielles puissantes. Lucas estima qu'il dépassait la vitesse autorisée en agglomération.

« On dirait David, remarqua Lily. Mon mari.

— David fait de la bicyclette ?

— Oui. Autrefois, il prenait ça très au sérieux. » Elle se retourna pour observer le cycliste, tandis qu'ils s'éloignaient. « Il sortait tous les samedis avec un groupe, reprit-elle. Ils faisaient des randonnées de cent cinquante kilomètres, parfois trois cents.

— Grands dieux... Il doit tenir une sacrée forme.

— Ouais, répondit-elle en contemplant les vitrines de la petite ville qui défilaient. La bicyclette, ça me gonfle au plus haut point, pour tout vous dire. Ça se casse sans arrêt, il faut réparer. Ou quand ça marche bien, il faut passer des heures à les régler pour qu'elles soient parfaitement au point. Et les pneus qui sont sans arrêt à plat...

— C'est pour ça que j'ai acheté une Porsche.

— Oui, et une Porsche, c'est sans doute moins cher. Ces maudites bicyclettes de compétition coûtent une fortune. Et il n'est pas question de n'en avoir qu'une. »

Quelques minutes plus tard, ils roulaient de nouveau dans la campagne.

« Belles bêtes, déclara-t-elle, alors qu'ils dépassaient un troupeau de vaches laitières noir et blanc. Quelle race ?

— Je n'en sais foutre rien.

— Comment cela ? fit-elle, amusée. Vous êtes du Minnesota. Vous devriez connaître un peu les vaches.

— Ce sont les bouseux du Wisconsin qui s'y connaissent en vaches. Moi, je suis un petit gars de la ville. Mais si on me posait la question, je dirais que ce sont des Holstein.

— Et pourquoi ça ?

— Parce que c'est le seul nom de race que je connaisse. Attendez... Il y a aussi les Guernesey, les Jersey. Mais je ne crois pas qu'elles soient tachetées.

— Brown Swiss.

— Quoi ?

— C'est une race de vaches.

— Je croyais que c'était un fromage.

— Je ne crois pas, non... Tenez, voilà un autre troupeau. »

Ils contemplèrent les bêtes qui traversaient lentement le pré en direction de l'étable, seules ou par deux, comme un groupe de touristes regagnant le car d'excursion. Leur ombre s'étirait derrière elles.

« David connaît tous les noms, reprit Lily. Vous commencez à entrer dans la montagne, et vous lui demandez : “C'est quoi, cet arbre ?” Il vous répond : “Un chêne blanc” ou “un pin d'Écosse”. Au début, je pensais qu'il bluffait, alors j'ai vérifié. Il avait toujours raison.

— Je crois que je ne supporterais pas ça, dit Lucas.

— Il est vraiment remarquable. C'est sans doute l'homme le plus intelligent que j'aie eu l'occasion de connaître.

— 'm'a tout l'air d'être le Mahatma Gandhi.

— Pardon ?

— Un jour, vous m'avez dit que c'était l'homme le plus gentil que vous ayez jamais rencontré. Maintenant, c'est le plus intelligent.

— Il est vraiment comme ça.

— Ouais. En plus, je vois mal Gandhi sur une bicyclette de compétition, ce qui donne encore un avantage à David.

— Je ne tiens pas vraiment à en parler plus que ça.

— Comme vous voudrez.

— Quelquefois, je ne sais pas..., reprit-elle néanmoins, au bout de quelques instants.

— Mmmm ?

— Il est tellement équilibré, David. Tellement serein. Quelquefois...

— ... ça vous gonfle au plus haut point, c'est ça ?

— Non, non... C'est juste ce sentiment que j'ai d'être entièrement prise en charge. J'ai du mal avec ça. C'est comme un poids. Il est tellement bien, cet homme. Et moi, je fais des razzias dans le frigo, je me gave, je me promène dans les rues avec un flingue, j'ai déjà tiré sur des gens... Il était complètement paniqué, quand je suis rentrée à la maison. Il voulait que je lui raconte tout. Il a fait venir une amie, Shirley Anstein, une psy, pour vérifier que tout allait bien chez moi. Quand il a su que je revenais ici, il est devenu cinglé. Il a dit que je m'abîmais.

— Et vous croyez qu'il baise avec cette nana, Anstein ?

— Shirley ? s'exclama Lily en éclatant de rire. Non, je ne pense pas. Elle doit avoir dans les soixante-huit ans. C'est comme une seconde mère, pour lui.

— Il est fidèle, alors.

— Oh, oui. Si fidèle que cela ajoute presque à ce poids que je ressens parfois. Même là, je ne peux pas y échapper. »

« Walnut Grove », dit Lily, lisant un panneau en bordure de route, alors qu'ils traversaient les faubourgs d'une petite ville. Le soleil plongeait vers l'horizon. La nuit serait tombée avant qu'ils n'arrivent à Brookings.

« Lorsque j'étais gamine, j'adorais les livres de Laura Ingalls Wilder. Puis ils en ont fait une série télévisée, vous savez, “La Petite Maison dans la prairie”. J'étais adulte, alors, et le feuilleton n'avait rien de sensationnel ; mais je le regardais quand même, à cause de Laura... Cela se passait dans un endroit appelé Walnut Grove.

— C'est ici.

— Quoi ? fit Lily, levant de nouveau les yeux vers le panneau. C'est le même village ?

— Eh bien, oui.

— Mon Dieu... » Par la vitre, elle aperçut un petit bourg un peu délabré, tranquille, avec des ruelles où Huckleberry Finn aurait aimé traîner. Ils s'éloignèrent. « Walnut Grove..., reprit-elle. Mince. Vous savez, même avec le temps, ça m'a bien l'air d'être ça. »

La police de Brookings leur indiqua le motel où était descendue Louise Liss, et ils s'y rendirent aussitôt. Elle était assise au bar, toute seule, perdue dans la contemplation de son verre de Coca. C'était une femme trop forte, fatiguée, aux yeux battus à présent bordés de rouge. Elle avait pleuré.

« Ça ne va pas être simple, murmura Lily.

— Il faut l'emmener dans sa chambre.

— C'est moi qui parle », dit Lily.

Ils s'approchèrent de la table, et Lily sortit son insigne de son sac à main.

« Mrs. Liss ? »

Louise Liss leva les yeux. Son regard était terne, vitreux.

« Qui êtes-vous ?

— Nous sommes de la police, Mrs. Liss. Je m'appelle Lily Rothenburg, et voici Lucas Davenport, de Minneapolis...

— Je ne suis pas censée parler à la police, coupa Louise, sur la défensive. Mr. Meadows m'a dit que je n'avais pas à...

— Mrs. Liss, nous ne sommes pas là pour parler de votre époux, mais de votre fils, Harold. »

En écoutant Lily, Lucas pensa qu'elle parlait comme une mère, avant de se souvenir que c'était effectivement le cas.

« Harold ? » Les doigts de Louise se crispèrent brusquement sur son verre, les jointures blanchirent. « Qu'est-il arrivé à Harold ? Je lui ai téléphoné juste avant de partir, il allait bien...

— Je pense que nous ferions mieux d'aller dans votre

chambre... » Lily s'éloigna de quelques pas, et Louise se glissa hors du box pour la suivre.

« Votre sac », fit remarquer Lucas.

Elle revint sur ses pas, prit son sac. « Qu'est-ce qui se passe, qu'est-ce qui se passe ? » ne cessait-elle de répéter. Puis elle fondit en larmes. Le caissier les observait. Lucas lui tendit trois dollars et lui montra brièvement son insigne. « Police. »

Ils sortirent du bar et prirent à droite, vers la chambre. Louise s'accrochait à la manche de Lily.

« Je vous en prie, dites-moi...

— Il a été arrêté pour détention de cocaïne, Mrs. Liss.

— De cocaïne... » Elle se reprit brusquement, regarda Lucas droit dans les yeux. « C'est vous qui avez fait ça, n'est-ce pas ? demanda-t-elle soudain d'une voix dure, perçante. C'est vous qui avez monté ce coup contre mon fils, pour pouvoir faire pression sur John !

— Non, non, répondit Lucas, qui tentait de l'entraîner vers la chambre. Il vous le dira lui-même. Les officiers des Stupéfiants l'ont vu contacter un dealer. Ils l'ont arrêté, et ont trouvé deux sachets de six sur lui...

— Des sachets de six ?

— De six grammes. Ça fait beaucoup de cocaïne, Mrs. Liss. »

Ils arrivèrent à sa chambre, et elle ouvrit avec sa clé. Lily entra derrière elle, Lucas les suivit et referma la porte. Louise s'assit sur le lit.

« C'est une quantité suffisante pour le faire considérer comme dealer, reprit Lucas. Ce qui est un crime.

— Mais il a à peine dix-sept ans... », dit Louise. Elle s'efforçait de garder la tête droite.

« Il en avait trop sur lui, reprit Lucas avec une expression de tristesse. Le procureur du comté le fera juger comme un adulte. S'il est condamné, cela signifie un minimum de trois ans de prison. »

Le sang se retira du visage de Louise.

« Que voulez-vous ? questionna-t-elle dans un souffle.

— Nous ne faisons pas partie de la brigade des Stupéfiants », expliqua Lily. Elle s'assit sur le lit au côté de Louise et posa une main sur son épaule. « Nous enquêtons sur ces assassinats dans lesquels sont impliqués des Indiens, comme votre époux. Quoi qu'il en soit, un type des Stupéfiants, un nommé Sloan, est venu nous trouver cet après-midi : "Vous savez quoi ? nous a-t-il dit. Le type qu'ils ont coincé dans le Dakota-du-Sud, celui qui a descendu le procureur général ? Eh bien, on vient d'arrêter son gosse. C'est vraiment une famille de pourris."

— Nous ne sommes pas des pourris ! protesta Louise. Je travaille dur, et...

— Cela nous laisse une marge de manœuvre, en ce qui concerne votre fils, reprit Lily d'une voix calme. La cour peut effectivement le juger comme délinquant juvénile. Mais il faut pouvoir convaincre les types des Stupéfiants, il nous faut un argument. Nous leur avons dit : "Son père refuse de parler, et l'affaire est infiniment plus importante qu'une simple arrestation de dealer. Si nous pouvons obtenir de lui qu'il dise quelque chose, qu'il nous donne un élément quelconque, pouvez-vous nous promettre que Harold sera jugé en tant que mineur ?" Ils y ont réfléchi, nous avons été trouver le chef des Stupéfiants, et la réponse est "Oui". Voilà pourquoi nous sommes ici, en toute honnêteté. Pour voir si nous pouvons arriver à un accord.

— Vous voulez que John vende ses amis, dit Louise avec amertume. Qu'il trahisse son peuple.

— Nous ne voulons plus de meurtres, répliqua Lucas. C'est tout ce que nous voulons. Que cela cesse. »

Louise, qui avait écouté avec les mains pressées sur les joues, les laissa soudain retomber sur ses genoux. Un geste de désespoir, ou de reddition. Lily se pencha vers elle.

« Ne croyez-vous pas que votre famille a payé assez cher ? Votre époux va aller en prison. Il ne pourra plus jamais marcher. Vous ne connaissez pas les gens qui sont derrière tout cela, eux ne sont pas en prison. Ils se promènent toujours. Ils se promènent, parce qu'ils *marchent*, Louise.

— Mais moi, je ne sais rien..., affirma-t-elle d'une voix hésitante.

— Pouvez-vous en parler à John ? s'enquit Lily d'une voix douce.

— S'il pouvait juste nous donner quelques noms, ce serait suffisant, ajouta Lucas. Nous n'avons pas besoin de beaucoup de détails, juste de quelques noms. Et personne ne sera au courant.

— Personne ne sera au courant ? répéta Louise, après un silence.

— Personne, déclara Lily d'un ton ferme. Et cela vous épargnerait de durs moments, à tous trois. J'ai horreur de devoir vous dire ça, mais j'ai remarqué qu'Harold était un garçon très mignon, et jeune. Je veux dire que s'il se retrouve en prison à St. Cloud, avec des hommes qui n'ont pas eu de relations sexuelles depuis longtemps... Mon Dieu...

— Oh, non, non, pas Harold !

— Vous savez, ils n'ont pas vraiment le choix, là-bas, ajouta Lucas. Et certains de ces types sont plus costauds que des joueurs de football. »

« On se sent plutôt mal, hein ? » fit Lily, quand Louise fut sortie.

Lucas pencha la tête, les yeux au ciel, feignant de réfléchir à la question.

« Personnellement, je ne me sens pas si mal que ça, répondit-il enfin.

— Moi non plus, en fait. Mais nous devrions. Je trouve un peu triste qu'on ne se sente pas plus mal à l'aise. Il nous manque une case, Davenport.

— De toute façon, les cases, on finit par se les faire prendre, et...

— Quoi ?

— C'est comme dans un jeu, vous savez. On ne peut pas reculer et gagner. Soit on fonce bille en tête, soit on se fait sortir par quelqu'un, et la partie est finie. »

Une heure plus tard, Louise Liss était de retour de l'hôpital.

« J'ai eu du mal à entrer, dit-elle pour s'excuser.

— Avez-vous parlé à John ?

— Oui... Aiderez-vous Harold ?

— Si vous nous aidez vous-même, Mrs. Liss, je ferai tout ce qui est en mon pouvoir pour qu'on libère Harold, assura Lucas.

— Ce sont des hommes appelés les Corbeaux, dit-elle d'une voix basse. Ce sont des frères, ou des cousins. Des grands sorciers Dakota.

— Dakota ? répéta Lily.

— Des Sioux du Minnesota, expliqua Lucas. Où se trouvent-ils ?

— Je l'ai noté », répondit Louise. Elle tira fébrilement un morceau de papier de son sac, un coin d'enveloppe où quelques mots étaient griffonnés. « Il pense que c'est la bonne adresse...

— Préparent-ils d'autres meurtres ? demanda Lily d'une voix pressante.

— Tout ce qu'il m'a donné, c'est le nom et l'adresse. Et je pense que cela peut suffire à le faire tuer.

— Bon, parfait, déclara Lily. On s'occupe de Harold dès ce soir. Nous allons téléphoner là-bas.

— Je vous en prie, dit Louise Liss en l'agrippant par la manche de sa veste. Je vous en prie, aidez-le. »

« Les Corbeaux ? Il a bien dit les Corbeaux ? » Larry Hart était stupéfait.

« Vous les connaissez ? » s'enquit Daniel. Lucas était dans une cabine téléphonique, Daniel, Anderson, Sloan et Hart dans le bureau de Daniel. Le haut-parleur du téléphone était branché.

« J'ai entendu parler d'eux », répondit Hart. Il y eut un long silence, tandis qu'il réfléchissait. « Bon Dieu, reprit-il, j'ai même dû les voir, une fois. Ils sont célèbres. Ce sont deux vieux types, ils voyagent dans tout le pays, jusqu'au Canada, pour organiser l'unification des communautés indiennes. Ils ont passé toute leur vie sur la route. Aaron est un grand sorcier. On dit que Sam est un type remarquable... Bon sang, ça colle parfaitement, vous savez. Ça pourrait très bien être eux.

— Comment dis-tu qu'ils s'appellent? demanda Anderson. Aaron... ?

— Aaron et Sam. Ils sont souvent dans les Villes. C'est leur point de chute. Ils ont un fils ici, on le voit de temps à autre. Je suis allé en classe avec lui, il y a des années de cela. Merde, j'ai même dû croiser les Corbeaux, quelquefois, mais je serais incapable de les reconnaître...

— Et leur fils? questionna Sloan.

— Un cinglé. Il a des visions. Il ne sait pas lequel des Corbeaux est son père. Ils couchaient tous les deux avec sa mère, cette année-là... C'est pour ça qu'on lui a donné ce nom, Shadow Love. C'est le fruit d'un amour dans l'ombre... C'est une plaisanterie indienne, fondée sur le nom de sa mère. Il aurait hérité de certains des pouvoirs de Aaron...

— Une seconde, attends, intervint Lucas. Shadow Love ?

— Ouais. Un type maigre...

— ... avec des tatouages. Bon Dieu... » Lucas se frappa le front. Il écarta le combiné de sa bouche, se tourna vers Lily. « On les a, chuchota-t-il. On tient ces enfoirés. » Puis il reprit la communication. « Shadow Love, c'est le type que j'ai vu chez Yellow Hand, avant qu'il ne se fasse descendre. Shadow Love, c'est bien ça. Et les deux types s'appellent les Corbeaux ?

— Ouais. » Hart semblait distant soudain, presque mélancolique.

« Bon, écoutez. » Lucas hésita un instant, tentant de se remémorer point par point sa brève rencontre avec Shadow Love. « Bien, reprit-il. Shadow Love possède un permis de conduire du Dakota-du-Sud, à son nom. Je l'ai vu, et je me souviens du nom, parce que je l'avais trouvé très curieux. Et il m'a aussi dit quelque chose, je ne sais plus quoi, qui m'a fait penser qu'il avait fait de la taule. Harmon, peux-tu vérifier tout ça? Auprès des Renseignements, ou ailleurs ?

— Pas de problème, répondit Anderson.

— Nous allons envoyer des hommes à cette adresse

pour jeter un coup d'œil, ajouta Daniel. D'ici une heure, on devrait en savoir plus.

— Rappelez-nous, dit Lucas en leur donnant son numéro de chambre. Nous allons sortir manger quelque chose, et ensuite je serai à l'hôtel.

— Dès que nous avons des renseignements, promit Daniel. Vous êtes foutrement bons, tous les deux. C'est exactement ce dont nous avions besoin. Nous les tenons, ces enflures. »

16

Au Centre des renseignements de la police, on indiqua à Anderson où se situait l'appartement des Corbeaux, avec en bonus le numéro de téléphone. Il les communiqua immédiatement à Daniel.

« Je vais prévenir les gars, déclara Anderson. Del et deux collègues des Stups peuvent être là-bas dans dix minutes. Ils jetteront un coup d'œil aux alentours, pendant qu'on met en place la brigade d'assaut. On planquera à la station Mobil de la 36e.

— Ne prévenez personne à part Del, dit Daniel. Et ce jusqu'à la dernière minute, quand on aura cerné la maison. Je ne tiens pas à ce que les fédés s'en mêlent.

— Ils sont tous à Brookings, répondit Sloan avec une nuance d'ironie. Ce connard de Clay est arrivé là-bas comme s'il était le président de l'univers. Il a huit cents types en train de courir dans tous les sens, avec des écouteurs aux oreilles...

— D'accord, mais en tout état de cause, vous la bouclez », répéta Daniel.

Anderson fila à son bureau.

« Vous, restez dans le coin, ajouta Daniel en s'adressant à Hart et Sloan. Si ça marche, il faut que vous soyez là pour la curée. »

Sloan hocha la tête, et jeta un rapide regard à Larry.

« Tu veux qu'on descende manger un morceau au

self ? On n'aura peut-être plus le temps de casser la croûte avant un moment...

— Je te retrouve en bas. Il faut que j'aille aux toilettes. »

Plus tôt dans la journée, les Corbeaux avaient posté le communiqué de presse concernant l'assassinat de Linstad, que Sam relisait à présent en essayant de trouver une position confortable sur le divan cabossé.

« J'espère que John ne va pas nous lâcher, qu'il va continuer de parler au nom de la Nation indienne, dit-il. J'espère qu'il ne va pas se déballonner.

— Meadows est là pour le couvrir, répondit Aaron. Et Meadows, ce n'est pas n'importe qui...

— Il a surtout la grosse tête, grommela Sam.

— Et John a ses raisons pour tenir le coup. Il ne t'a jamais raconté l'histoire du hot-dog ? »

Sam dut se tordre le cou pour se tourner vers Aaron, assis à la table de la cuisine.

« Du hot-dog ? » répéta-t-il.

John Liss avait douze ans alors. C'était un gamin monté en graine, vêtu de chemises de l'armée et de jeans. Cela faisait des semaines que son père était absent, et sa mère était partie depuis deux jours avec un inconnu. La voiture était toujours devant la maison, avec peut-être huit litres d'essence dans le réservoir. Ni John ni sa petite sœur de neuf ans n'avaient mangé quoi que ce soit depuis la veille à midi, à part du potage aux champignons Campbell's.

« J'ai faim, disait Donna en pleurant. J'ai faim...

— Monte dans la voiture, décida John.

— Tu ne sais pas conduire.

— Mais si. Monte dans la voiture. On va trouver quelque chose à manger.

— Où ? On n'a pas d'argent. » Mais déjà il la tirait par sa veste. Elle portait des tongues aux pieds.

« En ville. »

Vendredi soir, dans les faubourgs de la ville. Seules

les lumières du stade de football perçaient l'obscurité, visibles à des kilomètres.

« Le match doit être bientôt fini », dit John. Sa tête dépassait à peine du volant de la vieille Ford Fairlane. Ils quittèrent la route, traversèrent un parking poussiéreux. Il faisait à peine cinq degrés. Tant que le moteur tournerait, le chauffage continuerait de fonctionner; mais le garçon craignait de tomber en panne d'essence. En faisant attention, ils pourraient rentrer à la maison.

« Regarde la marchande de hot-dogs », dit John. L'année précédente, il était venu assister à un match. Après, il avait vu la femme qui tenait le stand ôter une demi-douzaine de saucisses du grilloir automatique, et les jeter à la poubelle. Un demi-sac de petits pains avait pris le même chemin. Le stand était toujours au même endroit, avec une poubelle posée à côté. La femme aussi était la même.

La rencontre prit fin vingt minutes plus tard. Les supporters de l'équipe locale quittèrent les gradins, s'égaillant, se bousculant, poussant des cris de victoire. Un grand gamin blond fit halte pour acheter un hot-dog et un Coca, avant de s'éloigner avec ses amis. Au bout de quelques pas, il repéra une fille dans la foule, l'interpella.

« Hé, Carol !

— Qu'est-ce que tu me veux *encore*, Jimmy ? » demanda-t-elle en minaudant. Tous deux portaient une veste de lainage rouge à manches de cuir blanc, avec une inscription en lettres jaunes. John et sa sœur les observaient, tandis qu'ils se dirigeaient lentement l'un vers l'autre, avec un sourire sournois, chacun soutenu par sa bande de copains.

« Ça ne te rappelle rien ? » répondit Jimmy en sortant la saucisse de son petit pain.

Les amis de la fille prirent un air faussement scandalisé, tandis que les siens s'esclaffaient; mais Carol avait de la défense :

« Eh bien, dit-elle, ça doit ressembler très vaguement à ta queue, mais en beaucoup plus gros.

— Ah, *d'accord* », répliqua-t-il en lui jetant la saucisse au visage. Elle se baissa, éclata de rire et fonça sur lui. Ils se mirent à se poursuivre sur le parking. Deux minutes plus tard, tout le monde était parti.

« Va la chercher, chuchota Donna.

— Tu as vu où elle est tombée ?

— Là-bas, sous les gradins... »

John se glissa hors de la voiture, et alla ramasser la saucisse dans la poussière. Il l'essuya sur sa chemise et, dans la voiture, l'offrit à sa petite sœur.

« Elle est encore chaude, dit-elle. Mon Dieu, ça fait du bien. »

Ses yeux brillaient. John la regardait, et la colère qui l'avait submergé l'étouffait à présent, se retournant contre lui. C'était sa *sœur*, bon Dieu ; sa *petite sœur*. Il aurait voulu tuer quelqu'un, mais il ne savait ni qui ni comment. Pas encore. C'est plus tard, en rencontrant les Corbeaux, qu'il devait comprendre qui, et comment.

« On a tous une histoire à raconter, déclara Sam, l'air sombre. Tous, sans exception. Quand ce n'est pas une chose qui nous est arrivée, c'est arrivé à quelqu'un de la famille. Ou à Jésus-Christ. »

Le téléphone sonna.

« Shadow Love ? » demanda Sam.

Aaron haussa les épaules, décrocha.

« Ouais ?

— *Les flics arrivent* ». Une voix d'homme. « *Les flics seront là dans dix minutes.*

— Quoi ?

— *Les flics arrivent. Barrez-vous.* »

Déjà, Sam s'était redressé.

« Qu'est-ce qui se passe ? »

Aaron restait immobile, le combiné en main, décontenancé.

« Je ne sais pas. Quelqu'un vient de me dire que les flics seront là dans dix minutes.

— On file.

— Il faut que je...

— Merde, on se taille ! » hurla Sam. Il attrapa la veste de Aaron et la lui jeta, avant de prendre la sienne.

« La machine à écrire... » Aaron paraissait abruti.

« La machine, on s'en fout ! » Sam avait déjà ouvert la porte.

« Il faut que je prenne mes lettres. Je ne sais pas ce qu'il peut y avoir dedans, peut-être des trucs sur Barbara, quelque chose de...

— Ah merde ! » Sam saisit un sac de supermarché et l'envoya à Aaron. « Fourre tout ce que tu peux là-dedans. » Il ouvrit un placard, en tira un sac de l'armée en toile kaki et commença d'y jeter les vêtements en vrac. « Ne perds pas de temps à regarder ces conneries, prends tout ! » cria-t-il à Aaron, qui feuilletait ses papiers personnels en traînant, comme au ralenti.

Il leur fallut quatre minutes pour remplir le sac de l'armée et ramasser les lettres d'Aaron. Ils laisseraient tout le reste derrière eux.

« Je ne sais pas qui était ce type, mais il se trompe peut-être, fit Aaron, le souffle court, comme ils s'engageaient dans l'escalier.

— Non, il ne se trompait pas. Tu crois que quelqu'un nous appellerait comme ça, histoire de... ?

— Non. Et c'était un Indien. Il avait l'accent. »

Sam fit halte sur le palier du premier, observa la rue.

« On passe par-derrière. Je vois un type qui vient de ce côté.

— Et le camion ? fit Aaron, sur ses talons.

— S'ils nous connaissent, s'ils savent qui nous sommes, ils doivent aussi connaître le camion. Et nous avons laissé nos empreintes partout dans la chambre. »

Ils dévalèrent l'escalier jusqu'au sous-sol, traversèrent la chaufferie et une réserve, puis gravirent quelques marches de béton avant de se retrouver dans une ruelle. Les lumières de leur immeuble et des maisons voisines trouaient l'obscurité, de chaque côté.

« On traverse l'arrière-cour, murmura Sam.

— Ils vont nous prendre pour des voleurs, dit Aaron.

— Chhhhut. »

Ils traversèrent la cour, tapis le long du garage, jusqu'à la haie.

« Attention au fil », murmura Sam, une seconde trop tard. Aaron venait de prendre le fil d'étendage en pleine figure.

« Ah, la vache, ça fait mal, fit-il en se tenant le nez.

— Tais-toi... »

Ils s'arrêtèrent derrière un massif de spirées, au coin de la maison. Une voiture avançait dans la rue ; elle ralentit, s'arrêta au coin. Quelques secondes plus tard, deux hommes en descendaient. L'un d'eux s'appuya au toit et alluma une cigarette, tandis que l'autre se dirigeait tranquillement vers l'arrière de l'immeuble. Ils avaient l'air de n'importe qui, mais leur allure trahissait une assurance remarquable.

« Des flics, chuchota Sam.

— Il faut traverser la rue avant que le pâté de maisons ne soit complètement cerné.

— Viens. » Sam prit de nouveau la tête, traînant le sac de toile. Ils traversèrent ainsi tout le pâté de maisons, empruntant les arrière-cours. La plupart des fenêtres étaient encore éclairées. De la musique leur parvenait parfois, ou des dialogues provenant de téléviseurs, étouffés par les vitres.

Soudain, Aaron se mit à rire, réaction incongrue qui stoppa net Sam dans son élan.

« Qu'est-ce qu'il y a ?

— Tu te souviens, à Rapid City, quand on visitait ces baraques ? On avait à peine du poil au menton... Ça fait plaisir, tiens...

— Connard », marmonna Sam, mais quelques secondes plus tard, lui aussi étouffait un rire. « Je me souviens de cette nana, avec la serviette jaune...

— Oh ouais... »

Arrivés à la dernière maison, ils s'engagèrent dans une haie, jetèrent un coup d'œil du côté de la rue.

« Personne, dit Sam. A moins qu'ils ne soient planqués dans une de ces voitures.

— On traverse tout droit, et on fonce dans la ruelle en face, déclara Aaron. Allez, on y va ! »

Ils traversèrent la rue aussi vite qu'ils le purent, le sac de toile ballant contre les jambes de Sam, puis s'enfoncèrent dans la ruelle.

« Je ne vais pas pouvoir porter longtemps cette saloperie, dit Sam haletant.

— Il y a une cabine téléphonique, à côté du supermarché. C'est à une rue d'ici. »

Ils s'engagèrent dans une nouvelle ruelle. Aaron aidait Sam à porter le sac. Arrivés au bout, ils firent une pause, et Aaron s'assit derrière un buisson, à côté d'une clôture fermée par une chaîne. Le supermarché était juste en face d'eux, avec un téléphone public fixé au mur. Sam fouilla dans sa poche pour y prendre de la monnaie. « J'appelle Barbara. Ne bouge pas. Reste planqué. Je vais lui demander de s'arrêter carrément dans la ruelle.

— Et Shadow Love ? Si ce sont effectivement des flics, il va se jeter dans la gueule du loup.

— Ça, on n'y peut rien, répliqua Sam d'une voix tranchante. Tout ce qu'on peut faire, c'est espérer qu'il les repérera, ou qu'il appellera Barb.

— Ce n'est peut-être pas ça, dit Aaron.

— Tu parles. C'étaient bel et bien des flics. Ils savent que c'est nous, cousin. On les a au cul, maintenant. »

17

Deux camions et une voiture portant le logo de la télévision de Sioux Falls étaient garés en épi devant le bar de nuit. Un homme seul était assis dans un box, contre la vitrine, penché sur une tasse de café et un sandwich au fromage fondu. Lucas hésita un instant devant la façade, jeta un coup d'œil à l'intérieur, puis suivit Lily.

« Vous vérifiez que Jennifer n'est pas là ? demanda-t-elle avec un petit sourire.

— Mon Dieu, répondit Lucas en rougissant, j'aimerais autant qu'elle ne soit pas là, en effet.

— Évidemment. »

Il la suivit le long des tables, en profita pour contempler ses hanches. Elle avait quitté son pantalon pour une robe. Elle portait des chaussures basses et avait toujours en bandoulière son sac qui renfermait le calibre 45.

La serveuse, une jeune femme fatiguée avec des mèches de cheveux sur le visage, prit la commande, des cheese-burgers et du café, et s'éloigna en traînant les pieds.

« Que pensez-vous de cette histoire de Corbeaux ? interrogea Lily, tandis qu'ils attendaient leur plateau.

— Je n'en sais rien. Larry m'a paru bizarre. Et quand je pense que j'ai discuté avec ce type, Shadow Love... J'ai tout de suite senti qu'il avait quelque chose de pas net. Comme... comme une espèce de vibration qui émanait de lui, vous voyez ce que je veux dire ?

— Un cinglé ?

— Je ne sais pas, mais il y avait quelque chose. »

Le café arriva, épais, brûlant.

Lily déclara qu'à New York rien n'était comparable à cette communauté indienne de Minneapolis. Il y avait des Indiens, certes, mais ils n'étaient pas aussi voyants.

« Ils ont quelque chose de... de mystérieux, affirma Lily. On les croise dans la rue, aux carrefours. Ils ne sont pas menaçants, ni hostiles. On dirait simplement qu'ils observent ce qui se passe... »

Lucas acquiesça.

« Parfois, on dirait des immigrés scandinaves, les plus paisibles, les plus bovins qui soient. Ils se baladent dans de vieux camions, ils bossent dans les exploitations forestières, dans les fermes. Et puis, tout à coup, vous tombez par hasard sur un groupe d'Indiens en train d'assister à une cérémonie rituelle. A première vue, ça ressemble à un truc pour touristes, mais pas du tout. C'est authentique... »

Ils discutèrent ainsi pendant une heure. A un certain moment, Lucas eut le net sentiment de radoter. En rentrant en ville, dans la voiture, ils n'échangèrent presque pas un mot. Lucas se gara derrière le motel, verrouilla les portières.

« Vous croyez qu'ils ont appris quelque chose ? demanda-t-elle tandis qu'ils se dirigeaient vers leurs chambres respectives.

— C'est possible. On peut appeler.

— Entrez. Nous allons appeler de chez moi. » Elle ouvrit la porte, et Lucas la suivit. Elle lui désigna le téléphone d'un geste. Lucas s'assit sur le lit et composa le numéro. Daniel répondit à la première sonnerie.

« Salut, chef, c'est Lucas. Alors ?

— Nous sommes entrés, mais nous les avons manqués. Cela dit, c'est bien eux. On a trouvé deux brouillons de communiqué de presse dans la corbeille à papier, et la machine à écrire correspond...

— Ils l'ont laissée ?

— Ouais. Sloan est parti là-bas avec Del, et il trouve

ça un peu bizarre. Ils ont laissé pas mal de saloperies, mais leurs effets personnels ont disparu. Sloan pense qu'ils ont vidé les lieux à toute vitesse — peut-être en apprenant que Liss n'était pas mort. Ils se sont dit qu'il allait parler.

— Vous avez interrogé les voisins ?

— Ouais. On ne les voyait pas beaucoup. Juste deux Indiens, âgés. Et on a leurs empreintes partout, le FBI est en train de les identifier. Quelqu'un a aussi dit qu'ils avaient un camion, et qu'il est toujours garé devant la maison...

— Oh ! là ! là ! on ferait bien de se replier, et d'attendre. Ils vont peut-être revenir...

— C'est ce que nous faisons, mais Del pense que ça ne marchera pas. Il dit que toute la rue sera au courant d'ici une heure.

— Il a probablement raison. Mince...

— On se voit demain — on saura où on en est, d'ici là. Rendez-vous à une heure, si c'est possible.

— Pas de problème, nous serons là », répondit Lucas. Il raccrocha, se tourna vers Lily, secoua la tête. « Ils les ont ratés, déclara-t-il.

— Mais ce sont bien nos hommes ?

— Ouais, ils ont laissé des trucs derrière eux. Aucun doute.

— Oh, la barbe ! » s'exclama Lily, irritée. Elle pencha la tête, se caressa la nuque. Elle était à moins de trente centimètres de Lucas, et il percevait ce parfum mystérieux qu'elle portait déjà, le jour de leur première rencontre.

« Combien de temps allons-nous continuer ce jeu imbécile ? demanda-t-il d'un ton tranquille.

— J'abandonne.

— Comment ? Vous abandonnez ?

— Ouais. »

Elle se leva, traversa la chambre. Lucas commença de la suivre, mais elle tendit le bras vers le commutateur, éteignit la lumière et revint vers lui, les bras croisés devant la poitrine.

« Je suis terrifiée, vraiment, dit-elle.

— Mon Dieu... » Il passa le bras gauche autour d'elle et, de la main droite, saisit sa nuque, attirant son visage vers le sien. Le baiser les maintint soudés l'un à l'autre pendant dix secondes, vacillants ; puis elle releva la tête pour reprendre souffle ; ils titubèrent et tombèrent ensemble sur le lit.

« Lucas, non, laissez-moi le temps de passer sous la douche...

— On s'en fout, de la douche. » Sa voix était rauque, fiévreuse. Il l'embrassa de nouveau, l'écrasant sur le lit, de tout son corps, et triturant d'une main les boutons qui fermaient son corsage aux épaules.

« Non, laissez-moi...

— Ça y est. » Un bouton sauta. Déjà sa main caressait sa peau tiède, son ventre, et se glissait derrière pour dégrafer son soutien-gorge. Lily commença de gémir et tenta de prendre ses lèvres. Ils roulèrent sur le lit, elle essayant de détacher sa ceinture, lui de la débarrasser de ses sous-vêtements.

« Bon Dieu, un porte-jarretelles ! Et en quoi est-il, en grillage à poules ? Je n'arrive pas à...

— Doucement, doucement...

— Non, pas doucement. »

Il parvint à faire glisser le porte-jarretelles le long d'une jambe, jusqu'à une cheville où il resta coincé ; puis la culotte. Ses mains étaient partout sur elle. Il la pénétra enfin, et elle faillit crier de plaisir... Plus tard, elle eut l'impression qu'elle criait, en effet.

« Vraiment, j'aimerais bien ne pas avoir arrêté de fumer », dit-il. Il avait allumé une des lampes de chevet et s'était adossé à un oreiller, encore aux trois quarts habillé. Elle tentait de reprendre souffle. Comme une carpe, pensait-elle. Jamais elle n'avait vu de carpe, mais elle avait lu dans des livres documentés que les carpes venaient chercher de l'oxygène, au bord des rivières. Il baissa les yeux vers elle.

« Ça va ?

— Ouais. Mon Dieu...

— Puis-je... Laisse-moi t'enlever ces trucs-là... »

Après la frénésie de cette première étreinte, il se montrait tendre soudain. Il la souleva doucement, ôta les vêtements qu'il lui restait. Elle se sentait presque comme une enfant; il l'embrassa sur la cuisse, juste à l'aine, et de nouveau le feu s'alluma dans son ventre, de nouveau elle se mit à haleter. De nouveau Lucas vint contre elle, sur elle, et la lueur de la lampe de chevet parut s'évanouir. Et de nouveau, au bout d'un moment, elle eut vaguement conscience d'avoir crié.

« Est-ce que j'ai crié ? » demanda-t-elle abruptement. Elle se tenait debout sous le jet de la douche, et laissait l'eau jaillir ct rebondir sur ses seins. Lucas était derrière elle. Elle sentait son corps pressé contre ses fesses, sa main savonneuse contre son ventre.

« Je ne sais pas, répondit-il. J'ai cru que c'était moi. »

Elle eut un petit rire.

« Qu'est-ce que tu fais ?

— Rien, je te lave.

— Je crois que tu m'as déjà lavée, là.

— Eh bien, je te lave deux fois. »

Elle ferma les yeux, se laissa aller en arrière contre lui, et la main couverte de mousse allait et venait, et de nouveau...

18

La maison de Barbara Gow était construite en bardeaux gris, jadis blancs, et couverte de tuiles artificielles en amiante rouge. Un sureau se dressait, solitaire, devant la façade, et un vilain garage préfabriqué se tapissait désespérément derrière. Une double rangée de chaînes à hauteur de taille cernait le tout.

« C'est assez moche », dit-elle, non sans tristesse. Ils étaient à dix minutes de la voie express, dans un quartier triste, où les bungalows de l'immédiat après-guerre se délabraient, victimes du temps, de leur piètre qualité et de la négligence de leurs propriétaires : ardoises manquantes, traces de rouille sèche sur les auvents. Dans la lumière trouble des réverbères, on distinguait des bicyclettes de gosses abandonnées sur les pelouses mal entretenues. Les voitures garées le long des trottoirs n'étaient que des épaves bonnes pour la casse. Des taches d'huile maculaient la chaussée, comme autant de tests de Rorschach dont le résultat laissait craindre le pire.

« Lorsque je l'ai achetée, je l'appelais ma villa, ajouta-t-elle comme ils s'engageaient dans l'allée. Seigneur, que c'est donc triste ! Penser que l'on peut vivre trente ans dans une maison, et s'en fiche, au bout du compte. »

Sam le Corbeau ferma un œil, et de l'autre observa fixement Barbara, comme pour évaluer l'authenticité de son chagrin. Puis il poussa un grognement, sortit de la voiture et alla lever la porte du garage.

« J'espère que tout va bien pour Shadow Love », ajouta-t-elle d'une voix anxieuse, comme la voiture s'arrêtait.

Elle était arrivée dix minutes après le coup de fil de Sam. En rentrant chez elle, ils étaient passés devant l'immeuble des Corbeaux. Il y avait des voitures garées devant. Des flics. En pleine perquisition.

« Il devait rentrer, répondit Sam tandis qu'ils descendaient de voiture. Mais avec tous ces flics dans la rue...

— S'il n'était pas là quand ils ont débarqué...

— S'ils ne l'ont pas arrêté, on ne devrait pas tarder à avoir de ses nouvelles », dit Aaron.

Une odeur douteuse régnait dans la maison. Barbara n'avait jamais été très femme d'intérieur. De plus, elle fumait : les murs, autrefois frais, étaient couverts d'une patine de nicotine jaunâtre. Sam hissa le sac de toile dans l'escalier. Aaron, lui, se dirigea vers un salon pourvu d'un divan convertible.

« Vous avez de l'argent sur vous, les gars ? demanda Barbara quand Sam redescendit.

— A peu près deux cents, répondit-il avec un haussement d'épaules.

— Il faudra que vous participiez, pour la nourriture, si vous restez un petit moment.

— Non, c'est juste pour une semaine, peut-être. »

Vingt minutes plus tard, Shadow Love les appelait.

« Oui, ils sont là, répondit Barbara. Tout va bien. » Elle tendit le combiné à Sam.

« On craignait qu'ils ne t'aient coincé.

— J'ai failli foncer droit sur eux », déclara Shadow Love. Il se trouvait dans un bar, à six rues de l'appartement des Corbeaux. « J'avais la tête ailleurs, ajouta-t-il, et j'étais presque devant l'immeuble quand je me suis rendu compte qu'il y avait quelque chose d'anormal. Trop de voitures. Je suis resté un moment à regarder, j'avais peur de les voir vous embarquer.

— Tu nous rejoins ?

— Vaudrait mieux, oui. Je ne sais pas où ils prennent leurs renseignements, mais s'ils sont après moi... Je serai là dans une demi-heure. »

Quand Shadow Love arriva, Barbara se dressa sur la pointe des pieds pour l'embrasser sur les deux joues, et l'emmena aussitôt à la cuisine afin de lui préparer un sandwich.

« Quelqu'un nous a trahis, affirma Shadow. Ce connard de Hart traînait dans la rue, devant l'immeuble. Il propose de l'argent, à présent. Et le chasseur aussi, l'autre flic.

— Ça ne se passe pas aussi bien que je l'avais espéré, avoua Sam. J'avais cru que Billy en descendrait au moins un autre, et que John réussirait à quitter Brookings...

— Leo est toujours libre, et disponible, fit remarquer Shadow Love. Et en ce qui concerne les médias, tu ne peux pas te plaindre. Bon Dieu, ils ont complètement envahi le Midwest. J'ai vu un reportage en provenance de l'Arizona, on en parle dans les réserves, on s'agite...

— Donc, ça fonctionne, dit Aaron regardant son cousin.

— Pour le moment, en tout cas », répondit Sam.

Plus tard ce soir-là, Sam observait Barbara qui allait et venait dans la chambre. « Elle est vieille », pensait-il. Soixante ans. Deux ans de moins que lui. Il se souvenait d'elle au début des années 50, étudiante ojibway vaguement bohème, plongée dans les existentialistes français, avec ses cheveux noirs tirés en chignon, son visage frais, sans maquillage, et les livres qu'elle portait à l'épaule, dans un sac de toile verte. Son béret. Elle se coiffait d'un béret rouge vif, penché sur un œil, fumait des Gauloises, des Gitanes, parfois des Players, et parlait de Camus.

Née d'un père ojibway et d'une mère serbe, Barbara Gow avait grandi dans la réserve de Iron Range. Son père travaillait le jour dans les mines à ciel ouvert, et la nuit pour le syndicat. Sa mère rangeait sa bible dans la petite bibliothèque du salon, à côté de la bible de son père, *Le Capital*.

Adolescente, elle avait également travaillé comme secrétaire pour le syndicat. Après la mort de sa mère, elle était partie pour Minneapolis, grâce à une petite assurance vie, et s'était inscrite à l'université. Elle aimait les études, les débats, les théories. Elle les goûta plus encore quand elle entendit parler de l'existentialisme en France.

Sam distinguait toujours tout cela chez elle, derrière le masque des rides, les épaules voûtées. Elle frissonna, nue dans la pièce froide, passa une légère robe d'intérieur, et se tourna vers lui en souriant. Ce sourire lui réchauffa le cœur.

« C'est étonnant, cet engin fonctionne encore alors que tu le surmènes », dit-elle. Le sexe de Sam reposait confortablement au creux de son aine. Sam se sentait bien.

« Il fonctionnera toujours pour toi ». Il s'était allongé sur l'édredon cousu à la main, insensible au froid.

Elle quitta la pièce en riant, et quelques instants plus tard il entendit l'eau couler dans la salle de bains. Sam demeura immobile sur le lit. Il aurait voulu pouvoir rester ainsi un an, deux ans, cinq ans, enveloppé dans l'édredon. Il avait peur. C'était ça. Il effaça aussitôt cette pensée de son esprit, roula hors du lit, et se dirigea à son tour vers la salle de bains. Barbara était assise sur les toilettes. Il ouvrit les robinets du lavabo pour se laver.

« Shadow Love est toujours devant son film », remarqua Barbara. L'écho d'une fusillade, à la télé, leur parvenait de l'escalier.

« C'est *Zoulou*, répondit Sam. L'histoire d'une grande bataille en Afrique, il y a un siècle de cela. Il dit que c'était encore plus fameux que la bataille de Custer. »

Barbara se redressa, tira la chasse d'eau, pendant que Sam se séchait avec une serviette.

« C'est la fin, alors ? demanda-t-elle d'une voix tranquille, tandis qu'ils regagnaient la chambre.

— La fin ? répéta-t-il, feignant de ne pas comprendre.

— Ne fais pas l'idiot. Vous allez mourir ?

— C'est ce que dit Shadow Love, répondit-il en haussant les épaules.

— Alors, c'est bien ça. A moins que vous ne partiez. Tout de suite.

— Impossible, dit Sam, secouant la tête.

— Pourquoi pas ?

— Vois-tu, d'autres sont morts. Si mon tour arrivait et que je ne me défende pas, ce serait comme si je crachais sur leur tombe.

— Vous avez une arme ?

— Ouais.

— Tout cela servira-t-il à quelque chose ?

— Oui. Et notre... mort elle-même servira à quelque chose. Le peuple a besoin de légendes. Tu sais, quand j'étais gosse, j'ai connu d'anciens compagnons de Crazy Horse. Qui est encore en vie, aujourd'hui, pour raconter tout ça aux gamins ? La seule légende qu'ils connaissent, c'est celle des dealers...

— Donc, vous êtes prêts.

— Non, bien sûr que non, reconnut Sam. Quand je pense à la mort... Je n'y arrive pas. Non, je ne suis pas prêt.

— Personne ne l'est jamais, affirma Barbara. Je me regarde dans le miroir, derrière la porte... » Elle repoussa la porte de la chambre, et le miroir en pied les refléta soudain, nus tous les deux, contemplant leur propre reflet « ... et je vois cette vieille femme, ridée comme une pomme de terre de l'année passée. Secrétaire à la Société d'histoire, les cheveux gris, voûtée. Mais je me sens comme si j'avais dix-huit ans. Je voudrais sortir et courir dans le parc, cheveux au vent, je voudrais me rouler dans l'herbe avec toi et Aaron, écouter les imbécillités qu'il me raconte tout en essayant de glisser la main dans ma culotte... Et je ne peux pas, parce que je suis vieille. Et que je vais mourir. Je ne veux pas être vieille, je ne veux pas mourir, mais c'est comme ça... Je ne suis pas prête, mais j'y vais tout droit.

— Je suis ravi de cette petite conversation, répondit Sam d'un ton sarcastique. Vraiment, c'est réconfortant.

— Ouais, reconnut-elle en soupirant. Enfin, vu la manière dont tu parles, je crois que, le moment venu, tu sortiras ton arme. »

Shadow Love faisait les cent pas.

Sam dormait à la droite de Barbara. Son souffle était paisible, régulier. Mais toute la nuit, Barbara entendit Shadow Love arpenter le couloir, au rez-de-chaussée. On allumait le téléviseur, on l'éteignait, on le rallumait. Il en avait toujours été ainsi.

Presque quarante ans auparavant, Barbara vivait à une rue de chez Rosie, sa mère. C'est chez elle qu'elle avait rencontré les Corbeaux. Déjà, à l'époque, c'étaient des durs, des extrémistes, ils passaient la nuit à fumer cigarette sur cigarette, à boire, à parler des flics du Bureau des affaires indiennes et de ceux du FBI, de la manière dont ils géraient les réserves.

A la naissance de Shadow Love, Barbara avait été sa marraine. Elle le revoyait toujours traîner sur le trottoir en short bon marché et polo rayé trop petit, son regard pâle jaugeant le monde qui l'entourait. Enfant, déjà, le feu vivait en lui. Il n'avait jamais été le caïd du quartier, mais aucun des autres gosses n'aurait osé prendre de risque avec lui. Shadow Love était électrique. Shadow Love était cinglé. Barbara l'aimait comme son propre enfant. Elle resta allongée dans l'obscurité, attentive au bruit de ses pas. Elle leva les yeux vers la pendule : 3 h 35. Puis elle dériva vers le sommeil.

Au matin, elle le trouva endormi dans le grand fauteuil du salon, ce fauteuil qu'autrefois elle appelait son piège à hommes. Elle se dirigea vers la cuisine, sur la pointe des pieds.

« Ne te gêne pas pour moi, dit-il comme elle passait devant lui.

— Je croyais que tu dormais. » Elle revint sur le seuil. Déjà il était debout. La lumière derrière lui dessinait un halo autour de sa grande silhouette sombre.

« J'ai dormi un moment. » Il bâilla, s'étira. « Est-ce que la maison est câblée ? demanda-t-il.

— Oui, j'ai eu le câble, un certain temps. Mais comme les programmes étaient nuls, je l'ai fait supprimer.

— Si je te donnais de l'argent pour que tu le fasses

rétablir ? HBO, ou Cinemax, ou Showtime. Tous, peut-être. Quand ça va sentir le roussi, nous allons vraiment être coincés, ici.

— Je les appellerai ce matin », dit-elle.

En milieu de matinée, après le petit déjeuner, Barbara prit un tabouret, une serviette et une paire de ciseaux et se mit en devoir de couper les cheveux de Sam et de Shadow Love. Aaron regardait avec amusement les longues mèches noires tomber sur leurs épaules, sur le sol. Il fit remarquer à Sam que, quand on leur coupait les cheveux, les hommes âgés perdaient leur puissance sexuelle.

« Ma queue se porte très bien, répondit Sam. Demande à Barb. » Il essaya de lui donner une claque sur les fesses, mais elle l'esquiva, et Shadow Love eut un mouvement de recul.

« Hé, attention ! Tu vas me massacrer l'oreille. »

Lorsqu'elle eut fini, il enfila une chemise de cow-boy à manches longues, mit des lunettes de soleil et une casquette de base-ball.

« J'ai toujours l'air vachement indien, non ? demanda-t-il.

— Enlève les lunettes de soleil, répondit Barbara. Il faut montrer tes yeux, ils sont presque bleus. Tu peux très bien passer pour un Blanc bronzé.

— Ce qu'il me faudrait, c'est d'autres papiers, déclara-t-il, jetant les lunettes de soleil sur la table.

— Ne bouge pas », dit Barbara. Elle monta dans la chambre et revint quelques minutes plus tard avec un portefeuille tout aplati et déformé à force d'avoir épousé la forme du derrière de son propriétaire. « C'était celui de mon frère, expliqua-t-elle. Il est mort il y a deux ans. »

Le permis de conduire était inutilisable. Le frère de Barbara avait quatre ans de plus qu'elle. Il était gros et chauve. Shadow Love ne pourrait jamais prétendre lui ressembler, même si la photo était mauvaise.

« Le reste, ça va », affirma-t-il en examinant les papiers. Harold Gow possédait des cartes de crédit d'Amoco, du grand magasin local, et une carte Visa. Le portefeuille contenait également une carte de dispensaire, une carte d'employé de Honeywell, sans photo, une carte de Sécurité sociale, un permis bateau du Minnesota, deux permis de pêche périmés, et d'autres papiers divers, sans intérêt. « S'ils me coincent, ajouta Shadow, je leur dirai qu'on m'a retiré mon permis pour conduite en état d'ivresse. Quand un Indien leur dit ça, ils le croient toujours.

— Et vous, les garçons ? demanda Barbara aux Corbeaux.

— Nous avons des permis et des cartes de Sécu à nos noms, je ne sais pas si les flics connaissent déjà notre identité officielle, mais ça ne tardera pas.

— Alors, il ne faut pas sortir. Pas pendant la journée, en tout cas.

— Moi, je vais aller traîner un peu à droite et à gauche, pour voir ce qui se passe, annonça Shadow Love.

— Tu as intérêt à être prudent. »

Shadow Love se trouvait dans un bar de Lake Street quand un Indien entra et commanda une bière. L'homme lui jeta un bref regard, puis détourna les yeux.

« Le gars de l'Aide sociale est encore chez Bell, en train de proposer de l'argent, dit-il au barman.

— Bon Dieu, la moitié de la ville est en train de se saouler sur son compte. Je me demande d'où il tire tout ce pognon.

— De la CIA, je parie.

— Alors, si la CIA est dans le coup, ça veut dire que quelqu'un a de gros ennuis, déclara le barman d'un air sentencieux. J'ai déjà croisé ces gars-là, au Viêt-nam. On n'a pas envie de rigoler avec eux.

— Mmmm, mauvais coton, conclut l'Indien.

— On fait un petit billard ? lança un type, au bout du bar.

— Ouais, j'arrive », répondit l'Indien. Il prit sa bière et s'éloigna. Le barman essuya le comptoir avec un torchon mouillé, secoua la tête.

« La CIA... Mon vieux, ça ne sent pas bon, dit-il à Shadow Love.

— C'est des conneries, tout ça », répliqua Shadow.

Il finit sa bière, se laissa glisser du tabouret et sortit. Au-dehors, il resta un instant immobile, plissant les yeux dans la lumière du soleil. Après quelques secondes de réflexion, il prit vers la gauche et se mit à descendre doucement Lake Street en direction de l'immeuble en question.

La résidence de Bell était une vilaine scorie du plan d'urbanisation des années 60. L'architecte avait tenté de dissimuler la froide nudité d'un camp de prisonniers en attribuant à chaque porte d'appartement une couleur différente. A présent, les portes alignées évoquaient une rangée de dents dont certaines auraient été arrachées.

Derrière l'immeuble, un terrain de jeu abandonné s'ennuyait au milieu d'un carré de mauvaises herbes. Le tourniquet, qui s'était brisé sur son axe bien des années auparavant, rouillait sur place, comme une mauvaise sculpture minimaliste. Le goudron du terrain de basket s'en allait par plaques, les paniers avaient perdu leur filet. Il ne restait que deux balançoires accrochées au portique.

Shadow Love s'assit sur l'une d'elles, observant Larry Hart qui descendait au premier étage. Il tenait un papier à la main, qu'il consultait avant de frapper aux portes. Il discutait avec la personne qui lui ouvrait, parfois quelques secondes à peine, parfois cinq minutes, puis continuait. Il le vit rire à plusieurs reprises, et une fois il pénétra dans l'appartement, pour ressortir quelques minutes plus tard, en mangeant quelque chose.

Le problème, pensait Shadow Love, était que trop de gens connaissaient le projet des Corbeaux. Leo, John, Barbara, et des épouses qui avaient pu apprendre ou deviner quelque chose.

Cela faisait des années que les Corbeaux prêchaient pour leur cause. Bien qu'ils fussent soigneusement demeurés à l'arrière-plan, on connaissait leur nom, ainsi que le caractère extrémiste de leur mission. Une fois leur identité répertoriée dans les ordinateurs de la police, ils se retrouveraient immédiatement en tête de la liste des suspects. Ce qui, en principe, ne devait pas se révéler trop dangereux. Les contacts des flics dans la communauté étaient des plus réduits.

Mais Hart, c'était autre chose. Shadow Love l'avait connu au collège, mais de vue seulement, à une époque où les garçons d'une classe ne frayaient pas avec ceux des classes supérieures. Hart était très apprécié à l'époque, des Blancs comme des Indiens. Et c'était toujours le cas. Il faisait partie du peuple indien, et il avait de l'argent, des amis.

Shadow Love l'observait qui progressait dans l'immeuble, l'entendait rire. Et, avant qu'il eût atteint le rez-de-chaussée, il comprit qu'il fallait agir.

Pendant qu'il descendait au rez-de-chaussée, Hart aperçut Shadow Love assis sur la balançoire, mais il ne le reconnut pas. Il vit juste un type qui se balançait doucement. Puis il pénétra dans une partie aveugle de la cage d'escalier, et quand cinq secondes plus tard il déboucha de nouveau à l'air libre, l'homme n'était plus là.

Hart frissonna. Le type avait dû sauter de la balançoire, contourner les buissons qui bordaient le terrain de jeu, et s'éloigner dans la rue. Mais Hart avait une impression étrange. Lorsqu'il avait descendu l'escalier, le type était là. Quelques secondes plus tard, il avait disparu, laissant derrière lui une balançoire vide qui allait et venait comme sous l'effet d'une poussée violente.

On aurait cru qu'il s'était évanoui — de même que ces lézards du Mexique qui se changent en corbeau ou en faucon, disait-on, et s'envolent brusquement.

Des démons, des démons indiens.

De nouveau, Hart frissonna.

A une rue de là, Shadow Love était au téléphone.

« Barb. ? Tu peux venir me chercher ? »

19

Lucas s'éveilla dans l'obscurité, l'oreille aux aguets, et identifia enfin le bruit qui l'avait tiré du sommeil. Il tendit le bras vers elle.

« Tu pleures ?

— C'est plus fort que moi, avoua-t-elle d'une voix étranglée.

— Un petit peu de culpabilité... »

Elle étouffait des sanglots, incapable de répondre.

« Peut-être », déclara-t-elle enfin, le visage dans l'oreiller. Puis elle se tourna vers lui, recroquevillée sur elle-même en position fœtale. « Je n'avais jamais fait ça auparavant, ajouta-t-elle.

— C'est ce que tu m'as dit », répondit-il dans le noir. Il tâtonna un instant, trouva le commutateur de la lampe de chevet, alluma. Elle gardait la tête baissée, dissimulant son visage.

« Et je savais que j'allais le faire. Que j'allais le tromper. L'autre nuit, dans ma chambre, j'ai failli ne pas résister. Je n'aurais pas dû résister. Mais c'était... trop rapide. Je ne pouvais pas supporter ça. Et puis, on a descendu Hood, j'étais complètement bouleversée, et toi aussi, et j'ai quitté la ville. En rentrant à New York, dans l'avion, je pleurais. Je pensais que je ne te reverrais plus jamais, que je ne passerais jamais de nuit avec toi. Mais j'étais soulagée, tu sais. Et quand on m'a dit que je devais revenir ici, j'ai encore pleuré. David pensait que je pleurais parce que je ne voulais pas revenir. Mais je pleurais parce que je savais ce qui allait arriver. J'étais tellement... J'en avais tellement envie !

— Moi aussi, j'ai connu ça, tu sais. Quelquefois, je me sens coupable, mais je ne peux pas me passer des femmes. Un psy trouverait certainement que quelque chose ne va pas chez moi, mais je... j'ai besoin des femmes, c'est tout. J'en ai envie, comme toi, terriblement envie. Je n'y peux rien. C'est une drogue, on en a besoin.

— Tu parles uniquement du sexe ? » Elle roula sur le côté, pencha la tête et le regarda dans les yeux.

« Non. Des femmes. Du jeu du chat et de la souris. De la drague. Du sexe. De tout, quoi.

— Tu es accro, en effet. Il te faut toujours de la nouveauté.

— Non, ce n'est pas tout à fait ça. A Minneapolis, il y a une femme avec qui j'ai dû coucher une ou deux fois par an, depuis que je suis entré dans la police. Cela fait seize ou dix-huit ans. Eh bien, je la vois, il me la faut. Je l'appelle, elle m'appelle, et il me la faut. Ce n'est pas ce qu'on appelle de la nouveauté. C'est quelque chose d'autre.

— Elle est mariée ?

— Ouais. Depuis quinze ans, quelque chose comme ça. Deux gosses.

— C'est curieux. » Elle demeura un moment silencieuse. « Si je me sens coupable, reprit-elle, c'est en partie de ne pas me sentir plus coupable que cela. Tu comprends ce que je veux dire ? J'ai aimé ça. Je n'avais pas fait l'amour comme ça depuis... Je ne sais pas. Jamais, je pense. Je ne voyais plus rien, le trou noir. Avec David, c'est doux, c'est tendre, je parviens à l'orgasme, la plupart du temps en tout cas, mais je n'ai jamais l'impression de... de perdre les pédales. Tout est toujours contrôlé. David est mince, et pas très velu. Toi, tu es solide, tu as des poils partout sur le corps. C'est comme... C'est tellement différent...

— Tu analyses trop », déclara Lucas. Elle allongea le

bras, lui caressa le visage. « Tout ce que je veux, c'est baiser, ajouta-t-il d'une voix faussement bestiale.

— Ne sois pas ridicule, dit-elle en se pelotonnant contre son bras. Crois-tu que la culpabilité va disparaître ?

— J'en suis à peu près certain.

— Oui, c'est aussi ce que je pense. »

Ils partirent tôt. Lucas était maussade, il détestait la lumière vive du matin, mais il ne pouvait s'empêcher de caresser Lily, d'effleurer son coude, sa joue, son cou, ou d'écarter les cheveux de son visage.

« On va rouler un moment, et on s'arrêtera en route pour prendre le petit déjeuner, dit-il. Je ne peux rien avaler quand je me lève si tôt.

— Ton horloge interne est complètement détraquée, affirma Lily comme ils s'installaient dans la Porsche. Il faudrait la remettre à l'heure.

— Rien n'arrive jamais le matin ; alors, à quoi bon se lever ? Tous les salauds, c'est la nuit qu'ils sortent. Et les gens bien aussi, pour autant qu'il y en ait.

— Essayons simplement de rentrer dans les Villes en un seul morceau, dit-elle tandis que la voiture sortait en trombe du parking. Si tu veux que je conduise...

— Non, non. »

Ils s'éloignèrent dans le soleil matinal. Lily était d'humeur bavarde, et ne cessait de tourner la tête pour observer les curiosités du paysage.

« Je prends une autre route, pour rentrer, un peu plus vers le sud, déclara Lucas. J'aime bien connaître tous les chemins possibles, je ne viens pas souvent par ici.

— Parfait.

— Cela ne nous retardera pas beaucoup. »

La journée, fraîche à l'aube, se réchauffait rapidement. Quelques minutes après avoir franchi la frontière du Minnesota, Lucas fit halte dans un snack en bordure de route. Ils étaient les uniques clients. Une grosse femme s'affairait dans la cuisine, derrière un comptoir d'acier. On ne distinguait que sa tête. Le serveur, maigre, les yeux globuleux, portait un tablier douteux et une barbe de deux jours. Il roulait entre ses lèvres minces une Lucky Strike éteinte, à moitié fumée. Lucas demanda deux œufs au bacon.

« Je te les recommande, dit-il à Lily.

— Non, je prendrai uniquement des œufs. » Le serveur hurla la commande à la cuisinière, avant de se laisser tomber sur une chaise, avec un numéro de l'hebdomadaire local.

« Es-tu déjà venu ici ? demanda Lily à voix basse.

— Non.

— Alors, comment peux-tu me recommander les œufs au bacon ? »

Lucas jeta un regard sur la salle. La peinture s'écaillait au plafond, une moisissure noire commençait de ronger le papier peint.

« Parce que le bacon frit, au moins on est sûr que c'est stérile ! » lui glissa-t-il à l'oreille.

Après un coup d'œil circulaire, Lily gloussa de rire, et Lucas se dit qu'il était peut-être amoureux.

De retour dans la voiture, la conversation se fit moins alerte, et Lily inclina son dossier en position de repos. Ses yeux se fermaient.

« On fait une petite sieste ?

— Je me détends », dit-elle. Sa respiration devenait profonde et calme. Mais Lily ne dormait pas, elle sommeillait les yeux ouverts, se redressait aux arrêts, aux tournants. Au bout d'un moment, elle s'aperçut que la vibration continuelle et régulière de la voiture l'excitait vaguement. Elle entrouvrit les yeux. Lucas avait chaussé des lunettes de soleil, et conduisait avec une précision tranquille, sereine. De temps à autre, il tournait la tête vers quelque curiosité qu'elle ne pouvait voir, dans sa position couchée. Elle tendit le bras, posa une main sur sa cuisse.

« Oh-oh... » Il sourit, la regarda. « La bête se réveille ?

— Je réfléchissais », répondit-elle. Elle caressa sa cuisse, fermant les yeux pour mieux sentir le tissu rugueux de son jean sous ses doigts.

« Bon Dieu, fit Lucas au bout de quelques minutes, je

crois que je vais éclater. » Il se redressa derrière le volant, et tripota sa braguette, pour trouver une position plus confortable. Elle rit, reposa sa main sur lui. Il avait une érection remarquable.

« Dommage que nous soyons en voiture, déclara-t-elle.

— Tu n'as jamais joué à ça? demanda-t-il avec un sourire.

— Joué à quoi ? » Elle continuait de le caresser, et il repoussa sa main.

« Tu vas voir. A mon tour. Enlève ton collant.

— Lucas... » Elle avait l'air choqué, mais elle se redressa pour jeter un coup d'œil par la vitre. Ils étaient seuls sur la route de campagne.

« Allez, froussarde, ton collant... »

Elle regarda le compteur. Ils roulaient à quatre-vingt-dix.

« Tu vas nous tuer...

— Non. J'ai déjà joué à ça, moi.

— Monsieur Je-sais-tout, hein ?

— Allez, allez, tu racontes n'importe quoi. Enlève ton collant. Sinon, tant pis pour toi.

— Pourquoi, tant pis ?

— Au fond de toi-même, tu sauras toujours que je sais que tu es une lâche et une frimeuse.

— C'est bon, Davenport. » Elle se cambra sur le siège et, non sans difficulté, fit glisser son collant.

« Ta culotte, maintenant. »

De nouveau, elle se souleva du siège et ôta sa culotte.

« Donne... », dit-il. Sans réfléchir, elle lui tendit sa culotte; il baissa prestement sa vitre et la lança au-dehors.

« Davenport, mais ça ne va pas ! » Elle se retourna pour regarder la route, là où le sous-vêtement avait disparu dans un fossé.

« Je t'en offrirai une neuve.

— Il y a intérêt, oui.

— Et maintenant, allonge-toi et ferme les yeux. » Elle le regarda et rougit. « Allez », insista-t-il.

Elle s'allongea sur le siège, et sentit sa main sur sa cuisse, les doigts qui la frôlaient à peine, glissaient de l'aine au genou dans un mouvement de va-et-vient. Il faisait chaud dans la voiture ; son sang battait, le désir naissait dans son ventre. Elle ouvrit la bouche malgré elle. La chaleur augmentait.

« Mon Dieu..., dit-elle au bout de quelques minutes. Mon Dieu...

— Gémis.

— Pardon ?

— Gémis. Un gémissement, et Davenport arrête la voiture. »

Elle tendit le bras vers lui. Sa braguette était tendue à craquer, et elle émit un petit rire.

« Il faut que j'arrête de ricaner comme ça », dit-elle d'une voix alanguie. De nouveau, elle le caressa ; Lucas écrasa le frein, et elle fut projetée en avant.

« Qu'est-ce qu'il y a ? demanda-t-elle, regardant par la vitre, les yeux écarquillés.

— Les gravures rupestres de Jeffers. J'en ai entendu parler, mais je ne les ai jamais vues.

— Quoi ? » s'exclama-t-elle, cherchant à reprendre souffle comme un poisson hors de l'eau. La voiture cahotait maintenant sur un parking herbeux. Lucas s'arrêta. Elle tira sur sa jupe.

« Ce sont des gravures indiennes, réalisées à même le roc », expliqua Lucas. Il y avait deux autres voitures sur le parking, bien qu'un panneau signalât que le musée rupestre était fermé pour la saison. Lucas sortit de la voiture, et Lily fit de même. A quelque distance, derrière une barrière, ils distinguaient une demi-douzaine de personnes penchées sur une dalle de rocher rougeâtre.

« Ils ont dû escalader la clôture, dit Lucas. Allez, viens. »

Lucas sauta par-dessus la grille, puis aida Lily à passer à son tour.

« Merde, c'est la dernière fois que je mets une robe pour voyager. Je me sens toute nue... Toi et tes jeux débiles. Dorénavant, c'est pantalon et tennis.

— Tu es très belle, en robe, affirma-t-il comme ils s'engageaient dans une allée de gravier. Sensationnelle. Surtout sans culotte. »

Les gravures étaient situées sur les parties planes d'un rocher rouge. On y voyait des empreintes de mains, des dessins d'animaux, d'oiseaux, des symboles indéchiffrables.

« Regarde comme ils avaient de petites mains », dit Lily en posant sa propre main contre une des empreintes. La sienne était plus grande.

— C'était peut-être un gosse, ou une femme.

— Oui, peut-être. » Elle se redressa, contempla les prés qui s'étendaient à perte de vue, les champs de maïs. « Je me demande bien ce qu'ils venaient faire par ici, ajouta-t-elle. Il n'y a rien, c'est un désert.

— Je ne sais pas », répondit Lucas. Le ciel était immense, il avait l'impression de se tenir au centre même du monde. « On voit jusqu'à l'infini, de cette hauteur, ajouta-t-il, mais je pense que c'était ce rocher qui les intéressait. Plus à l'ouest, il y a une ancienne carrière indienne. Les Indiens en tiraient cette argile rouge, tendre, que l'on appelle terre à pipe, parce qu'ils en faisaient des calumets et d'autres objets. »

Les dessins étaient gravés au flanc d'une colline en pente douce qu'ils descendirent lentement, laissant derrière eux les visiteurs à genoux en train de suivre du doigt leurs contours des dessins. Une femme prenait au fusain les empreintes des gravures, sur du papier kraft. Deux personnes les saluèrent, auxquelles ils répondirent d'un signe de tête.

Lucas consulta sa montre. « Il va falloir qu'on parte, si on veut être à l'heure pour cette réunion, déclara-t-il.

— Très bien. »

Ils revinrent tranquillement vers la voiture. Le vent faisait voler les cheveux de Lily autour de son visage. Arrivée à la barrière, elle posa un pied sur la clôture, et Lucas la saisit par-derrière et la serra contre lui.

« Un petit baiser », dit-il.

Elle se tourna vers lui, leva la tête. Le petit baiser se

fit de plus en plus tendre, ardent. Ils demeuraient enlacés, tournant doucement en rond dans l'herbe haute. Au bout d'un moment, elle le repoussa, le souffle court, baissa les yeux.

« Ces sacrées chaussures à talon... Je vais me casser la cheville.

— Bon. Allons-y. » Il l'aida à escalader la barrière, et la suivit. Comme ils se dirigeaient vers la voiture, il glissa un bras autour de sa taille.

« Je suis toujours excité, après ce qui s'est passé dans la voiture.

— Allons, nous serons en ville dans trois heures à peine, répondit-elle d'un ton léger.

— Oui, et nous avons encore deux réunions, après.

— Eh oui, c'est dur la vie... »

Il l'accompagna jusqu'à la portière du passager qu'il ouvrit, et se laissa tomber sur le siège en l'entraînant avec lui.

« Viens...

— Quoi ? » Elle tenta de résister, mais il l'attira à l'intérieur.

« On ne peut pas nous voir de la route, et les autres sont en train de regarder les rochers, affirma-t-il. Assieds-toi face à moi.

— Lucas... » Cependant, elle obtempéra.

« Viens !

— Je ne sais comment...

— Lève les genoux, assieds-toi sur moi. Voilà, voilà...

— On n'a pas assez de place, Lucas...

— Non, c'est parfait, tu es parfaite. Grands dieux, on ne t'a jamais dit que tu avais le plus beau cul de tout l'Ouest ?

— Non, Lucas, on ne peut pas...

— Mmmm... »

Elle s'assit face à lui, à califourchon, les genoux écartés. Ils avaient dix centimètres à peine pour bouger, et Lucas se mit à aller et venir, et elle sentit le désir qu'avait éveillé le jeu du matin reprendre possession d'elle. Elle ferma les yeux et le suivit, accompagnant son va-et-vient ; l'orgasme monta lentement en elle, puis explosa, déferla. Elle ne reprit conscience qu'en l'entendant gémir à son tour.

« Lucas », dit-elle, et elle rit de nouveau, avant de se reprendre. Jamais jusqu'alors elle n'avait ricané aussi bêtement, et à présent c'était tous les quarts d'heure.

« J'en avais besoin » déclara-t-il. Il était en sueur, son regard semblait lointain, comme saturé de plaisir. La portière était restée à demi ouverte, et Lily jeta un coup d'œil par la vitre avant de l'ouvrir complètement avec son pied et de sortir de la voiture en baissant sa robe. Lucas la suivit maladroitement, referma sa braguette et l'embrassa. Elle le prit dans ses bras, le serra contre elle, la tête posée sur sa poitrine. Ils restèrent ainsi un instant, vacillant légèrement, puis Lucas s'écarta, l'air un peu étourdi, et contourna la voiture en titubant.

« Il faut vraiment y aller, dit-il.

— Oui... D'accord. » Elle s'assit sur le siège, Lucas mit le contact, passa la marche arrière. Il rejoignit lentement la route, surveillant les voitures éventuelles. La route était déserte.

« Mais qu'est-ce qu'ils font ? demanda soudain Lily.

— Quoi ? » Il suivit son regard. Les gens qui contemplaient les gravures rupestres étaient à présent alignés derrière la clôture, face à eux, et claquaient des mains.

Lucas les observa un moment, perplexe, et éclata soudain de rire, la tête rejetée en arrière.

« Mais qu'y a-t-il ? s'enquit Lily, effarée, en regardant les gens en rang derrière la clôture. Qu'est-ce qu'ils font ?

— Ils nous applaudissent, répondit Lucas, toujours en train de rire.

— Oh, non... », s'écria-t-elle. Elle rougit violemment, tandis qu'ils s'éloignaient. « Cela dit, ils en ont certainement eu pour leur argent », ajouta-t-elle au bout d'un moment.

20

Dans la voiture, Barbara le regarda avec attention.

« Qu'est-ce que je fais, là ? Je t'emmène où ?

— Je recherche un type, répondit Shadow Love. Je voudrais que tu lui parles, au téléphone.

— Tu ne vas rien faire, n'est-ce pas ?

— Non. Je veux simplement discuter. »

Shadow Love détourna la tête, regarda la rue qui défilait. Au bout d'une heure de repérages et d'une demi-douzaine d'arrêts, il finit par apercevoir Larry Hart qui entrait au Nub Inn, un bar. Barbara ne cachait plus son inquiétude.

« On va trouver une cabine, dit Shadow Love. Tu sais quoi dire.

— Qu'as-tu l'intention de faire ?

— Discuter avec lui. Savoir ce qu'il veut exactement. Si je sens qu'il y a le moindre risque que nous soyons repérés, je laisse tomber. Tu peux m'attendre plus loin dans la rue. Si ça tourne mal et qu'ils me coincent, tu pourras filer.

— D'accord. Sois prudent, Shadow. »

Shadow Love lui jeta un bref coup d'œil. Ses jointures étaient blanches, ses doigts crispés sur le volant. *Elle sait ce qui va se passer*. Il sentait contre son flanc le pistolet dont il s'était servi pour tuer Yellow Hand et sous ses doigts, dans sa poche, le poignard de pierre.

Hart mordit à l'hameçon. Barbara l'appela au Nub Inn, lui expliqua qu'elle l'avait vu entrer. C'était une vieille cliente à lui, et elle l'avait reconnu. Elle possédait des informations, mais elle avait peur. Peur des assassins, et peur des flics. Elle le retrouverait près de la benne verte, à côté de l'entrepôt, au bord du fleuve.

« Il faut venir seul, Larry, je vous en prie. J'ai une trouille bleue des flics, je déteste la violence. Vous, je vous fais confiance, mais j'ai trop peur des flics.

— D'accord. On se retrouve dans dix minutes, répliqua Hart. Et il n'y a aucune raison d'avoir peur. »

Elle regarda sa voiture, par la vitre de la cabine. Shadow Love se dissimulait sur le siège du passager, elle n'apercevait que le haut de son crâne.

« Très bien », répondit-elle.

Il fallut un quart d'heure à Hart pour sortir du bar, prendre sa voiture et se rendre à l'entrepôt.

« Le voilà », dit Shadow Love. Hart venait de se ranger le long du trottoir. Ils le virent descendre de voiture, verrouiller les portières et jeter un long regard autour de lui avant de se diriger lentement vers la benne, à l'angle du bâtiment.

« Fais le tour. Je veux voir s'il n'y a pas de flic dans le coin », déclara Shadow Love.

Personne dans les rues, ni dans les voitures à l'arrêt. Shadow prit une profonde inspiration.

« Bon. Tu me déposes derrière l'entrepôt, et tu attends plus bas, là où je t'ai montré. »

Arrivée derrière l'entrepôt, Barbara s'arrêta, et Shadow Love descendit de voiture.

« Fais attention à toi, dit-elle. Et ne traîne pas. »

Tandis qu'elle s'éloignait, Shadow traversa un terrain vague jonché de gravats, en direction de l'entrepôt. Il se glissa silencieusement au coin, et se retrouva immédiatement derrière la benne. Dans l'interstice entre le mur de l'entrepôt et la benne, il aperçut, l'espace d'une seconde, la manche sombre d'une veste d'homme. Hart était en noir. Shadow Love porta la main à son pistolet, sous sa chemise, et contourna la benne.

« Larry », dit-il. Hart sursauta, se retourna brusquement.

« Bon Dieu, s'exclama-t-il, le visage décomposé, Shadow...

— Cela fait un sacré moment, hein ? Je crois bien t'avoir croisé une fois ou deux, dans Lake Street, depuis que tu as quitté le collège.

— Ouais, ça fait longtemps, répondit Hart en tentant de sourire. Tu vis toujours dans le coin ? »

Shadow Love feignit de ne pas avoir entendu.

Il avança d'un pas. « Il paraît que tu me cherches », déclara-t-il.

Hart était plus costaud que lui. Pourtant, Shadow savait qu'il ne ferait pas le poids. Hart le savait aussi.

« Ouais, ouais. Les flics te recherchent. Ils veulent te poser des questions, à propos de tes pères.

— De mes pères ? Les Corbeaux ?

— Ouais. Certaines personnes pensent qu'ils pourraient... tu sais bien... » Hart secoua la tête, mal à l'aise.

« ... être impliqués dans les assassinats ?

— Ouais, c'est ça.

— Eh bien, je ne suis pas du tout au courant », affirma Shadow Love. Il était immobile, jambes écartées, les doigts passés dans ses poches de jean. « Tu es devenu flic, Larry ?

— Non, non, je travaille toujours à l'Aide sociale.

— Pourtant, tu parles exactement comme un flic, insista-t-il.

— Je sais bien, reconnut Hart. Moi aussi, ça me déplaît. J'ai mes clients, mais les flics ne veulent pas me laisser en paix, tu comprends ? Ils n'ont personne d'autre qui connaisse bien la communauté.

— Mmmm. » Shadow Love baissa les yeux sur ses bottes de cow-boy, puis releva la tête et regarda le ciel. Cela faisait deux jours qu'il était d'un gris ardoise, uniforme ; mais tout à coup une grande trouée bleue était apparue entre les nuages, au-dessus du fleuve. « Écoute, Larry, reprit-il, j'ai envie de discuter un peu avec toi. On n'a qu'à descendre par là, pour regarder l'eau. C'est une belle journée.

— Il fait froid », répondit Hart avec un frisson. Il se mit en marche cependant, suivi de près par Shadow Love qui gardait toujours les mains dans ses poches.

« Ça se lève bien, on dirait, remarqua-t-il, les yeux au ciel.

— Les pilotes appellent ça un trou d'aspiration, dit Hart, suivant son regard. J'ai pris deux ou trois leçons de pilotage, dans le temps. C'est comme ça qu'ils appellent ces trucs-là. Des trous d'aspiration.

— Et toi, que penses-tu, que les Corbeaux sont derrière tout ça ? » demanda Shadow Love.

Hart se tourna à demi vers lui et, l'espace d'une seconde, perdit l'équilibre et trébucha. Shadow Love le saisit par le coude pour le retenir.

« Merci, fit Hart.

— Alors, les Corbeaux ? reprit Shadow, comme ils continuaient d'avancer.

— Eh bien, le vieux Andretti a mis pas mal d'argent dans l'affaire — l'argent que les flics distribuent en ville —, et c'est le nom qui en est ressorti. Les Corbeaux.

— Et moi ?

— Les flics savent que tu es leur fils. Ils pensent que tu saurais peut-être...

— ... où ils se trouvent ? Oui. Oui, je sais où ils sont.

— C'est vrai ?

— Mmm-mmm. »

Quittant la route goudronnée, ils commencèrent de descendre la pente herbeuse qui menait à la berge du Mississippi. Shadow Love fit halte et contempla le fleuve. La tache noire flottait devant ses yeux. C'était comme un tunnel obscur dans la lumière du jour. Salaud de Hart, en train de fouiner pour trouver ses pères.

« J'adore le fleuve, déclara-t-il.

— Oui, c'est une sacrée rivière », approuva Hart. Un remorqueur poussait une barge vide en aval, vers le barrage Ford. La lumière qui tombait de la trouée dans le ciel les inondait et, du haut de la colline le remorqueur et la péniche ressemblaient à des jouets, chaque détail nettement visible.

« Regarde, là-haut, dit Shadow. Un aigle. »

Hart leva les yeux, aperçut l'oiseau. Il pensa que c'était peut-être un faucon, mais garda cette réflexion pour lui. Il était immobile, contemplant l'animal, conscient de la présence de Shadow Love à son côté, légèrement en retrait. Shadow glissa la main dans sa poche, sentit le couteau sous ses doigts. Il ne s'en était vraiment jamais servi jusque-là : il ne l'avait jamais vraiment considéré comme une arme.

« Respire, Larry, respire cet air froid. Ça fait du bien, ça rafraîchit, respire bien. Tu vois l'aigle qui fait des cercles ? Regarde la colline, là-bas, Larry. Regarde les arbres, on pourrait presque les cueillir... Respire, Larry... »

Hart tournait toujours le dos à Shadow Love. Les yeux mi-clos, il inspirait l'air vivifiant à pleins poumons, goûtait la fraîcheur du vent sur sa peau, sur sa nuque. Il tourna la tête.

« Tu sais, j'ai appelé... »

Il allait dire à Shadow Love qu'il avait appelé les Corbeaux depuis le poste de police, afin de les prévenir de l'arrivée des flics. Mais il ne pouvait pas faire cela. Ç'aurait été comme se disculper, ramper. Les larmes se mirent à rouler le long de ses joues. L'air froid, pensait-il ; respirer l'air froid, c'est tout.

Et c'était ce qu'il faisait, à grandes inspirations, accompagnant du regard l'aigle dans son essor, quand Shadow Love posa une main sur son épaule. De nouveau, Hart détourna la tête, mais l'autre était passé derrière lui.

« Que... », commença Hart, puis il sentit soudain sa gorge s'enflammer, une brûlure cuisante, et baissa les yeux, ahuri, vers le sang qui maculait sa veste, qui giclait sur ses mains. Sans comprendre ce qui lui arrivait, Hart tomba à genoux, puis face contre terre, et roula une fois, deux fois sur lui-même avant de s'immobiliser. L'aigle avait disparu, pour toujours.

Shadow Love resta quelques instants devant le cadavre. Ensuite, il remit le poignard dans sa poche et regarda autour de lui. Personne.

Et de deux, songea-t-il. Il se détourna et gravit la berge. Les images du reportage télévisé défilaient dans sa tête. Il voyait la femme avec son pistolet ; il la voyait dégainer, tirer sur le jeune Billy à bout portant, en plein visage ; il voyait Billy Hood tomber. Lillian Rothenburg, disait le présentateur.

Arrivé au sommet de la pente, il rejoignit la rue, tourna au coin, et entra dans la voiture.

« Tout va bien ? » s'enquit Barbara d'une voix angoissée. Elle jeta un bref coup d'œil aux alentours. « Tu n'as vu personne ? Où est Hart ?

— Hart est parti, répondit Shadow Love en se laissant glisser les yeux mi-clos au fond du siège. Il a vu un aigle. Un grand aigle, une bête superbe, qui volait au-dessus de la rivière. »

Il détourna les yeux pour éviter son regard effrayé. Dans le reflet de la vitre se dessinait le visage de Lily. Il lui adressa un petit signe de tête.

21

Daniel était d'humeur sombre. Il arpentait son bureau en regardant les photos d'hommes politiques accrochées aux murs.

« Je pensais qu'on avançait bien, hasarda Sloan.

— Moi aussi », ajouta Lester. Il avait ôté ses mocassins et se tenait vautré dans le fauteuil, les jambes pardessus l'accoudoir. Il portait des chaussettes de sport blanches avec son costume bleu.

« Je ne peux pas me plaindre », reconnut Daniel. Il était nez à nez avec une photo d'Eugene McCarthy datant de la Croisade des Enfants, en 1968. McCarthy avait l'air satisfait de lui-même. Daniel lui jeta un regard noir, et se mit à énumérer les faits.

« Un : nous avons descendu Bluebird, et résolu les assassinats qui nous concernaient. Deux : nous avons descendu Hood, avec l'aide de Lily. Trois : nous avons réussi à faire parler Liss, et failli coincer les Corbeaux chez eux. Tout cela est parfait.

— Mais... ? demanda Lily.

— Mais il va arriver quelque chose », répliqua Daniel. Il se retourna vers ses collaborateurs rassemblés autour du bureau. « Et ça va se passer ici même. Je le sens, je sens que ça va venir.

— Peut-être que les Corbeaux vont se calmer un peu, suggéra Lucas. Ils se disent peut-être qu'en adoptant un profil bas la pression va diminuer et qu'ils auront une chance de s'en tirer.

— Non, répondit Daniel, ils ne fonctionnent pas ainsi. Toute leur action est programmée pour aller crescendo. Ils tuent deux personnes pour poser les bases théoriques, puis Andretti pour obtenir les gros titres de la presse, puis le juge et le procureur général, soit des personnages importants de l'administration fédérale et régionale... Non, leur prochain coup sera spectaculaire. Ils ne peuvent pas faire marche arrière. »

Entre-temps, Anderson était arrivé. Il prit une chaise, salua Lucas et Lily d'un signe de tête.

« Vous avez quelque chose ? » questionna Daniel.

Anderson s'éclaircit la voix.

« Oui, et ce n'est pas terrible. »

Les autorités du Dakota-du-Sud avaient vérifié le permis de conduire de Shadow Love. Il portait une adresse à Standing Rock. Les flics de là-bas déclaraient qu'il n'y vivait plus depuis des années. Ils n'avaient aucune idée de l'endroit où il pouvait être. Quant aux informations émanant du Centre de renseignements, elles étaient à la fois bonnes et mauvaises : ils possédaient plein d'indications sur Shadow Love, mais toutes étaient effrayantes. La plupart provenaient de Californie, où il avait effectué deux ans de prison pour voies de fait.

« Deux ans ? Il n'avait pas dû lésiner, remarqua Lily.

— Non. Une rixe, à la sortie d'un bar, une histoire de racisme. Shadow Love a flanqué un type à terre, et a failli le tuer à coups de pied.

— Et ici, dans le Minnesota ? s'enquit Daniel. Il a bien grandi ici ?

— Ouais. Il est allé au Collège central. Dick Danfrey y est en ce moment même, pour discuter avec les profs et consulter les archives. Il doit revenir d'un instant à l'autre. On cherche des adresses, des amis, des avocats, tout ce qui pourrait nous être utile.

— C'est un psychopathe ? demanda Lucas.

— On lui a fait subir des examens psychologiques assez sérieux, en Californie, répondit Anderson tout en fouillant dans ses notes. Ils vont nous envoyer les résultats par fax. Il y aurait des traces de schizophrénie chez lui. Il parlait à des amis invisibles, et parfois à des animaux, également invisibles. Et le psy de la prison déclare que les autres détenus avaient peur de lui. Même les gardiens. Et pourtant, dans les prisons californiennes, ça ne rigole pas.

— Grands dieux..., dit Lucas.

— D'ici la fin de l'après-midi, nous aurons un dossier complet sur lui, conclut Anderson. Photos, empreintes, tout. Et assez récent. Sur les cinq dernières années au moins.

— Sur les Corbeaux, en revanche, rien.

— Peau de nouille, affirma Anderson.

— Rien du tout ?

— Larry a entendu parler d'eux, il sait deux ou trois trucs. Des rumeurs, en grande partie. Des légendes. Rien qui nous permette de les repérer.

— Où est Larry, au fait ? questionna Daniel en regardant autour de lui.

— Le coup du petit Liss lui est resté en travers de la gorge, dit Sloan avec un haussement d'épaules. Et aussi le fait qu'on ait proposé de l'argent.

— Merde, qu'est-ce qu'il croit, qu'on joue aux dominos ? s'exclama Daniel, irrité.

— Et les fédés, avec les empreintes ? demanda Lucas à Anderson. Et le camion ?

— Le FBI est toujours en train d'identifier les empreintes, mais ils disent qu'elles sont vieilles... Ça peut prendre encore un moment. Quant au camion, il a des plaques différentes à l'avant et à l'arrière. Après vérification, elles seraient tombées de voitures, dans le Dakota-du-Sud. Il n'y a eu aucune plainte pour vol, parce que les propriétaires ont cru qu'elles s'étaient simplement décrochées toutes seules. Donc, nous avons des empreintes, mais toujours pas d'identité.

— Autrement dit, nous les avons probablement sous le nez, sur les photos, etc., mais nous sommes incapables de savoir de qui il s'agit ? intervint Daniel.

— C'est à peu près ça. Les fédés donnent la priorité au relevé des empreintes...

— On pourrait vérifier auprès de l'état civil, suggéra Lucas. En demandant un extrait de naissance de Shadow Love, pour voir qui est le père, s'il est mentionné.

— Je m'en occupe », dit Anderson. Il griffonna quelques mots sur la couverture d'un dossier.

« Quoi d'autre ? » s'enquit Daniel. Sa question tomba dans le vide. « Bon, reprit-il. De toute façon, il va se passer quelque chose. J'en ai déjà la chair de poule. Il faut absolument, vous m'entendez, qu'on coince ces enfoirés. Aujourd'hui. Demain. Bon Dieu... Et si vous croisez Larry, dites-lui que je veux le voir ici pour les réunions. »

Ce furent deux gamins qui découvrirent le corps de Hart. Ils jouaient à flanc de colline, dans les ombres étirées de la fin d'après-midi, quand ils le trouvèrent là, effondré dans l'herbe folle. Pendant quelques secondes, le plus âgé crut que c'était un clochard endormi ; mais il était si inerte, si étrangement replié sur lui-même, apparemment sans souffrir de la moindre crampe, que le plus jeune lui-même comprit bientôt que c'était un cadavre.

« On ferait mieux de demander à ta mère de prévenir les flics », dit le plus âgé, au bout d'un moment.

Le benjamin mit son pouce dans sa bouche, geste qu'il n'avait pas fait depuis deux ans. Dès qu'il s'en aperçut, il fourra ses mains dans ses poches de pantalon. L'autre l'attrapa par la chemise et l'entraîna vers le haut de la pente.

Le premier flic arrivé sur les lieux était un homme de patrouille, seul dans sa voiture. Il s'approcha suffisamment pour voir le sang, se pencha pour toucher le cou froid, et recula. S'il existait le moindre indice autour du corps, il ne souhaitait pas le piétiner.

Un quart d'heure plus tard arrivaient deux flics de la Criminelle, mais Hart n'avait pas encore été identifié.

« Égorgé, déclara l'un d'eux. Ce pourrait être un coup des Corbeaux. Mauvais, ça. Regardez ses fringues. Ce type avait du pognon. »

Le second flic, l'enquêteur chaussé de lunettes qui avait déjà arrêté l'assassin de Benton, tira doucement le portefeuille de Hart, se redressa, l'ouvrit, et regarda le permis de conduire.

« Bon Dieu de merde ! » lâcha-t-il malgré lui, le visage soudain couleur de cendre.

Son collègue, à genoux, était en train d'examiner la tête de Hart. Il leva les yeux.

« Qu'est-ce qu'il y a ?

— C'est Larry Hart, le type qui travaille avec la brigade chargée d'enquêter sur les meurtres.

— Donne-moi ça », dit l'autre d'une voix étranglée. Il prit le permis, puis saisit entre deux doigts une mèche des cheveux de Larry qu'il tira pour faire tourner légèrement la tête du cadavre. Il compara les deux visages.

« Oh, non..., s'exclama-t-il. C'est bien lui. »

Lily décrocha le combiné, sur la table de chevet.

« Allô ? » C'était Daniel.

« Lily, Lucas est-il là ?

— Lucas ?

— Lily, ce n'est pas le moment. On est dans la merde jusqu'au cou.

— Une seconde. »

Lucas était sous la douche. Elle l'en tira et, dégoulinant, il prit le combiné. « Daniel », lui chuchota Lily.

« Ouais ?

— Larry Hart s'est fait descendre, déclara Daniel, la voix tremblante. Il est mort. Égorgé.

— Les enfoirés..., gronda Lucas.

— Quoi ? » demanda Lily en se redressant. Elle ne portait qu'un slip et des bas, et attrapa prestement sa robe sans quitter Lucas des yeux.

« Quand est-ce arrivé ? questionna celui-ci. Hart s'est fait descendre, ajouta-t-il à mi-voix, à l'adresse de Lily.

— On n'en sait foutre rien, répondit Daniel. Deux gosses l'ont découvert sur la colline, au bord du fleuve, au niveau de Franklin Bridge, il y a à peu près une heure. Il était mort depuis un moment. La dernière fois qu'il a parlé à quelqu'un, c'était vers midi. Sloan l'a vu dans Lake Street. Il est là-bas pour essayer de savoir ce qu'il a bien pu faire entre-temps.

— Bon, j'y vais aussi.

— Lucas, ce n'est pas cela que je craignais. Je persiste à croire que nous allons avoir un coup dur. Hart, c'est quelque chose de personnel, et je me sens comme une merde, mais je crois qu'il faut s'attendre à autre chose. » Daniel, bien qu'il eût commencé à parler aussi calmement que possible, laissait la panique l'envahir. Sa voix avait monté d'un cran, il bafouillait de colère.

« Je vous entends. Je comprends, répondit Lucas.

— Alors, trouvez-les, arrêtez-les, bon Dieu ! » rugit Daniel.

« Pourquoi a-t-on appelé à mon hôtel, pour te trouver ? » demanda Lily dans la voiture, tandis qu'ils roulaient vers le fleuve.

Lucas accéléra, grilla un feu, puis se tourna vers elle dans l'ombre.

« Daniel a compris. On n'était pas au lit depuis cinq minutes qu'il devait déjà le savoir. Je t'ai dit qu'il était redoutable ; mais il gardera ça pour lui. »

Sloan se tenait au bord du talus, les mains enfoncées dans les poches de sa veste. A une quarantaine de mètres, trois camions de la télévision étaient garés, moteur au ralenti, leurs antennes paraboliques tournées vers le ciel. Un journaliste et un photographe du *Star Tribune*, assis sur le capot de leur voiture, discutaient avec un cameraman.

« On n'est pas dans la merde, hein ? déclara Sloan en guise d'accueil.

— Non, en effet. » Lucas salua les journalistes d'un signe de tête. « On leur a déjà dit quelque chose ? Aux journalistes ?

— Non, pas encore. Daniel va organiser une conférence de presse. Il a décidé de rendre publique l'identité des Corbeaux et de Shadow Love. Il va demander la collaboration de tous, en mettant l'accent sur le fait que les Corbeaux assassinent d'autres Indiens.

— Et des gens comme Hart, par exemple...

— C'est ça, oui. »

Au bas de la pente, dans l'éclat d'un projecteur mobile, les assistants médicaux soulevaient le corps, le déposaient sur une civière.

« Quelqu'un a-t-il vu quoi que ce soit ? demanda Lucas.

— Ouais, une femme qui passait par là, répondit Sloan. On l'emmène en ville pour lui montrer des photos de Shadow Love. Elle a vu deux types descendre vers le fleuve, et plus tard l'un d'eux monter dans une voiture. Un jeune gars, maigre, en treillis.

— Shadow Love...

— Possible. Il y avait une femme dans la voiture, très petite. Sa tête dépassait à peine du volant. Elle avait des cheveux noirs, tirés en chignon.

— Et la voiture ?

— Plutôt vieille. Mais la bonne femme ne sait pas de quelle marque, ni de quel modèle. Elle dit qu'une des petites vitres de coin, derrière — tu vois, les petites vitres en triangle —, était cassée, et remplacée par un morceau de carton. Une voiture verte. Vert clair. C'est à peu près tout.

— Tu avais croisé Larry, plus tôt dans la journée, hein ?

— Ouais. Juste avant midi. Il m'a dit qu'il retournait dans Lake Street. Il avait l'intention de faire les bars, au bout de la rue. J'ai réussi à retrouver sa trace jusqu'au Nub Inn. Le barman qui l'avait servi était déjà rentré chez lui, mais je l'ai appelé, et il m'a dit que Hart avait reçu un coup de fil, au bar, et que cela avait eu l'air de le surprendre, comme s'il ne comprenait pas comment on avait pu savoir qu'il était là. Quoi qu'il en soit, il a pris l'appel, et deux minutes plus tard il filait.

— Un piège, dit Lucas.

— C'est aussi ce que je pense. On a envoyé un type là-bas pour discuter avec le barman, mais je ne pense pas qu'il ait grand-chose de plus à nous dire.

— Bon Dieu, quelle chierie, fit Lucas en passant la main dans ses cheveux.

— Ma femme va être folle quand elle apprendra qu'un de nos hommes s'est fait descendre, affirma Sloan.

— Je n'ai encore jamais entendu parler d'une chose pareille, pas dans le coin », répondit Lucas en secouant la tête. Il jeta un coup d'œil vers Lily. « Ça arrive, chez vous ?

— De temps à autre. Des dealers ont descendu un flic, il y a deux ans, histoire de prouver qu'ils en étaient capables. »

Le flic de la Criminelle, celui qui portait des lunettes, remontait péniblement la pente vers eux, le souffle court.

« Comment ça se passe, Jim ? demanda Lucas.

— Pas trop bien. Il n'y a rien, en bas, que dalle.

— Pas de douille ?

— Non. Enfin, on n'a rien trouvé pour l'instant. Et pourtant on a cherché. Non, je pense qu'il a fait ça au couteau, c'est tout. Sale manière de mourir.

— Des traces ?

— On n'a rien trouvé. Trop d'herbe, et trop haute. C'est comme si on marchait sur de l'éponge. Ils ont dû arriver par la rue, et descendre directement... Hart tournait le dos à son assassin. Il n'y a pas eu de lutte. Rien. Je me demande si ce n'était pas quelqu'un qu'il connaissait, à qui il faisait confiance...

— L'autre devait le menacer avec une arme, comme pour Andretti, intervint Lily.

— Ouais, c'est une possibilité », dit le flic. Il désigna la berge du fleuve. « Mais il aurait pu tenter de s'enfuir, de lui échapper. En bondissant plus bas, avec la pente, il se serait retrouvé à trois ou quatre mètres du type... Aucune trace. Pas d'empreintes de pied, ni de taches d'herbe sur son pantalon. Rien.

— Il s'est laissé faire », dit Lily en regardant Lucas.

Les gens s'étaient massés derrière les journalistes. Il y avait là beaucoup d'Indiens, et Lily décida de se mêler discrètement à eux, espérant que quelqu'un d'autre avait vu quelque chose. Tandis qu'elle parcourait la foule des badauds, Lucas se dirigea vers une cabine téléphonique, au bout de la rue, et appela TV3. La standardiste dut chercher Jennifer dans différents services.

« J'ai un tuyau, déclara Lucas, quand celle-ci fut en ligne.

— Combien ? demanda Jennifer.

— On verra ça plus tard.

— Bon, c'est quoi, ton tuyau ?

— Vous avez envoyé des gars le long du fleuve, sur un meurtre ?

— Oui. Jensen et...

— C'est Larry Hart. L'Indien employé à l'Aide sociale auquel nous avons demandé de collaborer avec nous.

— La vache..., dit-elle dans un souffle. Qui d'autre est au courant ?

— Personne, pour l'instant. Daniel organise une conférence de presse d'ici une demi-heure, quelque chose comme ça...

— Il nous a prévenus, les gars sont déjà en route.

— Si vous annoncez la nouvelle avant, il faut me couvrir. Ne va pas raconter ça à cet enfoiré de Kennedy, parce que tout le monde sait que vous passez votre temps à vous donner des faux tuyaux.

— Bon, bon, fit-elle, non sans impatience. Quoi d'autre ? Égorgé ?

— Ouais, comme les copains. Égorgé, saigné à blanc.

— Quand ?

— On ne sait pas. Dans l'après-midi. En début d'après-midi, probablement. Ce sont deux gosses qui l'ont découvert en jouant sur la berge.

— D'accord. Quoi d'autre ? Il avait trouvé les assassins ? Ou il était sur le point de réussir ?

— Pas ce matin, en tout cas. Mais il avait peut-être découvert quelque chose entre-temps. On n'en sait rien. Bon : le prix, maintenant.

— Je t'écoute.

— Nous pensons que le type qui a fait le coup s'appelle Shadow Love. Un Sioux, la trentaine, maigre, des tatouages sur les bras. Daniel va livrer le nom à la presse. Ne le mentionne pas d'ici là. Mais, dès qu'il l'annonce, vas-y à fond. Je veux entendre "Shadow Love" à l'antenne toutes les dix secondes. Je veux que tu insistes lourdement sur le fait qu'il tue d'autres Indiens. Demande des photos à Daniel, et ne le lâche pas — on a d'excellentes photos de lui, prises en Californie, alors ne te laisse pas raconter de conneries. Tu exiges les photos. Tu les passes à l'antenne, aussi longtemps que possible. Et dis au patron que, si vous coopérez, je vous passerai d'autres informations exclusives.

— Bon, on matraque sur Shadow Love.

— A mort. »

Lily n'avait rien appris de plus en parcourant la foule. Elle demanda à Lucas de la déposer à l'hôtel.

« Il faut que je dorme un peu. Et j'ai besoin de réfléchir. Seule.

— Ça ne me ferait pas de mal non plus », approuva Lucas.

Arrivée devant sa porte, elle se retourna brusquement vers lui.

« Qu'est-ce que nous allons faire, Davenport ? s'enquit-elle d'une voix grave, tendue.

— Je ne sais pas », répondit Lucas. Il tendit le bras, écarta doucement une mèche de cheveux de sa joue, l'accrocha derrière son oreille. « Je ne me vois pas arrêter comme ça, du jour au lendemain.

— Moi non plus, crois-moi, répliqua-t-elle. Mais ma vie avec David... Je ne crois pas que je veuille tout casser...

— Et moi, je ne veux pas perdre Jen. Mais je ne peux pas me passer de toi. J'ai envie de toi, j'ai envie de toi tout de suite... »

Il la poussa doucement dans la chambre, et elle passa les bras autour de son cou. Ils restèrent enlacés, en chancelant, pendant une minute, envahis peu à peu par le désir. Puis elle le repoussa.

« Fiche-moi le camp, bon Dieu, dit-elle. Il faut que je me repose un peu.

— D'accord. On se voit demain ?

— Mmm. Mais pas trop tôt. »

Après avoir déposé Lily, Lucas retourna en ville. Quatre cars de régie équipés d'antennes paraboliques étaient regroupés devant la porte de l'hôtel de ville ; de gros câbles noirs serpentaient sur le trottoir jusqu'à l'intérieur du bâtiment. Instinctivement, il se gara sur une place réservée aux voitures de police et entra.

La conférence de presse touchait à sa fin. Du fond de la salle, il observa Daniel qui pérorait. Les journalistes consultaient leur montre, prêts à filer, en écoutant les dernières questions de leurs confrères de la presse écrite.

Comme il se retournait pour sortir, Jennifer pénétra dans la pièce, et lui donna un coup de coude au passage.

« Merci encore. On a eu une heure d'avance sur les autres, dit-elle d'un ton neutre. Regarde Shelly... »

Shelly Breedlove, reporter à Canal 8, les observait de l'autre côté de la salle, l'air méprisant. Elle comprenait enfin l'origine du scoop de TV3 sur l'assassinat de Hart.

« Va te faire foutre, salope, ajouta Jennifer à mi-voix, en lui adressant un sourire charmeur. Tu rentres à la maison ? demanda-t-elle à Lucas.

— Ouais...

— J'ai quelqu'un pour garder le bébé... »

Lucas dormit mal. Ses jambes s'agitaient, tressaillaient sans cesse. Jennifer s'était pelotonnée contre son dos nu, le front appuyé sur sa nuque ; des larmes ruisselaient sur ses joues. Elle percevait le parfum sur lui. Ce n'était pas le sien, et il n'avait pas pu s'en imprégner ainsi en demeurant simplement assis près d'une autre femme. Non, ils s'étaient touchés. Ils s'étaient beaucoup touchés. Elle restait éveillée, seule avec ses larmes, et Lucas rêvait. Du canon glacé d'une arme pressé contre sa tête ; de Larry Hart roulant sur le talus qui descendait vers le Mississippi — tandis que les péniches s'éloignaient au fil de l'eau sans que leurs pilotes aient conscience de la lumière qui s'éteignait sur la colline, au-dessus...

22

Sam le Corbeau arpentait la maison, tempêtant de rage, tandis que Aaron demeurait silencieux, dans son fauteuil, baigné par la lumière vacillante de la télévision. On ne voyait que Shadow Love, partout ; photos de face, de profil, gros plans sur les tatouages de ses bras.

« Ce putain de môme est en train de tout foutre en l'air », cria Sam. Dents serrées, il s'approcha de Barbara qui, terrorisée, feignait de faire la vaisselle en tortillant un torchon autour de ses mains entre deux crises de larmes. « Comment as-tu pu le laisser faire ? dit-il.

— Je ne voulais pas, répondit-elle en pleurant. Je ne savais pas...

— Si, tu le savais, cracha Sam. Pour l'amour de Dieu, que croyais-tu, qu'il allait lui présenter ses meilleurs vœux de nouvel an ?

— Je ne savais pas...

— Où l'as-tu déposé ?

— Près de Loring Park.

— Où allait-il ?

— Je ne sais pas... Il a dit que vous ne voudriez pas le voir ici. Il a dit qu'il devait agir seul...

— Quelle meeeeerde ! hurla Sam. Quelle meeeerde ! »

Aaron surgit sur le seuil de la cuisine.

« Viens là, viens voir ça », demanda-t-il.

Sam le suivit dans le salon. Depuis une demi-heure

s'étaient succédé les reportages en provenance de Minneapolis : la berge du fleuve, où l'on avait découvert le corps de Hart, le bureau du chef de la police, le quartier indien. Des interviews dans les rues. Lily au milieu de la foule, un insigne de la police de New York épinglé à sa veste. Des gens en train de discuter avec elle, des gosses se bousculant pour apparaître à l'antenne.

Puis, soudain, changement de décor : une pièce aux murs bleu pâle. Un drapeau américain. Une estrade en demi-cercle, avec l'aigle américain sur le socle, une batterie de micros, et un homme en costume croisé gris avec pochette.

« C'est Clay », dit Aaron.

« ... groupe de terroristes s'en prend maintenant à son propre peuple. Cela, je l'espère, fera comprendre à la communauté indienne qu'aux yeux de ces dangereux assassins la vie d'un Indien ne compte pas plus que celle d'un Blanc... »

Plus tard :

« ... travaillé avec les Indiens tout au long de ma carrière, et je demande à mes amis indiens, de toute origine, de nous appeler, au FBI, s'ils possèdent la moindre information sur ce groupe... »

Et encore :

« ... J'aurai le soutien d'une quarantaine de personnes, des hommes et des femmes spécialisés, venus de tout le pays pour m'aider à détruire ce réseau. Nous sommes déterminés à demeurer dans le Minnesota jusqu'à ce que cette tâche soit menée à bien. Nous resterons en contact permanent avec les autorités de Washington... »

« Lawrence Duberville Clay, fit Sam, presque avec déférence, sans quitter des yeux l'homme sur l'écran. Viens donc, amène-toi, espèce d'enfoiré...

— Il y a quelqu'un, dit soudain Barbara d'une voix effrayée. Sur le perron. »

La sonnette retentit, et Aaron bondit vers la chambre du fond, où il dormait, pour réapparaître avec un vieux calibre 45 au poing. De nouveau, on sonna, et la porte d'entrée s'ouvrit. Une silhouette s'encadra dans l'embrasure, les cheveux courts, les yeux noirs ; Aaron, aplati contre le mur du couloir, crut tout d'abord que c'était Shadow Love, mais l'homme était trop costaud...

« Leo ! » cria soudain Aaron, avec une joie intense. Un sourire illumina son visage, il laissa retomber l'arme contre son flanc. « Sam, c'est Leo ! Leo est rentré ! »

23

« Tu couches avec ce flic de New York, Lily. »

Jennifer le regardait fixement, de l'autre côté du bar de la cuisine où il prenait le petit déjeuner, Lucas baissa les yeux vers son verre de jus d'orange, comme s'il espérait y voir flotter une réponse. Le journal était étalé à portée de sa main. Un gros titre annonçait : LES CORBEAUX TUENT UN FLIC.

Ce n'était pas un flic, pensa Lucas. Son regard quitta un instant la table, puis revint sur le journal. Il hocha la tête.

« Oui.

— Et tu as l'intention de continuer ? » Jennifer avait le visage blafard, les traits tirés. Sa voix n'était plus qu'un souffle.

« C'est plus fort que moi », répondit-il en évitant toujours son regard. Il fit tourner son verre de jus d'orange.

« C'est... c'est sérieux ?

— Je ne sais pas.

— Regarde-moi.

— Non. » Il gardait les yeux baissés.

« Tu peux venir voir le bébé, mais appelle d'abord. Une fois par semaine, pour l'instant. Je ne veux plus faire l'amour avec toi, et je ne veux plus te voir. Tu pourras venir voir la petite le samedi, quand j'aurai une baby-sitter. Et quand Lily sera rentrée à New York, nous en discuterons. Nous trouverons un arrangement quelconque pour que tu puisses voir le bébé de façon régulière. »

Il la regardait, à présent.

« Je t'aime », dit-il.

Les larmes montèrent aux yeux de Jennifer.

« Ce n'est pas la première fois que cela arrive. Sais-tu comment je me sens ? Je me sens pathétique. Et je n'aime pas ça. Cette fois, je ne le supporterai pas.

— Tu n'es pas pathétique. Quand je te regarde...

— Je me moque de ce que tu vois. De ce que tout le monde voit. Je suis pathétique à mes propres yeux, c'est suffisant. Alors va te faire foutre, Davenport. »

Lorsque Jennifer fut partie, Lucas traîna un moment dans la maison, sans s'habiller, puis se dirigea machinalement vers la salle de bains et prit une douche brûlante. Daniel voulait que tout le monde soit sur le terrain, mais après s'être essuyé il demeura un moment devant la penderie ouverte, à contempler les chemises et les pantalons sur des cintres, et il regagna le lit où il sombra bientôt dans l'inconscience. Les Corbeaux, Lily, Jennifer, le bébé, les monstres de Drorg se pressaient dans son sommeil. De temps à autre lui revenait, angoissante, la scène qui s'était déroulée devant chez Hood ; il revoyait les briques du mur, le négociateur, une partie du visage de Lily, le calibre 45 qui s'élevait. Chaque fois, il chassait ces images et reprenait le fil d'un autre rêve.

A 1 heure, Lily appela. Il écouta son message sur le répondeur, sans décrocher.

« C'est Lily. Je me disais que nous pourrions déjeuner ensemble, mais comme tu n'as pas appelé, je ne sais pas où te joindre. En tout cas, je meurs de faim, alors j'y vais. Si tu rentres, tu peux me rappeler, pour dîner par exemple. A plus tard. »

Il faillit prendre la communication, mais regagna finalement son lit. Une demi-heure plus tard, le téléphone sonnait de nouveau. C'était Elle :

« C'est Elle, je voulais juste avoir de tes nouvelles. Tu peux me rappeler à la résidence. »

Lucas décrocha.

« Je suis là, Elle, dit-il d'une voix enrouée.

— Bonjour. Comment ça va ?

— Pas terrible, aujourd'hui.

— Toujours le même cauchemar, avec le fusil ?

— Toujours. Parfois même dans la journée. La sensation du métal contre ma peau, tu sais.

— C'est un souvenir, c'est normal. Les grands brûlés ressentent la même chose, et les gens sur qui on a tiré, tous ceux qui ont vécu une situation traumatisante. Ça passera, crois-moi. Tiens le coup.

— Je tiens le coup, mais c'est effrayant. Rien ne m'a jamais marqué à ce point.

— Tu viens jouer, jeudi soir ?

— Je ne sais pas.

— Si tu arrivais une demi-heure en avance ? On pourra bavarder un peu.

— D'accord, j'essaierai. »

Le lit était comme une drogue. Il ne voulait pas, mais il se retrouva malgré lui entre les draps, et sombra instantanément. A 2 heures, il se dressa soudain, terrifié, en sueur, regarda la pendule.

Qu'y avait-il ? Rien. Rien que le museau glacé du canon derrière son oreille. Lucas pressa sa main contre son crâne, laissa sa tête retomber sur sa poitrine.

Assez, pensa-t-il. Il sentait les gouttes de sueur jaillir littéralement sur son front. Assez de cette merde.

Lily appela de nouveau, à 17 heures. Il ne décrocha pas. A 19 heures, le téléphone sonnait pour la quatrième fois.

« Anderson, fit la voix sur le répondeur. J'ai quelque chose... »

Lucas décrocha aussitôt.

« Je suis là. Qu'est-ce qui se passe ?

— Bon. Écoute ça, Lucas... » On entendait derrière lui le bruit grêle d'imprimantes en marche. Anderson était excité ; Lucas le voyait, en train de consulter ses notes. Anderson avait une allure d'homme des bois. Il en avait aussi le langage, et parfois même les réactions. Quelques mois auparavant, il avait monté sa propre boîte d'informatique, et Lucas le soupçonnait de s'enrichir à toute vitesse grâce à des copies des logiciels de la police.

« J'ai fouillé dans les fichiers généalogiques de Larry, reprit-il. J'ai cherché dans les Sioux du Minnesota — tu sais qu'on les avait intégrés dans nos renseignements ?

— Ouais, je m'en souviens.

— J'ai pris les noms tribaux, et j'ai relevé tous les "Corbeaux". Tous trop vieux — et il n'y en a pas beaucoup, dans le Minnesota. Alors, j'ai demandé à une opératrice d'entrer dans ma bécane tous les noms existant dans les fichiers de Larry par tri systématique...

— Quoi ?

— Peu importe. Elle en a fait une liste, sur mon ordinateur. Ensuite, j'ai été à l'État civil, et j'ai relevé toutes les femmes nommées "Love" qui avaient eu des enfants entre 1945 et 1965. Tu as bien dit que ce petit con de Shadow Love avait une trentaine d'années...

— Ouais.

— Bon. J'ai tout noté. Il y en avait un paquet, plus de quatre cents. Mais déjà, je pouvais éliminer tous les enfants de sexe féminin. Ce qui m'en laissait cent quatre-vingt-dix-sept. Ensuite, j'ai entré les noms des pères dans ma bécane...

— ... pour les croiser avec les données de Hart.

— Voilà. A mi-chemin, je suis tombé sur une Rose E. Love. Mère d'un garçon, également appelé Love. Pas de prénom, mais ça n'avait rien d'exceptionnel... Eh bien, écoute : je ne sais comment elle a fait son compte, mais elle a réussi à faire enregistrer deux pères.

— Intéressant...

— Aaron Sunders et Samuel Close.

— Merde, Aaron et Sam... Ce doit être...

— En face de la race, ils ont coché "autre". C'était dans les années 50, donc ce sont sûrement des Indiens. Et je les retrouve dans les fichiers généalogiques de Larry. Ce sont les petits-fils d'un certain Richard le Corbeau. Comme il a eu deux filles, le nom s'est éteint. Ce qui donne Sunders et Close — mais je te parie ma couille gauche que ce sont les vrais noms de Sam et Aaron, les Corbeaux.

— Bon Dieu, Harmon, mais c'est génial ! Tu as vérifié...

— Tous deux ont un permis de conduire du Minnesota, mais à l'époque il n'y avait pas de photo dessus. Le dernier, celui de Sunders, date de 1964. J'ai téléphoné dans le Dakota-du-Sud, mais les bureaux étaient fermés pour la journée. Et quand j'ai demandé qu'on fasse une recherche exceptionnelle, le gars de service m'a répondu de bouffer mon chapeau. Alors, j'ai prévenu les fédés, qui l'ont rappelé. J'aime autant te dire que maintenant c'est *lui* qui bouffe son chapeau. Quoi qu'il en soit, on est en train d'examiner les archives. Je crois que c'est l'endroit le plus évident...

— Et aux Renseignements ?

— On s'en occupe, en ce moment même.

— Il faudrait jeter un coup d'œil dans les archives carcérales du Minnesota et du Dakota, et de toutes les prisons fédérales. Insiste bien auprès des fédés. Tu sais qu'ils virent les mauvais sujets des réserves...

— Ouais, je m'en occupe aussi. Si les Corbeaux ont fait de la taule au cours des dix ou quinze dernières années, ça apparaîtra aux Renseignements. Les fédés m'ont dit qu'ils allaient consulter les archives des prisons, pour voir s'ils ont un dossier avant cette période.

— Et les voitures ? A part le camion ?

— On vérifie les immatriculations. Ça m'étonnerait qu'ils laissent traîner une bagnole, mais qui sait ?

— Et Rose Love n'est pas toujours en vie, par hasard ?

— Non. Pendant que j'y étais, j'ai jeté un coup d'œil sur les actes de décès. Elle est morte en 78, dans un incendie. Accidentel, apparemment. Une maison du vieux quartier.

— Merde... » Lucas se pinça la lèvre. Il réfléchissait à d'autres vérifications possibles.

« J'ai consulté des vieux annuaires de la ville, et j'ai retrouvé sa trace jusque dans les années 50, reprit Anderson. Elle était dans celui de 1951, un appartement. Puis elle disparaît pendant deux ans, et je la retrouve en

1954, encore dans un appartement. C'est en 1955 qu'elle s'est installée dans sa maison.

— Très bien, c'est super, dit Lucas. Tu as prévenu Daniel ?

— Il n'y avait personne chez lui, c'est pourquoi je t'ai appelé. Il *fallait* que je raconte ça à quelqu'un. J'étais cinglé, en voyant tout ça sortir des bécanes. Vlan, vlan, vlan... On se serait cru dans une série télé.

— Il nous faut des photos, Harmon. On va en tapisser les rues. »

Les découvertes d'Anderson avaient insufflé à Lucas un regain d'énergie. Il arpenta la maison, tout nu, surexcité. Si on pouvait montrer à tout le monde la photo des Corbeaux, ils étaient faits. Ils ne pourraient pas se cacher éternellement. Un nom, ce n'était pas grand-chose. Mais une photo...

« Lucas ? » C'était Lily.

« Ouais. »

Il jeta un coup d'œil sur le lit. Les draps étaient trempés de sueur, là où il s'était allongé. Les rêves l'avaient accompagné jusqu'à son réveil, peu après 7 heures. Quelques instants plus tard, le téléphone sonnait.

« Mais où diable étais-tu, hier ?

— A droite, à gauche, mentit-il. Pour te dire la vérité, je suis allé draguer un peu dans mon ancien réseau, pour discuter avec mes habitués, savoir s'ils n'avaient pas entendu parler de quelque chose. Ce ne sont pas des Indiens, mais ils traînent un peu partout...

— Et alors ?

— Rien.

— Daniel est en rogne. Tu as manqué la réunion de l'après-midi.

— Je vais l'appeler, dit Lucas en bâillant. Tu as déjà déjeuné ?

— Je viens de me lever.

— Ne bouge pas. Une douche, et je passe te prendre.

— Allume la télé, avant toute chose. Sur Canal 8. Fais vite.

— Qu'est-ce qui se passe ?

— Vas-y », insista-t-elle, avant de raccrocher.

Lucas alluma le téléviseur : c'était une conférence de presse de Lawrence Duberville Clay, à l'aéroport.

« ... en coopération avec les autorités locales... nous nous préparons à agir sans tarder... »

« Les autorités locales, mon cul, oui », marmonna Lucas à l'adresse du récepteur. La caméra recula, et il remarqua le nombre de gardes du corps. Ils étaient une demi-douzaine à entourer Clay, des pros, costume léger, insignes identiques. Ils lui tournaient le dos et ne quittaient pas la foule des yeux. « Il se prend pour le Président, ma parole... »

Quand Lily sortit de l'ascenseur de l'hôtel, le cœur de Lucas fit un bond. Les lignes un peu dures de son visage. Sa démarche assurée. Sa manière de rejeter ses cheveux en arrière, son sourire en l'apercevant...

Anderson avait apporté une pile de dossiers, pour la réunion du matin. Dans le Dakota-du-Sud, on avait des archives concernant Sunders et Close. Les photos qui figuraient sur leur demande de permis de conduire étaient mauvaises, mais récentes. Et en communiquant leurs patronymes officiels aux renseignements, on avait immédiatement obtenu une série d'informations, ainsi que des empreintes. Après comparaison, les spécialistes confirmaient que c'était bien Sunders et Close que les flics avaient manqués de peu, dans l'appartement. Un spécialiste en informatique du FBI devait déclarer plus tard qu'il les aurait de toute façon identifiés « en quatre ou six heures, tout au plus ».

Les dossiers du Dakota-du-Sud avaient été communiqués par fax à Minneapolis, et les reproductions des photos, aussi bonnes que possibles, étaient arrivées par avion, à l'aube. On en fit des copies, à distribuer à tous les postes de police, au FBI et aux médias.

« Conférence de presse à 11 heures, annonça Daniel. Je montrerai les photos des Corbeaux.

— On a encore quelque chose, par les fédés, dit Anderson. Sunders a fait un peu de taule, il y a quinze ans de cela. Il avait blessé un type d'un coup de fusil, à Rosebud. Il a passé un an à l'ombre.

— Le vieux Andretti accepte de fournir une récompense en sous-main, pour tout renseignement qui nous mettrait sur la piste des Corbeaux, ajouta Daniel. Sans même les arrêter, ni quoi que ce soit. Il est prêt à payer, uniquement pour savoir où ils sont. » Il regarda Lucas. « J'aimerais en faire part aux médias, dit-il, mais par la bande... Je veux bien confirmer l'information, mais pas annoncer moi-même que leur tête est mise à prix. Je tiens à garder mes distances. Il n'est pas question qu'on ait l'air d'une bande de vigiles acharnés sur les Indiens. Il faudra vivre avec eux, après...

— D'accord, répondit Lucas. Je m'en occupe. Je demanderai au type de TV3 de poser la question adéquate. »

Daniel feuilleta les photocopies de leur casier.

« Apparemment, ils n'ont pas un passé bien chargé. Deux escrocs sans envergure. Et tout d'un coup...

— Non, regardez, c'est plus étrange que ça en a l'air, affirma Lily. Ce ne sont pas des petits délinquants comme les autres. Ils n'ont jamais forcé de distributeur de Coca, ni tenu de loterie clandestine. Ils ont passé leur temps à mettre un système en place, comme le disait Larry. »

Les casiers de Sunders et de Close révélaient une suite de petits délits sporadiques, mis à part le coup de feu qui avait envoyé Sunders en prison. La plupart de leurs méfaits consistaient en effractions, détention illégale d'arme, menaces.

La dernière accusation remontait à six ans, et concernait Sunders. D'après la plainte, il avait pénétré par effraction dans une propriété privée et endommagé un bulldozer. Il niait cette dernière accusation, mais ajoutait que le fermier avait pour projet d'ouvrir un chemin de desserte au travers d'un terrain consacré renfermant des sépultures sioux.

Le dossier de Close était plus mince que celui de Sunders. Des délits sans gravité, vagabondage essentiellement, à une époque où ce chef d'accusation existait encore. Un policier de Grand Rapids avait noté que Close était soupçonné de cambriolages au domicile de divers fonctionnaires de l'État, mais cela n'avait jamais pu être prouvé.

A part, un rapport des renseignements du FBI indiquait que Sunders et Close étaient tous deux présents lors de l'assaut de Wounded Knee, mais qu'on n'avait pu, ensuite, retrouver leur trace en ville.

« Je dirais qu'ils ont mis sur pied un réseau important, et que cela remonte aux années 60 — ou même 40, peut-être », dit Lily qui parcourait le dossier par-dessus l'épaule de Lucas. Une mèche de ses cheveux lui chatouillait l'oreille. Il s'approcha plus près, respira son parfum. Il ne lui avait pas encore parlé de la scène avec Jennifer. La simple idée le mettait mal à l'aise.

« Le *Star Tribune* de ce matin appelait ça notre première confrontation avec un terrorisme local, déclara Lucas.

— Ils ont pris ça dans le *Times*, expliqua Lily. Vendredi dernier, l'éditorial du *Times* employait exactement les mêmes termes. »

Daniel hocha la tête, la mine sombre.

« Ça ne va pas s'arranger, s'ils mettent leurs projets à exécution, affirma-t-il. En tout cas, ce sera spectaculaire.

— Vous ne pensez tout de même pas... Le coup de l'aéroport ? dit Anderson.

— Quoi ? demanda Sloan.

— Vous savez, l'affaire des Palestiniens ? Je veux dire, si on a l'intention de frapper un grand coup, ouvrir le feu dans un aéroport ou faire sauter un avion, ce n'est pas mal...

— Oh, bon Dieu ! » s'exclama Daniel en se mordant les lèvres. Il se leva, contourna son bureau. « Si nous leur suggérons de renforcer les contrôles, et que cela vienne aux oreilles de la presse, les compagnies d'aviation vont en prendre plein la gueule. Et moi aussi, par la même occasion.

— Oui. Mais si nous ne disons rien et que quelque chose arrive...

— Et si on fait ça discrètement... un mot au responsable de la sécurité, un mot au FBI... On peut aussi mettre des hommes à nous sur place, en civil, suggéra Sloan.

— Oui, peut-être », dit Daniel. Il se rassit et regarda Anderson. « Vous croyez vraiment que...

— Non, pas vraiment.

— Moi non plus. Jusqu'à présent, ils ne se sont attaqués qu'à des personnes représentatives, des symboles. Descendre des voyageurs innocents dans un aéroport n'apporterait rien à leur message.

— Et le Bureau des affaires indiennes ? questionna Lucas. Beaucoup d'Indiens purs et durs détestent le BAI.

— Là, c'est autre chose. » Daniel fronça les sourcils. « Une institution, et non pas un individu... Ce serait une étape logique, une manière de frapper ceux qu'ils voient comme leurs oppresseurs... Je ferais mieux d'en parler aux fédés. Ils peuvent peut-être poster deux types au siège du BAI.

— Attendez », dit Lucas. Il se leva et fit le tour de sa chaise, l'air pensif. Puis il regarda Daniel. « Bon Dieu... Ce pourrait bien être Clay. »

Tous évaluèrent un instant cette possibilité. Finalement, Daniel secoua la tête.

« Jusqu'à présent, leurs actions ont été parfaitement préparées. Et personne ne savait que Clay allait débarquer, jusqu'à avant-hier.

— Non, non, réfléchissez, insista Lucas en pointant l'index vers Daniel. Si vous observez bien leur... progression..., vous vous apercevrez que c'est un appât, destiné à attirer Clay. Le côté terrorisme, la couverture médiatique... C'est exactement le genre de choses dont Clay se repaît.

— C'est une hypothèse extrêmement audacieuse, remarqua Daniel. Ils ne pouvaient pas être sûrs qu'il viendrait par ici. Ils pouvaient tuer une demi-douzaine de types, et faire décimer leur peuple tout entier, pendant que Clay restait tranquillement assis sur son cul, à Washington.

— Et pourquoi Clay, d'ailleurs ? s'enquit Sloan.

— Parce que c'est une cible de choix, et qu'il n'est pas populaire auprès des Indiens, répondit Lily. Vous vous souvenez de cette descente dans une réserve, en Arizona, contre les deux factions rivales ? Je ne sais plus quelle était la raison...

— Ouais, il avait envoyé tous ses types à l'assaut..., ajouta Anderson.

— Si je me souviens bien, dit Lucas, il y a eu un article dans le *Times*, expliquant que Clay avait fait arrêter pas mal d'Indiens, au cours des années. Il ne les aime pas...

— Les Corbeaux ne pourront jamais l'avoir, fit remarquer Sloan. Il a un paravent de gardes du corps absolument phénoménal — vous auriez dû voir ça, ce matin. Et si les Corbeaux tentent de se frayer un chemin à coups de pétard... Enfin, ces gars-là ont des Uzi sous leur veste.

— Il suffit d'un seul type sur un toit, avec une carabine, déclara Lucas.

— Ah, merde », coupa Daniel. Il frappa son bureau du plat de la main. « On ne peut prendre aucun risque. Il va falloir parler aux gardes du corps de Clay. Et poster des gars autour de son hôtel. Sur les toits, dans le parking. Des types de patrouille, mais en civil... Putain, c'est une véritable plaie, ce type !

— Il faut également passer l'hôtel au peigne fin », ajouta Lucas. Il arpentait toujours le bureau, plongé dans ses réflexions. L'idée tenait debout ; mais comment les Corbeaux pouvaient-ils atteindre Clay ? « Il faut repérer la moindre faille dans sa protection, conclut-il.

— Je persiste à penser qu'il ne s'agit pas de Clay, dit Daniel. Ce doit être une action qu'ils ont eu le temps de préparer. Continuez d'y réfléchir. Il nous faut d'autres idées. »

La réunion prit fin ainsi mais, dix minutes avant la conférence de presse, Daniel les convoquait de nouveau.

« Je vais être bref, et je ne veux pas de commentaire. Je viens de discuter avec Clay et ses collaborateurs, et le maire. Clay va venir ici, et annoncer lui-même que les Corbeaux ont été identifiés. Et il va distribuer les photos. »

Anderson pâlit à vue d'œil. « Mais, bon Dieu, c'est notre boulot, ça...

— Du calme, Harmon, il se passe pas mal de choses...

— Ils nous ont acheté l'information, c'est cela ? coupa Anderson d'une voix dure. Contre quoi ?

— Vous n'allez pas le croire », répondit Daniel avec un large sourire d'autosatisfaction. Il étendit les bras et leva vers le plafond un regard extatique, comme si la manne céleste lui tombait du paradis. « Vous avez devant vous le nouveau Centre de traitement informatique de renseignements du Midwest...

— Merde, souffla Anderson. Je croyais que c'était Kansas City qui avait emballé le marché.

— Eh bien, il vient d'être déballé, et c'est nous qui l'obtenons.

— Un Cary II, à nous..., dit Anderson. La bécane la plus rapide jamais conçue...

— La merde intégrale, laissa tomber Lily.

— Nous tenterons de garder ce genre de réflexion pour nous, répliqua Daniel. Après la conférence de presse, Clay veut parler à l'équipe. J'imagine qu'il va nous tenir un petit discours d'encouragement.

— La merde intégrale, répéta Lily.

— Lui avez-vous suggéré qu'il pouvait être la prochaine cible ? s'enquit Lucas.

— Ouais. Il pense comme moi que c'est hautement improbable, mais il approuve tout de même l'idée d'une présence policière sur les bâtiments entourant l'hôtel. Et ses hommes sont en train de rechercher des failles éventuelles dans le système de sécurité. »

Quatre éclaireurs arrivèrent au-devant de Clay. L'un se posta à l'extérieur de l'hôtel de ville, là où il descendrait de voiture. Les trois autres, guidés par un flic, prirent le couloir jusqu'à la salle où aurait lieu la conférence de presse. Lily et Lucas, qui se tenaient devant la porte dans le couloir, les regardèrent arriver. Deux des hommes s'arrêtèrent devant eux, à quelques pas de distance.

« Vous êtes des officiers de police?

— Ouais, répondit Lucas.

— Vous avez vos cartes? »

Lucas haussa les épaules « Évidemment.

— J'aimerais les voir », fit l'autre. Le ton était courtois, mais pas le regard.

Lucas jeta un coup d'œil à Lily, qui hocha brièvement la tête et sortit sa carte de la police de New York. Lucas fit de même.

« Très bien, déclara le garde du corps, toujours aussi aimable. Pourriez-vous me dire qui sont les autres personnes en civil, dans la salle? »

Ce fut rapide, professionnel. En cinq minutes, la salle était parfaitement sûre. Lorsque Clay arriva, il descendit seul de voiture, mais deux autres hommes se tenaient à chaque extrémité du véhicule. Le maire sortit pour l'accueillir sur le parvis, et ils pénétrèrent dans l'hôtel de ville, bavardant comme de vieux amis. Si les journalistes s'aperçurent que les deux hommes avançaient dans un corridor invisible de sécurité rapprochée, nul n'en fit la remarque.

Clay et Daniel tinrent ensemble la conférence de presse, sous le sourire béat du maire. Anderson fit circuler les photos des Corbeaux, assisté par un fonctionnaire fédéral.

« D'ici une heure, les Corbeaux ne pourront plus faire un pas dans la rue, conclut Lucas comme la conférence prenait fin.

— Nous avions bien la tête de Shadow Love, et ça ne nous a menés à rien, fit remarquer Lily en s'asseyant dans la voiture à son côté.

— Nous resserrons le filet. Ça va marcher, avec un peu de temps.

— Peut-être. J'espère simplement qu'ils ne feront pas de conneries avant. On aurait intérêt à filer chez Daniel, pour cette entrevue avec Clay. »

Sloan, Lucas, Lily, Anderson et Del, ainsi que cinq ou six autres flics, attendaient depuis une dizaine de minutes quand Daniel et Clay arrivèrent, suivis du maire, de deux gardes du corps et d'une demi-douzaine d'agents du FBI.

« A vous, Larry », déclara Daniel.

Clay hocha la tête, passa derrière le bureau de Daniel et parcourut du regard la pièce bondée. Lucas lui trouvait l'allure d'un athlète qui se serait laissé aller. On ne pouvait pas dire qu'il était franchement gras, plutôt empâté.

« Je tiens toujours à parler aux officiers de police locaux, commença Clay, surtout dans des situations de cette gravité, où tout dépend d'une bonne coopération. J'ai passé de nombreuses années sur le terrain, en tant qu'agent de patrouille, puis brigadier, d'ailleurs », ajouta-t-il à l'adresse d'un brigadier en uniforme réfugié dans un coin de la pièce. C'était un orateur rompu à toutes les ficelles, qui gratifiait chaque homme d'un regard franc et direct susceptible d'emporter son approbation et sa coopération. Ayant bénéficié de ce traitement, Lily jeta un bref regard à Lucas, avec un petit sourire.

« Sacrée technique », chuchota-t-elle.

Lucas haussa les épaules.

« ... vaste expérience auprès des Indiens, et je vais vous dire ceci : la règle de vie des Indiens n'est pas la nôtre, ce n'est pas celle d'une société rationnelle et progressiste. Ce n'est pas là — même si je préfère que ces paroles restent entre nous — une manière de les condamner. Certes, mes propos peuvent être détournés de leur sens. Cela demeure un fait, un fait indéniable ; et la plupart des Indiens eux-mêmes le reconnaissent. Mais en Amérique, il n'y a pas deux poids, deux mesures. Nous avons des lois, et ces lois s'appliquent à tous... »

« *Heil Hitler* », murmura Lucas.

Quand ils en eurent terminé, Clay s'en alla rapidement, escorté d'une nuée de gardes du corps.

« On devrait aller jeter un coup d'œil à son hôtel, suggéra Lucas.

— D'accord, répondit Lily. Mais je commence à douter un peu. Ses hommes sont vraiment à la hauteur. »

Le responsable de la sécurité de Clay était un type quelconque, au regard pâle, avec une allure de réceptionniste anonyme, du moins jusqu'à ce qu'il se mette en mouvement. Là, il évoquait soudain une vipère.

« On contrôle parfaitement les lieux, annonça-t-il après que Lily et Lucas se furent présentés. Mais si vous pensez pouvoir trouver quelque chose, je serai heureux de vous guider.

— Pourquoi ? demanda Lucas.

— Pourquoi quoi ?

— Pourquoi seriez-vous heureux de nous guider, si tout a été vérifié ?

— Je ne me suis jamais considéré comme le type le plus brillant du monde, répondit le responsable de la sécurité. On a toujours quelque chose à apprendre. »

Lucas le regarda en silence une minute, puis se tourna vers Lily.

« Ouais, ils sont vraiment bien », déclara-t-il.

Ils visitèrent néanmoins l'hôtel. Clay était installé au quatorzième étage. Il y avait des immeubles plus hauts, aux alentours, mais aucun à moins de huit cents mètres.

« Ils ne pourraient pas l'avoir par une fenêtre, dit le responsable.

— Et s'ils avaient préparé quelque chose à l'avance ? Clay est déjà descendu ici, n'est-ce pas ?

— Par exemple ?

— Une bombe dans l'ascenseur, je ne sais pas, dit Lucas en haussant les épaules.

— Nous avons fait venir les chiens renifleurs. Travail de routine.

— Et une action-suicide ? Les Corbeaux sont cinglés, vous savez...

— Nous avons passé le personnel en revue, évidemment. Aucun Indien, personne dont les antécédents ou les origines soulèvent la moindre question. La plupart des employés ont fait leur carrière ici. Il y a bien quelques nouveaux aux cuisines et à la réception, mais nous sommes là pour faire écran, quand le patron entre et sort... Et nous vérifions également le hall, et le trottoir. De toute façon, il passe en coup de vent, et sans prévenir. La rue ne présente aucun risque.

— Hhhmmm, fit Lucas. Y a-t-il une possibilité de monter sur le toit de l'ascenseur, par les sous-sols ou par la terrasse ? » demanda-t-il tandis qu'ils redescendaient.

Le responsable de la sécurité s'autorisa un petit sourire.

« Je ne vais pas vous donner de détails. Mais, en un mot, non.

— Vous avez fait électrifier les ascenseurs », dit Lily.

L'autre haussa les épaules. L'ascenseur s'arrêtait au troisième. Une femme âgée, une étole de fourrure autour des épaules, entra dans la cabine, examina les boutons, les yeux plissés, et finit par appuyer sur celui du deuxième. Comme les portes se refermaient, un garçon d'étage passa, poussant un chariot de déjeuner.

« Et pourquoi pas un déguisement ? suggéra Lucas, après que la femme âgée fut sortie. Si quelqu'un entrait déguisé en vieille dame... ?

— Les détecteurs de métal signaleraient la présence de l'arme.

— ... après avoir planqué une arme au troisième étage ? Il monte au troisième, la récupère, file au quatorzième...

— C'est du délire, dit le responsable, en secouant la tête. Arrivé là-haut, il lui faut traverser une haie de trois types surentraînés. De plus, le patron aussi a une arme sur lui, et il sait s'en servir.

— Très bien, déclara Lucas. Mais, je ne sais pas, j'ai un mauvais pressentiment. »

Arrivés dans le hall, ils prirent congé et se dirigèrent vers la sortie. Au moment de pousser les portes, Lucas s'arrêta soudain.

« Une minute. Hé ! » Il se retourna, appela le responsable de la sécurité. « Par où le repas est-il arrivé au troisième étage, tout à l'heure ? »

L'autre regarda Lucas, puis Lily, puis les ascenseurs.
« On va voir ça », dit-il.

« Par le monte-plats », leur répondit un cuisinier. Il leur désigna une ouverture dans le mur, par laquelle ils distinguèrent les chaînes qui hissaient l'appareil.

« Un homme pourrait-il monter par là ? demanda le responsable.

— Ben... C'est déjà arrivé. Deux types, même. Enfin, je crois, ajouta le cuisinier, le regard fuyant, mal à l'aise.

— Ça veut dire quoi :"je crois" ?

— Eh bien, quand il y a un coup de feu, vous voyez, le chef ne tient pas à ce que les ascenseurs soient encombrés par des serveurs, avec les clients et tout ça. Ils doivent prendre l'escalier. Mais quelquefois, si la commande est pour le dixième étage...

— Et les types passent souvent par là ?

— Écoutez, je n'ai pas envie de créer des ennuis à qui que ce soit...

— Cela restera strictement entre nous », assura Lily.

Le cuistot s'essuya les mains sur son tablier.

« Tous les jours, dit-il à voix basse.

— Merde », lâcha le responsable de la sécurité.

Il leur expliqua le plan : « Action-suicide. Quatre types. Ils passent par la ruelle et arrivent à l'entrée de service. Ils sonnent. Un gars ouvre la porte pour voir qui c'est. Les Corbeaux lui collent un fusil sur le ventre. L'un d'eux reste dans les cuisines, tandis que les trois autres montent par le monte-plats, un par un. Ils débarquent dans la salle de service du quatorzième. Ils ont des automatiques, ou des fusils. Ils jettent un coup d'œil dans le couloir... en passant la tête, ou en utilisant un petit miroir... Ils sortent, descendent les deux hommes de garde. Reste un seul type pour protéger le patron. Ils font sauter la serrure d'une balle, et là, c'est trois contre un, peut-être trois mitraillettes ou fusils automatiques, contre deux pistolets...

— C'est une possibilité », déclara Lily.

C'était à Lucas de secouer la tête, à présent.

« Vous savez, expliqué comme ça, ça paraît carrément dingue...

— Mais ces Corbeaux sont carrément dingues. Je vais vous dire ce que nous allons faire. Nous allons mettre les cuisines sous surveillance. Coller une caméra quelque part. S'ils entrent, on les coince.

— Un piège, dit Lily.

— Exactement. Bien, excusez-moi, il faut que j'en discute avec le patron. Et, au fait : merci. »

Sur le trottoir devant l'hôtel, Lucas hocha la tête.

« C'était une faille, aucun doute, mais les Corbeaux n'emploieront pas ce moyen.

— Lequel, alors ?

— Je n'en sais rien. »

Dans la voiture, Lily consulta sa montre.

« Et si nous discutions de tout ça en déjeunant ?

— Pas de problème. Chez moi, ça te va ? »

Lily le regarda, intriguée. « Quel changement d'attitude ! Il est arrivé quelque chose ?

— Jennifer...

— ... est au courant, finit-elle, raidie sur son siège. Merde. Elle t'a jeté ?

— C'est à peu près ça, ouais. » Il démarra brusquement.

« Et... elle est du genre à appeler David, selon toi ? demanda Lily d'une voix angoissée.

— Non. Non, je ne pense pas. Elle a déjà eu des liaisons avec des hommes mariés — j'en connais certains —, et elle n'a jamais songé à aller trouver leur femme. Elle n'est pas du genre à briser les ménages.

— Ça me rend un peu nerveuse, déclara Lily. C'est pour ça, non, que tu as l'air tellement déprimé ? Je te regardais, dans le bureau de Daniel, on aurait dit que tu venais de faire piquer ton chien.

— Ouais. C'est à cause de Jen, et aussi de cette putain d'affaire. Larry qui s'est fait descendre, égorger. Et moi, je n'ai rien pu faire. C'est une drôle d'impression, tu sais ? Quand il se passe quelque chose de grave — drogue, jeu, trafic de cartes de crédit, cambriolages en série —, j'ai tous ces contacts pour moi. Daniel vient me trouver, il me dit : "Allez donc discuter un peu avec vos indics. On a eu trente-six cambriolages dans les quartiers sud-est, la semaine dernière, des conneries, chaînes stéréo, téléviseurs..." J'y vais, je me balade, je parle aux types, et la plupart du temps je résous l'affaire. Je vais faire pression sur un joueur, qui va me conduire à un receleur; je vais coincer le receleur, qui va me conduire à un camé; je vais pressurer le camé, etc., et mettre au jour tout le réseau. Mais là... je n'ai personne. Si c'étaient des criminels comme les autres, je leur mettrais la main dessus. Les camés ont besoin de drogue, les dealers de clients, ils sont bien obligés de se montrer. Les casseurs et les voleurs de cartes de crédit ont besoin de receleurs. Mais eux, de qui ont-ils besoin ? D'un vieil ami. Peut-être un prof d'université en retraite. Peut-être un ancien radical des années 60. Peut-être une espèce de cinglé d'extrême droite. Indien ou blanc, va savoir... J'ai passé toute ma putain de vie dans cette ville, dans des quartiers où vivent aussi des Indiens, et je ne les ai jamais vus. Si j'en connais deux ou trois, c'est parce qu'ils font dans la drogue ou dans le recel, ou parce qu'ils tiennent une boutique et que je suis client chez eux. A part ça, je n'ai aucun réseau. J'ai un réseau noir. J'ai un réseau blanc. J'ai même un réseau irlandais. Mais chez les Indiens, zéro.

— Cesse de te lamenter, répliqua Lily. Tu as quand même obtenu l'information sur l'affaire de Bear Butte, et la photo qui m'a permis d'identifier Hood.

— Hood m'a ficelé comme un saucisson, et a failli me faire sauter la cervelle...

— Tu as réussi à coincer la mère Liss, et à lui soutirer le nom des Corbeaux. Non, tu fais du bon boulot, Davenport. »

Lucas lui jeta un regard noir.

« C'était un coup de chance, et ce n'est pas ça qui va nous mâcher le travail, maintenant. Alors, arrête d'essayer de me réconforter.

— Je n'essaie pas, affirma-t-elle d'un ton léger. D'ailleurs, il n'y a pas de quoi se réjouir. Et si on n'a pas un vrai coup de chance, on est complètement baisés.

— Non, pas complètement », répondit Lucas. Il rétrograda, laissant la voiture s'arrêter doucement à un feu rouge, et posa une main sur sa cuisse. « Mais dans une heure, qui sait ? » conclut-il.

Lily déambulait dans la maison comme une acheteuse potentielle, inspectant toutes les pièces. A un moment, Lucas crut même la surprendre en train de humer l'air. Il sourit sans rien dire, et alla chercher deux bières.

« Pas mal, déclara-t-elle enfin en remontant du sous-sol. Où as-tu déniché ce vieux coffre-fort ?

— Je m'en sers pour ranger mes armes », dit-il. Il lui tendit une bière. « Je l'ai récupéré pour rien, quand ils ont démoli un ancien bureau de location des chemins de fer à St. Paul. Il a fallu six hommes pour le faire entrer dans la maison et le descendre au sous-sol. J'avais peur que l'escalier ne cède sous son poids.

— Lorsque tu m'as proposé de déjeuner chez toi..., commença-t-elle, prenant une gorgée.

— Ouais... ?

— ... tu pensais que j'allais faire la cuisine ?

— Oh, non, grands dieux ! Tu as le choix entre une salade de pâtes ou une salade de blancs de poulet avec des tranches d'avocat.

— Rien que ça ? »

« C'est un véritable zoo, de Franklin jusqu'à Lake, déclara Lily en attaquant sa salade. Clay en ville, il y a des fédés dans tous les coins.

— Quelle bande de connards, grogna Lucas. Ils n'ont aucun contact, les gens les haïssent, ils passent la journée à se prendre les pieds dans leur queue...

— Oui, en ce moment c'est exactement ce qu'ils font, et par paquets de douze », approuva-t-elle. Elle leva les yeux de sa salade de poulet. « C'était vraiment délicieux, dit-elle. Et la salade de pâtes a l'air fameuse, aussi...

— Tu en veux un peu ?

— Un petit peu, alors. »

Après déjeuner, ils passèrent dans le bureau de Lucas, et Lily prit un des carnets de notes d'Anderson pour l'étudier. Tous deux burent une autre bière; après quoi, Lucas posa les pieds sur un pouf et commença de sommeiller.

« Il fait bon, ici, dit Lily au bout d'un moment.

— Ouais. La chaudière s'est mise en marche. J'ai regardé le thermomètre : il fait deux degrés, dehors.

— J'avais un peu froid, mais on ne s'en rend pas vraiment compte, avec ce soleil, c'est si joli.

— Ouais. » Il bâilla et reprit sa sieste, puis entrouvrit les yeux pour voir Lily ôter son pull de coton. Elle avait un profil magnifique, si tendre. Il l'observa, qui lisait en se mordillant la lèvre.

« Il n'y a rien, dans les carnets, affirma-t-il. Je les ai déjà parcourus.

— Si, il doit bien y avoir quelque chose, quelque part.

— Mmmm.

— Pourquoi les Corbeaux ont-ils tué Larry? Ils devaient bien savoir que c'était négatif, en termes d'image. Et ils n'étaient pas *obligés* de le tuer — il ne nous aidait pas à ce point.

— Ils n'en savaient rien. Après la perquisition chez les Corbeaux, il est apparu à la télé... Ils ont peut-être cru...

— Ah oui, je n'avais pas songé à ça. Moi aussi, je suis passée à la télé, l'autre soir, dit-elle soudain, fronçant les sourcils. Après le meurtre de Larry.

— Il serait peut-être prudent de ne pas trop te montrer pendant un moment, répondit Lucas. Ce sont des malades, ces types.

— Je ne comprends toujours pas, pour Larry. Ni pour cet autre type, Yellow Hand. Pourquoi avoir assassiné ce gamin? Par vengeance? Mais la vengeance, ça n'a aucun sens, dans cette situation, on ne se venge pas contre des gens de son propre peuple. Ça ne fait qu'ajouter à la violence, à la confusion. Et ils n'ont jamais mentionné ces deux meurtres, dans leurs communiqués de presse...

— Aucune idée, dit Lucas. Enfin, ajouta-t-il au bout d'un moment, ce n'est pas *tout à fait* exact. J'ai bien une idée...

— Qui est... ?

— Si nous passions dans la chambre... ? »

Elle soupira, avec un sourire triste.

« Lucas... »

En discutant, plus tard, Lucas et Lily s'accordèrent à reconnaître que le moment qu'ils avaient passé au lit, cet après-midi-là, n'avait rien d'exceptionnel. Ils firent l'amour lentement, tendrement, rirent beaucoup, bavardèrent de leurs carrières respectives, de leur salaire, se racontèrent des histoires de flics. C'était absolument merveilleux ; les plus belles heures de leur vie.

« J'ai décidé quoi faire, à propos de David », déclara Lily en fin de journée. Elle roula jusqu'au bord du lit, posa ses pieds par terre.

« Alors ? » demanda Lucas. Il était en train de passer son caleçon. Il s'arrêta, un pied dans le trou de la jambe.

« Je vais mentir.

— Mentir ?

— Ouais. David et moi, c'est quand même une belle histoire. C'est un type bien. Séduisant. Il a un sacré sens de l'humour, il prend soin de moi et des gosses. Simplement...

— Simplement ?

— Je ne vis pas avec lui la même passion qu'avec toi. Je le regarde, quelquefois, et j'en ai la gorge si nouée que je n'arrive plus à parler. J'éprouve une... une *tendresse* immense envers lui. Je l'aime. Mais jamais il n'y a cette vague de désir qui me submerge. Tu comprends ce que je veux dire ?

— Ouais. Je connais ça.

— J'y ai réfléchi, l'autre nuit. Je me disais : Bon, il y a Davenport. Il est grand et fort et brutal, et il pense d'abord à lui. Il ne passe pas son temps à me demander si tout va bien, si j'ai joui aussi. Alors, cela ressemble à quoi, Lily ? A une espèce de fantasme de viol, mais sans risque ?

— Qu'as-tu décidé ?

— Je ne sais pas. Je n'ai rien décidé, en fait. Si ce n'est que je vais mentir à David. »

Lucas choisit des sous-vêtements propres dans la commode.

« Allez, viens, déclara-t-il. Je vais te faire prendre ta douche. »

Elle le suivit dans la salle de bains.

« David ne ferait pas cela, non plus, dit-elle, comme ils étaient sous la douche. Tu me... Je ne sais pas, tu me manipules. Tes mains... Elles sont partout à la fois, et je... je crois que j'aime ça.

— Tu te fais du mal, affirma Lucas avec un haussement d'épaules. Arrête de parler de David, pour l'amour de Dieu.

— Ouais. Je ferais mieux. »

Il l'essuya en commençant par la tête, puis en glissant doucement jusqu'aux jambes. Quand il eut terminé, il resta assis sur le rebord de la baignoire ; il entoura Lily de ses bras, l'attira à lui, plongea la tête entre ses cuisses. Elle lui ébouriffa les cheveux.

« Tu sens bon, dit-il.

— Il faut qu'on arrête, Davenport, répondit-elle avec un petit rire. Je ne pourrai pas tenir plus longtemps. »

Ils s'habillèrent lentement, Lucas finit le premier, et s'allongea sur le lit pour la contempler.

« Le plus dur, si tu veux lui mentir, déclara-t-il tout à coup, ce seront les dix ou quinze premières minutes. Si tu assures les premières minutes, ça ira tout seul, après. »

Elle leva les yeux d'un air coupable.

« Je n'avais pas pensé à cela. Au moment des... retrouvailles.

— Tu sais, quand tu arrêtes un gamin, un ado, et que tu n'es pas sûr que c'est bien lui le coupable ? Tu vois cette expression qu'ils ont, quand tu leur dis que tu es un flic ? *Là*, tu *sais*. Si tu ne fais pas gaffe, c'est exactement cette tête-là que tu feras.

— Oh, mon Dieu...

— Mais si tu tiens pendant dix minutes en racontant des conneries, tu arrêteras de te sentir coupable et ça passera.

— L'expérience parle, dit-elle avec une imperceptible nuance d'amertume.

— Je le crains, oui, répondit-il non sans tristesse. Je ne sais pas. J'aime les femmes. Mais je regarde Sloan, quelquefois. Son épouse l'appelle Sloan, tu sais ? Et ils sont toujours en train de se raconter des trucs, de rigoler. Ça me rend jaloux. »

Lily se laissa tomber au pied du lit.

« Ne parlons plus de ça, dit-elle. J'ai l'impression d'avoir les deux pieds dans la tombe... Comme Larry...

— Pauvre vieux Larry. Ça me fait du mal, quand j'y pense... »

Le lendemain, le soleil brillait. Lucas mit son plus beau costume bleu, avec un pardessus de lainage noir. Lily portait un tailleur sombre, avec un corsage bleu et un pardessus de tweed. Juste avant qu'ils ne quittent l'hôtel de Lily, TV3 commença à diffuser, en direct, les obsèques de Larry. Elles débutèrent par l'arrivée de Lawrence Duberville Clay, qui aligna quelques banalités au micro du reporter avant de pénétrer dans l'église.

« Putain, il se prend vraiment pour le Président, siffla Lucas.

— Ce sera peut-être le cas dans six ans », répliqua Lily.

L'église épiscopale était bondée d'employés de l'Aide sociale, de gens qui en bénéficiaient, de flics, d'amis indiens et de famille. Daniel prononça quelques mots, et le meilleur ami de Hart, celui qu'il appelait son frère, également. Le cercueil était fermé.

Le convoi bloqua la circulation dans le centre de Minneapolis pendant cinq minutes ; la file de voitures funéraires traversa le périphérique pare-chocs contre pare-chocs, escortée par des motards.

« Je me sens mieux ici, déclara Lily en entrant dans le cimetière. Les églises me rendent nerveuse.

— C'est ici que je t'ai vue pour la première fois, dit Lucas. Le jour de l'enterrement de Bluebird.

— Ouais. Bizarre, hein... »

Les pierres tombales étaient disséminées sur cinq hectares de terrain herbeux ombragé de chênes. Lucas se dit que l'endroit devait être fantomatique par les nuits de pleine lune, avec les ombres menaçantes des arbres, sinistres comme celle du Cavalier sans tête. Anderson, raide dans son costume noir, plus croque-mort que le croque-mort lui-même, vint les rejoindre.

« C'est ici qu'est enterrée Rose E. Love, déclara-t-il enfin.

— Ah bon ? Où as-tu pêché ça ? demanda Lucas.

— Dans les dossiers du coroner de l'époque. On ne lui avait trouvé aucune famille, et ils ont ajouté une note sur l'acte de décès indiquant le funérarium et le cimetière, pour le cas où quelqu'un la rechercherait.

— Mmmmm.

— Même chose pour Bluebird, dit Lily.

— Mmmmm. »

Anderson s'éloigna peu après, contournant la foule en deuil. Les équipes de reportage de toutes les télévisions locales, mais également d'autres États et nationales, se tenaient aussi près que la décence les y autorisait, tandis que les flics rendaient à Hart un ultime et très martial hommage. Pour finir, ils tendirent un drapeau en berne à sa mère, et tirèrent une salve d'honneur.

La cérémonie terminée, Anderson réapparut.

« Elle est juste là, dit-il.

— Qui ?

— Rose E. Love. J'ai demandé son emplacement, au bureau du cimetière. »

Lucas et Lily, curieux à leur tour, suivirent Anderson sur une centaine de mètres jusqu'à une tombe sous un vieux chêne, à quatre mètres environ de la grille de fer forgé qui entourait le cimetière.

Anderson leva les yeux vers les branches largement étalées, auxquelles demeuraient accrochées des feuilles de la taille d'une main.

« C'est un joli coin, dit-il.

— Ouais. » La tombe était soigneusement entretenue ; sur la dalle oblongue de granit gris était gravé ROSE E. LOVE en grandes lettres et, au-dessous, MA MÈRE, en plus petit. Lucas regarda autour de lui.

« La tombe est en bien meilleur état que les autres, dans le coin. Tu crois que Shadow Love vient régulièrement s'en occuper ?

— Non, répondit Anderson secouant la tête. Ce sont les cimetières qui se chargent du boulot. Sinon ce serait une source d'emmerdements à n'en plus finir. Moi et ma bonne femme, on a déjà acheté nos emplacements, tu sais, il y a deux ans de cela. Ils nous ont proposé tout un tas de contrats d'entretien. Tu leur donnes deux mille dollars tout de suite, et ils s'occuperont de ta tombe jusqu'à la fin des temps. Ils appellent ça le "plan Perpétuité". Tu peux aussi mettre ça dans ton testament.

— Deux mille dollars..., répéta Lily. C'est le coup de masse, non ?

— Eh, dites, c'est pour *toujours*. Quand arrivera la prochaine ère glaciaire, ils enverront un type ici, avec un chauffage portatif...

— Ça reste un peu chérot.

— Si vous ne pouvez pas payer d'un seul coup, vous réglez à tempérament, genre soixante-quinze à cent dollars par an.

— Rien que d'y penser, ça me fait froid dans le dos, dit Lucas.

— Il a l'intention de ne jamais mourir, affirma Lily à Anderson sur le ton de la confidence.

— Eh bien, c'est malheureux à dire, conclut Anderson tandis qu'ils s'éloignaient lentement de la sépulture de Rose Love, mais il arrive un moment, dans la vie de chacun... »

Lucas allait poser une question à Anderson, mais à l'instant d'ouvrir la bouche pour parler il sentit contre son crâne, derrière l'oreille, le contact glacé d'un canon de fusil. Il tituba, puis se frappa la nuque en inspirant brusquement. Lily s'arrêta.

« Lucas ? Qu'est-ce qui ne va pas ?

— Rien, répondit-il au bout d'un moment. Je rêvais tout éveillé.

— Bon Dieu, j'ai cru que c'était une crise cardiaque, quelque chose comme ça. »

Anderson l'observait, intrigué, mais Lucas secoua la tête et prit le bras de Lily. Anderson les quitta à l'entrée du cimetière pour se diriger vers la route, tandis que Lucas et Lily s'éloignaient de la foule en deuil en sortant par une porte latérale.

Lucas avait oublié sa question.

« Que veux-tu faire ? demanda Lily.

— Je crois que je vais aller faire le tour de mes indics. » Lucas avait repensé à son mensonge de la veille, et finalement décidé que ce ne serait pas une si mauvaise idée.

« Très bien. Tu peux me déposer à l'hôtel. Je vais examiner les carnets d'Anderson. Et peut-être courir un peu, avant le dîner.

— Je t'ai déjà dit qu'il n'y avait rien dans les notes d'Anderson. Si les Corbeaux se planquent, ce n'est pas sur le papier qu'on les trouvera, c'est en faisant parler les gens.

— Ouais... Mais il y a bien quelque chose, quelque part. Un nom. Quelque chose, peut-être quelqu'un avec qui ils ont fait de la taule... »

La journée était fraîche, mais le soleil clair baignait délicieusement le visage de Lily. Ils traversèrent la rue, et elle renversa la tête en arrière pour mieux sentir les rayons sur sa peau. Lucas la suivait émerveillé, le cœur battant.

Dans un véhicule garé à une rue de là, Shadow Love les observait.

24

Shadow Love avait volé un break Volvo dans un parking. Il se rendit au cimetière et attendit, garé à quelques dizaines de mètres de la butte où l'on enterrerait Hart.

Il n'eut guère à attendre : les obsèques de Hart étaient réglées comme une horloge. Le convoi funèbre était arrivé par l'autre extrémité du cimetière, mais Davenport et le flic de New York entrèrent de son côté. Tous se réunirent au flanc de la butte pour prier; Shadow Love les observait et revivait intensément cet instant où il avait égorgé Hart, sentant de nouveau la puissance du poignard dans sa main... Il était dans sa poche, ce poignard, et il le toucha avec un frémissement de plaisir. Aucune arme à feu ne lui avait jamais procuré pareille sensation — ni le poignard d'ailleurs, avant le meurtre de Hart.

Le sang a sanctifié la pierre...

A la fin de la cérémonie, Davenport et le flic de New York s'éloignèrent en compagnie d'un autre homme, descendirent la butte vers la tombe de sa mère. Ensuite, ils firent halte, et Shadow Love fronça les sourcils : ils s'arrêtaient *devant* la tombe de sa mère. Pourquoi ? Que cherchaient-ils ?

Puis ils se séparèrent. L'autre type s'en alla, et Davenport et la femme continuèrent de se promener. Ils sortirent enfin par la grille latérale, et s'éloignèrent sur le trottoir. La femme renversa la tête en arrière, sourit, le soleil baignait son visage. Davenport la prit par le bras, et lui donna un petit coup de hanche. *Ils étaient amants.*

Si Davenport restait dans le centre-ville, il aurait du mal à le suivre sans s'approcher trop de la Porsche. Mais Davenport fila vers la I-35W, et continua vers le nord. Shadow resta à deux ou trois voitures derrière lui quand Davenport prit le périphérique puis tourna à gauche, s'arrêtant finalement pour déposer la femme à son hôtel.

Pendant que Shadow Love attendait, garé le long du trottoir, Davenport quitta l'allée circulaire qui desservait l'hôtel, traversa deux voies de circulation et revint droit sur lui. Shadow se tourna sur son siège, regarda par la vitre du passager jusqu'à ce que la Porsche fût passée. Il était impossible de la suivre, Davenport le verrait faire demi-tour juste derrière lui, et la Volvo rouge tomate n'était pas d'une discrétion idéale. La femme, en revanche...

Lily.

Shadow Love toucha le poignard de pierre. Il le sentit vibrer, comme assoiffé...

Shadow Love avait travaillé, par intermittence, comme chauffeur de taxi, et il connaissait les hôtels de Minneapolis. Celui-ci posait problème : petit, composé pour l'essentiel de suites et destiné à une clientèle aisée, il devait bénéficier d'une bonne sécurité.

Shadow gara la voiture et se dirigea vers l'hôtel. Il pénétra dans le hall, jeta un coup d'œil autour de lui. Pas trace de la femme. Elle était déjà montée. Trois chasseurs, accoudés au comptoir, discutaient avec la réceptionniste. Un pas de plus, et on le repérerait...

Une boutique de fleuriste attira son regard. Elle comportait deux entrées, l'une sur la rue, l'autre donnant directement dans le hall de l'hôtel. Il réfléchit un instant, ouvrit son portefeuille. Quarante-huit dollars, et de la monnaie. Il sortit, se dirigea vers la boutique.

« Une rose rouge ? Voilà qui est bien romantique », dit l'employée en levant un sourcil, vaguement sceptique. C'était un hôtel de luxe, et Shadow Love n'était pas le genre d'homme à avoir une maîtresse dans cet endroit.

« Ce n'est pas de ma part, grogna Shadow, percevant le doute. Je viens de la déposer, avec le taxi. Son type m'a filé dix dollars pour lui acheter une rose.

— Ah, d'accord. » Le visage de la femme s'éclaira d'un sourire. Tout était pour le mieux dans le meilleur des mondes. « Pour dix dollars, vous pouvez en prendre deux, dit-elle.

— Il m'a dit une, et de garder la monnaie », répondit Shadow Love d'un ton rogue. Seuls quarante-huit dollars le séparaient de la rue, et cette putain de boutique vendait des roses à cinq dollars pièce. « Elle s'appelle Rothenburg, ajouta-t-il. Je sais pas comment ça s'écrit. Son type m'a dit que vous trouveriez la chambre.

— Bien sûr, répondit la femme en enveloppant une rose rouge dans une feuille de cellophane. Il y a une carte, avec ?

— Ouais. "Avec mon amour, signé Lucas".

— C'est charmant. » La femme décrocha le téléphone. « Oui, Hélène à l'appareil. Tu as une Rothenburg ? Non, je ne sais pas comment ça s'écrit. Oui... 408 ? Merci... Nous la faisons porter immédiatement », dit-elle à Shadow en lui rendant la monnaie.

Chambre 408.

« Merci. »

Il sortit de la boutique. L'après-midi touchait à sa fin, il commençait à faire frais. Il regarda d'un côté, de l'autre, et s'éloigna finalement de la voiture pour se diriger vers Loring Park, où il fit lentement le tour de l'étang, tout en réfléchissant. La bonne femme savait se servir d'une arme. Il ne pouvait pas se permettre de la rater. S'il traversait directement le hall pour prendre l'ascenseur, comme s'il habitait là, il avait une chance de passer. Mais ce n'était qu'une faible chance. Cela dit, s'ils l'interceptaient, que risquait-il, à part se faire jeter dehors ? Il tira de sa poche une saucisse sous Cellophane, se mit à la mâchonner, toujours plongé dans ses réflexions.

Bon, admettons qu'il parvienne à monter. S'il frappait à la porte et qu'elle ouvre, pan, ça y était. Mais si la chaîne était mise ? Il ne se voyait pas en train de tirer au travers de la porte. Son pistolet était un calibre 380, suffisant pour descendre quelqu'un à bout portant, mais il ne traverserait pas une porte coupe-feu. Ce n'était pas sûr, en tout cas. Et elle le reconnaîtrait. Elle aussi, c'était une tueuse. S'il la ratait, ça tournerait mal. Et rien que pour sortir de l'hôtel...

Réfléchir, réfléchir.

Il cogitait toujours en regagnant la voiture. Un fourgon de la Federal Express s'arrêta de l'autre côté de la rue, et le chauffeur sauta à terre. Shadow Love le suivit des yeux, machinalement, comme il entrait dans le hall d'un immeuble de bureaux pour prendre les colis à expédier. Quelques instants plus tard, le chauffeur ressortait avec sa cargaison de paquets. Shadow Love bondit hors de la voiture et pénétra à son tour dans l'immeuble.

Le comptoir de la Federal Express proposait des emballages et des enveloppes vides, ainsi que des étiquettes d'expédition, avec une rangée de stylos-bille accrochés à des chaînettes.

Officier de Police Lily Rothenburg, chambre 408, écrivit-il.

Il ne savait toujours pas comment il parviendrait à entrer. Quelquefois, il fallait compter sur la chance. Lorsqu'il retrouva la rue, la nuit était tombée.

Une rose. C'était là une chose complètement inattendue. Jamais elle n'aurait pensé cela, mais elle était ravie. David offrait des fleurs. Mais pas Davenport. Qu'il ait songé à...

Lily la mit dans un verre d'eau, posée sur le poste de télévision, la contempla, la redressa, puis s'assit avec les listings d'imprimante d'Anderson. Il lui fallut deux minutes pour s'apercevoir qu'elle était incapable de lire.

Davenport. Mais ça veut dire quoi, cette connerie de rose ? Elle fit quelques pas dans la pièce, surprit son reflet dans un miroir. *Ma fille, tu as le sourire le plus niais que je t'aie vu depuis l'âge de quinze ans.*

Impossible de se concentrer. Elle feuilleta un numéro de *People*, le rejeta et arpenta de nouveau la pièce, s'arrêtant toutes les dix secondes pour humer la rose. Elle avait une méchante crise de sentimentalisme, voilà tout. *Un bon bain brûlant...*

Shadow Love traversa le hall en tenant le colis de la Federal Express légèrement devant lui, de manière que les chasseurs puissent bien voir le logo. Il s'arrêta devant les ascenseurs, appuya sur le 4, et ne jeta pas un regard en direction de la réception ni des chasseurs. La petite sonnette tinta, les portes s'ouvrirent... Il était dans la cabine, et seul. Il saisit le poignard dans sa poche, éprouva sa solidité, son poids, sa pureté, puis porta la main à son ventre et toucha le pistolet. Mais c'était le poignard qui comptait.

Les portes s'ouvrirent au quatrième, et il s'engagea dans le couloir, tenant toujours le colis devant lui. Chambre 408. Il prit sur la droite, entendit le bruit d'un aspirateur dans son dos, s'arrêta. La chance.

Il revint sur ses pas, tourna au coin du corridor et tomba sur une femme de ménage en train de passer l'aspirateur. Elle était seule dans le couloir.

« J'ai un paquet, dit-il. C'est où, la 408 ?

— Par là-bas », répondit la femme en désignant le fond du couloir, derrière elle. Elle était petite, mince, jeune, à peine plus de vingt ans, mais déjà usée.

« Merci. » Il glissa une main sous sa veste, jeta un coup d'œil aux alentours, et tira soudain son arme qu'il pointa vers la tête de la femme.

« Oh, non... », souffla-t-elle. Elle recula, les mains tendues vers lui.

« On va jusqu'à la chambre. Sors tes clés... » La femme continuait de reculer, Shadow Love la suivait au même rythme, le canon de l'arme ne déviant pas de son visage. « Les clés », répéta-t-il.

Elle fouilla dans la poche de son tablier, en extirpa un trousseau d'une douzaine de clés.

« Ouvre la 408... Non, je vais frapper d'abord. » Il lui jeta le paquet dans les bras. « Si elle répond, dis que tu as un colis pour elle, reprit-il d'une voix soudain aiguë, où passait une ombre de démence. Montre-le-lui. Si tu essaies de la prévenir, si tu tentes quoi que ce soit pour l'avertir, je te fais sauter la cervelle, espèce de salope. »

L'idée qu'elle puisse le trahir lui tordit le ventre, et la tache noire obscurcit soudain sa vision, occultant le visage de la femme. Il se força à la chasser, à se concentrer : *Pas celle-ci ; pas maintenant.*

La bonne était terrifiée. Elle s'agrippait au colis qu'elle serrait contre sa poitrine. « C'est là », dit-elle d'une voix étranglée.

La tache noire était toujours présente, plus petite, comme une poussière dans l'œil de Dieu, mais il parvint à déchiffrer le numéro sur la porte : 408. Shadow Love tendit le bras, frappa. Pas de réponse. L'excitation du meurtre commençait à l'envahir, comme une prise de cocaïne, meilleure encore... Il frappa de nouveau. Pas de réponse.

« Ouvre, ordonna-t-il en pressant le canon de son arme contre le front de la femme. Si tu fais le moindre bruit, je te descends, salope. Ta cervelle tapissera le couloir. »

La femme introduisit la clé dans la serrure. Il y eut un léger tintement métallique, et elle faillit flancher. Shadow Love lui donna un petit coup sur la tempe, avec le canon. « Ne recommence pas, chuchota-t-il. Ouvre ça. » Elle tourna la clé. Il y eut un nouveau petit déclic, et la porte s'ouvrit lentement.

Lily sortit de la baignoire. La vapeur montait de tout son corps ; elle se sentait alanguie, l'huile de bain rendait sa peau infiniment douce. En entendant frapper à la porte, elle arrêta de s'essuyer. Ce n'était pas une femme de ménage. Le coup était trop timide, trop... furtif. Les sourcils froncés, elle fit un pas vers la porte de la salle de bains, jeta un coup d'œil en direction du salon, au-delà de la chambre à coucher ; il était plongé dans l'ombre. Une lampe était allumée dans la chambre, ainsi que les lumières de la salle de bains. On frappa à nouveau. Un silence, puis un déclic. Quelqu'un entrait.

Lily regarda autour d'elle, à la recherche de son sac, avec l'arme dissimulée dans une poche : dans le salon. *Merde.* Elle tendit le bras, éteignit la salle de bains, se dirigea vers la lampe de la chambre.

Shadow Love poussa la bonne. La porte s'ouvrit, et la femme entra dans la pièce. Une vague lumière filtrait de la salle de bains, apparemment... *Non, il y a une autre pièce. Elle a pris une suite, cette salope...* La lumière s'éteignit soudain, et ils se trouvèrent plongés dans l'obscurité, leurs silhouettes se découpant en ombres chinoises dans l'embrasure de la porte.

Lily éteignit dans la chambre à l'instant où la porte s'ouvrait. Elle ressentit un bref soulagement en reconnaissant la petite femme de ménage, et le logo sur le paquet qu'elle tenait contre elle. Elle allait rallumer quand elle distingua soudain la silhouette d'un homme derrière elle, d'un homme qui semblait tenir une arme.

« Pas un geste, enfoiré ! » cria-t-elle vers la silhouette obscure. Elle s'était baissée brusquement, en position de tir ; elle avait les mains vides, mais dans le noir cela pouvait faire illusion...

Le cri le fit sursauter. Il sentit la femme se baisser, le viser avec une arme. D'un coup de pied, il faucha les jambes de la bonne et se laissa tomber sur elle, la plaquant au sol. L'autre bougeait lentement de côté, dans le noir presque total. Shadow Love pivota sur lui-même, ferma la porte du couloir d'un coup de pied ; l'obscurité se fit complète. « Je tiens une femme, là, une bonne », lança-t-il. Il visa ce qu'il pensait être la porte en face de lui, sans en être très sûr. Si seulement elle lui tirait dessus, il la repérerait grâce au coup de feu. « Sortez de là, je veux discuter, ajouta-t-il. Je veux vous parler des Indiens, des Corbeaux ; j'ai déjà travaillé avec la police. »

Foutaises. C'est Shadow Love. Ça ne peut être que lui.

« Mon cul. Tu fais un seul geste, espèce d'enfoiré, et il y aura de la sauce tomate sur tous les murs. »

Lily, toujours nue, traversa lentement la chambre, accroupie. Ses mains balayèrent la moquette, à la recherche d'une arme, de n'importe quoi. *Rien, Rien.* Retour vers la salle de bains, toujours accroupie, en silence. Elle attendait la lumière, la lumière mortelle... Dans la salle de bains, enfin. Le lavabo, le mur. Un porte-serviettes. Elle tira dessus. Il tenait bon. Elle appuya de toutes ses forces et il céda brusquement, avec un claquement assourdissant. Elle se colla au mur, figée. Toujours pas de lumière. Elle se ramassa de nouveau et, le porte-serviettes à la main, quitta la salle de bains en direction du salon.

Il y eut un vacarme soudain, effrayant. Shadow Love sursauta, puis baissa la tête vers la femme de ménage. « Un mouvement, salope, et je t'égorge. » Il la sentait tremblante sous sa blouse. « Et si tu files vers la porte, je te descends avec le flingue. »

Après quoi il la laissa au sol, et avança à quatre pattes, au jugé, vers la porte de la chambre.

Quel était ce bruit ? Que faisait-elle ? Pourquoi n'avait-elle pas allumé ? Ça devait être pire pour elle, dans le noir...

Le problème était que le premier qui allumerait s'exposerait...

« Je n'ai l'intention de faire de mal à personne ! » lança-t-il.

Sa voix lui fit l'effet d'une gifle ; il était tout près. A soixante centimètres, un mètre d'elle. A présent, elle percevait son haleine. Il avait dû manger quelque chose d'épicé, une saucisse au piment, quelque chose comme ça, et son souffle chaud parvenait jusqu'à elle. Et lui, sentait-il le parfum de l'huile de bain sur son corps ? Elle devait être à un mètre de la porte, et il avançait toujours, passait le seuil. Elle roula de côté, lentement, douloureusement, centimètre par centimètre, tenant la barre d'acier entre ses seins.

Où était-elle ? Pourquoi ne répondait-elle pas ? Elle était peut-être debout devant lui, un calibre 45 pointé sur sa tête, le doigt pressant doucement la détente. L'injustice de sa propre mort lui serrait le ventre. Pendant une ou deux secondes, il attendit le coup de feu. Rien. Il tendit un bras en avant, toucha de la main la plinthe du mur en face, la suivit vers la droite, jusqu'à l'embrasure. *La salle de bains... Le bruit semblait provenir de la salle de bains ; c'était un bruit sec, creux, un bruit de carrelage brisé... Qu'est-ce qu'elle a fait, là-dedans ?* Il franchit le seuil avec une lenteur infinie, rampa vers la salle de bains. Toujours aucun signe de la femme. Rien. *Elle n'est peut-être pas armée...*

« Tu n'as pas d'arme, salope, c'est ça... Eh bien, je laisse tomber mon flingue, tu vois ? Et tu sais pourquoi ? Parce que je sors mon poignard. J'ai déjà crevé Larry Hart avec, tu sais ? Et tu sais ce que j'ai fait, après ? Après l'avoir égorgé ? Devine... »

Où est-elle ? Où est cette salope ? Il tentait de percer l'obscurité du regard. *Il faut lui faire peur, il faut qu'elle bouge.*

« Je lui ai sucé le sang, voilà. Tout chaud. Encore meilleur que du sang de chevreuil. Plus sucré... Et je parie que le tien doit être encore plus sucré... »

Mais où est-elle, bon Dieu ?

Elle perçut un changement dans l'obscurité, juste à côté d'elle, un mouvement. Shadow Love, à soixante centimètres maximum, rampait vers la salle de bains. Elle ne le voyait pas. Elle le sentait là, tout près, qui avançait dans le noir. Aussi lentement que lui, elle glissa ses pieds sous elle et se leva sans bruit, prenant appui au chambranle de la porte. Là, elle ne sentait plus sa présence physique — debout, elle était trop loin —, mais il devait à présent se trouver sur le seuil.

« Tu n'as pas d'arme, hein, salope ? » cria Shadow Love. Sa voix la frappa de plein fouet, aussi brutale, aussi acérée qu'un éclat de verre, et elle ne put retenir un sursaut. Il le perçut, s'immobilisa. Elle était tout près. Il la sentait. *Tout près. Mais où ?* Il lança un bras vers la droite ; l'autre, celui qui tenait le pistolet, vers la gauche. Il la toucha, heurta son mollet avec son arme. Elle s'enfuit vers le salon. Il pivota sur lui-même, tira un coup de feu en direction de la porte...

Non, pensa-t-elle. *Il a dû entendre...*

Elle bondit, enjamba le seuil aussi haut qu'elle le pouvait, au cas où ses jambes seraient encore dans l'embrasure, et s'élança vers le salon. Soudain une main la frappa au mollet. *Merde*. Elle fit un brusque écart, se tapit sur le côté ; il y eut un éclair, une détonation assourdissante, et elle se glissa de biais vers le poste de télévision.

« Nooooon... » Le cri saisit Lily, à l'instant où elle heurtait un corps dans le noir. *Un corps mou... une femme...* Déjà celle-ci s'accrochait à elle, avec des sanglots hystériques. Lily se dégagea, rampa vers le téléviseur, ses mains cherchaient toujours son sac sur la moquette...

Le coup de feu l'avait aveuglé un instant, mais à présent il était certain d'une chose : elle n'était pas armée et filait vers la porte. Le hurlement de la bonne le figea quelques secondes, puis Shadow Love se redressa maladroitement, tendant la main vers le mur pour trouver un commutateur. Sa main rencontra la cloison, glissa le long du chambranle. Il ne quittait pas la porte des yeux, au cas où le flic tenterait de sortir. Et, à l'instant où il trouvait le bouton... il perçut le cliquètement de la glissière.

Le bruit était unique, immédiatement identifiable. Un calibre 45, armé, prêt à tirer.

Puis la voix de Lily, sinistre comme celle d'un croque-mort :

« Je suis là, fils de pute. Vas-y, allume. »

Shadow Love demeurait immobile dans l'embrasure. La voix venait de sa gauche. Il avait une chance : il la saisit. L'arme au poing, il s'élança dans l'obscurité vers le salon où la bonne sanglotait toujours. Deux pas, trois pas, il était sur elle. Il la força à se relever, elle hurla. Il la tint devant lui, le temps de trouver la poignée de la porte, puis la poussa en direction de la voix de Lily. Il la sentit basculer, tituber, et ouvrit brusquement la porte. Il bondit dans le couloir, se retourna, fit feu sur les deux femmes puis s'élança vers l'escalier, attendant la brûlure d'une balle dans son dos...

La lumière du couloir inonda la pièce, et Lily vit quelqu'un se précipiter sur elle, trop petit pour être Shadow Love : *la bonne*.

Elle évita la femme qui s'effondrait à terre, pivota en position de tir, et vit Shadow Love sur le seuil, qui la visait avec son arme. Puis il disparut dans le couloir, le bras toujours tendu vers elle. Elle se précipitait à sa poursuite en brandissant son calibre 45 quand il appuya sur la détente. Elle reçut la balle en pleine poitrine.

Lily Rothenburg tomba comme une quille.

25

Lucas bavardait avec un joueur, devant un bar en bordure du fleuve, quand l'émetteur se mit à vibrer. Il descendit du trottoir, passa le bras par la vitre baissée de la Porsche, et prit l'appareil.

« Ouais, Davenport. »

Le soleil s'était couché, et un vent glacé soufflait de la rivière. Il fourra sa main libre dans sa poche de pantalon, courba le dos contre le froid.

« Lucas, Sloan vous demande de le retrouver dès que possible au Centre hospitalier de Hennepin, déclara la voix de la standardiste, après une seconde d'hésitation. Mais il a dit de mettre les sirènes et les gyros, et de vous magner le train.

— O.K., dans cinq minutes. »

Lucas abandonna son contact sur le trottoir et prit le pont vers le sud, traversant le quartier des entrepôts en direction du Centre hospitalier. Il ne cessait de s'interroger. Un coup fumant ? On avait arrêté un Corbeau ? Devant l'entrée des urgences, trois voitures de patrouille et un car de télévision. Lucas fit le tour, se gara sur un emplacement interdit, baissa le pare-soleil portant la mention « Police » et gravit les marches. Sloan l'attendait derrière les portes vitrées, et Lucas aperçut dans le hall un capitaine de patrouille et une femme brigadier qui semblaient l'observer. Sloan poussa la porte de verre, et prit aussitôt Lucas par le bras.

« Ça va, tu vas tenir le coup ? » s'enquit Sloan. Il avait le visage grave, blafard, les traits tirés.

« Qu'est-ce que c'est que ces conneries ? demanda Lucas en tentant de se dégager.

— Lily a reçu une balle. »

L'espace d'un instant, la vie s'arrêta, comme dans un film. Le type que l'on poussait dans un fauteuil roulant s'immobilisa au milieu du hall. La femme derrière le comptoir de l'accueil resta figée, la bouche à demi ouverte, comme une carpe, son regard fixe posé sur Lucas et Sloan. Tout s'immobilisa. Puis l'univers se remit en marche brutalement, et Lucas entendit sa propre voix :

« Bordel de merde... » Puis, sèchement : « C'est grave ?

— Elle est sur le billard. On ne sait pas ce qu'elle a. Mais elle respire.

— Qu'est-il arrivé ?

— Ça va aller ?

— Écoute, mon vieux...

— Un type — Shadow Love — a forcé une femme de ménage à ouvrir la porte de sa chambre à l'hôtel. Lily était en train de prendre un bain, mais elle a réussi à saisir son arme, et il y a eu un échange de coups de feu. Enfin, il lui a tiré dessus. Il a réussi à se barrer.

— L'enculé, fit Lucas d'une voix amère. Dire qu'on a été à l'hôtel de Clay pour vérifier la sécurité et qu'on n'a jamais pensé à celle de Lily.

— La bonne est pas mal secouée, mais on lui a montré une photo de Shadow Love et elle pense que c'est bien lui...

— Rien à foutre. Lily, comment va-t-elle ? Que disent les toubibs ? C'est grave ? Allez, dis-moi. »

Sloan se détourna en haussant les épaules, puis regarda Lucas avec un geste d'impuissance.

« Tu sais bien comment ils sont, ces putains de toubibs, ils ne se prononcent pas, ils ne prennent pas de risques. Ils ne vont pas nous dire qu'elle s'en sortira pour qu'elle calanche deux heures après. Mais un des employés de l'hôtel, un ancien du Viêt-nam, a dit qu'elle était salement touchée. Que, si ça s'était passé pendant la guerre, sa vie aurait dépendu du temps qu'ils auraient mis pour l'emmener à l'hôpital... Il pense que la balle a arraché un bout de poumon, et il l'a couchée sur le côté, pour l'empêcher d'étouffer dans son propre sang... Mais les auxiliaires médicaux sont arrivés dans les deux ou trois minutes, alors... Je ne sais pas, Lucas. Je pense qu'elle va s'en tirer, mais franchement je ne sais pas. »

Sloan le précéda à travers l'hôpital jusqu'au service de chirurgie. Daniel était déjà là, en compagnie d'un flic de la Criminelle.

« Ça va ? s'enquit Daniel.

— Et Lily ?

— On ne nous a encore rien dit. J'arrive du bureau à l'instant.

— C'est Shadow Love, vous savez. Il protège les Corbeaux.

— Mais pourquoi ? demanda Daniel en plissant le front. Nous ne sommes pas sur leurs talons. Et tuer Lily, cela ne représente aucun intérêt pour eux, stratégiquement parlant. Je suis un homme politique. Eux aussi. Je comprends leur démarche. Elle est cohérente, si particulière soit-elle. Et ils ont pris soin de l'expliquer — pour Andretti, pour le juge dans l'Oklahoma, pour le type du Dakota-du-Sud. Mais ça, ça ne colle pas. Ni l'assassinat de Larry. Ni celui de votre indic.

— On ne sait simplement pas ce qui se passe, répondit Lucas, au bord de l'exaspération. Si je pouvais trouver quelque chose... Une bribe de renseignement... un bout de papier, une connerie... n'importe quoi ! »

Ils réfléchirent un moment, silencieux.

« J'ai prévenu son mari », dit soudain Daniel, à mi-voix.

Deux heures plus tard, à bout de conversation, ils demeuraient silencieux, contemplant sans le voir le mur opposé du corridor, quand les portes de la salle d'opération s'ouvrirent à toute volée. Une femme en sortit, une rousse en tablier bleu de chirurgien, encore maculé de sang. Elle ôta le masque de son visage, le lança dans une corbeille à demi pleine de masques et de tenues utilisées, et commença d'enlever sa blouse. Daniel et Lucas quittèrent le mur auquel ils étaient adossés pour se diriger vers elle.

« Je suis vraiment bonne », dit-elle. Elle jeta la blouse dans la corbeille, agita ses doigts devant son visage. « Vraiment, je suis douée, reprit-elle.

— Elle va bien ? demanda Lucas.

— Vous êtes de la famille ? répondit-elle en les dévisageant tour à tour.

— Non, la famille n'est pas arrivée. Ils viennent de New York. Je suis son coéquipier, et voici le chef de la police.

— Je vous ai vu à la télé », dit-elle à Daniel. Puis elle revint sur Lucas. « Elle s'en sortira, à moins de complications. On a ôté la balle — une balle de 38, si ça peut vous intéresser. Elle est entrée dans la poitrine en cassant une côte, a arraché un morceau de poumon et s'est logée dans la paroi musculaire dorsale. Et elle a également cassé une autre côte, derrière. La pauvre fille va dérouiller comme une damnée.

— Mais elle s'en sortira ? insista Daniel.

— A moins de complications, répéta la chirurgienne. Nous la gardons en unité de soins intensifs pour cette nuit. S'il n'y a pas de problème, nous pourrons la faire s'asseoir, et peut-être même marcher autour de son lit, d'ici deux jours. Cela dit, il faudra pas mal de temps pour qu'elle se remette. Elle est plutôt secouée.

— Ouf, ça va, dit Lucas, se tournant vers Daniel. Ça aurait pu être pire.

— Des cicatrices ? demanda Daniel.

— Sans doute. Avec ce genre de blessure, on ne peut pas se permettre de faire dans la dentelle. Il a bien fallu ouvrir, pour voir ce qui se passait là-dedans. Donc, nous aurons la cicatrice de l'entrée de la balle, et celle de l'incision que j'ai pratiquée. Dans deux ou trois ans, la première fera une marque blanche, de la taille et de la forme d'une noix de cajou, au bas de son sein. Et dans cinq ans, l'incision aura laissé des lignes blanches de quelques centimètres, en travers. Elle a la peau mate, donc elles seront plus visibles que sur une blonde ; mais, bon, ce ne sera pas trop grave. Rien de terrible, esthétiquement.

— Quand pourrons-nous la voir ?

— Pas ce soir, répondit-elle en secouant la tête. Elle va dormir, dormir, et dormir. Demain, peut-être, si c'est nécessaire.

— Pas avant ?

— Elle a *reçu une balle*, insista la chirurgienne, visiblement agacée. Ce n'est pas de bavardage qu'elle a besoin, c'est de repos. »

David Rothenburg arriva à 2 heures du matin par un vol de fret en provenance de Newark, le premier qu'il eût pu trouver. Lucas se rendit à l'aéroport. Daniel voulait envoyer Sloan, ou aller l'accueillir lui-même, mais Lucas y tenait absolument. Rothenburg portait un costume de seersucker bleu froissé, une chemise blanche et un nœud papillon lie-de-vin ; il avait les cheveux hirsutes et une paires de lunettes en demi-lune posée sur le bout du nez. Lucas avait expliqué l'affaire à la compagnie aérienne, et Rothenburg fut le premier à descendre de l'avion. Il tenait à la main un sac à dos en Nylon noir.

« David Rothenburg ? demanda Lucas, se dirigeant vers lui.

— Oui. Vous êtes... » Ils se tournèrent autour un bref instant.

« Lucas Davenport, de la police de Minneapolis.

— Comment va-t-elle ?

— Elle est blessée, mais elle s'en tirera s'il n'y a pas de complications.

— Mon Dieu... » Rothenburg flancha imperceptiblement. « Je la croyais mourante... Ils ont été tellement vagues, au téléphone...

— Personne n'a pu se prononcer pendant un moment. On a dû l'opérer. Avant, on ne pouvait pas savoir jusqu'à quel point c'était grave.

— Mais elle s'en sortira, alors ?

— C'est ce qu'ils disent. La voiture est par là... »

Rothenburg mesurait cinq centimètres de plus que Lucas, et il était d'une minceur de fil de fer. Il avait l'air résistant, comme un coureur de marathon, avec de longs muscles d'acier à peine visibles, tendus. Ils traversèrent le terminal côte à côte, à grands pas nerveux, et se dirigèrent vers la Porsche.

« C'est bien vous, le type à qui elle a sauvé la mise, l'otage de l'homme qu'elle a tué ? demanda Rothenburg.

— Ouais. Nous avons travaillé ensemble.

— Où étiez-vous, hier soir ? » La question n'était pas dénuée d'agressivité, et Lucas lui jeta un bref regard.

« Nous nous étions séparés. Elle est rentrée à l'hôtel pour lire des trucs, pendant que je faisais le tour de mes indics. Et Shadow Love, le type que nous recherchons, l'a suivie jusque là-bas.

— Vous savez qui c'est, alors ?

— Oui, enfin, nous pensons le savoir.

— Bon sang... A New York, ce type serait déjà en prison. »

Lucas regarda fixement Rothenburg, un long moment.

« Conneries, laissa-t-il enfin tomber.

— Quoi ? » La colère commençait de transparaître chez Rothenburg.

« J'ai dit "conneries". Il a tiré une balle et il a filé. Il a une planque quelque part, et il sait parfaitement ce qu'il fait. Les flics de New York ne s'en tireraient pas mieux que nous. Et même moins bien. Nous sommes meilleurs qu'eux, en fait.

— Comment osez-vous dire ça, alors que des gens se font descendre chez vous tous les jours ?

— A Minneapolis, nous avons environ un meurtre par semaine, et nous attrapons toujours l'assassin. Vous en avez entre cinq et onze par nuit, à New York ; et quand vos flics coincent le type, c'est exceptionnel. Alors, ne me racontez pas de conneries. Je suis trop fatigué et trop à cran pour les écouter.

— C'est mon épouse qui s'est fait tirer dessus ! rugit Rothenburg.

— Et elle travaillait avec moi, et je l'aimais beaucoup, et je me sens coupable, alors lâchez-moi, d'accord ? » gronda Lucas.

Il y eut un moment de silence, puis Rothenburg soupira, se cala dans son siège.

« Désolé, déclara-t-il. J'ai eu tellement peur.

— C'est bon. Et je vais vous dire un truc, si ça peut vous rassurer. D'ici ce soir, cet enfoiré de Shadow Love est un homme mort. »

Après avoir déposé Rothenburg à l'hôpital, Lucas traîna un peu en ville. Rares étaient les endroits ouverts ; il trouva un bar dans un centre commercial un peu chic, but un, deux scotches, partit. La nuit était froide. Il se demandait où pouvait se trouver Shadow Love. Et il n'avait aucun moyen de le découvrir, à moins d'un coup de chance.

26

Leo rentra à 3 heures du matin.

« Pas trace de Clay, mais le type est chez lui.

— Drake ? Tu l'as vu ?

— Ouais. Et il a une fille avec lui.

— Une blonde ? demanda Sam.

— Ouais. Une petite.

— Sans blague... Jeune ?

— Genre huit, dix ans. Elle tenait Drake par la main, quand ils sont entrés.

— Clay viendra, déclara Aaron d'une voix assurée. Quand on est aussi tordu, on ne résiste pas à ça. » Il serra le poing en prononçant « tordu ».

« Encore un jour, dit Sam en hochant la tête. Demain soir...

— Des nouvelles du flic ? » s'enquit Aaron.

Leo ôta sa veste, la jeta sur le divan.

« La bonne femme ? Ouais. C'est Shadow qui a fait le coup.

— Bon Dieu, ce cinglé va nous casser la baraque, affirma Aaron d'une voix amère.

— Plus qu'une nuit, dit Leo. Deux au maximum.

— Descendre les flics, c'est un très mauvais plan », déclara Aaron. Il regarda son cousin. « Si on doit s'occuper de Clay, reprit-il, il faut le faire vite. On devrait peut-être réfléchir à la manière de l'avoir à son hôtel, ou dans la rue. »

Sam secoua la tête. « Non, notre plan est bon. Il ne faut pas tout bousiller. Clay a un régiment de gardes du corps armés de mitraillettes. Dans la rue, ils nous réduiraient en bouillie, et Clay ferait figure de héros. Si on peut le choper chez Drake, il sera seul. Et pour ce qui est d'être un héros...

— Demain soir, dit Leo. Je suis prêt à parier n'importe quoi. »

Shadow Love avait trouvé refuge dans un immeuble en instance de démolition, à six rues du périphérique. La maison, autrefois un petit hôtel, s'était vue transformée en asile de nuit, finalement fermé à cause du laxisme de sa direction et de la taille de ses rats. Des rats de Norvège. Shadow Love se dit que, décidément, ces putains de Scandinaves dirigeaient tout dans cet État.

Il y avait quelques autres squatters dans l'immeuble, mais Shadow ne les avait jamais vraiment rencontrés. Des silhouettes, qui passaient en titubant d'une pièce à l'autre, qui montaient et descendaient furtivement l'escalier. Quand on s'attribuait une chambre, on fermait la porte avec un tasseau pris dans la pile de bois qui encombrait le premier étage, en le coinçant entre le panneau et la plinthe du mur opposé. Ce n'était pas d'une sûreté à toute épreuve, mais ça suffisait.

L'immeuble de trois étages était construit autour d'une espèce d'atrium que dominait une verrière. Quand les gars avaient besoin de se soulager — chose rare, car la plupart ne se nourrissaient guère que d'alcool —, ils s'asseyaient tout simplement sur la rambarde de la cour intérieure, de sorte que les étages supérieurs demeuraient relativement salubres. En revanche, personne ne restait jamais longtemps au rez-de-chaussée.

En s'installant, Shadow Love avait apporté avec lui un épais pardessus, un matelas pneumatique, une radio bon marché avec écouteurs, et son arme. Les provisions étaient maigres : boîtes de crackers salés, de biscuits, du fromage fondu, un pack de douze Coca.

Après le coup de feu, Shadow avait dévalé l'escalier, traversé tranquillement le hall de l'hôtel et s'était précipité vers la Volvo, avait roulé assez longtemps pour être sûr de ne pas être suivi, et l'avait abandonnée. Puis il était passé dans une épicerie avant de rejoindre sa planque.

Pendant deux heures, la radio resta muette sur l'événement. Puis on annonça, dans un flash d'informations, que l'inspecteur Lillian Rothenburg avait été atteinte d'une balle. On ne disait pas qu'elle était morte, mais qu'elle avait reçu une balle. C'était plus qu'il n'espérait. Elle allait peut-être y passer...

Une demi-heure plus tard, on déclarait qu'elle était actuellement en salle d'opération. Deux heures plus tard, un pronostic médical : elle survivrait.

Shadow Love laissa échapper un juron et s'enroula dans le pardessus. Les nuits étaient très froides à présent et il frissonnait malgré l'épaisseur du vêtement.

Cette salope n'était pas morte.

27

Le lendemain, Lucas passa la journée à faire le tour de son réseau, tout en restant en contact permanent avec l'hôpital. Lily se réveilla en début d'après-midi, et parla à David qui était demeuré à son chevet, puis à Sloan. Elle n'avait pas grand-chose à ajouter à ce qu'ils savaient déjà.

Shadow Love, disait-elle. Elle n'avait pas eu l'occasion de voir son visage, mais cela semblait bien être lui. Taille moyenne, nerveux. Sombre. Il mangeait des saucisses.

Cela dit, elle retomba dans le sommeil.

A 21 heures, Lucas téléphonait à une amie de l'unité de soins intensifs, qu'il avait appelée toutes les heures.

« Il vient juste de partir, déclara-t-elle, il faut qu'il dorme un peu.

— Est-elle éveillée ?

— Elle ouvre les yeux, elle retombe...

— J'arrive. »

Lily, enveloppée de draps et de couvertures, était à demi assise sur le lit. Elle avait le teint blafard, de la couleur d'un mauvais papier de brouillon. Un tube d'oxygène lui enserrait le nez, deux poches de sérum physiologique étaient accrochées de chaque côté du lit, et elle avait un drain planté dans le bras, sous le coude.

« Il y a un moment qu'elle est réveillée, dit l'amie de Lucas, une infirmière. Je l'ai prévenue, elle vous attend.

Ne restez pas longtemps, et faites le moins de bruit possible. »

Lucas hocha la tête et se dirigea vers Lily sur la pointe des pieds.

« Lily ? »

Au bout de quelques secondes, elle tourna la tête, comme si le son de sa voix avait mis un moment pour parvenir à sa conscience. Ses yeux étaient clairs, sereins.

« De l'eau... », articula-t-elle d'une voix rauque. Une bouteille d'eau était posée sur la table de chevet, avec une paille. Il la lui mit entre les lèvres, et elle aspira une gorgée.

« Cette saloperie de tube me dessèche la gorge.

— Tu te sens vraiment dans un sale état ?

— Je n'ai... pas très mal. Je me sens... malade. Comme une grosse grippe.

— Tu as bonne mine », affirma Lucas. Les yeux mis à part, elle avait une tête épouvantable.

« Ne me raconte pas de conneries, Davenport, répondit-elle avec un faible sourire. Je sais de quoi j'ai l'air. C'est bon pour mon régime, cela dit.

— Tu sais, ça m'a vraiment retourné... » Il ne trouvait rien d'autre à dire.

« Merci, pour la rose.

— Quoi ?

— Pour la rose... » Elle détourna la tête, leva le menton, l'abaissa, comme pour dénouer les muscles de son cou. « C'était très... très romantique », ajouta-t-elle. Lucas n'avait pas la moindre idée de ce dont elle parlait. « J'ai réussi à passer le cap du premier quart d'heure... avec David, reprit-elle. J'avais tellement mal que je ne pensais pàs à toi, ni à rien, j'étais simplement heureuse d'être encore là. Nous avons discuté un peu, et quand j'ai pensé à toi, le premier quart d'heure était passé... et tout allait bien.

— Lily, écoute, je me sens si...

— Tu ne pouvais rien faire. Mais sois prudent, maintenant, ajouta-t-elle, la voix cassée. Tu vas quelque part ? » Ses paupières retombaient.

« On a placé des types partout autour de Clay — je persiste à penser que c'est lui la cible. Je ne vois toujours pas comment ils vont faire. On surveille le monte-plats, mais ce n'est sûrement pas ça.

— Je ne sais pas. » Ses yeux se fermaient, elle inspira deux fois, profondément. « J'ai tellement sommeil, sans arrêt... Je n'arrive pas à... »

Déjà, elle dormait, le visage défait. Lucas resta quelques minutes encore assis à son chevet, à l'observer, à regarder sa poitrine se soulever régulièrement. Il se disait qu'il avait de la chance de ne pas être en train d'accompagner son cercueil dans un cimetière, comme il l'avait fait pour Larry...

Larry.

Cela lui revenait en un éclair, aussi réel, aussi présent que cette sensation du fusil posé derrière son oreille. Il avait traversé le cimetière avec Lily et Anderson, après s'être arrêté devant la tombe si soigneusement entretenue de Rose Love. Anderson leur parlait de la maintenance de sépultures, de ce contrat d'entretien à perpétuité qu'il avait signé, avec son épouse...

La question jaillit soudain dans son esprit : qui payait l'entretien de la tombe de Rose Love ? Ni Shadow ni les Corbeaux n'avaient assez d'argent pour régler ce contrat au comptant, ils devaient donc payer chaque année ou chaque semestre. Mais s'ils passaient leur temps à voyager, où les quittances étaient-elles envoyées ? Lucas se redressa, regarda de nouveau le visage de Lily. Sans raison, il sortit de l'unité de soins intensifs, passa devant un malade qui paraissait à l'agonie, puis revint dans la chambre, près du lit.

Il était possible que les Corbeaux, ou Shadow Love, se contentent d'envoyer un chèque une ou deux fois par an, sans jamais recevoir de quittance. Mais ce n'était guère probable ; ce genre de contrat impliquait des reçus. Peut-être avaient-ils une boîte postale ; mais si tout leur courrier leur parvenait en poste restante, et s'ils ne rentraient pas en ville pendant un moment, des messages importants pouvaient les attendre pendant des semaines.

Lucas ne savait pas ce que les Corbeaux avaient fait, mais il savait ce que lui ferait, dans leur situation. Il utiliserait l'adresse d'un ami. Il ferait parvenir les échéances du cimetière, et autres documents officiels, chez quelqu'un de sûr, quelqu'un en qui il aurait une confiance absolue. Il ressortit de l'unité de soins intensifs, et courut vers le bureau des infirmières.

« Il faut que je passe un coup de fil », dit-il d'une voix brève. Une infirmière lui indiqua le téléphone. Il décrocha, appela la Criminelle. Anderson se préparait à partir.

« Harmon, je file au cimetière de Riverwood. Toi, tu vas téléphoner là-bas et leur demander où ils effectuent tout le travail administratif, les paperasses, et me rappeler. J'ai un portable. Si le bureau est fermé, débrouille-toi pour trouver quelqu'un qui te le fera ouvrir, quelqu'un qui s'occupe des échéances et des quittances. Je serai là dans dix minutes.

— Tu as quelque chose ?

— Non, rien, sans doute. Juste une vague, très vague idée... »

Clay et un garde du corps se tenaient dans le garage. Ils discutaient ferme.

« C'est une très mauvaise idée, disait le garde avec conviction.

— Non, pas du tout. Quand vous aurez pris un peu de galon, vous comprendrez mieux, répondit Clay d'une voix qui sous-entendait que ce type-là n'aurait guère l'occasion de prendre du galon avec lui.

— Mais écoutez : une seule voiture. Une seule. Vous ne la verrez même pas.

— C'est hors de question. Mettez une voiture derrière moi, mais prévenez d'abord les types qui monteront dedans que je les vire. Et vous avec. Non. La seule manière possible, pour moi, c'est d'y aller seul. Et je serai probablement plus en sécurité là-bas qu'ici. Personne ne s'attend que je sorte à découvert.

— Mais enfin, patron...

— Écoutez, nous avons déjà eu cette discussion.

Quand on est entouré d'un écran de gardes du corps, on ne peut rien *ressentir*. J'ai *besoin* d'être seul. »

On lui avait fourni une voiture, une voiture de location absolument anonyme qu'un agent de sécurité était allé chercher à l'aéroport. Clay se mit au volant, claqua la portière et jeta un coup d'œil vers le garde du corps dépité.

« Ne vous inquiétez pas, Dan. Je serai de retour dans deux, trois heures, et en entier. »

Lucas dut patienter dix minutes devant le bureau du cimetière. Il contemplait la lune fantomatique au travers des feuilles mortes des chênes, frissonnait et faisait les cent pas, impatient. Enfin, une Buick s'arrêta et une femme en descendit.

« C'est vous, Davenport ? » demanda-t-elle d'une voix aigre. Elle faisait tinter ses clés.

« Oui.

— J'étais en plein dîner. » C'était une femme dure, trente, trente-cinq ans, avec un chignon-banane dans le style des années 50.

« Désolé.

— Je pense que vous devriez tout de même nous présenter un papier officiel, déclara-t-elle d'une voix glaciale tandis qu'elle déverrouillait la porte.

— Pas eu le temps.

— Ça ne va pas, ça. Je devrais prévenir notre directeur.

— Écoutez, j'essaie d'être aussi aimable que possible, répliqua Lucas en haussant peu à peu la voix. J'essaie vraiment, de toutes mes forces, d'être gentil avec vous, parce que vous me paraissez sympa. Mais si vous commencez à traîner les pieds, je passe un coup de fil et je demande un mandat. Le mandat arrivera dans les cinq minutes, on saisira tous vos putains de fichiers, et vous les récupérerez l'année prochaine — et encore, avec de la chance. Vous pouvez peut-être expliquer ça à votre directeur ? »

La femme recula d'un pas. Un éclair de frayeur traversa son regard.

« Un moment, je vous prie », dit-elle. Elle pénétra dans l'arrière-bureau, et Lucas l'entendit bientôt pianoter sur un clavier d'ordinateur.

De la connerie, tout ça, pensait-il. Pas une chance sur un million. Une imprimante se mettait en marche. Puis la femme réapparut.

« Les factures ont toujours été envoyées à la même adresse, tous les six mois, quarante-cinq dollars et soixante-cinq *cents*. Il y a parfois un peu de retard, mais c'est toujours payé.

— Où envoyez-vous les factures ? »

La femme lui tendit la feuille d'imprimante, en pinçant une ligne entre le pouce et l'index.

« Là, c'est écrit là. Une certaine Miss Barbara Gow. L'adresse est juste en dessous. Cela peut-il vous aider ? »

Corky Drake était né avec une cuillère d'argent dans la bouche, laquelle devait lui être brutalement arrachée au cours de son adolescence. Depuis quelques années, son père avait omis de déclarer la totalité de ses revenus aux Impôts. Et lorsque la machine impitoyable se rendit compte de cet oubli... Mon Dieu, son capital couvrait à peine la dette, pour ne pas parler de l'amende.

Son père tira sa révérence en s'enfermant dans la Mercedes d'un ami avec un tuyau d'arrosage branché sur le pot d'échappement. Cet ami devait ne jamais lui pardonner, même dans la mort, d'avoir ainsi ruiné les revêtements des sièges de sa limousine.

Corky, dix-sept ans à l'époque, se révélait déjà un jeune homme aux goûts raffinés. Une existence de pauvre, la lutte pour la survie étaient simplement hors de question. Il se tourna vers la seule chose qui lui convenait : le proxénétisme.

Certains amis de son père montraient un intérêt tout particulier envers les femmes. Corky s'employait à les satisfaire, moyennant une certaine somme. Non seulement ces femmes devaient être très belles, mais elles devaient être très jeunes. Des gamines, en réalité. Pour l'instant, la benjamine de son écurie n'avait guère plus de six ans. La plus âgée en avait onze, bien que, comme Corky l'assurait à sa clientèle, elle possédât toujours le corps d'une enfant de huit...

Corky Drake avait rencontré Lawrence Duberville Clay dans un club de Washington. S'ils n'étaient pas à proprement parler devenus amis, ils étaient restés en termes amicaux. Clay appréciait les services de Drake. « Ma petite perversion, disait Clay avec un sourire charmant.

— Non. Ce n'est pas une perversion. C'est parfaitement naturel, objectait Drake en réchauffant deux doigts de Courvoisier dans un verre à cognac de cristal. Vous êtes un connaisseur, voilà tout. Dans nombre de pays... »

Drake pouvait subvenir aux besoins de sa clientèle à Washington ou à New York, mais la maison mère demeurait à Minneapolis. C'était là que son écurie était la plus fournie. Clay, qui passait par là pour affaires, lui rendit visite. Et ces petits rendez-vous devinrent bientôt partie intégrante de sa vie...

Drake était en train de parler avec sa meilleure recrue quand il entendit la voiture s'arrêter dans l'allée.

« Le voilà, dit-il à la fille. Souviens-toi que ce peut être la soirée la plus importante de ta vie, alors je veux que tu sois à la hauteur. »

Leo Clark se tenait tapi dans un buisson, à une trentaine de mètres de l'hôtel particulier de Drake, à Kenwood. Il se tourmentait, à cause des flics. La voiture de Barbara Gow était garée un peu plus loin dans la rue. Et elle détonnait dans le quartier. S'ils la repéraient et la faisaient enlever, il l'avait dans le cul.

Accroupi au milieu du feuillage, il attendait, consultant sa montre toutes les cinq minutes, les yeux tournés vers la lune qui le regardait. Par cette nuit plutôt claire pour les Villes, on la voyait bien, qui vous rendait votre regard, mais rien ne valait ces nuits dans la campagne, quand la lune était si proche qu'on aurait presque pu lui caresser la joue...

A 21 h 10, une Dodge grise s'arrêta dans l'allée circulaire de la maison de Corky. Leo prit une paire de jumelles à bon marché, espérant que la lumière serait plus forte quand celui-ci ouvrirait la porte. Ce fut le cas : il eut le temps de repérer l'élégante, l'inimitable chevelure grise de Lawrence Duberville Clay. Leo attendit que Clay fût entré dans la maison, puis il traversa le bosquet à tâtons jusqu'à la voiture de Barbara, démarra sans tarder, et fila chez elle. Il s'arrêta une seule fois en chemin, à une cabine téléphonique.

Son message était des plus simples : « Clay est là-bas. »

Anderson l'attendait dans son bureau quand Lucas débarqua en trombe.

« Qu'est-ce que tu as ?

— Un nom, répondit Lucas. Entre-le dans ta bécane. »

Ils tapèrent le nom de Barbara Gow sur l'ordinateur, et obtinrent immédiatement une réponse.

« Elle est indienne, dit Anderson, le regard fixé sur l'écran. C'est une radicale, ou elle l'était. Regarde ça. Organisation de l'union, arrêtée lors d'une manifestation... Grands dieux, cela remonte aux années 50, elle était en avance sur son temps... Lutte pour les droits civiques... Manifestations contre la guerre, dans les années 60...

— Elle doit connaître les Corbeaux, déclara Lucas. Il n'y avait pas tant d'activistes indiens dans les années 50, pas à Minneapolis... »

Anderson feuilletait un de ses calepins ; il s'arrêta sur une page, la brandit à côté de l'écran.

« Regarde. » Il lui montra une adresse inscrite sur la feuille, puis posa le doigt sur une ligne de l'écran. « Elle vivait à deux rues de chez Rose E. Love, et à la même époque.

— Bon, j'y vais, dit Lucas. Contacte Del et ses types des Stups, je pourrais avoir besoin de gars pour surveiller les parages. Je descends là-bas jeter un coup d'œil. Ce serait peut-être trop demander qu'ils soient là, mais...

— Tu veux que j'envoie quelques voitures de patrouille, pour le cas où ?

— Ouais, une ou deux, mais dis-leur de se poster à l'écart, à moins que je n'appelle à l'aide. »

Arrivé chez Barbara, Leo s'arrêta dans l'allée et Aaron releva la porte du garage. Leo entra la voiture, laissant le moteur tourner au ralenti. Sam surgit de la maison avec un fusil à canon scié. Il l'avait lui-même transformé. D'un banal Winchester Super-X quatre coups, semi-automatique, il avait fait une arme illégale, dangereuse et effrayante, plus semblable à un engin de guerre qu'à un simple fusil. Sam ouvrit la portière et le glissa sous le siège du passager, puis aida Aaron à charger à l'arrière une traverse de chemin de fer d'un mètre quatre-vingts, dont ils avaient affûté une extrémité à la hache, vissant des poignées à l'autre bout. Aaron referma le hayon, et monta en voiture avec Sam.

« Je laisse le garage ouvert ? demanda Leo.

— Ouais. Si on doit disparaître en vitesse, au retour, ça nous fera gagner une minute. »

Lucas fit le tour de la maison de Barbara, roulant aussi lentement que possible sans que cela semble suspect. La lumière était allumée sur la façade, et derrière. Le salon et la cuisine, sans doute, ou bien une chambre. Les fenêtres de l'étage étaient obscures. Il tourna au coin, et constata que le garage était ouvert et vide. Une ombre passa derrière les stores du salon. Il y avait quelqu'un dans la maison. La voiture étant partie, cela signifiait que plusieurs personnes habitaient là...

Il appela Anderson sur son téléphone portable.

« Peux-tu me décrire la femme qu'on a aperçue avec Shadow Love ?

— Une seconde... J'ai le carnet ici. Je n'ai pas pu joindre Del, il est quelque part en ville, mais un de ses hommes le recherche. Tu as deux voitures de patrouille postées dans Chicago Avenue.

— D'accord. »

Il y eut un silence. Lucas tourna au coin de la rue.

« Euh..., reprit Anderson, je n'ai pas grand-chose. Très petite, sa tête dépassait à peine du volant. Indienne.

Probablement assez âgée. Voiture verte, un vieux break, des pneus à flanc blanc.

— Merci. Je te rappelle. »

Il tourna de nouveau, longea une fois encore la maison de Barbara, puis s'arrêta. Un homme sortait de la maison juste en face, tenant un chien en laisse. Il s'avança jusqu'au bord du trottoir, regarda à droite et à gauche, et s'éloigna. Le chien tirait sur la laisse. Lucas réfléchit. Quand le type fut à une rue de là, il rappela Anderson.

« J'ai besoin de Del, ou de deux gars des Stups, en voiture banalisée.

— Je t'ai dit que j'ai un type qui cherche Del ; on va le contacter d'une minute à l'autre.

— Dès que tu peux. Je veux qu'ils viennent se poster à une rue de la maison de Gow, côté façade.

— Je passe le message.

— Et dis aux autres de ne pas bouger, dans Chicago. »

Le chien était en train de lever la patte contre un poteau télégraphique quand Lucas s'arrêta à la hauteur du promeneur. Il descendit de voiture, son insigne à la main.

« Excusez-moi. Lucas Davenport, de la police de Minneapolis. J'aurais besoin d'un petit renseignement.

— Que voulez-vous savoir ? demanda l'homme, surpris.

— Votre voisine d'en face, Mrs. Gow, vit-elle seule ?

— Qu'est-ce qu'elle a fait ?

— Peut-être rien du tout...

— Généralement, oui, dit l'homme en haussant les épaules, mais elle a eu des gens chez elle, ces derniers temps. Je ne les ai jamais vraiment vus, mais il y a des allées et venues.

— Quelle voiture possède-t-elle ?

— Une vieille Dodge, un break. Elle doit avoir quinze ans, facile.

— De quelle couleur ?

— Vert pomme. Affreux. Il n'y a que ces Dodge-là pour avoir une couleur pareille.

— Mmm-mm. » Lucas sentait son cœur cogner dans sa poitrine. « Avec des pneus à flanc blanc ? ajouta-t-il.

— Ouais. On n'en voit plus des comme ça. Elle ne doit pas faire plus de trois mille kilomètres par an. Les pneus sont sans doute d'origine. Mais qu'a-t-elle fait ?

— Peut-être rien. Merci de votre aide. J'aimerais bien que cela reste entre nous, cela dit. »

Comme Lucas rejoignait sa voiture, l'homme l'interpella :

« Les autres... ils sont partis il y a cinq minutes. Quelqu'un est arrivé avec la voiture, quelqu'un d'autre a ouvert la porte du garage, et une seconde plus tard ils étaient repartis. »

Lucas appela Anderson.

« J'ai quelque chose. Je ne suis pas formel, mais il se peut que les Corbeaux soient en ville.

— Merde. Tu crois qu'ils vont faire un coup ?

— Je n'en sais rien. Dis aux bagnoles de ne pas bouger, en tout cas. Et passe-moi le type de Del.

— J'ai eu Del. Il va arriver d'un instant à l'autre.

— Bon. Dis-lui que je l'attends au coin de la 24e et de Bloomington, juste devant l'hôpital de la Diaconesse. »

Quand Lucas arriva là-bas, Del l'attendait déjà. La rue était déserte. Lucas prit la voie de gauche, s'arrêta à hauteur de la portière de Del. Tous deux baissèrent leur vitre.

« Tu as quelque chose ? demanda Del.

— Ouais, et ça risque de cartonner. Je crois avoir trouvé le repaire des Corbeaux, mais ils sont sortis.

— Que veux-tu que je fasse ?

— J'allais te demander de te mettre en planque, mais si les Corbeaux sont en balade... Je vais entrer. Il faut me couvrir. »

Del hocha la tête.

« On y va. »

« Permettez-moi de vous présenter Lucy », dit Drake. Il se retourna, appela : « Lucy ? Lucy, ma chérie ? »

Ils se tenaient devant la cheminée, un verre à la main. Un instant plus tard, Lucy apparaissait. Elle était toute petite, blonde, timide, et portait un kimono rose.

« Viens là, ma chérie, je vais te présenter à un ami », reprit Drake.

« Un flic, dit Leo.

— Merde. Il vient par ici. »

La demeure de Drake était située en bordure d'une longue avenue en boucle, sur le côté gauche. La voiture de flic devrait nécessairement passer devant en faisant le tour.

« Il faut attendre », dit Sam. Il désigna le parking d'un supermarché. « Rentre là-dedans. On le verra sortir de la rue.

— Et si Clay s'en va ? »

Aaron consulta sa montre.

« Cela ne fait qu'une demi-heure qu'il est entré. En général, il reste deux ou trois heures. Ces choses-là, ça ne se fait pas à la va-vite. Enfin, quand on a encore les moyens. »

Lucas et Del abandonnèrent leur voiture au coin de la rue et se dirigèrent vers le perron, Lucas en tête. Pendant qu'il frappait, Del tira d'un étui de ceinture un petit automatique noir et se posta de côté.

Lucas frappa une fois, deux fois.

« Qui est-ce ? fit une voix de femme.

— C'est le *Star Tribune* », répondit aussitôt Del d'une petite voix aiguë, imitant un enfant.

Il y eut un instant d'hésitation, puis la porte s'entrouvrit. Lucas se rendit immédiatement compte que la chaîne de sûreté était mise. Un visage de femme apparaissait dans l'embrasure.

« Police, dit Lucas.

— Non ! » cria la femme, repoussant la porte. Elle était petite, avec des cheveux noirs. Il n'y avait aucun doute. Lucas prit son élan et donna un violent coup de pied dans la porte. La chaîne céda. Déjà ils étaient dans la maison et la femme s'enfuyait, courant maladroitement. Lucas lui sauta dessus, lui assena un coup de poing entre les omoplates, et elle s'effondra face contre terre dans le couloir. Del restait sur le seuil du salon, l'arme pointée sur la pièce qu'il couvrait du regard.

« Tu ne bouges pas, gronda Lucas. Tu ne bouges pas, bordel, c'est compris ? »

En trente secondes, Lucas et Del eurent fait le tour de la maison. Ils se relayèrent à l'étage, prudemment, prêts à toute éventualité... Rien.

Lucas entendit soudain la femme se remettre sur pied et, laissant Del dans l'escalier, il dévala les marches. Gow avait presque atteint la porte quand Lucas la frappa de nouveau. Elle poussa un cri aigu avant de retomber à terre. Il la traîna jusqu'à un radiateur, auquel il l'attacha avec des menottes. Del l'attendait toujours en haut de l'escalier ; Lucas le rejoignit, et ils parcoururent l'étage. Personne.

Ils visitèrent de nouveau les chambres du bas, cherchant des traces du passage des Corbeaux. Tout était là : une pile de communiqués de presse non encore postés, des lettres, des vêtements d'homme.

« Je vais parler à la femme, déclara Lucas. Toi, ferme la porte et appelle Anderson, dis-lui où nous en sommes. Qu'il nous fasse parvenir un mandat, on régularisera après. Et dis-lui qu'il nous faut une BIU, pour le retour des Corbeaux. »

Tandis que Del passait le message, Lucas retourna vers Barbara Gow qui sanglotait, couchée sur le sol en chien de fusil. Lucas lui ôta les menottes et lui donna un petit coup de pied dans le dos.

« Redressez-vous.

— Ne me faites pas de mal, gémit-elle.

— Redressez-vous, bon Dieu ! Vous êtes en état d'arrestation. Sept meurtres au premier degré. Vous avez le droit de ne rien dire...

— Je n'ai rien fait.

Lucas s'accroupit à côté d'elle, le visage à quelques centimètres du sien.

« Vous êtes complice ! »

Il criait presque, et postillonnait délibérément.

« Je n'ai rien fait.

— Où sont les Corbeaux ?

— Je ne connais pas de Corbeaux...

— Ah oui ? Toutes leurs affaires sont là. » Il la saisit par le col et la secoua.

« Je ne sais pas... Je ne sais pas où ils sont allés. Ils ont pris ma voiture.

— Elle ment », intervint Del. Il leva les yeux, et le vit qui se tenait tout près d'eux. Il avait les yeux hors de la tête et ne s'était pas rasé depuis plusieurs jours. « Reste avec elle une minute, ajouta-t-il, il faut que j'aille à la salle de bains. »

Lucas attendit. Il scrutait le visage de la femme. Quelques instants plus tard, on entendit l'eau couler dans la baignoire.

« Qu'est-ce que tu fais ? » demanda Lucas quand Del réapparut. Il s'efforçait de paraître intrigué, mais pas inquiet.

« Il y a de l'eau bien chaude, ici, répondit Del. Je me suis dit qu'on pourrait peut-être faire prendre son bain à cette salope.

— Merde, je n'aurais pas pensé à ça », affirma Lucas, l'air réjoui.

Barbara Gow tenta de lui échapper en roulant sur elle-même, mais Del la saisit par les cheveux.

« Tu sais combien de vieilles se noient dans leur baignoire ? Elles boivent la tasse, l'eau est brûlante, et elles ne peuvent plus s'en sortir...

— Oui, c'est terrible, dit Lucas.

— Laissez-moi ! » cria Barbara, qui se débattait à présent. Del la traîna vers le couloir, par les cheveux. Elle tentait de lui saisir les jambes, en vain.

« Il y a du café, dans la cuisine, lança Del. Tu ne veux pas aller nous faire chauffer de l'eau, pour qu'on prenne un petit jus ? J'en ai pour une minute. Elle n'a pas l'air trop solide.

— Ils vont tuer Clay, lâcha Barbara.

— Bon Dieu... » Del desserra sa prise, et les deux hommes s'accroupirent au-dessus d'elle.

« Ils ne l'auront pas, il est protégé par des gardes du corps, vingt-quatre heures sur vingt-quatre, fit remarquer Lucas.

— Il file en douce, répliqua Barbara. Pour faire l'amour avec des petites filles.

Lucas regarda Del.

« Le con ! Ils évitent le système de sécurité. Ils attendent qu'il soit à découvert. Appelle Anderson, dis-lui de prévenir les fédés. Qu'ils trouvent où est Clay. Préviens aussi Daniel. »

Del se rua vers le téléphone, et Lucas saisit de nouveau la femme par les cheveux.

« Dites-moi tout. Je témoignerai en votre faveur, au tribunal. Je dirai que vous nous avez aidés ; cela peut vous sauver la mise. Où sont-ils allés ?

Les larmes ruisselaient sur son visage. Elle sanglotait, incapable d'articuler un mot.

« Allez ! cria Lucas lui secouant la tête.

— C'est un type appelé Christopher Drake, Corky Drake. Il habite à Kenwood, je ne sais pas où. Clay va chez lui, pour les filles. »

Lucas l'abandonna et se précipita dans la cuisine, où Del était au téléphone.

« Il faut que j'y aille ! cria-t-il. Reste avec elle. Dis à Anderson que je l'appelle dans dix secondes, et qu'il me faut des voitures prêtes. »

Lucas bondit derrière le volant, démarra en trombe et prit l'émetteur pour appeler le central.

« Un certain Christopher Drake, dit-il à la standardiste. A Kenwood. Il me faut l'adresse, tout de suite. »

Elle lui parvenait vingt secondes plus tard, comme il tournait dans Franklin Avenue.

« Je veux tous les hommes disponibles. Pas de sirène, pas de gyro, mais faites vite. »

Anderson prit la communication.

« Je suis en contact avec Del, nous prévenons le FBI.

Il te faut combien de temps, pour arriver chez Drake ? »

Lucas réfléchit, grilla un feu rouge.

« Environ deux minutes, si je n'écrase personne. »

Il franchit la ligne médiane et doubla deux voitures d'affilée. L'aiguille du compteur flirtait avec le cent.

La voiture de patrouille sortit de l'avenue, tourna au coin et s'éloigna. Aaron poussa un grognement, consulta de nouveau sa montre.

« Bon, on y va. »

La maison de Drake était à quatre cents mètres environ. Ils firent demi-tour juste devant, pour que la voiture soit prête à partir dans la bonne direction, puis ils descendirent. Les jardins étaient boisés, et les buissons les couvriraient.

« La traverse », dit Sam.

Aaron leva les yeux vers le ciel, pendant que Sam ouvrait le hayon.

« La lune est favorable, pour un meurtre », déclara-t-il.

Dans la chambre feutrée, insonorisée, la petite fille laissa tomber le kimono à ses pieds, et se glissa sur le lit. Lawrence Duberville Clay ôta ses sous-vêtements et la rejoignit. Elle posa un bras sur ses seins.

« Vous sentez bon », déclara-t-elle. Par-dessus son épaule, il jeta un regard vers la caméra vidéo et l'écran. La lumière était parfaite. La soirée promettait d'être mémorable.

Leo tenant le fusil à canon scié contre son flanc, ils saisirent la traverse par les poignées et la tirèrent du break. C'était un bélier affûté de presque cinquante kilos qui, lancé avec force sur un point précis, se révélerait plus efficace que n'importe quelle masse.

En silence, ils le transportèrent à travers le jardin de Drake plongé dans l'obscurité.

« Répète-moi le scénario, demanda Leo.

— Aaron et moi lançons le bélier, récita Sam d'un ton monocorde. Dès que la porte cède, nous le laissons tomber et tu entres en pointant ton arme pour empêcher les gens de bouger — s'il y a quelqu'un, Aaron reste au rez-de-chaussée pour bloquer la sortie; toi et moi, on monte à l'étage. Ils seront dans une des quatre chambres du haut.

— Vous enfoncez la porte, j'entre, je bloque les gens, puis Aaron prend le relais et nous montons à l'étage, répéta Leo.

— Clay est armé; tu as vu les photos, dans la presse », dit Aaron. Il leva de nouveau les yeux vers la lune. « Alors, sois prudent. »

Ils remontèrent l'allée, dissimulés sous les arbres, puis traversèrent à découvert pour se réfugier dans un bosquet de lilas. Ils assurèrent leur prise sur le bélier.

« Tu l'as bien en main? demanda Aaron.

— On y va », répondit Sam.

Ils se ruèrent maladroitement sur la porte, s'arrêtèrent à la dernière seconde, et lancèrent le bélier de toutes leurs forces. Il percuta le panneau à cinq centimètres de la poignée, et le fit sauter aussi sûrement qu'un bâton de dynamite. La porte s'ouvrit à toute volée, et ils laissèrent la traverse retomber au sol, à mi-chemin du seuil. Déjà, Leo avait pénétré dans le salon. Drake n'eut pas le temps de se lever du divan. Il resta bouche bée dans son costume gris perle et sa chemise rose à col ouvert. Leo, le visage tordu par la haine, pointait le canon vers lui.

« Où est-il? » demanda-t-il dans un souffle, la voix rauque.

L'intégrité n'avait jamais été le souci primordial de Drake.

« Là-haut, répondit-il aussitôt. Première porte à gauche.

— S'il n'est pas là, tu vas sucer ce fusil, espèce d'ordure! gronda Leo.

— Il est là-haut... »

Aaron demeura avec Drake, pendant que Leo et Sam gravissaient l'escalier. Ils hissaient péniblement la traverse sur l'épais tapis. Arrivés en haut, ils se regardèrent, et se dirigèrent vers la porte de la chambre. Elle ne résista pas plus au coup de bélier que celle de l'entrée. Leo se précipita dans la pièce, l'arme brandie.

Un disque passait sur la chaîne stéréo ; les lumières étaient assez tamisées pour être agréables, mais suffisamment fortes pour permettre de voir ce que l'on faisait. Dans un coin, une caméra vidéo sur un trépied métallique, à côté d'un écran scintillant. Clay était là, avec sa chair d'un blanc obscène, vautré comme une limace sur le drap de satin rouge. La petite fille était allongée à côté de lui, presque aussi pâle, à part la blessure écarlate de sa bouche fardée.

« Fous le camp, dit Leo à la fille, avec un mouvement de son arme.

— Attendez ! » s'exclama Clay. La fille bondit hors du lit. « Attendez, pour l'amour de Dieu ! répéta Clay.

— Levez-vous, dit Leo. C'est une arrestation.

— Quoi ?

— Levez-vous et tournez-vous, Mr. Clay. Sinon, je jure devant Dieu que je vous mets en pièces.

Clay, terrorisé, rampa hors du lit, et se retourna. Sam glissa son pistolet dans sa poche, tira son poignard d'obsidienne, et s'approcha de lui par-derrière.

« Nous allons vous passer les menottes, Mr. Clay, déclara-t-il. Mettez vos mains derrière le dos...

— Vous êtes les Corbeaux...

— Ouais. Nous sommes les Corbeaux.

— Je vous connais ? Je vous ai déjà vus ? Vos têtes... »

Clay faisait face aux rideaux qui masquaient les fenêtres de la façade. Soudain, des lumières apparurent au travers, remontant l'allée, puis des gyrophares rouges.

« Les flics ! s'écria Leo.

— Nous nous sommes rencontrés il y a bien longtemps, répondit Sam. A Phoenix. »

Clay commençait de se détourner, un éclair de compréhension dans le regard, quand Sam le saisit par les cheveux, de l'autre côté, et lui trancha la gorge d'un seul geste. Clay se dégagea en hurlant, et la fille se précipita vers la porte. Il tomba à la renverse sur le lit, les doigts crispés sur sa gorge, couverts du sang qui jaillissait à flots.

« On se tire ! cria Sam.

— Vite ! » s'exclama Leo et, comme Sam franchissait le seuil, il fit un pas vers Clay étendu, et lui tira un coup de fusil en pleine poitrine.

Lucas emprunta l'avenue, précédant la première voiture d'une cinquantaine de mètres. Il dut ralentir pour trouver le numéro, puis aperçut le break de Barbara Gow garé dans la rue, et la porte de la maison de style colonial grande ouverte. Il remonta l'allée circulaire, freina brusquement et bondit hors de la Porsche, le P7 au poing. La voiture de patrouille arriva immédiatement derrière lui, suivie d'autres voitures, d'autres flics. Il attendit une seconde à peine l'arrivée du second véhicule, et le coup de feu retentit.

« Les flics ! » s'écria Sam, en haut de l'escalier, à l'instant où le coup de fusil résonnait. Aaron et lui partageaient un faible pour les vieux calibres 45, et tous deux en tenaient un à la main. La fille, nue, dévala l'escalier et, apercevant Aaron, s'arrêta net. Sam la bouscula pour passer, Leo sur les talons.

Drake, les mains posées sur la tête, commençait de reculer.

« Salopard ! » dit Aaron, avant de lui tirer une balle dans la poitrine. Drake bascula derrière un divan.

« On essaie par-derrière ? demanda Leo.

— Que dalle, répondit Aaron. Tu nettoies l'allée avec ton fusil, et tu t'écartes. »

Leo se rua vers la porte. Les phares d'une voiture étaient dirigés droit vers lui, mais il distinguait des silhouettes, au-delà. Il tira trois fois, précipitamment, vidant le chargeur, puis se retira en hâte. Une grêle de balles traversa l'entrée pour se perdre dans le salon.

« Toi, sors par-derrière », dit Aaron à Leo. Il l'embrassa sur la joue, regarda son cousin. « La dernière heure est arrivée ! » cria Sam.

Dehors, la fusillade avait cessé. On entendait des cris. Sam leva la tête, respira l'odeur de la maison. Puis

Aaron s'élança et franchit le seuil tête baissée, Sam derrière lui, les armes tressautant dans leur main.

Lucas se tourna vers le flic.

« Envoyez quelqu'un par-derrière. Ils sont là, je viens d'entendre... »

Il n'eut pas le temps d'achever sa phrase. Un coup de feu claquait dans la maison. Ensuite, ce fut une véritable fusillade, depuis le seuil. Le canon de l'arme déchargeait ses salves d'éclairs dans l'obscurité, et le flic qui commençait de contourner la maison s'effondra. D'autres voitures de patrouille arrivaient en rugissant dans l'allée. L'une d'elles s'enfonça dans un buisson, son conducteur étant lui aussi touché.

Lucas tira trois balles en direction de la porte et s'avança vers la maison. Le tireur se retira à l'intérieur. Puis les Corbeaux surgirent dans la nuit, tirant dans tous les sens. Lucas fit feu par deux fois. C'était le signal pour les autres flics. Une demi-seconde plus tard, les Corbeaux étaient à terre, et les balles soulevaient la poussière autour d'eux, criblaient leur chemise, leur jean ; assez de balles pour décimer une douzaine d'hommes.

Ce fut le silence.

Et quelques mots, comme le chant du premier oiseau, à l'aube, échappés de la fenêtre d'une chambre. « Mon Dieu, mon Dieu... »

Des sirènes. Les parasites des émetteurs. Des sirènes encore, un chœur de sirènes. Lucas se tapit derrière sa voiture.

« Où est le fusil ? hurla-t-il. Est-ce que quelqu'un a vu le fusil ? »

Un flic appelait à l'aide, souffrant comme un damné. Un autre gisait, inerte, dans la poussière.

« Qui est derrière ? demanda quelqu'un.

— Personne. Il faut envoyer quelqu'un derrière ! »

Un flic en uniforme surgit dans l'éclat des phares, s'arrêta près de celui qui demeurait à terre, et commença de le traîner à l'écart. Lucas se dressa, visa l'entrée de la maison, et tira encore deux balles.

« Il est inconscient ! cria le flic en uniforme, son collègue mort dans ses bras. Bon Dieu, où sont les toubibs ? »

Encore des lumières dans l'avenue. Sloan remontait l'allée.

« Je t'ai entendu, à la radio. Qu'est-ce qui se passe ?

— Une fusillade dans la maison. »

Une silhouette apparut dans l'embrasure de la porte. Des cris s'élevèrent, des avertissements ici et là.

« Ne bougez pas, ne bougez pas ! » hurla quelqu'un.

La petite fille s'avança dans la lumière, tremblante, les yeux agrandis de terreur. Des yeux de biche.

« Qui est là-dedans ? lança Lucas, comme elle s'engageait dans l'allée.

— Personne », gémit-elle. Elle se retourna lentement vers la maison, comme si tout cela n'était pas réel. « Ils sont tous morts. »

28

« Je ne vois pas ce que nous aurions pu faire d'autre », dit Lucas. A ses propres oreilles, ses paroles sonnaient comme une excuse maladroite, aussi brutale qu'un message tombé sur un téléscripteur et qui au bout du compte masquait mal sa culpabilité. « Si nous n'avions pas foncé dans le tas, reprit-il, nous étions sûrs de perdre Clay. Nous savions qu'ils n'avaient pas beaucoup d'avance sur nous.

— Vous avez fait ce qu'il fallait, affirma Daniel, la mine sombre. C'est à cause de ce connard de Clay, qui a filé en douce. Les Corbeaux devaient être au courant. Ils l'attendaient. Wilson est mort, Belloo restera sans doute estropié, et c'est la faute de cet enfoiré de Clay.

— Ce devait être Shadow Love, avec le fusil », dit Lucas. Il se tenait adossé au mur, les mains dans les poches, tête basse. Sa chemise était maculée de sang. Celui de Belloo, sans doute. Il manquait un talon à l'une de ses chaussures. Une balle ? Il ne savait pas. Il avait mal à ce pied-là, en effet, mais il n'y avait aucune blessure apparente, pas même une éraflure. Un capitaine en uniforme, pâle comme la lune, les observait. « Il a descendu Clay, Wilson et Belloo, reprit Lucas. C'est un des Corbeaux qui a dû tirer sur Drake. Et ce salopard de Shadow Love s'est attaqué à nous...

— Cela n'a duré que huit secondes en tout, dit Daniel. C'est ce que montrent les enregistrements...

— Bon Dieu...

— Oui, le problème essentiel, c'est Shadow Love, ajouta Daniel. Il a dû s'enfuir par-derrière. Nous avons fait cerner le quartier. On le coincera au matin ; j'espère simplement qu'il n'a pas réussi à filer avant qu'on installe les barrages.

— Et s'il est entré dans une maison ? S'il tient toute une famille en otage, alignée dos au mur ?

— Nous allons faire du porte-à-porte.

— Ce type est à moitié cinglé, il est armé d'un fusil, et nous venons de descendre ses pères... »

Ils se tenaient dans les couloirs aseptisés du Centre médical de Hennepin, service de chirurgie ; on les avait exceptionnellement autorisés à s'approcher des salles d'opération. Une vingtaine de personnes, famille, amis et collègues, attendaient des nouvelles, parquées de l'autre côté du corridor.

Plus loin encore, à l'entrée du service, une centaine dc journalistes, plus peut-être, attendaient également. Des médecins ; des infirmières entraient et sortaient sans arrêt de la salle d'opération. La moitié d'entre eux n'avait rien à faire là — ils prenaient soin de ne pas gêner leurs collègues au travail —, mais ils voulaient voir ce qui se passait.

Clay avait été admis, bien qu'il fût déjà mort ; de même Drake, touché d'une balle dans le cœur. Le premier flic était cliniquement mort, mais on l'avait mis sous assistance respiratoire ; l'hôpital discutait de don d'organes avec la famille. Le second flic était toujours sur le billard. Une infirmière leur avait désigné le chirurgien qui s'occupait de lui ; c'était la même femme, la rousse qui avait opéré Lily. Deux autres chirurgiens se joignirent à elle et, deux heures après que Belloo eut été installé sur la table, elle poussa les portes de la salle et les rejoignit dans le couloir.

« Dites, les gars, vous me donnez plus de boulot qu'il ne m'en faut, déclara-t-elle, maussade.

— Où en est-on ?

— Je ne peux rien dire pour l'instant. Un neurochirurgien est en train d'examiner une espèce de merde, du côté de la moelle épinière. Il y a pas mal d'éclats d'os dans tous les coins, mais les fonctions vitales ne sont...

— Il pourra marcher ?

— Il gardera des séquelles, répondit-elle en haussant les épaules. Et nous avons dû faire venir un urologue. Deux balles lui ont traversé un testicule. »

Lucas et Daniel firent la grimace.

« Il va perdre... ?

— C'est ce qu'on est en train d'évaluer. Je n'en sais rien. Il pourra toujours fonctionner avec un seul, mais il y a pas mal de plomberie, là-dedans... Savez-vous s'il a des gosses ?

— Ouais, trois ou quatre, dit Daniel.

— Bon. » Elle ôta son masque et ses gants, les jeta dans la corbeille. Elle avait l'air épuisé. « Je crois que je vais aller parler à la famille », conclut-elle.

Elle se dirigeait vers la salle d'attente quand les portes automatiques s'ouvrirent. Le maire et un de ses adjoints firent irruption, suivis d'un responsable du FBI.

« Il faut faire quelque chose, pour la télé, déclara le maire d'une voix brève.

— Je crois qu'il faut d'abord approfondir l'enquête, intervint le fédé.

— Rien du tout. Davenport et une demi-douzaine de flics ont vu la fille. Nous avons sa déclaration, et le corps. Il est hors de question de...

— Il est toujours question de quelque chose, coupa le fédé.

— Et nous avons une vidéo, ajouta Daniel.

— Ah merde ! » lâcha le responsable fédéral. Il s'arrêta, appuya son front contre le mur du couloir.

« On peut négocier, suggéra le maire à Daniel. C'était un des fers de lance du gouvernement, en matière de lutte contre la criminalité. Je ne sais pas ce que l'on pourrait en tirer, mais sans doute pas mal de choses. Des crédits d'urbanisation ; un nouveau réseau d'assainissement ; une flotte aérienne municipale, je ne sais pas...

— Non. » Daniel secouait la tête.

« Mais pourquoi pas ? demanda le responsable du FBI, d'un ton pressant. Pourquoi pas, bon Dieu ? Après la connerie, pour Bill Hood, nous sommes restés dans la planque, et nous avons conclu un accord. Vous souvenez-vous de ce que vous avez dit ? Vous avez dit : "Il faut toujours négocier. Toujours."

— Il existe un corollaire à cette règle, répondit Daniel.

— Qui est... ?

— Il faut toujours négocier, sauf exception. Et là, c'est un cas d'exception », ajouta-t-il en regardant le maire.

Celui-ci hocha la tête.

« Tout d'abord, ce ne serait pas correct, moralement.

— Et ensuite, ça se saurait, conclut Daniel. Voulez-vous parler aux journalistes, ou préférez-vous que je le fasse ?

— Allez-y. Moi, je vais appeler quelqu'un à la Maison Blanche, dit le maire. Ça ne va pas être très joli, mais il y a des degrés dans l'horreur. Je peux peut-être parvenir à un compromis pour amortir le coup... »

Le responsable fédéral précisa que le maire, avant toute déclaration, devrait contacter le Président. L'adjoint ajouta qu'ils n'avaient rien à perdre. Daniel leur fit remarquer que la discussion qu'ils avaient à cet instant pouvait déjà être source de gros ennuis politiques : ils parlaient de conspiration pour étouffer un crime. Les politiciens commencèrent de reculer sur leurs positions. Le fédé souhaitait toujours négocier. Pendant que les esprits s'échauffaient, Lucas sentait une sorte d'obscurité intérieure l'envahir, un sentiment d'étouffement.

« Je m'en vais, dit-il soudain à Daniel. Je n'ai rien à faire ici, et il faut que je m'asseye quelque part.

— D'accord. Mais si vous ne pouvez pas vous empêcher de penser à tout cela, pensez à Shadow Love. »

Sloan arriva au moment où Lucas sortait

« Ça va ? demanda-t-il.

— Ouais, répondit Lucas d'une voix lasse. Enfin, compte tenu des circonstances.

— Et Wilson ?

— Mort. Ils vont faire don de son cœur et de ses poumons et de son foie et de ses reins ; et sans doute de sa queue, aussi...

— Putain de merde..., lâcha Sloan, effondré.

— Belloo va s'en tirer, avec juste une couille en moins.

— Oh ! là ! là !... » Sloan passa une main dans ses cheveux. « Tu vas voir Lily ?

— Non...

— Écoute, mon vieux...

— Quoi ?

— Tu te sens mal ? Avec son mari dans le coin, et tout ça ? »

Lucas réfléchit une seconde, secoua la tête.

« Non, dit-il enfin.

— Tant mieux. Parce que tu ne devrais pas.

— Ils ont canardé ma bagnole, dit Lucas. Mon agent d'assurance va sauter par la fenêtre, quand je vais lui annoncer ça.

— Je ne vais pas te plaindre. Tu es l'enfoiré le plus chanceux que la Terre ait jamais porté. Cothron m'a dit que tu t'es jeté droit sous les balles des Corbeaux, comme Jésus sur les flots, et tu n'as pas une égratignure.

— Je ne me rappelle pas trop, répliqua Lucas. Tu sais, tout est un peu brouillé dans mon esprit.

— Ouais. Eh bien, repose-toi, pas de panique.

— Ça ira. » Il s'éloigna dans le corridor à pas très lents.

La Porsche avait reçu trois balles — chacune, bien sûr, dans une partie différente de la carrosserie. Lucas secoua la tête et se mit au volant.

La nuit n'était pas vraiment froide. Il prit le périphérique, s'arrangeant pour avoir tous les feux verts, puis emprunta la route inter-États, sans s'être arrêté une seule fois. Il avait le sentiment de conduire en pilotage automatique : à gauche après le fleuve, sortie de Cretin Avenue, jusqu'en bas, Mississippi River Boulevard, puis vers le sud, vers la maison.

Jennifer l'attendait.

Sa voiture était garée dans l'allée, et une lumière brillait à une fenêtre. Il s'arrêta, appuya sur la télécommande du garage. Pendant que la porte se relevait lentement, Jennifer apparut à la fenêtre et jeta un regard au-dehors. Elle tenait le bébé dans ses bras.

« J'ai paniqué, dit-elle simplement.

— Ça va, je n'ai rien. » Il boitait un peu, à cause du talon arraché.

« Et les autres gars ?

— Un mort. Un autre salement touché. Les Corbeaux sont morts aussi.

— Donc, c'est terminé.

— Pas tout à fait. Shadow Love s'est tiré. »

Ils se fixaient du regard, face à face dans l'étroite cuisine, Jennifer berçait machinalement le bébé.

« Il faut qu'on parle, déclara-t-elle. Je n'arrive pas à me séparer de toi. Je pensais y parvenir, mais non, je ne peux pas.

— Écoute, Jen, j'ai l'impression de devenir dingue. Je ne comprends plus rien à rien... » Lucas regarda autour de lui, éperdu. La maison paisible, le décor familier lui faisaient l'effet d'une sinistre plaisanterie. « Viens, ajouta-t-il. Viens, dis-moi... »

Shadow Love avait appris la nouvelle à la radio. Il était à présent dissimulé dans un taillis au bord du talus qui menait jusqu'au fleuve et attendait. Il avait pensé descendre Davenport quand celui-ci sortirait de sa voiture, mais n'avait pas songé à la porte automatique du garage. Celle-ci se soulevait lentement, Davenport toujours au volant. Shadow Love se ramassa, envisagea un instant de se ruer au travers de la rue ; mais la maison était trop en retrait, et il ne réussirait jamais.

Lorsque la porte du garage fut refermée, il s'éloigna d'une quinzaine de mètres pour se réfugier près d'un gros chêne. Puis il traversa la rue en courant, coupa par un jardin, et alla se dissimuler dans l'ombre, au flanc du garage de Davenport. Les portes de devant étaient généralement à toute épreuve. Mais les portes arrière des garages se révélaient le plus souvent fragiles, puisqu'elles ne menaient pas directement dans la maison. Shadow Love contourna le garage, essaya d'ouvrir la porte arrière. Verrouillée.

Elle comportait deux vitres scellées. Il ôta son blouson, entoura une manche autour de son poing serré et commença de pousser sur une vitre, fort, plus fort encore, jusqu'à ce qu'elle se fêle. Il n'avait fait presque aucun bruit, mais il s'arrêta cependant. Il compta jusqu'à trois, puis appuya de nouveau sur la fêlure. Une autre se dessina, rayonnant autour de son poing sur la vitre, une autre encore. Deux petits morceaux de verre tombèrent à l'intérieur du garage, presque sans bruit. Shadow Love s'immobilisa, scruta l'obscurité autour de lui : aucun mouvement, il ne *sentait* rien. La main toujours protégée par la manche de son blouson, il passa le petit doigt par le trou, et dégagea délicatement deux nouveaux morceaux de vitre. Une minute plus tard, il avait devant lui un espace suffisant pour y glisser le bras. Il tourna la poignée de l'intérieur, ouvrit lentement la porte.

Le garage n'était pas plongé dans le noir total : un peu de lumière filtrait de la maison voisine, assez pour lui permettre de distinguer la silhouette de la Porsche. S'appuyant au capot encore chaud, il se dirigea avec précaution vers la porte qui donnait dans la maison. Déjà, il tenait serrée dans la main droite la crosse du M-15. Une fois face à la porte, il tirerait dans la poignée, et serait dans la place en deux secondes...

Il n'avait pas repéré la pelle accrochée à un clou, au mur du garage. Sa manche heurta le fer, et la pelle dégringola dans un vacarme effrayant, tombant sur une poubelle et rebondissant sur la voiture, avant de s'immobiliser sur le sol cimenté.

« Qu'est-ce que c'est ? » demanda Jennifer en sursautant.

Déjà, Lucas avait compris.

« C'est Shadow Love. »

29

« Au sous-sol », dit Lucas d'une voix brève.

Il saisit Jennifer par l'épaule, la poussa vers l'escalier, et tira son arme de l'autre main. Sarah bien serrée contre la poitrine, Jennifer descendit les marches trois par trois, sauta les quatre dernières et se reçut en chancelant.

Dans le garage, Shadow Love, saisi par le vacarme qu'avait fait la pelle en tombant, porta le M-15 à sa hanche, et tira trois balles dans la poignée de la porte. La première s'égara et traversa le panneau, puis un placard, pour aller se ficher dans la cuisinière. Les deux autres touchèrent la serrure, et la porte s'ouvrit brusquement. A demi aveuglé par l'éclair des coups de feu, percevant machinalement l'odeur de la poudre, Shadow Love fit deux pas vers la porte avant de plonger au sol : trois coups de feu venaient d'éclater en réponse, mais les balles se perdirent dans le garage derrière lui.

Lucas prit l'escalier une demi-seconde après Jennifer, s'arrêta à trois marches du bas. Jennifer restait aplatie contre le mur, le bébé dans les bras, sa tête pressée contre son épaule. Son visage était tordu, comme si elle avait voulu pousser un cri sans y parvenir — elle avait le visage macabre que reflètent parfois les miroirs déformants, dans les fêtes foraines. De sa vie, Lucas n'oublierait cette vision fugace, cette image figée de la terreur pure. Quand la première balle de Shadow Love traversa la porte, Sarah hurla et Jennifer la serra plus fort encore contre elle, en se recroquevillant contre le mur.

Lucas se plaqua contre la paroi de l'escalier, l'arme tendue au-dessus de lui. « L'atelier ! cria-t-il. Glisse-toi sous l'établi ! »

Les deux balles suivantes firent sauter la porte du garage, et ricochèrent dans la cuisine. La porte béante était en angle par rapport à l'escalier. Lucas visa l'embrasure et fit feu par trois fois, espérant atteindre Shadow Love à l'instant où celui-ci entrerait. Un vacarme éclata dans le garage, puis une série d'éclairs rapides : la riposte de Shadow Love. Lucas se laissa glisser au bas des marches. Le linoléum de la cuisine partait en lambeaux et les balles venaient se loger dans le plafond en pente de l'escalier. Depuis le garage, armé d'un fusil, Shadow Love avait l'avantage : il pouvait tirer vers le bas, avec une idée assez précise de la trajectoire de ses balles, tandis que Lucas ne pouvait guère tirer vers le haut. Et Shadow Love le savait. La poubelle fut bousculée, et Lucas risqua un bref pas en avant pour tirer deux autres balles au travers de la cloison. Shadow Love répliqua aussitôt. Cette fois, il visait directement la cage d'escalier, et Lucas fut contraint de reculer jusqu'à l'atelier, laissant la porte ouverte.

Shadow Love contrôlait l'escalier.

Le garage puait la poudre, le gaz d'échappement et l'essence de la tondeuse. Shadow Love, haletant, s'accroupit sur le seuil de la cuisine et essaya de compter les balles qu'il avait déjà tirées. Huit ou neuf, en tout ; mieux valait compter neuf. Le fusil automatique était équipé d'un chargeur de trente balles, et il en avait un autre dans sa poche. Si Davenport se barricadait au sous-sol, il aurait peut-être besoin de toutes ses munitions — suffiraient-elles même ?

La tache noire était là, la colère bouillonnait dans sa poitrine. Il y avait de grands risques pour que Davenport finisse par l'abattre. Le flic était chez lui, sur son terrain ; il était entraîné ; et Shadow Love avait senti la chance lui échapper, quand il avait échoué avec la femme de New York. Il lui fallait essayer, cependant. La tache noire s'élargissait, l'attirait comme un aimant, et ses veines charriaient le feu de la rage.

Jennifer s'était tapie sous l'établi, et serrait contre elle Sarah dont les hurlements devenaient insupportables.

« Qu'est-ce qu'on fait ? cria-t-elle. Qu'est-ce qu'on fait ?

— Les flics de St. Paul devraient arriver. Il suffit de tenir quelques minutes. Il va bien falloir qu'il bouge, ou qu'il parte. Reste cachée. »

Lucas traversa de biais l'atelier jusqu'à son coffre-fort, commença de composer la combinaison. Il manqua le deuxième chiffre, jura, recommença.

Là-haut, Shadow Love était tiraillé entre l'assaut et la retraite. Une fois dans la rue, il n'aurait guère de chance de s'en sortir. Il n'avait aucun endroit où se réfugier, et sa photo était partout. En étant très, très prudent, il pourrait peut-être voler une voiture et filer vers la campagne. Mais après le meurtre de Clay, la chasse à l'homme devait battre son plein. Et il n'aurait jamais une autre occasion de descendre Davenport. De venger ses pères. En revanche, le flic, le chasseur, était armé, et l'attendait dans une maison dont il connaissait les moindres recoins. Attaquer directement par l'escalier, c'était courir au suicide.

Il retint son souffle, tendit l'oreille. Pas de sirène. Avec la fraîcheur de ces nuits d'octobre, les fenêtres étaient fermées, les chaudières ronronnaient ; les coups de feu n'avaient pas dû être très audibles. En revanche, Mississippi River Boulevard était un trajet favori des joggers. Il avait de la chance si un sportif n'avait pas déjà perçu les coups de feu en passant. Il lui fallait forcer Davenport à quitter sa tanière, d'une manière ou d'une autre, mais rapidement...

Accroupi sur le seuil du garage, le M-15 pointé dans l'ouverture, vers la cage d'escalier, il repéra soudain un téléphone fixé au mur.

Merde. Il y avait un poste au sous-sol ?

Shadow Love se redressa légèrement, comme un coureur sur les starting-blocks, attendit une seconde, écouta, puis bondit dans la cuisine en roulant au sol, et se releva, l'arme dirigée vers la cage d'escalier. Personne. Il était dans la place.

Le M-15 toujours braqué vers l'escalier, il recula d'un pas, décrocha l'appareil avec sa main libre. Rien, que la tonalité. *Parfait.* Il laissa le combiné pendre au bout du fil, et recula de nouveau vers la porte, silencieux sur ses semelles de caoutchouc.

Il fallait trouver un moyen de les faire dégager. Il fit un pas en avant, risqua un regard dans la cage d'escalier, et sentit le linoléum craquer sous son poids. Le sol. Le plancher de bois n'arrêterait jamais une balle de M-15...

Courbé en avant, il passa rapidement devant la cage d'escalier béante, pénétra dans le salon, fit halte. Il écouta de nouveau, puis avança résolument dans la maison. Une grande baie vitrée donnait sur la rue. Personne en vue. Shadow Love pointa son arme vers le sol et appuya sur la détente, une demi-douzaine de fois.

Lucas était en train d'ouvrir la porte du coffre-fort lorsque Shadow Love fit feu. Ce fut un choc terrible. Des éclats de bois volèrent dans tout le sous-sol, et les fragments métalliques des balles de calibre 223 zébrèrent l'air comme des centaines d'abeilles minuscules. Jennifer poussa un cri, se recroquevilla et enfouit sa tête dans ses bras, recouvrant le bébé de son corps.

« Le bébé ! criait-elle. Le bébé ! » Elle s'agrippait à la brassière.

« Par là ! » hurla Lucas, comme la fusillade cessait. Changeait-il de chargeur ? « Jen, Jen, répéta-t-il, par là... »

Jennifer, en partie protégée par l'établi, restait recroquevillée et sanglotait sans lâcher l'enfant. Lucas rampa au travers de la pièce, la tira de sa cachette, mais elle ne comprenait pas ce qu'il voulait et tentait de le repousser.

« Dans le coffre, dans le coffre... »

Lucas la traîna, avec Sarah qui hurlait toujours,

jusqu'au vieux coffre-fort. Jetant ses armes à terre, il les poussa toutes deux à l'intérieur, sans ménagement.

« Le bébé ! » répéta Jennifer. Elle tourna Sarah vers lui, et Lucas vit enfin les éclats qui striaient le dos de l'enfant.

« Ne touche pas ! » cria-t-il. Jennifer et lui étaient à quelques centimètres l'un de l'autre, et hurlaient tous deux ; Sarah, elle, avait dépassé le stade des larmes ; elle pouvait à peine respirer, les yeux écarquillés de terreur.

« Garde la porte entrouverte. Quelques centimètres. Quelques centimètres, tu comprends ? ajouta Lucas. Tu seras à l'abri. Est-ce que tu comprends ?

— Oui... oui », répondit Jennifer en hochant la tête. Elle tenait toujours Sarah serrée contre elle.

Lucas les abandonna.

Il possédait une douzaine d'armes dans le coffre. Il en emporta quatre, avec trois boîtes de balles, sous l'établi, à la place qu'avait occupée Jennifer. Là, il se trouvait relativement à l'abri de coups de feu tirés de la porte, et il pouvait surveiller l'escalier. Il chargea d'abord le Browning Citori, par-dessus et par-dessous ; il utilisait le fusil calibre 20 pour la chasse. Les seules balles dont il disposait étaient des numéro 6, mais c'était suffisant. A courte distance, elles pouvaient faire un trou raisonnable dans la tête d'un homme.

Ensuite, il chargea deux Gold Cup calibre 45 qu'il utilisait autrefois pour le tir de compétition, sept balles par chargeur, une prête dans la chambre, et ôta la sécurité. Puis le P7, avec des balles 9 millimètres, prêt lui aussi. Comme il finissait de le charger, il commença de se demander si Shadow Love n'avait pas filé : cela faisait presque une minute qu'il ne s'était plus manifesté.

Shadow Love entendit la femme crier, et la voix de Davenport, mais sans comprendre ce que celui-ci disait. Avec ces putains de murs, il était impossible de savoir exactement où ils se tenaient, mais il lui sembla que les voix venaient de la droite, assez loin, vers le fond du sous-sol. Il observa l'escalier un moment avant de traverser la maison à grandes enjambées, presque jusqu'au bout du salon, et de tirer encore dans le sol, tout en reculant rapidement vers la porte de la cave. Il laissait sur son passage un sillage de trous dans le tapis.

En bas, les éclats déchirèrent de nouveau l'air, et atteignirent Lucas au bras et au dos. Cela faisait mal, mais les blessures lui paraissaient superficielles. Il se frotta le dos, et les fragments métalliques piqués dans sa chemise lui éraflèrent douloureusement la chair. S'il restait au sous-sol, il risquait d'être atteint aux yeux, de perdre la vue. Shadow Love avait traversé le sous-sol dans toute sa longueur. Lucas saisit les Gold Cup. S'il recommençait...

Shadow Love pensait que les balles ricocheraient au sous-sol, non qu'elles se désintégreraient. Il imaginait un blizzard de balles zigzaguant mortellement en tous sens. Ravi de son idée d'avoir arrosé la maison d'un bout à l'autre, il attendait en haut de l'escalier qu'ils sortent, paniqués... Rien. Combien de munitions lui restait-il ? Il calcula. Il avait dû tirer une vingtaine de balles. Il ôta le chargeur, introduisit le nouveau, vérifia le contenu du premier. Il en restait six. Largement assez pour continuer la bagarre.

Il attendit quelques secondes encore, puis traversa la maison en hâte, choisit un nouvel itinéraire, et revint vers la cuisine, tirant de nouveau dans le sol. Il avait presque atteint le haut de l'escalier quand le tapis se souleva brusquement, une fois, deux fois, à moins d'un mètre cinquante, et il comprit que Davenport répliquait au travers du plancher, avec une arme puissante, des balles qui trouaient le sol et le tapis pour aller se ficher dans le plafond, près, tout près de lui... Shadow Love bondit vers le garage.

Lucas observa le trajet des balles, essayant de deviner quel chemin Shadow Love allait suivre dans la maison ; puis il fit feu avec son calibre 45. Il n'avait guère l'espoir de l'atteindre, mais il se disait que cela le contraindrait peut-être à cesser.

Comme la fusillade prenait fin, Lucas se redressa et traversa le sous-sol en hâte, jusqu'au coffre-fort.

« Jen ? Jen ?

— Oui ?

— La prochaine fois qu'il tire dans le plancher, je coupe le compteur, et j'essaie de passer par l'escalier. Donc, nous serons dans le noir. Ne panique pas.

— D'accord. » Le bébé respirait avec difficulté. La voix de Jennifer paraissait froide à présent, comme absente ; elle avait repris possession d'elle-même.

Un des calibres 45 étant presque vide, Lucas le déposa par terre, et glissa l'autre dans sa poche de pantalon, la crosse à portée de main. Puis il retraversa le sous-sol et attendit, l'arme pointée vers le pied de l'escalier, la main posée sur le compteur électrique.

Tirer dans le plancher, c'était très bien, mais pas suffisant. Shadow Love ne saurait pas s'il avait atteint Davenport, ni quand, et le temps filait. La tache noire s'élargissait encore, jusqu'à envahir tout le champ de sa conscience. Il lui fallait attaquer. Il fallait attaquer, maintenant.

La porte du garage était restée ouverte et, dans le rayon de lumière qui provenait de la cuisine, il aperçut le bidon d'essence destiné à la tondeuse. « L'enfoiré », murmura-t-il. Il jeta un coup d'œil en direction de l'escalier, tâtonna une minute, trouva enfin le commutateur du garage, alluma.

A côté de la porte, il y avait une rangée d'étagères supportant diverses bouteilles, en plastique pour la plupart. L'une d'elles, en verre fumé brun, contenait un insecticide pour les arbres. Le canon du M-15 toujours pointé sur l'escalier, Shadow Love dévissa le bouchon et vida la bouteille de son contenu. Après quoi, il se dirigea vers le bidon d'essence, le prit, et revint aussitôt à l'endroit d'où il pouvait surveiller l'escalier. Le plus vite possible, il remplit la bouteille d'essence, puis chercha autour de lui de quoi la boucher. Du papier journal. Il y avait des piles de vieux journaux le long du mur du garage. Il arracha une feuille et, après l'avoir imbibée d'essence, l'enfonça dans le goulot de la bouteille.

Puis il bondit dans le salon, passant devant la porte du sous-sol, et se pencha au-dessus de la cage d'escalier, de manière à pouvoir jeter la bouteille sur le sol carrelé, au bas des marches.

« Hé, Davenport ! » appela-t-il. Pas de réponse. Il approcha son briquet du papier journal, qui s'enflamma aussitôt.

« Hé, Davenport, attrape ça ! » cria-t-il, et il lança son cocktail Molotov dans l'escalier. Il explosa en bas, et l'essence s'embrasa aussitôt. Shadow Love s'appuya au mur du salon et attendit.

« Attrape ça ! » cria Shadow Love, et une bouteille dévala l'escalier. Il y eut un claquement sonore, puis le souffle d'une boule de feu qui explosait dans le sous-sol.

« L'ordure », dit Lucas. Il regarda autour de lui, terrifié, et repéra un pot de peinture de quatre litres. Puis il coupa le courant au compteur, plongeant la maison dans l'obscurité — exception faite de la lueur qui venait du feu. Il traversa le sous-sol en un éclair et saisit le pot de peinture, il sauta par-dessus le brasier au bas de l'escalier, tira une balle vers la porte, là-haut, et gravit les marches quatre à quatre. A trois marches du sommet, il jeta le pot de peinture par la porte ouverte.

L'obscurité soudaine, et presque totale, désorienta Shadow Love, l'espace d'un instant. Déjà Davenport déboulait de l'escalier. Shadow Love fit feu au travers de la cloison du salon. Puis il perçut un mouvement presque indiscernable au sommet de l'escalier et il tira de nouveau. Une fois, deux fois. La langue de feu de son fusil jaillissait. Puis il vit le bidon de peinture et pensa : *Non...*

La première balle passa à quelques millimètres de la tête de Lucas et fit exploser le plâtre de la cloison, qui l'aveugla à demi. La deuxième défonça le pot de peinture. La troisième lui permit de repérer l'endroit où se tenait le tireur. Il fit feu avec le fusil, le laissa tomber et tira son calibre 45.

Non..., pensa Shadow Love en voyant Davenport surgir devant lui, et il dirigea dans sa direction le canon de son M-15, en un mouvement très lent, très lent, qui sembla soudain durer une éternité. Le visage de Davenport se figea, comme saisi par l'éclair d'un stroboscope, mais c'était l'éclair de son fusil, et Shadow Love se sentit comme frappé au flanc par une batte de base-ball. Il alla s'aplatir contre le mur, rebondit, tentant toujours désespérément de diriger le canon de son arme, son index crispé sur la détente...

Lucas aperçut Shadow Love dans l'éclair du coup du fusil, il vit ses yeux pâles, le canon du M-15 qui venait lentement vers lui, l'éclair, la balle qui se perdait quelque part ; puis il appuya sur la détente de son arme et Shadow Love bascula, tituba, tomba. Le M-15 cracha de nouveau trois balles qui se fichèrent dans le plafond ; et Lucas tira encore, encore, encore, jusqu'à ce que la douleur et l'odeur le frappent soudain. Il se retourna et vit sa jambe en feu ; il se jeta sur le sol de la cuisine et roula sur lui-même pour étouffer les flammes...

Shadow Love ne pouvait plus bouger. Il n'avait pas mal, mais il ne pouvait plus bouger. Il ne pouvait plus lever son fusil. *Je vais mourir. Pourquoi tout m'apparaît-il si clairement ? Pourquoi ?*

Lucas rampa dans l'obscurité, et chercha à tâtons l'extincteur sous l'évier, tout en se disant que cet appareil était vieux et qu'il ne fonctionnerait peut-être pas. Il arracha le cachet et appuya sur la manette ; il marchait. Il aspergea sa jambe d'une mousse piquante qui balaya les petites langues de feu sur son pantalon. Puis il lâcha la poignée, revint péniblement vers l'escalier. L'essence brûlait toujours, et le tapis commençait de s'enflammer, mais rien de plus. Il aspergea les flammes avec l'extincteur ; ensuite, il se dirigea dans le noir vers le compteur, et rétablit la lumière.

« Lucas ? appela Jennifer.

— Tout va bien », répondit-il d'une voix rauque. La puanteur d'essence, de tapis brûlé, de poudre et de mousse carbonique était presque irrespirable. Il dut s'accrocher au chambranle pour se maintenir sur ses pieds. « Je suis blessé », ajouta-t-il.

Il traversa de nouveau le sous-sol en titubant, gravit avec difficulté l'escalier, et jeta un regard prudent à l'angle de la porte. Shadow Love gisait sur la moquette, inerte, comme un tas de vieux vêtements jetés là. Lucas l'enjamba, le calibre 45 pointé sur sa poitrine, et envoya d'un coup de pied le M-15 voler à l'autre bout de la pièce.

Il sentit la présence de Jennifer derrière lui.

« Espèce de salopard ! » gémit Shadow Love. Seules ses lèvres remuaient.

« Crève, enfoiré, grinça Lucas.

— Il est mort ? demanda Jennifer.

— Encore quelques minutes, dit Lucas.

— Lucas, il faut appeler... »

Lucas saisit Jennifer par la veste et se laissa tomber au sol, l'entraînant avec lui. Elle portait toujours le bébé, qui semblait presque dormir, à présent.

« Lucas...

— Laisse-lui encore quelques minutes », répondit-il. Il regardait fixement Shadow Love. « Crève, enfoiré, répéta-t-il.

— Lucas, cria Jennifer, cherchant à se dégager, il faut qu'on appelle une ambulance. »

Lucas la regarda, secoua la tête.

« Pas encore. »

Jennifer tirait sur le pan de sa veste pour s'échapper ; mais Lucas l'attira plus près, l'immobilisant au sol, à son côté.

« Lucas ! » Elle se mit à le frapper de sa main libre. Le bébé recommençait de pleurer.

« Qui a parlé ? Qui nous a donnés ? » demanda

Shadow Love en toussant. Il n'avait toujours pas mal. Le froid, simplement, le froid qui l'envahissait lentement. Il pensa que Davenport était vraiment un *salaud*.

« Toi-même, fit Lucas d'une voix sèche.

— Moi ?

— Ouais. Toi, et la tombe de ta mère. Tu faisais envoyer les factures chez Barbara Gow.

— Moi ? » répéta Shadow Love. Dans un dernier souffle, une bulle de sang se forma au coin de ses lèvres, éclata. Le goût salé de son propre sang fut sa dernière sensation.

« Crève, ordure », déclara Lucas.

Il parlait à un mort. Au bout d'un moment, Shadow Love restant sans réaction, il relâcha Jennifer. Elle le regardait avec horreur.

« Appelle les flics », dit-il.

30

« Vous l'avez ? demanda Daniel.

— Il est mort, répondit Lucas. Il est là, sous mes yeux. » Il lui expliqua que Jennifer et le bébé étaient blessés, mais que cela ne paraissait pas trop grave.

« Et vous ?

— J'ai une jambe brûlée. Je suis couvert d'éclats. Et ma maison est bousillée.

— Bon, eh bien, prenez la journée, répliqua Daniel d'un ton froid, sans plaisanter.

— C'est à crever de rire, laissa tomber Lucas d'une voix glaciale.

— Que voulez-vous que je vous dise ? Vous êtes dans un tel état que je ne sais même pas pourquoi vous discutez avec moi au téléphone.

— Il fallait que je parle à quelqu'un », expliqua Lucas. Il jeta un regard vers la porte d'entrée, ouverte. Après avoir appelé la police, Jennifer était sortie à grands pas, sans un mot, et attendait dans le jardin. Lorsqu'il l'avait appelée, elle ne s'était pas retournée.

« Filez à l'hôpital, dit Daniel. Je vous retrouve là-bas dans dix minutes. »

On ôta un gros éclat du bras de Jennifer. Le présentateur de TV3 l'appela en direct à l'hôpital, et elle lui dit d'aller se faire mettre.

Sarah, elle, avait reçu une demi-douzaine d'éclats

dans le dos. Les médecins déclarèrent que, quand elle serait assez âgée pour qu'on lui raconte les événements, les cicatrices seraient devenues à peu près invisibles.

Lucas passa la nuit, le lendemain, et une partie du surlendemain au centre médical Ramsey. On s'occupa d'abord des brûlures de sa jambe, et des particules de plâtre dans son œil droit. Une greffe de peau ne serait pas nécessaire, mais c'était limite. On lui lava l'œil, qui ne serait pas endommagé. Quand ils en eurent fini, un assistant chirurgien vint s'occuper des éclats. Ils n'étaient guère profonds, mais il y en avait des dizaines, de la cuisse au dos, en passant par les fesses, et jusqu'à son bras gauche.

Il sortit en début d'après-midi, l'œil toujours recouvert d'un épais pansement, et se rendit aussitôt chez lui pour constater les dégâts. Son agent d'assurance allait sauter deux fois par la fenêtre.

Tard le même soir, après avoir passé un certain nombre de coups de fil pour s'assurer que la voie était libre, il se rendit au centre médical de Hennepin. Il prit un ascenseur du personnel et monta au service de chirurgie. Il suivit le corridor carrelé jusqu'au poste des infirmières, où il retrouva son amie. Il était minuit dix.

« Lucas, dit-elle, je l'ai prévenue de votre arrivée. Elle est encore éveillée.

— Est-elle seule ?

— Vous voulez dire : Est-ce que son mari est parti ? Ouais, il est parti », répondit-elle avec un sourire en coin.

Une infirmière à peine sortie de l'adolescence se pencha sur le comptoir du bureau.

« Ce type, c'est vraiment quelque chose, dit-elle. Il lui fait la lecture, il va lui chercher des cassettes vidéo, des sandwiches. Il est tout le temps auprès d'elle. Je n'ai jamais vu quelqu'un, d'aussi... *fidèle*.

— Ouais, exactement comme mon vieux cocker », ajouta l'autre.

Lily était adossée à des oreillers, en train de regarder le « Letterman Show ».

« Hé... », dit-elle. Elle appuya sur la télécommande, et David Letterman disparut. Elle était pâle, mais parlait sans difficulté, à présent. « Alors, tu l'as eu, ajouta-t-elle. Et lui aussi, il t'a eu. Tu as une tête de cauchemar.

— Merci », dit Lucas. Il se pencha pour l'embrasser sur les lèvres, puis s'installa dans le fauteuil, à son chevet. « Mais moi, je l'ai eu plus que lui, conclut-il.

— Mmmm. La figure légendaire de Lucas Davenport vient encore de gagner deux centimètres.

— Alors, comment te sens-tu ? s'enquit Lucas.

— Pas trop mal, sauf quand je ris, ou quand j'éternue. J'ai les côtes complètement ravagées. Ils m'ont fait marcher un peu, aujourd'hui. J'ai dérouillé. »

Elle avait l'air fatigué, mais pas malade.

« Combien de temps vont-ils te garder ici ?

— Je sors demain, répondit-elle en hésitant. Avec un corset provisoire. Je rentre à New York demain après-midi, avec l'avion privé d'Andretti. »

Lucas fronça les sourcils, s'enfonça dans le fauteuil.

« C'est un peu rapide.

— Oui. » Il y eut un nouveau silence. « Mais je n'y peux rien », laissa enfin tomber Lily.

Lucas la regarda.

« J'ai l'impression que nous avons quelque chose à terminer ensemble. C'est la sensation que j'ai. » Il haussa les épaules. Le silence s'installa de nouveau.

« Je ne sais pas, dit-elle enfin.

— David ? demanda Lucas. Tu l'aimes ?

— Il faut croire que oui. Tu vas retourner avec Jennifer ? » Lucas secoua la tête.

« Je n'en sais rien. Elle est un peu... perturbée, après ce qui s'est passé chez moi. Je la verrai demain. Peut-être.

— Ne viens pas me souhaiter bon voyage, demanda Lily. Je ne sais pas si j'arriverais à tenir le coup, devant David et toi, en même temps.

— D'accord.

— Et peux-tu...

— Oui ?

— Peux-tu partir maintenant, s'il te plaît? dit-elle d'une voix minuscule, presque un gémissement. Si tu restes, je vais me mettre à pleurer, et quand je pleure, j'ai mal... »

Lucas se mit sur pied, maladroitement, puis se pencha pour l'embrasser de nouveau. Elle le saisit par la chemise, l'attira à elle, et le baiser se prolongea, brûlant, passionné. Puis elle lâcha prise, le repoussa.

« Fous le camp d'ici, Davenport. On ne va pas recommencer, fous le camp, merde, va-t'en...

— Lily...

— Lucas, je t'en supplie... »

Il hocha la tête, prit une profonde inspiration.

« A plus... » Il ne voyait rien d'autre à dire. Il sortit à reculons, sans la quitter des yeux, jusqu'à ce que la porte se referme sur lui.

Au poste des infirmières, il demanda à son amie à quelle heure Lily devait sortir. A 10 heures, une ambulance la conduirait à l'aéroport de St. Paul, où elle embarquerait dans un jet privé.

Le lendemain, Lucas se rendit à l'aéroport avec son Ford 4 × 4, et demeura là, à regarder Lily que l'on transportait de l'ambulance jusqu'à la passerelle, dans une chaise roulante. David se penchait sur elle, toujours vêtu de son costume de seersucker bleu, les cheveux ébouriffés par le vent. Il avait l'air d'un universitaire. C'était David.

Ils durent la porter jusqu'à l'avion, sur les marches. Comme ils la soulevaient de terre, Lucas sentit son regard sur lui, mais elle ne leva pas la main. Elle le fixa trois, quatre, cinq secondes, puis disparut.

Le jet décolla, et Lucas quitta l'aéroport en direction du pont de Robert Street.

L'après-midi même, il appelait Jennifer. Elle déclara qu'elle souhaitait mettre au point un système de visites, pour que Lucas puisse voir Sarah. Lucas répondit qu'il voulait discuter. Elle demanda si Lily était partie. Oui, Lily était partie. Jennifer n'était pas sûre d'avoir envie de discuter, mais elle voulait bien le voir. Pas aujourd'hui, ni demain, mais bientôt. La semaine prochaine, ou le mois prochain. Elle n'arrivait pas à oublier les derniers instants, dans la maison, Shadow Love à l'agonie, le bébé blessé, et Lucas qui l'empêchait d'appeler des secours... Elle essayait d'oublier, mais elle n'y parvenait pas.

Nous étions jeudi. Le soir, il retrouva son groupe, et joua avec ses amis. Elle Kruger lui demanda s'il avait toujours cette obsession du fusil contre sa tête. Non, c'était passé. Depuis la fusillade, il n'avait plus rien ressenti. Il dit qu'il se sentait parfaitement bien — avec le sentiment de mentir, peut-être.

Tout aurait dû être pour le mieux, en effet, mais ce n'était pas tout à fait le cas. Il avait la sensation de vivre un mauvais moment, après une longue période d'amphétamines, de traverser cette frange mentale où tout prend soudain un relief et un contraste excessifs, quand les immeubles se penchent vers vous comme une menace ; quand les voitures roulent trop vite, les gens parlent trop fort ; quand les regards de biais, dans un bar, semblent annoncer quelque danger. Cet état persista tout au long du week-end et commença de l'abandonner au début de la semaine suivante.

Un peu plus de trois semaines après ces événements, un samedi après-midi, Lucas était installé dans un fauteuil, devant la télévision, en train de regarder le match de football Iowa-Notre Dame. Notre Dame perdait, et nulle prière n'aurait pu y changer quoi que ce soit. La sonnerie du téléphone lui fit l'effet d'un soulagement. Il décrocha, et reconnut aussitôt le faible chuintement d'une communication à longue distance, relayée par satellite.

« Lucas ? » La voix de Lily, douce, un peu voilée.

« Lily ? Où es-tu ?

— A la maison. Je regarde par la fenêtre.

— Comment cela, par la fenêtre ? »

Il revoyait soudain la première image qu'il avait eue

d'elle, dans le couloir du commissariat central : ses yeux noirs, le chignon légèrement défait, avec des mèches qui retombaient sur son cou délicat...

« Oui, David et les garçons sont en bas, en train de charger la camionnette. Ils partent pour Fort Lauderdale, pour une grande balade, pêche, camping, entre hommes. C'est la première fois, pour les garçons...

— Lily...

— Lucas, bon Dieu... Je vais me mettre à pleurer.

— Lily...

— Ils seront absents une semaine, Lucas — mon mari et mes fils. Ah, merde, c'est vraiment lamentable, lamentable...

— Quoi ? Quoi ?

— Peux-tu venir à New York ? demanda-t-elle d'une voix soudain basse, brutale, chargée de désir. Peux-tu venir, demain ? »

ÉPILOGUE

Leo gravissait la pente obscure de Bear Butte. Foulant le sol rocailleux, le sable fin et noir, il glissait parfois, avançait à quatre pattes, mais progressait régulièrement vers le sommet.

La nuit envahissait toujours l'univers quand il l'atteignit. Il s'installa sur un rocher qui offrait un siège naturel, ôta de ses épaules la couverture roulée et se drapa dans la laine rugueuse de l'armée.

Il distinguait, vers le sud, les lumières de Sturgis et de la I-90 et, au-delà, la masse ténébreuse des collines Noires. Partout ailleurs, les seules lueurs trouant la nuit étaient celles des cours de ferme, de loin en loin.

L'aube fut spectaculaire.

Vers l'ouest, les étoiles demeuraient toujours aussi brillantes, aussi nombreuses ; à l'est, une lueur pâle apparaissait lentement, au-delà de l'horizon noir et net, comme tranché au couteau. Et soudain, inattendue comme une étoile filante, une flamme explosa, une présence vivante, dorée, ruisselante, et le soleil s'empara du monde.

Ses rayons atteignirent le sommet de la colline bien avant de baigner les prés, en bas, et de là-haut il voyait la lumière se précipiter vers lui, ondulant sur la campagne déserte à ses pieds. Leo restait assis, immobile, la couverture autour des épaules, les yeux mi-clos. Lorsque la lumière atteignit le pied de la butte, il soupira se tourna vers l'ouest, observant le jour qui chassait la nuit jusqu'aux confins du Wyoming.

Il avait beaucoup à faire.

Parler des Corbeaux, de Shadow Love. Des légendes à bâtir, à répandre.

Leo dit une prière rapide, et se redressa. Les dernières étoiles disparaissaient, et il leva les yeux vers elles tandis qu'il commençait à descendre la pente.

« On se retrouvera, les gars, dit-il. On se retrouvera. »

Achevé d'imprimer sur les presses de

BUSSIÈRE

GROUPE CPI

à Saint-Amand-Montrond (Cher)
en janvier 2002

POCKET - 12, avenue d'Italie - 75627 Paris Cedex 13
Tél. : 01-44-16-05-00

— N° d'imp. 16772. —
Dépôt légal : mai 1997.

Imprimé en France